한성부,

달 밝은 밤에

한성부,
달 밝은
밤에

김이삭 장편소설

고즈넉
이엔티

한성부,
달 밝은 밤에

초판 1쇄 발행 2021년 2월 26일
초판 5쇄 발행 2023년 12월 27일

지은이 김이삭
펴낸이 배선아
펴낸곳 고즈넉이엔티

출판등록 2017년 3월 13일 제2022-000078호
주소 서울특별시 마포구 성지1길 35, 4층
대표전화 02-6269-8166 **팩스** 02-6166-9199
이메일 gozknockent@gozknock.com
홈페이지 www.gozknock.com
블로그 blog.naver.com/gozknock
페이스북 www.facebook.com/gozknock
인스타그램 www.instagram.com/gozknock

"신분만 공고히 하는 나라는 굳건한 나라가 아닙니다.
법과 제도를 갖추고 똑바로 실행하는 나라가 굳건한 나라지요.
신분에 지나치게 얽매여 죄를 지어도 벌을 주지 않고 공을 세워도
상을 내리지 않는다면, 신분도 오래가지 못합니다.
그 나라는 망국이 될 테니까요."

차례

달 밝은 밤에

一章

달빛이 어둠을 가르며 천지에 내려앉은 겨울밤, 초경을 알리는 북소리가 대궐 안 서운관에서 울려 퍼졌다.

　도성 안 곳곳으로 북소리가 번져가자, 거리의 사람들은 부리나케 발걸음을 옮겼다. 야금(夜禁)이 시작되기 전에 집으로 돌아가기 위해서였다.

　초경에서 삼점이 지나면 인정(人定)이었다.

　인정을 알리는 종소리가 스물여덟 번 울려 퍼지면, 왕이 사는 도성만의 법도인 야금이 시작되었다. 종소리를 들은 수문군은 성문을 굳게 닫아 도성 출입을 막았고, 도성 안 순라군은 순찰을 돌며 사람들의 외출을 막았다. 인정이 되려면 반 시진이나 남았는데도, 조급한 마음에 달음박질하는 행인이 있는 건 그래서였다.

　모두의 발걸음이 안을 향해 움직일 때, 한 여인의 발걸음은 밖을 향하고 있었다.

검은 머리카락을 풀어헤친 채 무명천 보따리를 등에 멘 그녀는 둥둥 울리는 북소리를 들으며 담에 오를 준비를 했다. 일 장은 아니어도 팔 척은 될 듯 높은 담장. 발끝을 빠르게 놀리며 담벼락을 밟았고, 수월하게 담장 위에 올랐다. 잠시 꼭대기에 앉아 숨을 고른 그녀는 주변을 둘러보며 인기척을 살폈다.

더는 북소리가 들리지 않았다. 인적이 끊긴 거리, 살을 에는 동풍(冬風)이 하얀 달빛이 내려앉은 한성 땅을 할퀴며 사납게 울부짖었다.

사람이 없는 걸 확인한 그녀는 망설임 없이 담에서 뛰어내렸다. 핏빛으로 점점이 물든 새하얀 소복이 불어온 된바람에 나풀거렸다. 털썩, 다 해진 짚신이 반쯤 얼어붙은 딱딱한 땅을 밟았다. 큰 소리가 날 법도 하건만, 그녀가 낸 기척은 바람보다 부드럽고 가벼웠다.

가뿐하게 착지해 하늘 높이 뜬 보름달을 보았다가 이내 남동쪽으로 향했다. 담장 그림자에서 벗어나자 쏟아진 달빛이 그녀의 얼굴을 비추었다.

만월처럼 반듯한 이마. 갈고리달을 그려낸 듯한 유려한 눈썹. 달무리를 닮은 부드러운 눈매. 하얗고 새카만 눈 안에는 달빛 같은 눈빛이 자리하고 있었다. 겨울 달을 박아놓은 듯한 서늘한 눈빛이었다.

아란. 달을 닮은 그녀의 이름은 아란이었다.

작은 소리도 쉽게 포착할 수 있도록 온 감각을 청각에 집중한 아란이 자신에게 당부하듯 중얼거렸다.

"파루(罷漏)까지는 돌아와야 해."

그녀가 나선 곳은 백악산 서남쪽 기슭에 위치한 유란동. 도성 안을 세로로 지르며 부지런히 걸어가야 인정쯤 성곽을 넘을 수 있었다. 도성 밖으로 나가서도 십 리는 더 가야 하는 길이니 무당골에 갔다 다시 돌아오는 데만도 족히 한 시진 반은 걸릴 것 같았다.

그사이 검시(檢屍, 시신 검험)를 마칠 수 있을까?

확신할 수 없었다. 한 시진이 될지 두 시진이 될지, 시신을 직접 보지 않는 이상 확신할 수 있는 건 아무것도 없었다.

달거리 때문인지 아랫배까지 아려왔다. 짜증이 솟아나고 조급함이 몰려왔다. 아란은 동여맨 보따리의 매듭을 한 손으로 움켜쥐며 발걸음을 빠르게 놀렸다. 언 땅을 스치는 짚신 소리가 불어오는 겨울바람에 아스러졌다.

***

아란이 밤길을 나선 건 어제 미시에 들었던 말 때문이었다.

"연화방까지 갔다 왔더니 피곤해 죽겠네."

육조거리에 위치한 한성부 본청 앞, 의녀 초성이 회화나무 아래 털퍼덕 주저앉으며 말했다. 그녀는 연신 주먹으로 자기 허벅지와 종아리를 두드렸다. 다홍 솜둔 치마가 퍽퍽 소리를 내며 흔들리자 한성부 형방 소속 다모 주월이 보고 미간을 찌푸렸다.

"관청 앞에서 그러고 있다가 대감께서 또 보시면 진짜 경을 칠걸."

초성은 한성부 형방에서 일하는 의녀 중 유일한 내의원 출신이었다. 어쩌다 한성부 형방으로 오게 되었는지는 알 수 없지만, 궁에 어울리는 사람은 아니었다.

주월의 말에 초성은 콧방귀를 뀌었다.

"아란이 있는데 무슨 걱정이야!"

초성의 능글맞은 목소리에 옆에 서서 헐벗은 회화나무 가지를 보던 아란이 어색한 미소를 지었다. 주변을 둘러보며 아무도 없는 걸 확인하자 주월은 에라 모르겠다, 중얼거리며 초성 옆에 주저앉았다.

"연화방 일은 잘 끝냈고?"

주월이 묻자 초성은 잠시 손을 멈췄다가 곧 힘을 더해 다리를 두드려댔다.

"끝내기는 무슨, 시작도 못 했다."

"그게 무슨 소리야?"

"시신이 나왔다고 빨리 오라고 해서 갔더니 막상 가니까 뭐라는 줄 알아? 동네 산파를 불렀으니까 그냥 가라는 거야. 암튼 동부(東部) 새끼들 일처리 개판인 건 알아줘야 해. 산파를 불렀으면 본청에 요청을 하지 말았어야지. 이 추운 날에 왜 오라 가라 지랄이야. 연화방이 좀 추워? 진짜 생각할수록 짜증나네. 그 오작(作作) 놈을 연못에 빠뜨렸어야 했는데."

멀리 행인이 오가는 육조거리에 눈길을 두었던 아란은 고개 돌려 초성을 보았다.

동네 산파를 불렀다고? 이상한 일이었다. 출산 경험을 확인하기 위해 산파가 필요한 거였으면 한성부 형방 소속 검험 산파인 자신을 부르면 될 일이었다.

게다가 아란은 검험관을 제외하고 유일하게 험장(驗帳)을 작성할 수 있는 형방 사람이었다. 아예 본청에 요청을 안 한 거면 모를까 아란이 바빠 못 부르는 일은 있어도 그녀를 안 부르고 다른 이를 부르는 경우는 없었다.

"죽은 사람은 어떤 사람이었는데?"

"몰라. 과부라 시친(屍親, 검험한 시신의 유가족)도 없고, 마을에서 제법 유명한 미인이었대……. 근데 병조 쪽에서도 사람이 나왔더라. 병조랑 검험하는 거야 한두 번 해본 게 아니니 이상할 것도 없지만, 과부가 병조랑 무슨 상관이라고 지들이 껴들어! 어여쁜 여인이라니까 시신 구경 나온 거 누가 모를 줄 알고. 에잇, 퉤! 호로자식 같으니라고. 눈이나 멀어버려라."

"실인(實因, 사인)은 아예 모르는 거야?"

쉴 새 없이 욕지거리를 내뱉던 초성이 대답했다.

"난 시신도 못 봤다니까. 먼저 도착한 오작이 시신을 확인했는데 자결이 확실하대. 솔직히 그놈 말을 무슨 수로 믿겠어. 제대로 검험이나 할까 모르겠다. 분위기 보니까 본청도 복검(覆檢) 안 할 것 같던데? 병조에서 한다는 것 같더라. 과연 제대로 할지는 모르겠지만. 초검 험장 베껴서 마무리하겠지. 시친이 없잖아……. 대충 정리해서 내일이면 묻지 않을까."

대충하고 묻는다…….

그 말에 아란의 두 눈이 서릿발처럼 서늘해졌다.

***

한성 십 리 밖 무당골 '들'.

오작들 사이에서 '들'이라 불리는 이곳은 무당골 뒤편에 있는 널찍한 평지로 시친 없는 시신을 묻는 곳이었다. 성곽을 넘어 십 리 길을 더 걸은 아란은 황량한 들판을 혼령처럼 배회하며 메우다 만 무덤을 찾아냈다.

자리를 잡고 메고 온 보따리에서 작은 호미를 꺼내 조심스레 땅을 파헤쳤다. 호미질 몇 번 만에 거적에 돌돌 싸인 여인의 시신이 드러났다. 검광을 닮은 달빛이 흰 소복을 입은 아란과 고운 옷을 차려입은 시신을 비추었다.

이제 스무 살 정도 되었을까. 마을에서 유명한 미인이라는 말이 틀린 말은 아니었다. 이리 고운 여인이 어쩌다 시친 없는 과부가 되었을까.

탄식한 아란은 부싯돌 위에 말린 쑥을 얹어 부쇠로 불을 붙였다. 알싸한 쑥 향이 코를 자극하자 가져온 호두 숯에 불을 붙여 시신 주변에 내려놓았다.

뭉근하게 타오르는 숯에서 올라온 균일한 빛이 시신을 은은하게 밝혔다. 이제 시신을 건험(乾驗, 법물을 사용하지 않고 먼저 시신을 살피는 것)할 차례였다. 그녀는 익숙한 손길로 시신의 옷을 벗겼다.

고름을 풀어 겉저고리를 벗기자 솜으로 채워진 속저고리가 나왔다. 속고름을 풀고 속저고리와 속적삼, 치마, 속치마, 속바지를 순서대로 벗겼다. 마지막으로 속속곳을 벗기려 할 때 투둑, 하는 소리가 나며 속곳이 시신의 살갗에서 떨어졌다.

설마, 하는 생각이 뇌리를 스치며 지나갔다. 벗긴 속속곳을 서둘러 불잉걸에 비춰보았다. 딱딱하게 굳은 분즙(糞汁)이 안에 묻어 있는 게 보였다. 아마 항문과 맞닿았던 곳이겠지.

시신을 닦지 않은 건가? 그럼 세엄(洗罨, 제대로 검험할 수 있도록 사체를 적절히 처리하는 것)은?

분즙을 발견하면 험장에 관련 내용을 적은 뒤 깨끗이 닦아 시신을 살피는 게 기본이었다. 시신을 닦지 않았다는 건 제대로 살펴보지 않았다는 거다.

　검험을 마친 시신이 분즙을 쏟아낸 게 아닌 이상, 이럴 수는 없어…….

　겉저고리, 속저고리, 속적삼, 치마, 속치마, 속바지, 속속곳까지. 시신은 이상하다 싶을 정도로 옷을 온전히 갖춰 입고 있었다. 옷을 다시 입혀준 게 아니라, 애초에 벗기지 않았던 건 아닐까?

　아란은 시신의 살 냄새를 맡아보았다. 아무 냄새도 나지 않았다. 술지게미 냄새도, 식초 냄새도, 감초 냄새도, 파뿌리 냄새도.

　세엄을 해야 검험을 할 수 있는데, 아예 세엄도 하지 않았어.

　그럼 검험도 하지 않았다는 거잖아. 왜 안 한 거지. 자결한 게 확실해서?

　사인이 자결이라면, 절차를 지키지 않을 수도 있었다. 정확히 따지면 지켜야 하는 절차라는 것도 없었다. 조선은 검험 절차와 그 방식을 법도로 정하지 않았으니까.

　반드시 지켜야 하는 법도라는 게 없으니, 모두가 아무렇게나 했다.

　아란은 나신이 된 시신을 한눈에 살펴보았다. 오색 중 흑색을 제외한 모든 색이 보였다. 시신의 피부는 푸르기도 하고 누렇기도 했으며 벌겋기도 하고 파리하게 새하얗기도 했다.

　보따리에서 꺼낸 집게로 숯을 하나 집어서는 불빛을 비추며 시신의 외양을 살펴보았다. 정수리부터 이마, 눈, 뺨, 턱까지 모든 게 멀쩡했다. 문제는 턱 아래였다. 액흔이 보였다. 길이가 삼 촌 정도 될 법한 긴 액흔.

살짝 굽은 형태의 액흔을 보자 심장이 쿵, 하고 떨어졌다.

시신을 옆으로 돌리며 뒤를 확인했다. 귀 뒤는 깨끗했다. 그러나 귀 아래 뒷목에 '一'자 모양의 액흔이 길게 나 있었다.

"자살이 아니라 교살이야."

이 시신의 사인은 피륵치사(被勒致死, 목이 졸려 살해됨)였다.

목을 매어 자살한 시신과 교살당한 뒤 자살로 위장된 시신은 뒷목에 생긴 액흔이 달랐다. 산 채로 목을 매달면 본능적으로 발버둥 치기에 귀 뒤에 올라가는 형태로 액흔이 남았지만, 사인을 조작하기 위해 시신을 매단 거라면 목덜미에 묶인 형태 그대로 일자형 액흔이 남았다. 움직임이 없기 때문이었다. 검험 지식과 경험이 있는 이라면 이를 모를 리 없었다.

자결이라고 했잖아?

목에 난 상처는 굳이 옷을 벗기지 않아도 쉽게 확인할 수 있었다. 초성이 도착하기 전에 시신을 살펴보았다고 했으니 오작은 사인을 알았을 것이다.

설마 거짓말을 한 건가? 시친도 없는 과부라서? 검험하기 귀찮아서?

아니야. 일개 오작이 감당할 수 없는 거짓말이었다.

그럼 대체 왜? 검험관이 시킨 거라면 몰라도…….

아란의 표정이 삽시간에 굳었다. 불길처럼 솟아오르던 의문은 순식간에 얼어붙어 서늘한 얼음송곳이 되었다. 머리와 가슴이 얼어붙는 것 같았다. 모종의 이유로 제대로 검험하지 않은 게 분명했다.

'한성부 본청으로 가서 초검 험장을 확인해봐야겠어.'

오늘 보내지 않았다면, 늦어도 내일 오시까지는 동부에서 험장을 보낼 것이다. 대체 뭐라고 적은 건지 확인해야겠다.

아란은 가져온 보따리를 활짝 펼쳤다. 작은 은비녀, 무명천에 감싼 술지게미, 호리병에 든 식초, 작은 자 등 검험에 사용하는 법물이 나왔다.

험장에 뭐라고 적었든, 아란은 동부에서 하지 않은 검험을 제 손으로 마칠 생각이었다.

바람이 호귀처럼 소리 지르며 아란의 소복 안을 파고들었다. 스며든 한기가 배를 쿡쿡 찌르는 것 같았다. 아랫배를 자극하던 불쾌한 감각은 슬슬 고통으로 변했고, 아란은 이마에 솟아난 식은땀을 소매로 닦으면서 다시 숯불로 시신을 비추었다.

***

늦은 밤이었다. 윤오는 등잔불에 기대 서책을 읽고 있었다.

방안을 따스하게 데우는 화롯불은 타닥거리며 타올랐고, 등잔불은 까물거렸다. 잠기운은 불빛이 사그라질 때마다 방안을 덮치는 어둠처럼 윤오를 잠식했다. 무게를 이기지 못한 두 눈이 스르르 감기자 그의 짙은 속눈썹은 새하얀 피부 위로 거뭇한 그림자를 그려 냈다.

바람 소리가 나는가 싶더니 문종이가 두툼하게 발린 문밖에서 익숙한 목소리가 들렸다.

"접니다."

송경이었다.

윤오는 화들짝 놀라 잠에서 깼다. 이리 늦은 시간에 어쩐 일로 들었을까. 의문을 뒤로한 채 소리 내어 말했다.

"들어오거라."

검은 철릭에 검은 실띠를 두르고 누런 대삿갓을 쓴 송경이 방안으로 들어섰다.

큼지막한 보따리부터 내려놓은 그는 대삿갓을 벗으며 빙긋 웃었다. 음험한 웃음이었다. 어쩐지 등줄기에 소름이 돋는 것 같았다.

윤오는 눈썹을 씰룩이며 말했다.

"햇빛도 없는 야밤에 삿갓은 뭐 하러."

송경은 아무렇지도 않다는 듯 맞은편에 앉았다.

"제 얼굴에서 빛이 납니다."

미친놈, 소리가 목구멍까지 올라왔다. 사실은 입 밖으로 나왔는데 송경이 못 들은 척하는 걸지도.

송경은 표정 하나 바꾸지 않은 채 품안으로 손을 집어넣었다. 꺼낸 건 서신이었다.

그는 펼쳐진 서책 위에 서신을 올려놓았다. 겉봉투에는 '김윤오 친전(親展, 받는 이가 직접 펼쳐보라고 서신 겉봉투에 쓰는 말)'이라고 써 있었다. 눈에 제법 익숙한 필체였다.

설마 어필(御筆)인가?

"……누가 보낸 것이냐?"

"누구겠습니까."

"형님께서…… 아니, 주상 전하께서 어찌 아시고?"

"그건 저도 모르겠습니다."

윤오, 아니 이종이 침음했다. 그의 진짜 이름은 이종. 모두가 죽은 줄로만 알고 있던 성녕대군이었다.

죽은 성녕대군이 왜 멀쩡히 살아있는 건지, 어쩌다가 중인 김윤오의 신분으로 살게 되었는지, 자세한 속사정을 아는 사람은 단 세 명이었다. 윤오의 생모인 죽은 원경왕태후와 원경왕태후의 외사촌인 송한 그리고 송한의 장자인 송경.

자신이 살아있다는 건 부친인 선왕도 몰라야 했던 일이었다. 왕을 속이고 나라를 속여야 했던 일. 천하도 모르는 사실을 형님이, 아니 성상이 무슨 수로 알아낸 걸까.

그러나 성상은 아우가 살아있다는 걸 알면서도, 죽은 이종이 아닌 중인 김윤오에게 서신을 보냈다.

윤오는 성심을 헤아릴 수 없었다. 확인할 방법은 하나뿐이었다. 서신을 집어 들었다.

내용을 확인한 윤오의 낯빛이 파랗게 질렸다. 믿을 수 없다는 얼굴로 한참 동안 서신을 바라보았다. 상감은 죽은 이종을 살려내는 대신 그에게 새로운 신분으로 살아가라고 했다.

중인 김윤오는 명일 사헌부를 찾아가 감찰관 업무를 시작하라.

사헌부 감찰이 되어 비위 규찰 업무를 맡으라니, 이 무슨……. 윤오는 서찰을 내려놓으며 물었다.

"어찌된 일이냐!"

송경은 어깨를 으쓱였다.

"저와 부친은 모르는 일입니다."

"그럼 돌아가신 모후(母后)께서 아시겠느냐!"

"그럴지도 모르지요."

천연덕스럽게 구는 송경을 보자 저절로 이마에 푸른 핏대가 섰다.

송경은 뒤에 놓인 보따리를 제 턱으로 가리키며 말을 이었다.

"안에 단령포가 있습니다. 저걸 입고 가시면 됩니다."

"……따로 남기신 말씀은 없고?"

"없습니다. 어찌 아셨냐고 여쭸는데 답을 안 주시더군요."

"아무 말씀도 하지 않으셨다고?"

"예, 정말 어찌 아신 건지 모르겠습니다. 아무튼 답신이나 주십시오. 답신을 달라고 하셨습니다."

답신……. 누구에게 요하는 답신인 걸까. 죽은 이종? 중인 김윤오?

자신이 받은 건 서신이 아닌 어명이었다. 어명을 받잡는 것 외에 대체 무슨 말을 한단 말인가. 속이 무언가에 꽉 막힌 것 같았다.

오만 감정이 뱃속에서 휘몰아치고, 기억의 파편이 머릿속에서 번쩍였다. 윤오는 자리에서 벌떡 일어나 성큼성큼 걸음을 옮겼다.

눈을 동그랗게 뜬 송경이 황급히 고개를 돌리며 외쳤다.

"이야기 중에 어딜 가십니까?"

"답답해서. 밖에 나가 좀 걸어야겠다."

"예? 아니, 답신을 달라니까요. 그냥 가시면 저는 어쩝니까? 벌써 삼경입니다. 어서 서신을 챙겨 궐로 돌아가야 한다니까요. 저도 잠은 자야지요. 어서 마치고 집에 가야……."

길고 긴 잔소리가 그림자처럼 따라붙었다. 윤오는 활짝 연 문을 쾅 닫으며 말했다.

"그럼 여서 자든지."

닫힌 문 너머로 송경의 볼멘소리가 쉴 새 없이 이어졌다. 욕지거리도 좀 들린 것 같은데.

그는 흑혜를 신으며 못 들은 척 발걸음을 옮겼다.

대나무 사립문을 밀고 나와 윤오는 무의식적으로 좌우를 둘러보았다.

왼쪽은 시신을 묻는 '들'로 향했고, 오른쪽은 무당이 모여 사는 마을로 향했다. 생각할 필요도 없었다. 그는 왼쪽으로 걸음을 옮겼다.

***

언제부터 무당골 옆 죽림에서 살게 된 건지 자세히 기억하지 못했다. 사실 근 몇 년간의 기억이 뜨문뜨문 이어진 파편으로만 남았다.

그의 뇌리에 잔존한 기억 중 가장 강렬한 파편은 온몸을 찌르는 고통과 귓가를 적시던 어미의 울음소리였다.

어머니, 울지 마세요. 작열하듯 끓어오르는 열기에 정신이 혼미하던 와중에도 그는 그렇게 생각했다.

어머니는 자주 울었다. 부왕의 손에 외숙부 네 명이 목숨을 잃었을 때도, 부왕이 다른 여인을 찾아갔을 때도, 어머니가 할 수 있는 건 구중궁궐에 갇혀 눈물을 흘리는 것뿐이었다.

원래는 이렇지 않았다고 했는데. 궁 밖에서 살았을 때는 얼굴에 웃음꽃이 지지 않았다 했다. 검 끝처럼 예리하면서도 당찬 사람이었다고.

하지만 궁에서 태어나고 자라난 그는 그런 어미를 본 적이 없었다. 그녀는 날에 이가 빠졌고, 녹이 슬었으며 검광을 잃었다.

그래도 검은 검이었다. 날이 무딘 쇳덩이가 되었다 할지라도 검은 베는 법을 잊지 않았다.

종아, 너는 죽은 것이다. 네가 살 수 있는 유일한 방법은 죽는 것이다. 이제 너는 김윤오다. 잊지 말거라.

그녀는 그렇게 말하며 대군인 성녕을 죽였다. 잔혹하리만치 냉정하게 모자의 연을 끊었다.

의원의 의술로도, 판수의 점괘로도, 국무의 기원으로도 성녕대군을 살려낼 수 없었다. 그녀는 그를 죽이는 것이 그를 살릴 수 있는 유일한 방법이라고 굳게 믿었다.

성녕대군이 죽었다는 소식은 순식간에 조선 팔도에 퍼졌고, 몰래 죽림으로 옮겨진 윤오는 드디어 죽음의 기운에서 벗어날 수 있었다. 대신 다시는 모친을 볼 수 없었다. 이종이었을 때 가졌던 모든 걸 잃어야 했다.

성상에게 그의 존재를 알린 게 그녀였을까? 모친은 왕후였을 때도, 모후였을 때도 윤오를 이야기하는 법이 없었다. 비밀을 공유한 송한과 송경에게도 '성녕 그 아이가 생전에'라며 죽은 아이만 언급할 뿐이었다.

그렇다면 성상은 성녕이 살아있다는 걸 어떻게 알았을까. 왜 이제 와서 자신을 찾는 걸까.

아니지, 정확히는 자신을 찾은 게 아니었다. 성상이 부른 건 성녕대군 이종이 아닌 중인 김윤오였다. 성도 이름도 신분도 전혀 다른, 더 이상 아우가 아닌 자.

성상은 중인 김윤오에게 관직까지 내렸다. 사헌부 감찰이라니. 중인인 김윤오에게 정육품 관직이 가당키나 한 일인가.

관료들이 가만있지 않을 것이다. 이들의 눈길이 김윤오에게 쏠아질 것이다. 모친의 노력이 물거품이 될지도 모른다. 그 사실을 누구보다 잘 알고 있을 성상은 어찌하여…….

탁, 마른 나뭇가지 부서지는 소리가 났다. 새들이 놀랐는지 푸드득 소리를 내며 날아갔다.

나뭇가지를 밟은 채 윤오는 하늘을 올려다보았다.

마침 지나가던 짙은 구름이 만월을 뒤덮었다. 한 치 앞도 보이지 않는 새카만 어둠. 무거운 암흑이 천지를 감싸며 내려앉았다.

다시 나서려는데, 어둠 속에서 무언가가 보였다. 그것도 아주 또렷하게.

머릿속이 새하얘졌다.

눈을 비볐지만, 비볐다 뜬 눈이라고 다를 건 없었다. 멀지 않은 곳에서 도깨비불이 아른거렸다. 붉은빛을 내는 둥근 구 여러 개였다.

용암처럼 새빨간 불빛은 사냥을 앞둔 맹수의 동공처럼 침착했고, 허투루 움직이는 법 없이 허공을 가르며 부유했다. 몇 개는 지면 위에 머물며 자기 몸을 타닥타닥 태웠다. 아직 저승 땅을 빠져나오지 못한 혼불이 하늘로 날아오르기 위해 안간힘을 쓰는 것처럼.

어느새 그의 발걸음이 '들'까지 닿은 것이다. 죽림을 벗어나면 바로 반대편으로 몸을 돌릴 생각이었지만, 상념에 잠긴 나머지 '들'에 발을 디딘 걸 알아채지 못했다.

구름 사이로 달빛이 새어 나왔다. 도깨비불 너머 무언가가 새하얀 형체를 드러냈다. 잔뜩 헝클어진 머리카락이 얼굴을 가린, 소색

민저고리와 소색 치마를 입은 여인이었다.

"헉!"

윤오는 들이켜던 숨도 멈춘 채 느티나무에 재빠르게 몸을 숨겼다.

까끌한 나무 살갗이 목에 닿은 느낌이 선연한 걸 보니 꿈은 아닌 모양이었다. 차라리 꿈이었으면 좋았을 텐데. 지진이라도 난 것처럼 가슴이 힘차게 요동쳤다. 느티나무에 기댄 채 한참 동안 호흡을 고르며 윤오는 얼마 없는 용기를 그러모았다.

군자가 어찌 괴력난신을 두려워할쏘냐! 윤오는 조심스레 고개를 돌렸다.

몇백 년 묵은 나무의 갈라진 기둥 사이로 여인인지 여귀인지 알 수 없는 이의 모습이 보였다. 그녀는 한 손으로 무언가를 매만지고 있었다.

파라우리한 달빛과 불그스름한 도깨비불이 그녀의 손끝을 비췄다. 시신이었다. 습의(襲衣, 시체에 입히는 옷)를 입은 시신이 거적 위에 누워 있었다.

등줄기에 식은땀이 흘러내렸다. 무당골 신비(神婢, 부모나 조부모의 혼백을 무당집에 옮겨놓는 조건으로 시주한 여성 종) 성덕이 해줬던 말이 뇌리를 스치며 지나갔다.

아저씨, 구미호 몰라요? 소복 입고 무덤 파헤쳐서 간 빼먹는 요괴래요.

성덕은 '들'에서 구미호가 나온다고 했다. 오작이 시신을 묻고 갈 때마다 꼭 '들'에 나타나 무덤을 파헤치고 간다고. 원귀도 두려워하지 않는 무당골 사람들이 유일하게 두려워하는 존재였다.

구미호라니. 세상에 그런 게 정말로 존재한단 말인가.

윤오는 마음을 가라앉히려 노력했다. 여우 굴에 들어가도, 아니 호랑이 굴에 들어가도 정신만 차리면 산다고 했으니까.

하얗고 고운 손은 시신의 옷매무새를 다듬고, 저고리 고름을 매어주더니 산발이 된 머리카락을 재빠르게 정리해주었다.

잠깐, 뭔가 이상했다. 구미호라면 사나운 손길로 옷을 찢어내지 않나? 살을 갈라 뼈를 뜯고 간을 꺼내 주저 없이 입안으로……

핏기가 가신 머리에 다시 피가 도는 것 같았다. 쿵쿵 뛰던 심장도 어느새 제자리를 찾아갔다. 그제야 그녀의 모습이 제대로 눈에 들어왔다.

그녀는 한 손으로 시신을 염하고 있었다. 익숙한 손길로 습의를 매만지면서도 다른 한 손으로는 불빛을 비춰 시신을 확인했다. 그 시선이 머리카락 한 올도 놓치지 않을 것처럼 꼼꼼하고 신중했다.

불빛은 숯불이었다. 집게에 들린 숯불 하나, 시신 주변에 놓인 숯불 대여섯 개. 도깨비불이 아니었다. 이리 쉬이 알아볼 수 있는 것을, 찰나의 감정에 현혹되어 눈이 멀었구나.

윤오는 안도의 한숨을 내쉬었다. 불어오는 바람결에 어렴풋하게 여인의 목소리가 들렸다. 읊조리듯 내뱉는 말이었다.

"턱 아래 중앙에 액흔 3촌 2푼, 우측 조금 아래에 액흔 2촌 4푼. 뒷목에 액흔 5촌. 식기상이 꺼졌고, 목에 액흔이 감돌아 교차. 액흔은 색이 검고 굳어 있고, 곡도에는 분즙. 하복부에는 철석처럼 둥글고 딱딱한 게 만져지니, 크기로 봐서는 회임 다섯 달."

고저 없이 반복되는 목소리가 미약하게 흔들렸다. 산발이 된 머리카락도 땀에 흠뻑 젖어 있었다. 그녀는 염을 마친 건지 시신을 거적에 둘둘 말았고, 어깨를 들썩이며 가쁜 숨을 몰아쉬었다.

윤오는 잠자코 지켜보다가 집에서 자신을 기다리고 있을 송경을 떠올렸다. 눈앞의 호기심과 송경의 볼멘소리를 두고 고민하는 사이, 또렷하고 청아한 목소리가 귀에 꽂혔다.

"이봐요, 거기서 구경만 하고 있을 거예요? 와서 좀 도와주기라도 하든지."

죽림 방향을 흘깃 보던 윤오가 아란의 말에 부리나케 고개를 돌렸다. 서늘한 시선이 맞닿았다. 바람에 휘날리는 검은 머리카락에 미색 치맛자락, 치맛단에 점점이 번진 혈흔. 여귀의 모습을 한 그녀가 꼿꼿이 선 채 그를 마주 보고 있었다.

***

같은 시각, 한성 광희문 근처 명철방.

경수소에서 보초를 서던 순라군이 바스락거리는 소리에 주변을 훑어보았다. 명철방은 유흥가가 즐비한 곳이라 유독 야금을 어기는 이들이 많았다.

"어떤 놈이 술 처먹고 비틀거리나 보군."

"보나 마나 훈련관 놈들이겠지."

순라군들은 혀를 쯧쯧 차며 한담을 나누었다.

야금을 어겨 경수소에 갇힌 사내 하나가 꿈쩍도 않는 순라군들을 보고 말을 얹었다.

"가서 잡아와야 하는 거 아닌가? 왜 나만 잡고 저 사람은 안 잡지?"

인정을 알리는 종이 울리자마자 순라군에게 붙잡힌 그는 분을 이기지 못한 건지 뜬눈으로 밤을 지새고 있었다. 파루까지 갇혀야 하는 데다 곤장도 맞아야 하니 화가 날 만도 했다. 그가 목소리를 높이며 항의하자 순라군은 대수롭지 않다는 듯 대꾸했다.

"우리는 여기를 지키면 되는 거요. 순찰 도는 순라군이 따로 있는데 우리가 왜 나서?"

"아니, 그래도…….”

"어허, 우리 보내고 몰래 도망치려는 거 아니요? 쓸데없는 소리 말고 가만히 앉아나 계시게. 괜히 나서다 이따 더 호되게 맞는 수가 있으니까.”

남자는 금세 꿀 먹은 벙어리가 되었다. 그때였다.

"불이야!”

사람들의 낯빛이 새하얗게 질렸다. 불이라니.

불은 상감에게도 보고되는 일이었다. 야밤에 불이 나면 순라군은 물론 지역 주민, 심지어 근처에 사는 관리마저 버선발로 뛰쳐나와야 했다.

경수소 안에 있던 순라군 두 명은 지초롱을 들고 득달같이 밖으로 뛰었다.

어두운 밤, 골목은 여전히 어두웠다. 순라군들이 두리번거리는 사이, 다시 다급한 목소리가 들렸다. 앳된 여인의 목소리였다.

"여기 불이!”

오른쪽이었다. 땅에 맞닿는 발걸음 소리가 소란하게 울려 퍼졌다. 일제히 오른쪽으로 달려갔지만, 보이는 건 적막한 어둠뿐이었다. 그때 다시 소리가 들렸다. 이번에는 미약하고 굵은, 남성의 목소리였다.

"……살려…… 여기……."

대갓집 담이 양쪽에 선 골목이었다.

소리는 달빛도 드리우지 않은 어두운 골목에서 새어 나왔다. 순라군 둘이 의아하다는 눈빛을 주고받았다. 그때 뒤에서 후다닥 소리가 들렸다. 경수소에 갇혀 있던 사내가 횃불을 들고 달려왔다.

"거기 서 있으면 어쩌자는 건가. 어서 빨리 불을 꺼야지."

순라군이 경수소에서 나가자 그도 따라나선 것이다. 그냥 나온 것도 아니었다. 경수소에 놓여 있던 횃불과 물동이까지 들고나왔다.

순라군 한 명이 그를 보고 눈을 부라렸다. 다른 이는 그가 멋대로 나왔다는 걸 까맣게 잊었는지 당황한 목소리로 말했다.

"불은 안 보이는데……."

"……여기, 살려주시오."

사내는 그 소리를 듣자마자 어두운 골목길 안쪽으로 고개를 획 돌렸다.

"사람이 죽어가는데 멍하니 서 있으면 어째!"

그는 물동이를 던지다시피 넘기고는 안쪽으로 성큼성큼 걸어갔다. 횃불은 좁고 어두운 골목길을 붉게 물들였다. 이렇게 으슥한 곳에서 신음이 들리다니.

골목 끝자락에 다다라서야 쓰러진 사람을 발견할 수 있었다. 갓을 쓴 선비였다. 횃불로 비춰보자 선혈로 물든 물빛 비단 편복포가 보였다.

남자의 복부에서 피가 배어 나왔다. 그가 깜짝 놀라 한 손으로 남자의 복부를 누르자 남자의 입에서 고통에 찬 신음이 터져 나왔다.

"지혈해야 하니 좀 참게나."

그는 고개를 돌리며 골목 밖을 향해 소리쳤다.

"사람이 다쳤으니 빨리 가서 의원을 불러오게."

소리를 들은 순라군 둘이 웅성거렸다.

"사람이 다쳤다고?"

"이봐, 저자 가둬야 하는 거 아니야? 경수소에서 도망쳤잖아."

그는 버럭 소리를 지르며 말했다.

"나는 한성부 종오품 판관 한석일세. 절대 도망 안 갈 테니 어서 의원부터 부르라니까! 한 명은 여기 남아 나를 지키면 되지 않나."

순라군 둘은 망설이다 서로 고개를 끄덕였다. 하나는 의원을 부르러 뛰었고 다른 하나는 지초롱을 들고 부리나케 달려왔다.

"많이 다친 거요?"

"여기 부위를 손으로 꼭 누르게."

순라군은 남자 옆에 쭈그리고 앉았다.

한석은 순라군에게 그를 맡겨놓고 자리에서 일어나 횃불을 들었다. 땅에 떨어진 핏방울이 보였다. 걸음을 옮기자 띄엄띄엄 떨어진 핏방울이 그려낸 궤적이 횃불이 닿지 않는 곳까지 뻗어나간 게 보였다.

뛰면서 흘린 피인가?

"우리가 오는 소리를 듣고 도망쳤군."

한석의 말에 순라군은 말했다.

"이봐요, 자네가 진짜 판관인지 아닌지는 모르겠지만 도망치면 곤란하다고. 멀리 가지 말고 바로 옆에 찰싹 붙어 있어요. 하긴 도망칠 사람이었으면 진즉에 도망쳤겠지만."

한석은 골목 너머를 노려보다 몸을 돌려 선비에게 다가갔다.

"누가 이런 건가. 그자 얼굴을 보았나?"

하얗게 얼굴이 질린 남자는 한석의 시선을 회피하며 말했다.

"······모르오. 얼굴을 보지 못했소."

***

골목 끝 모퉁이에 몸을 숨긴 남자가 조심스레 고개를 돌려 안쪽을 들여다보았다.

횃불을 든 남자가 이쪽을 노려보며 기척을 살폈지만, 곧 시선을 거두고는 순라군에게 돌아갔다.

젠장! 그래도 제 목숨 중한 줄 알면, 함부로 주둥이를 놀리진 못하겠지.

들고 있는 단검에서 뚝뚝 떨어진 핏물이 언 땅에 고였다. 잠시 숨을 고른 남자는 뒤도 돌아보지 않고 자리를 떠났다.

구름 무늬를 수 놓은 회색 운금 편복포가 거친 움직임에 태풍 속 파도처럼 출렁이고, 금사로 수 놓은 금단화는 솔기를 누르는 인두처럼 얼어붙은 흙길을 꾹꾹 밟았다.

"다 죽인 놈이었는데! 배 말고 목을 찔러 바로 숨통을 끊었어야 했어."

밤길을 걷는 그의 입에서 끊임없이 욕지거리가 쏟아져 나왔다.

명철방을 세로로 질러 북쪽으로 걸어가던 그는 잠시 걸음을 멈추었다가 서남쪽으로 향했다.

시야 끝에 하얗고 둥근 달이 내려앉은 목멱산 산머리가 모습을 드러냈다.

목멱산. 분노를 억누를 수 없을 때면 꼭 찾아가는 곳이었다. 바로 지금 같은 때.

남자는 급하게 걸음을 옮겼다. 이따금 순라군과 마주쳐도 태연자약하게 암호를 읊어대 쉬이 통과했다. 그는 한성을 그야말로 제 집 마당처럼 활보했다.

산기슭에 닿은 남자는 걸음을 멈추더니 날 선 눈으로 사방을 훑었다. 눈길 닿는 곳마다 먹물을 끼얹은 듯 새카맸다.

발소리를 들은 것 같은데, 잘못 들었나?

다시 산길로 걸음을 놓았다.

어두운 목멱산 안, 곧 스산한 달마저 침잠한 어둠 속으로 달빛을 감추었다.

**

윤오는 작은 호미로 땅을 파대며 후회하고 있었다. 도와주겠다고 하는 게 아니었는데. 그나저나 이 작은 호미로 어떻게 이만큼이나 판 거지?

윤오는 겨울 한기에 단단해진 흙을 덩이덩이 부수며 물었다.

"저기, 뭐 하시는 분입니까?"

돈에 눈이 먼 오작이 '들'에 묻은 시신의 간을 꺼내서는 생간이라 속여 팔기도 한다던데, 설마?

윤오는 자신도 모르게 거적에 싸인 시신을 곁눈질했다.

아란은 은비녀를 시신의 입에서 꺼내 색을 확인하고는 보따리에 넣으며 대답했다.

"산파."

"산파……?"

"한성부 형방 검험 산파입니다."

검험 산파라니. 윤오는 그런 직업이 있는 줄도 몰랐다. 게다가 이렇게 젊은 산파가 있던가? 아직 혼인도 안 한 처자 같은데……. 더 묻고 싶었지만, 그럴 상황이 아닌 것 같아 더는 말을 걸지 못했다.

한참 지나서야 윤오는 호미를 내려놓을 수 있었다. 무덤을 막 파헤치고 나온 것처럼 온몸이 흙투성이가 되었다.

아란은 다 파인 구덩이를 보더니 거적에 싸인 시신을 번쩍 안아들어 구덩이 안으로 들어간 윤오에게 조심스레 넘겼다. 시신의 무게 때문에 그의 무릎이 휘청였다.

"헉!"

힘이 장사인가? 이걸 어찌 들었지?

시신을 내려놓고 구덩이 밖으로 나가려는데 아란이 손을 내밀었다.

윤오는 흠칫 놀랐다가 조심스레 그 손을 붙잡았다. 쑥스러움은 금세 당혹감으로 변했다. 다리에 힘을 주기도 전에 몸이 구덩이 위로 휙 끌어 올려졌기 때문이었다.

윤오는 눈을 휘둥그렇게 떴다. 한 손으로 번쩍 끌어올리다니. 자신도 모르게 그녀의 뒷태를 흘깃 보았지만, 다행히 꼬리는 보이지 않았다.

아란은 시신이 놓여 있는 구덩이로 훌쩍 뛰어내렸다가 잠시 후 다시 땅 위로 올라왔다. 옆에서 흩어진 흙을 그러모으던 윤오는 그녀의 버선발을 보고 물었다.

"신을 벗어주신 겁니까?"

지금은 버선발이었지만, 조금 전 아란은 분명히 짚신을 신고 있었다. 윤오는 아란이 부유하는 여귀일까 싶어 제일 먼저 발부터 확인했었다.

"멀고 먼 저승길을 어찌 맨발로 걸어간답니까."

아란이 별것 아니라는 듯 여상스레 대답하자 윤오는 속으로 생각했다.

그럼 당신은 어찌 버선발로 집까지 간단 말이오?

윤오는 머릿속에 떠오른 질문 대신 다른 걸 물었다.

"왜 다시 검험하는 겁니까?"

'다시'는 아니었다. 애초에 검험하지 않았으니까.

"이곳에 묻히는 시신은 시친이 없어 제대로 검험하지 않는 경우가 많습니다."

"이곳에서 제대로 검험을 해도, 소용없는 건 마찬가지 아닙니까."

아란의 두 눈에 빛이 번뜩이다 사라졌다.

그의 말이 맞았다. '들'에서 홀로 검험한다고 한들 그녀가 바꿀 수 있는 건 아무것도 없었다. 새로 검시해 험장을 작성하면 뭘 하겠는가. 그녀가 작성한 건 먹물로 글을 적은 종이에 불과할 뿐 아무 효용도 없는 것을.

검험 일시와 장소, 증거물 목록 및 검험에 동행한 이들의 이름을 적지 않았고, 검험관의 수결(手決)을 놓는 착압(着押)도 하지 않았으니 위로 보고할 수도, 검안 수사나 단옥(斷獄)에도 참고할 수 없는 무효한 종이일 뿐이었다. 절대 진짜 험장이 될 수 없었다.

이 남자는, 그걸 알고서 말한 걸까. 아니면 그냥 말한 걸까.

그녀는 다짐하듯 대답했다.

"바꿀 수 있는 게 없다고 아무것도 하지 않으면, 정말 아무것도 바꿀 수 없게 됩니다. 그리고 자신이 맡은 일은 제대로 해야지요. 저는 검험 산파이니 검시는 제 의무이자 권리입니다."

"……그 일이 자기 신분에 맞지 않아도 말입니까?"

아란은 미간을 찌푸렸다. 이 사람이 지금 나랑 언쟁을 하자는 건가?

고개를 돌리자 생각에 잠긴 듯 흙을 응시하는 윤오의 모습이 보였다.

어쩐지 조금 전 질문은 자기 자신에게 한 것 같았다. 짜증이 가라앉은 아란은 담담한 목소리로 말했다.

"신분에 맞는 일이란 것도 있습니까? 신분은 언제든 변할 수 있습니다. 명태조 주원장은 조실부모한 고아에 천하를 떠돌며 걸식하던 거지였지요. 천년만년 가는 황조가 어디 있고, 변하지 않는 신분이 어디 있단 말입니까."

"그자는 황제가 되었으니까요. 밥을 빌어먹고 살았더라도 황제가 된 자가 아닙니까. 누가 황제에게 뭐라고 하겠습니까."

"신분만 공고히 하는 나라는 굳건한 나라가 아닙니다. 법과 제도를 갖추고 똑바로 실행하는 나라가 굳건한 나라지요. 신분에 지나치게 얽매여 죄를 지어도 벌을 주지 않고 공을 세워도 상을 내리지 않는다면, 신분도 오래가지 못합니다. 그 나라는 망국이 될 테니까요. 천하를 다스린다는 황제도 마찬가지입니다. 법을 피해갈 수는 없지요. 그리고 언관은 놀고먹는 관리랍니까? 나라님이 잘못하면, 언관이 직간을 해야지요."

아란의 말이 느닷없이 윤오의 마음을 흔들었다. 언관은 관료를 감찰하고 임금에게 간하는 걸 업으로 삼은 이였다. 관리를 관리답게 하는 일. 임금을 임금답게 하는 일. 나라를 나라답게 하는 일이었다.

그래서 형님은 내게 사헌부 감찰이 되라고 한 걸까? 나라를 위해 살라고?

윤오는 생각에 잠겼고, 둘은 한참 동안 말이 없었다. 부지런히 손만 놀릴 뿐이었다. 수리부엉이 우는 소리가 이따금씩 적막을 채웠다.

봉분 흙을 정성스레 두드리던 윤오는 용기 내서 물었다.

"그런데…… 피 묻은 소복은 왜 입고 다니는 겁니까?"

"야금 때문이지요. 순라군한테 잡히면 경수소로 끌려가니까요. 이러고 다니면 우연히 마주쳐도 순라군이 먼저 도망갑니다."

"……정말입니까?"

"그럼요. 귀신인 줄 알거든요. 처녀 곡소리 한번 들어보시렵니까? 들으면 다들 까무러치던데."

윤오는 침을 꼴깍 삼켰다.

이 여자…… 산파가 아니라 풍녀(瘋女) 같은데?

아란은 먼저 일어나 흙 묻은 손을 털었다. 묵직한 무명천 보자기를 둘러메더니 꾸벅 허리를 숙였다.

"도와주셔서 감사합니다. 덕분에 일을 일찍 끝낼 수 있었습니다."

"잠시만……."

윤오는 신고 있는 흑혜를 벗어 아란의 발 옆에 내려놓았다.

"딱 맞지는 않아도 벗겨질 정도는 아닐 겁니다."

물끄러미 신을 내려본 아란은 잠시 주저하다 고개를 끄덕였다.

그녀는 지저분해진 버선발을 흑혜 안에 밀어 넣으면서 말했다.

"감사합니다. 이 신은 제가 깨끗하게 씻어서 돌려드리겠습니다."

아란은 지체 없이 자리를 떠났다.

윤오는 아란의 멀어지는 뒷모습을 지켜보다가 죽림으로 돌아가기 위해 몸을 돌렸다. 왜 이렇게 늦었냐며 길길이 날뛸 송경의 모습이 눈에 선했다.

한 겹 버선이 무색해지는 날씨였다. 발등에 닿는 바람은 가시처럼 피부를 할퀴었고, 발바닥에 맞닿은 흙은 빙면 같았다. 서둘러 걸음을 떼려는데, 뒤에서 털썩, 소리와 함께 잡동사니 부딪히는 소리가 들렸다.

돌아보자 여인이 쓰러진 게 보였다.

황급히 달려간 윤오는 그녀를 일으키기 위해 팔뚝에 손을 댔다. 들끓는 체온이 느껴졌다. 어쩐지 땀을 많이 흘린다고 하였다. 몸 상태가 정말 심상치 않은 것 같았다.

아직 깊은 밤이었다. 그녀를 업고 의원을 찾아갈 수도, 어딘지도 모르는 그녀의 집으로 데려갈 수도 없었다. 윤오는 일단 들쳐업고 힘껏 달리기 시작했다.

***

문을 벌컥 열자 이부자리까지 펼쳐놓고 대자로 누워 자던 송경이 눈을 비비며 고개를 들었다. 윤오는 성큼 방안으로 들어서며 소리쳤다.

"어서 비키거라!"

송경은 영문도 모른 채 자리에서 일어났다.

"소리는 또 왜 지릅니까. 먼저 자고 있으라더니, 성질 참……."

송경이 자리에서 일어나자마자 윤오는 아란을 요 위에 눕힌 뒤 이불을 덮어주었다.

송경은 눈을 동그랗게 뜨며 물었다.

"뭡니까? 과부 보쌈입니까?"

"……."

"아니면 뭡니까?"

"밖에서 혼절하였기에 데리고 왔다."

"동의는 얻으신 겁니까?"

"혼절해서 정신이 없는데, 무슨 수로."

"맹자가 말하기를 남녀수수불친이라 하였으니……."

"이런 무식한 무관 놈아. 바로 다음 구절에 사람이 물에 빠졌는데도 손을 뻗어 끌어내지 않으면 승냥이나 이리라 하였다. 그리고 그거 맹자가 한 말이 아니라 딴 사람이 맹자에게 물어본 말이다."

"……지금 저보고 무식하다고 하셨습니까?"

"몸이 좋지 않아 그런 거니 조금 쉬면 나아질 것이다. 체력이 약한 이는 아니었다. 열을 식혀야 하니, 가서 물이나 받아오거라."

"하, 진짜. 내가 나이도 세 살이나 더 많은데. 장유유서도 모르는 무식한……."

윤오가 노려보자 송경은 황급히 문을 열고 밖으로 나갔다.

윤오는 조심스레 아란의 이마에 손을 얹었다. 바깥이 한빙지옥이라면, 아란의 몸은 초열지옥이었다. 금세라도 활활 타올라 재가 되어 사라질 것 같았다.

엄동설한에 소복만 입고 돌아다니니 고뿔에 단단히 걸리지.

송경이 대야에 물을 담아 오자 윤오는 손수 천을 물에 적셔 그녀의 머리에 얹어주었다.

송경은 그제야 아란의 얼굴을 보고 이죽거리며 말했다.

"안 하던 짓을 왜 하시나 했더니, 다 꿍꿍이가 있어서 그랬군요."

윤오는 아란의 얼굴을 구경하는 송경의 귀를 잡아끌었다.

"아아아아, 아픕니다!"

"조용히 좀 하거라."

윤오는 그를 툇마루까지 끌고 나왔다. 송경은 귀를 감싸 쥐며 말했다.

"바람 좀 쐰다고 하더니, 무슨 바람이 불어 이런 짓을 한 겁니까? 저 여인은 누굽니까?"

"우연히 마주쳤다. 도움이 필요해 도와드린 게지. 그나저나 답신을 보내야 한다고 하지 않았느냐. 써줄 테니 챙겨서 가거라."

"답신을 써줄 마음이 생기기는 하셨나 보네요."

"……그래."

"그럴 줄 알고, 답신은 제가 알아서 챙겼습니다."

송경은 자신의 가슴팍을 툭툭 치며 씨익 웃었다.

"유종원의 포사자설을 읽고 계셨더군요. 가렴주구에 시달리는 백성들을 걱정하는 그 마음씨, 제가 가서 잘 전하도록 하겠습니다."

송경은 윤오가 읽던 서책을 몇 장 찢어 품에 넣은 상태였다. 그걸 윤오가 알았더라면, 아마 그를 산 채로 찢어버리려 했을 것이다.

"그게 무슨 말이냐?"

"그럼 저도 이만 가봐야겠습니다. 잠은 역시 집에서 자야지요."

남의 집에서 대자로 뻗어 잘만 자더니!

송경은 마당을 가로지르다가 문득 돌아서며 말했다.

"양녕 형님이 어쩌다 세자 자리를 잃은 줄 아십니까?"

송경은 윤오의 눈을 똑바로 마주 보았다.

"여인을 범해서였습니다. 정신을 잃은 여인에게 허튼짓하면 바로 상감에게 전해 의금부로 보낼 겁니다. 두고 보십시오."

송경의 으름장에 윤오는 어이가 없었다.

나를 뭘로 보고!

무식한 무관 놈이라는 말에 기분이 상해 저러는 게 틀림없었다.

송경은 농이 아니라며 거듭 강조하더니 사립문을 열고 나갔다.

윤오는 괜히 화가 나 얼굴을 붉히다가 다시 방으로 들어갔다.

그의 말이 다 틀린 건 아니었다. 남녀칠세부동석이 아니던가. 남녀가 유별하니 같은 방에 머물 수는 없었다.

윤오는 남은 이불을 챙겨 나와 툇마루에 누웠다. 찬 바람에 얼굴이 시렸지만, 두터운 솜 이불로 몸을 돌돌 말자, 나름 견딜 만했다. 그는 숨을 내쉴 때마다 나오는 하얀 입김을 보며 생각에 잠겼다.

밤이 지나고 해가 떠오르면, 그는 단령포를 입고 사헌부에 가야 했다. 더는 무당골 죽림의 괴짜 서생이 아니었다. 진짜 새로운 삶을 시작하는 것이다.

사헌부 감찰. 중인. 김윤오.

윤오는 한참 동안 자신의 새로운 신분을 곱씹어보았다.

기억의 파편은 뜨문뜨문 부유하며 떠오르다 어느 순간 수면 아래로 가라앉았다.

점점 옅어지는 의식과 함께 수마가 찾아왔다.

윤오는 온몸의 노곤함을 이기지 못하고 까무룩 잠에 들고 말았다.

***

이른 아침, 윤오는 조심스레 방문에 대고 말했다.

"낭자, 일어나셨습니까?"

대답이 없었다. 그는 주저하다 천천히 방문을 열었다. 아무도 없었다. 안에는 곱게 개어진 이불뿐이었다. 어쩐지 허탈한 마음이 들었다.

그는 서안 위에서 종이 한 장을 발견했다. 벼루 위에는 먹물이 조금 남아 있었고, 붓에도 물기가 살짝 남아 있었다. 반 시진, 어쩌면 한 시진. 그녀는 파루쯤에 글을 쓰고 떠난 것 같았다.

단정한 필체로 적힌 서신. 지필묵이 있어 잠시 빌려 썼다고, 이 은혜는 반드시 갚겠다고. 딱 두 줄 뿐이었지만 내용에 군더더기가 없었다. 그리고 문체도 그 내용처럼 정갈했다. 제법 글 공부를 해야 쓸 수 있는 문장이었다.

글을 아는 산파라…….

윤오의 시선이 서신 맨 왼쪽에 한참을 머물렀다. 마지막에 적힌 건 그녀의 이름이었다.

"아란."

윤오는 혀끝으로 그녀의 이름을 굴려보았다.

뱉기에도 듣기에도, 제법 정감이 가는 이름이었다.

한성부

수사파(收死婆)

二章

새벽빛이 <u>끄트머리</u>에서부터 하늘을 갈랐다.

아란은 한성 유란동 판한성부 사저의 담을 단숨에 넘어 부리나케 별당채를 향해 달렸다.

더 일찍 왔어야 했는데. 파루가 되기 전에 돌아왔어야 했는데.

피로를 이기지 못할 거라고는, 정신을 잃을 거라고는 그녀도 예상치 못했다. 낯선 곳에서 눈을 떴을 때 어찌나 놀랐던지.

해일처럼 밀려든 햇빛은 금세 팔작지붕을 뒤덮고 뒷마당을 채우며 아란을 집어삼켰다. 멀리서 부산스러운 소리가 들렸다. 솔거노비들이 아침을 준비하기 위해 행랑채 밖으로 나온 것이다.

아란은 서둘러 별당 툇마루에 올라 흙투성이가 된 버선을 털고는 방 안으로 들었다. 신고 온 흑혜는 병풍 뒤에 숨기고, 소복은 벗은 후 곱게 접어 벽에 달아 놓은 횃대에 걸린 보따리에 넣었다.

반닫이에서 회색 핫저고리와 누비치마를 꺼내 입은 아란은 대야 안

찬물로 몸을 닦기 시작했다. 꾀죄죄하던 모습이 그나마 말쑥해졌다.

머리카락을 빗어 길게 땋자 다부지고 강직한 여인이 푸른빛을 머금은 청동 면경 위에 떠올랐다.

"이제 오느냐."

누마루에서 들리는 익숙한 목소리. 판한성부사 정수헌의 아들 정준완이었다.

아란의 마음이 순간 싸늘하게 식었다. 그녀는 자리에서 벌떡 일어나 아(亞)자 모양의 창살로 이루어진 미닫이문을 드르륵 열었다.

누마루 한가운데 정준완이 앉아 있는 게 보였다. 들어열개 문을 굳게 닫아 한기를 막기는 했지만, 이곳은 본래 피서를 하는 곳이었다. 추운 겨울에 머물 만한 곳이 아니었다.

대체 언제부터 이러고 있었던 걸까.

아란은 소름이 돋았다. 별당 누마루는 제 방 옆에 딸린 마루였다. 그 말은, 그가 거리낌 없이 아란의 방을 지나 누마루에 들었다는 거였다.

별당채 바깥을 맴돌기는 했어도 여기까지 든 적은 없었는데.

정준완은 축귀를 행하는 방상씨처럼 험악한 눈빛으로 눈을 부라렸다.

"또 밤이슬을 밟은 게지."

"……."

아란은 아무 말도 하지 않았다.

"아무리 서녀라 할지라도, 너는 양반가 여식이다. 어찌 야금에 밖을 나가. 말해보거라. 어디를 갔다 왔느냐."

"……."

46

"말해!"

"무당골에 갔다 왔습니다."

정준완의 두 눈에서 불꽃이 튀었다.

"또 시신을 만지고 왔다고? 정신이 나간 게냐! 천한 관노비나 하는 일을 대체 언제까지 할 작정이야!"

"남의 일에 신경 끄십시오."

"너!"

아란을 노려보던 정준완의 입꼬리가 삐뚜름히 올라갔다.

"그래, 맞다. 너는 남이지."

정준완은 자리에서 벌떡 일어나 아란에게 다가왔다. 손을 뻗어 미닫이문을 닫은 정준완은 아란의 어깨를 움켜쥐며 말했다.

"절대 잊지 말거라. 너는 남이야. 부친께서 무슨 생각으로 널 데려왔는지는 모르지만, 너를 영영 끼고 계실 수는 없을 거다. 숨겨놓았던 딸이라고? 하, 천만에. 모친과 누이는 속여도 나는 못 속인다."

정준완이 고개를 들이밀며 아란의 귓가에 속삭였다.

"그러니 얌전히 서녀 노릇이나 하다가 때가 되면 그 자리에서 내려오도록 해. 검험 산파인지 뭔지, 천것들이나 하는 일에 시간 쏟지 말고."

아란은 정준완을 빤히 쳐다보았다. 서늘한 시선이었다.

정준완은 순간 흠칫할 뿐 두려워하지 않았다. 아란이 자신을 증오한다는 건 그도 일찌감치 알았지만, 아란이 적장자인 자신에게 뭘 어쩌지 못한다는 것도 잘 알았기 때문이었다.

"손이나 놓으십시오."

정준완이 버티자 아란은 경고하듯 한 마디씩 강조하며 말했다.

"제 어깨에 손대도 된다고 말한 적은 없습니다."

어깨를 붙잡은 손이 순간 움찔했다. 그래도 정준완의 손은 떨어지지 않았다. 아란은 어쩔 수 없다는 듯 한숨을 내쉬며 말했다.

"이건 자초하신 겁니다."

말과 동시에 그녀는 정준완의 팔을 꺾었다. 헉, 소리와 함께 그의 허리가 휘청였다.

아란은 그를 확 밀어버리고는 미닫이문 반대쪽으로 달려갔다. 들어열개 문을 번쩍 들어 올려 누마루에서 훌쩍 뛰어내린 그녀는 치마를 툭툭 털며 맨발로 땅 위를 걸었다. 오랜만에 조반이라도 들고 한성부로 갈까 하였더니. 아무래도 그럴 복이 없는 모양이었다. 섬돌 위에 놓인 짚신을 신는데, 다른 목소리가 들렸다.

"맨발로 다니다니, 그게 무슨 꼴이냐!"

저만 보면 못 잡아먹어 안달인 정준완을 떨쳐냈더니, 이번에는 저만 보면 죽이고 싶어 안달이 난 정수헌의 부인 전소현이었다.

아란은 고개를 숙이며 인사했다.

"유란택주, 일어나셨습니까."

그녀는 대감 부인이라고 불리지 않았다. 유란택주라고 불렸다. 택주는 주로 군의 처에게 내리는 작호라 종실 사람이 아닌 이에게 쉬이 내리지 않는데, 종친이 아닌 그녀가 유란택주가 될 수 있었던 건 조부가 개국공신이기 때문이었다.

혼인과 동시에 택주에 봉해진 그녀는 함경도 세력가인 부친의 권세를 업고 외명부의 내로라하는 여인이 되었다.

승승장구하던 그녀의 삶에 남겨진 유일한 오점이라면, 몇 해 전 정수헌이 데리고 들어온 서녀 아란이었다. 콧대 높은 그녀의 유일한 눈엣가시.

반듯했던 정수헌이 몰래 첩을 얻어 아이를 낳아왔다는 생각만 하면, 전소현은 자다가도 열불이 나 자리에서 벌떡 일어나곤 했다. 밤새 화기를 누르지 못하면, 그녀는 해가 뜨자마자 득달같이 별당으로 달려와 시비를 걸었다.

바로 지금처럼.

아란이 여상하게 인사하자, 전소현은 울화가 치민 모양이었다.

"핏줄이 천하다고 부끄러운 줄도 모르는 게냐!"

"……."

조반 대신 욕을 한 바가지 먹게 생겼다는 생각을 하며 아란은 바닥만 보았다.

정준완도 어미의 목소리를 듣고는 차마 방 밖으로 나서지 못했다. 아란의 방 반대편에서 인기척이 들렸다. 그 소리를 들은 아란의 눈빛에 그제야 안도의 기색이 비쳤다.

"어머니."

미색 반회장 저고리와 다홍치마를 입은 정연희가 미닫이문을 열고 밖으로 나왔다.

눈에 넣어도 아프지 않은 여식 연희를 보자 전소현은 금세 낯빛을 바꿨다.

"연희야."

"아침부터 어찌 그러십니까. 그러다 화기에 몸이 상하십니다."

연희는 웃는 낯으로 말하며 슬쩍 아란에게 눈짓했다. 아란은 고개를 끄덕인 뒤 슬그머니 뒷걸음질로 뒷마당을 가로질렀다.

"내가 왜 그러겠느냐. 그게 다…… 아니, 저것이!"

아란이 도망치는 걸 본 전소현은 분을 이기지 못해 호통을 쳤지만, 벌써 멀어진 아란에게는 아무 소리도 들리지 않았다.

안채 뒤 쪽문을 열어 밖으로 나선 아란은 생각했다. 세상에는 천한 피와 귀한 피가 따로 있는 걸까? 그런 게 있다면, 자신은 어쩌다 천한 피를 가졌다는 말을 듣게 된 걸까. 그것도 고려의 신하였던 이들에게서.

정말로 귀한 피라는 게 있다면, 언제 어디서든 자신은 귀한 이어야 했다. 하지만 현실은 달랐다. 왕씨 성을 남길 수 없어 성이 없는 백성이 되었고, 관직에 나설 수 없어 한성부 형방의 검험 산파가 되었다. 아무리 생각해도 세상에 타고난 피라는 건 없었다.

***

유란동은 백악산 서남쪽 기슭에 있었다.

백악산은 고려 무학대사가 궁궐과 성곽의 주산(主山)이라 평했던 산으로, 조선의 왕기가 서린 곳이었다. 그래서일까. 종친과 고관대작은 백악산 아래에 터를 잡고 살았다.

보교나 남여를 탄 관리들이 하나둘씩 집을 나서며 궁궐로 향하는 게 보였다.

궁궐 남쪽 육조거리까지 가려면 한식경은 걸어야 했다. 꼬르륵 소리와 함께 허기가 느껴졌다. 아는 산파네라도 무턱대고 찾아가 조반을 얻어먹을까 고민하는 사이, 누군가 아란에게 말을 걸었다.

"잘 지내셨습니까?"

약관 정도 되었을까. 검은 창옷에 밤색 배자를 입은, 키가 훤칠한 사내였다. 곱슬곱슬한 머리카락 아래 맑은 두 눈이 아란을 보고 있었다.

"오라버니."

목멱산 사냥꾼 안율이었다. 어렸을 때부터 함께 자란, 아란의 가족이었다. 밝은 목소리로 반기자 안율은 고개를 끄덕이며 인사했다.

"여긴 어쩐 일이야."

"잘 지내시나 안부라도 여쭈려고 찾아왔습니다."

"내가 언제 올 줄 알고 길목에서 기다리고 있어. 이 추운 날에."

안율은 빙그레 웃다가 주변을 곁눈질하며 말했다.

"잠시 몸을 피할까요? 이곳은 보는 눈이 많아서⋯⋯."

아란은 안율의 소매를 붙잡아 인적이 드문 골목길로 데려갔다.

"잘 지냈어?"

"저야 별일 있겠습니까. 하는 일이라고는 사냥하거나, 사냥감을 손질하는 것뿐인데요."

아란은 말없이 안율을 흘겨보았다. 그녀의 시선에 안율은 당황하며 눈을 굴렸다.

"말 놓으라니까."

"⋯⋯."

"안 됩니다."

"둘이 있을 때까지 그럴 필요는 없잖아?"

안율은 다시 주변을 힐긋대다가 낮은 목소리로 말했다.

"반말로 말했다가 누가 듣기라도 하면 어쩝니까. 어느 쪽이든 괜히 의심 사서 좋을 건 없습니다. 또 제가 실수를 할 수도 있으니까요. 둘이 있을 때도 존대를 해야 습관이 되는 법입니다."

다른 이도 아니고 안율이 그런 실수를 할 리가! 업인 사냥만 해도 그랬다. 사냥감을 찾아내는 관찰력과 사냥감의 동선을 예상하는 통찰력, 적당한 때를 기다릴 줄 아는 인내심, 거기에 순발력까지 있어야 했다. 사냥꾼의 재능은 타고나야 했지만, 그는 없는 재능을 노력으로 만들어냈다.

삶이 그를 그렇게 만들었다. 그래야 자신은 물론 어린 아란까지 먹여 살릴 수 있었으니까.

열 살 넘은 아이가 아직 열 살도 되지 않은 아이를 키우기 위해서는 누구보다 뛰어난 사냥꾼이 되어야 했다.

아란은 피식 웃으며 화제를 돌렸다.

"공이는?"

"모르겠습니다. 어제도 집에 들어오지 않았습니다. 대체 뭘 하고 다니는 건지 모르겠네요."

"밤에는 다니지 말라고 해. 그러다 또 산짐승이라도 만나면 어쩌려고……."

"말한다고 들을 아이입니까. 제 말은 귓등으로도 안 듣습니다. 다음에 만나면 잔소리 좀 해주시지요. 어디 영험한 산에 가서 치성이라도 올리는 건지 한번 나가면 함흥차사입니다."

아란이 혀를 쯧쯧 차는 사이, 배에서 또 꼬르륵 소리가 났다.

그 소리를 들었는지 안율이 옷깃 안으로 손을 넣어 천 꾸러미를 하나 꺼냈다.

"노루를 잡아 고기를 말렸습니다. 가져가 드십시오."

천을 헤치자 말린 육포가 거무스름한 자태를 드러냈다. 아란은 육포 하나를 집어 입에 밀어 넣고는 우물우물 씹었다. 짭짤하고 고소한 맛이 입안을 가득 맴돌았다.

아란은 하나 더 집어먹을까 고민하다 도로 천으로 덮어 소매 안에 넣었다.

그걸 보고 안율은 나무라듯 말했다.

"또 시전에 내다 파시려고요."

"……."

"이 추운 겨울에 하루를 꼬박 기다려 겨우 잡은 노루입니다. 눈 녹인 물로 씻어내 손질하고 고기 한 근마다 소금 한 냥을 넣어 절였지요. 거기에 술 한 되 반에 식초 한 잔을 넣어 숙성시킨 뒤 보름 넘게 볕에 쬐고 바람에 말리며 정성을 담아 만든 육포입니다."

"……."

"가장 고소한 부위로 골라서 가져왔는데, 매정하게 시전에 파시겠다니요. 제 정성이…… 제 노고가…….."

"아니, 그게…….."

안율은 한숨을 푹 내쉬더니 품에서 다른 걸 꺼내 건넸다. 윤기가 흐르는 노루 가죽이었다.

"그러실 줄 알고 가죽도 챙겨왔습니다. 이게 육포보다는 돈이 더 될 겁니다."

아란은 감동한 얼굴로 가죽을 넙죽 받아 옷깃 안에 밀어 넣었다.

"고마워. 역시 오라버니뿐이야."

"그 돈으로 법물을 사려는 게지요?"

아란은 말없이 고개를 끄덕였다.

안율은 탄식하며 말했다.

"사재까지 털어 넣으며 그 일을 계속 해야겠습니까. 밤낮으로 시신을 만지다가 과로로 먼저 송장이 되겠습니다. 검험하던 시신 옆에 누우면 되겠네요."

그럼? 내가 할 수 있는 게 뭐가 있을까?

정수헌의 목을 베어버리는 것? 그의 심장에 단검을 박아 복수를 하는 것? 그래서 또 다른 살인자가 되는 것?

그자의 삶을 그렇게 끝내고 싶지는 않아. 내가, 그렇게 살고 싶지 않다고.

아란은 쓸쓸하게 웃으면서 말을 돌렸다.

"그건 걱정하지 마. 공이가 그랬는데 내 얼굴은 장수할 상이라고 했어."

안율은 할 말을 잃었다는 표정이었다.

"정말이야."

"언제까지 산파 일을 하실 겁니까. 저는 그 집에서도 그만 나오셨으면 좋겠습니다."

아란의 얼굴이 눈에 띄게 굳었다.

"아직 살인범을 잡지 못했어."

"이미 지난 일입니다."

"어떤 일은 시간이 지나도 마음에 남아 있는 법이야."

"……."

"혼자 둬서 미안해."

아란의 말에 안율은 애써 누른 감정이 솟아오르는 듯했다. 진짜 혼자 있는 사람이 누구인데. 살인범 잡겠다고 집까지 떠나 원수의 가족이 되어 홀로 고생하고 있는 사람이 누구인데.

안율은 비집고 나오려는 속마음을 꾹꾹 누르며 떨리는 목소리로 말했다.

"너무 무리하지는 마십시오. 산 자는 살아야지요."

안율은 뒤돌아 가다가 우뚝 멈춰 말했다.

"제일 좋은 부위로 골라온 겁니다. 육포 꼭 드십시오."

아란은 안율이 보이지 않을 때까지 말없이 그의 뒷모습을 지켜보았다.

이제 와 검험을 그만둘 수는 없었다. 아직 살인범을 잡지 못했으니까. 사람을 죽인 것도 모자라 죽은 이에게 죄를 뒤집어씌운, 파렴치한 범인을 잡을 증거를 찾지 못했다.

아란은 복수가 아닌 처벌을 하고 싶었다. 자신의 검날이 원수의 목을 찌른다면 마음속 불길에 물을 끼얹을 수는 있어도, 안율의 아비가 살인 겁간범이라는 오명까지 벗어낼 수는 없을 것이다. 사람을 셋이나 죽이고도 떵떵거리며 사는 진범 또한 제 죄명으로 지탄받는 게 아니라, 알 수 없는 누군가에게 목숨을 잃은 희생자가 되어버릴 것이다.

복수할 방도가 없는 이들은, 다른 희생자들은, 그들의 가족은 어찌한단 말인가.

아란은 이대로 포기할 수 없었다.

검험을 포기할 수 없었다.

***

노루 가죽과 육포를 판 돈으로 휴대용 벼루인 행연과 초필부터 샀다.

종이와 묵은 한성부 본청에서 얻을 수 있으니 '들'에서 홀로 검험한 시신의 특징을 남김없이 외워야 했던 지난날도 이제는 끝이었다.

아란은 한성부가 위치한 육조거리 대신 동부 연화방으로 향했다.

어제 그 과부는 시친이 없었다. 그 말은 누군가 과부의 집에 드나들더라도 이를 알아챌 사람이 없다는 뜻이었다. 그녀를 죽인 살인자든, 살인자를 잡기 위해 이곳을 찾은 자신이든.

과부가 살던 곳은 'ㅁ'자 집이었다. 둘러싼 담이 높아 안이 보이지 않았다.

평대문을 열고 들어가려다 안에서 들려오는 목소리에 멈춰 섰다. 남자 목소리였다.

"그럼 형님, 들어가셔요. 다음에 또 뵈어요."

"그래, 여기 일 좀 잘 부탁해."

저벅저벅 가까워지는 발소리에 아란은 습관처럼 담 모퉁이를 돌아 몸을 숨겼다.

끼이익, 나무문 열리는 소리와 함께 두 사람이 밖으로 나왔다. 한 명은 이곳을 떠났고, 그를 배웅한 다른 한 사람은 다시 안으로 들어갔다.

아란은 잠시 기다렸다가 담 위로 홀쩍 뛰어올랐다. 삐죽 솟아 나온 처마를 타고 얼른 지붕 위에 앉자 남자 한 명이 안마당 한 곳에다 옷가지를 모으는 게 보였다. 남자의 의복이었다. 과부 집에 저런 옷이 있다니…….

아란은 미간을 모으며 바삐 움직이는 남자를 살폈다. 이목구비가 눈에 익은 게 동부 오작 중 한 명 같았다.

곧이어 다시 문 열리는 소리가 들렸다.

들어온 이는 단령포를 입은 무관이었다. 오작이 허리를 굽히며 인사하려 하자 손가락을 입술에 가져다대며 조용히 하라고 주의부터 주었다. 그는 대청마루에 앉아 나지막한 목소리로 말했다.

"뒷처리는 잘하고 있는가?"

"예, 여부가 있겠습니까."

신도 벗지 않은 채 안방으로 들어가 궤를 들고나온 오작은 모아놓은 옷가지를 그 안에 넣었다. 무관은 그 모습을 보고 손짓하며 말했다.

"그냥 태우게."

"예?"

온전하고 깨끗한 비단옷들. 태우기에는 아까운 옷이었다. 오작이 아쉬운 표정을 하자 무관은 멸시에 가까운 눈으로 오작을 보며 물었다.

"그냥 넘어갈 수 있던 일 아니었나. 마을 사람들이 고발은 왜 한건가?"

"그것이……."

오작은 억울하다는 얼굴로 말했다.

"죽은 가지기(사내와 동거하는 과부)를 보고 했겠습니까. 그 가지기가 누구의 여인인지 알았기에 고발을 한 게지요."

무관은 그 말을 듣고 욕지거리를 뱉어냈다.

"마을 사람들도 다 알고 있었다는 거네? 멍청한 놈. 그렇게 조심하라고 일렀거늘. 안 봐도 뻔하지. 남들이 보는데도 이곳을 들락거렸을 거야."

"자결이라고 일단락 짓기는 했는데…… 별문제는 없을까요?"

"동부 관령(管領)은 걱정할 거 없어. 이제 막 부임한 신관이라 아는 것도 없고, 검안에 관심도 없더군. 그런 맹한 놈 하나 구워삶는 거야 어려운 일도 아니지. 자네는 마을 사람들 입단속이나 제대로 시키라고. 괜히 소문 퍼지지 않게."

"예예, 그럼요. 아, 그리고……."

"뭔데?"

무관이 짜증스레 목소리를 내자 오작은 어깨를 움츠리면서도 바로 말을 이었다.

"그때 왔던 의녀 말입니다."

"그 의녀가 왜."

"의녀는 문제가 아닌데, 그 의녀가 수사파와 친한 이라……."

"수사파?"

무관의 두 눈에 이채가 지나갔다. 오작은 수사파가 누구인지 설명하기 위해 말을 더 이으려 했지만, 무관은 그 틈을 기다리지 못하고 바로 아는 체를 했다.

"한성부 형방 산파 말이지?"

오작은 고개를 끄덕였다.

"예, 맞습니다. 어찌 아셨습니까?"

무관은 뭐라 말하려다 바로 입을 다물고는 알 수 없는 미소를 지었다.

"유명하지 않은가. 그런데 그자가 왜?"

"수사파가 다른 건 몰라도 검시에 관해서는 본청 형방 참군(參軍)보다 깐깐합니다."

"그래서?"

"그때 찾아왔던 의녀에게 검험이 있었다는 걸 들었을 텐데……
본청에 험장이 넘어오지 않으면 이상하다고 생각하지 않을까요?"

무관은 콧방귀를 뀌었다.

"그래서?"

"판부사의 서녀가 아닙니까. 그러다가 대감 귀에 들어가기라도
하면……."

무관은 팔짱을 끼며 고개를 비스듬하게 기울였다.

"판부사의 서녀가 무슨 수로 검험 산파가 되었을 것 같은가?"

"예? 그거야, 부친이 판부사이니 덕분에……."

"그 덕분에 검험 산파가 된 게 아니야. 부친이 판부사인데도 불
구하고 검험 산파가 된 거지. 정이품 고관이 자기 서녀가 그런 천한
일을 하는 걸 그냥 두었을 것 같은가? 진짜 자기 자식을 아꼈다면
절대 못 하게 했겠지."

"그럼 그 말씀은……."

"내놓은 자식이다, 이거야. 자식이 검험 산파를 하는 것만으로도
눈엣가시라고 여기는 양반일 텐데, 자기한테 검험 일을 고하는 걸
들은 체나 하겠는가. 그 아이도 눈치가 있다면 아무 말도 안 할 것
이야."

오작은 이제야 이해했다는 듯 고개를 주억거렸다.

무관은 쯧, 혀를 차며 오작을 보다 몸을 기울이면서 작은 목소리
로 말했다.

"면검(免檢, 검시를 면함)하기로 말을 다 맞춰놨으니, 쓸데없는 걱
정은 할 것 없네. 내가 다 알아서 할 테니까. 그런데도 그 아이가 들

쑤시고 다니면, 조용히 해결하도록 하고."

오작이 화들짝 놀라 궤로 옮기던 비단옷을 떨어뜨렸다.

"해결을…… 하라고요?"

"그래, 해결하라고. 죽인 뒤 옷을 죄다 벗겨 성저십리 밖에 버리면, 그걸로 끝 아닌가. 한성부 관할이 아니니 알아보는 사람도 없을 텐데, 시친 없는 시신을 누가 그리 신경 쓴다고. 다 알면서 왜 이래?"

"아니, 그래도……."

오작의 말에 무관은 오른손 검지로 아랫입술을 긁으면서 시선을 아래로 깔았다. 무관이 불쾌함을 드러낼 때 습관적으로 하는 행동이었다.

오작은 겁을 먹고 바로 말꼬리를 흐렸다.

"내가 말했지. 점이 그어지면 선이 되고, 선이 포개지면 망이 된다고. 망이 되면 그물에 걸려 잡히기 마련이지. 점으로만 남아 있으면 잡힐 일이 없어. 누가 시신을 알아본다고 해도, 우리와 연결 짓지 못하면 잡히지 않아."

무관은 자리에서 일어나 옷자락을 털었다.

"수사파를 잡게 되면, 바로 죽이지는 말라고. 내가 그 아이에게 볼일이 있으니까."

그 말을 끝으로 그는 뒤도 돌아보지 않고 밖으로 나갔다.

아란은 그가 제법 멀어지고 나서야 참았던 숨을 마음껏 쉴 수 있었다. 걸음걸이만 봐도 그는 무공이 뛰어난 사람이었다. 저자가 조금만 더 일찍 왔다면, 자신은 꼼짝없이 발각되었을 것이다. 기왓장 부딪히는 소리 정도는 틀림없이 포착했겠지.

아란은 무관의 뒷모습을 눈으로 쫓으며 마른침을 삼켰다.

초성이 말한 병조에서 온 사람이 저 자일까?

그녀는 시선을 돌려 오작을 보았다.

오작은 어디서 가져온 건지 횃불을 들고 와 궤 안에 던져 넣었다. 하얀 연기가 모락모락 일어나더니 금세 커다란 불길이 되었다.

아란의 두 눈에도 불길이 일렁였다. 저들은 사람의 죽음을 은폐했다. 죽은 이의 원한을 풀어주기라도 할 것처럼 시신을 검험하고는 시신의 목소리를 앗아갔다. 자신의 억울함을 몸으로 외치고 있는, 시신의 마지막 목소리마저 외면한 것이다. 그러고는 아무렇지도 않게 죽은 이의 집을 찾아와 남은 증거들을 지웠다.

아란의 부모와 안율의 아비가 죽었을 때 검험을 맡았던 이들이 그랬던 것처럼.

그것만으로도 아란은 분노를 금할 수 없었다.

***

아란은 동네를 나오다 연못 앞에서 노는 아이들에게서 소중한 정보를 얻을 수 있었다.

어린아이들도 동네 여인이 자결했다는 걸 어른들의 입을 통해 아는 눈치였다. 다홍색 목판댕기를 한 아이의 나이가 가장 많아 보였는데, 아란은 행연과 초필을 꺼내 보이며 구슬렸다.

"이걸 꼭 사모하는 이에게 선물로 줘야 한다고 했거든. 죽은 이의 마지막 소원인데 안 들어줄 수도 없고. 난 그 사람이 누군지도 모르는데, 정말 큰일이네."

아란이 한숨을 푹푹 쉬며 세상 다 산 표정을 짓자 아이는 눈을 깜빡이다 귀에 대고 속삭였다.

귓속말이 끝난 뒤, 아란은 소매에서 얇은 꾸러미 하나를 꺼내 건네주었다. 행연과 초필을 사고도 돈이 남자 조반 대신 먹을 생각으로 산 동백잎부각이었다.

"정말 고마워. 죽은 그분도 네게 고맙다고 할 거야."

아이를 쓰다듬어주곤 바로 창선방(彰善坊)으로 뛰었다.

그곳에 과부를 죽인 살인자가 살고 있었다. 남의 목숨을 앗아놓고는 뻔뻔하게 제 삶을 이어가는 자가 있었다. 세상에 인과응보라는 게 정말 존재하기는 하는 걸까.

죽은 과부의 정인이라는, 박씨 성의 남자는 창선방에서도 제법 유명한 한량이었다.

마을 아낙들은 처음 보는 아란을 붙잡고 한참 동안 그를 욕했다. 아란은 그저 삼 년 전 훈련관 초시를 통과한, 약관이 조금 지난 남자를 아냐고 물었을 뿐이었다.

아낙들은 훈련관 초시도 실력으로 통과한 게 아니라 했다. 부모가 뒷돈을 썼다고. 게다가 병조에서 한가닥하는 친구 덕을 본 게 틀림없다며 주저리주저리 이야기보따리를 풀어놓았다. 아란은 저를 병풍처럼 세워둔 채 자기들끼리 떠들기 시작한 아낙들의 이야기를 잠자코 들었다.

"돈 많고 힘 있다고 괜찮은 놈인 줄 알고 넘어가면 안 돼. 걔는 입이랑 거시기만 산 놈이여."

"입이랑 거시기라니. 개가 말을 잘하는 건 아니지. 물에 빠지면 거시기만 동동 뜰걸."

"무슨 그런 흉한 말을 해. 생각만 해도 끔찍하구먼."

"어디서 또 칼을 맞고 왔다지?"

"나도 얘기 들었어. 야밤에 순라군이 업고 왔다던데. 그래서 아침부터 의원 부르고 난리가 났잖아."

"그놈은 지랄도 참 풍년이여. 내가 보기에는, 틀림없이 지아비가 있는 여자를 건드린 거야. 자기 여자를 넘보는데 어떤 남자가 그걸 참아? 그래서 칼로 배때기를 쑤셨겠지."

"열이 펄펄 끓어서 생사를 오간다는데."

명철방 왈패와 친하다더라. 그냥 왈패가 아니라 놀고먹는 양반집 자제라더라. 혼인 후 처가살이도 끝내기 전에 밖으로 싸돌아다녀 그 집구석이 나뭇가지가 꽂힌 벌집처럼 흉흉하다더라.

그런 말까지 이어졌다.

아란은 한성부가 있는 육조거리로 돌아가면서 생각을 정리했다.

과부가 회임한 상태로 교살을 당했다. 과부의 정인을 의식한 마을 사람들은 이를 관아에 고발했고, 병조가 나서 오작과 함께 여인의 죽음을 자결로 만들었다.

그런데 여인을 죽였을 거라고 생각되는 이는 지난 밤에 칼을 맞아 사경을 헤매고 있었다.

인과응보. 아란의 머릿속을 맴도는 말이었다.

하지만 아란은 현실 속 인과응보가 우연일 뿐이라는 걸 알았다. 누군가에게는 찾아오고 누군가에게는 찾아오지 않는, 그저 우연히 벌어지는 일.

사람을 죽이면 벌을 받는다. 아란은 이 말이 우연이 아닌 필연이
되기를 원했다.

***

'어, 저 사람이 왜 여길?'

육조거리 초입에 도착한 아란은 전함재추소 앞에서 그를 발견했
다. 어젯밤 무당골에서 만났던 그 남자.

돌봐줬는데 제대로 감사 인사도 못 해 마음이 불편하던 차였다.
어제 정말 고마웠다고, 미안했다고 해야지.

아란은 윤오에게 다가가려다 단령포를 입은 그의 행색을 보고 멈
칫했다.

무당골 서생이 관직을 얻었어?

그를 직접 본 건 어제가 처음이었지만, 아란은 흑무인 공이에게서
그에 관한 이야기를 들은 적이 있었다. 소리소문없이 무당골 옆 죽
림에 자리 잡은 사람. 종일 방구석에 틀어박혀 서책만 읽는 사람. 일
도 하지 않는데 굶어 죽지 않고, 모두가 업신여기는 신비에게도 다
정한 사람.

무당골 사람들은 그가 대갓집 서얼이라 확신하고 있었다. 귀양살
이하듯 죽림살이를 하는 게 아니고서야 생계 걱정도 없는 이가 괄
시받는 무당골 옆에서 살 리 없다는 거였다.

본가에서 쫓아낸 서얼에게 음직을 줬을 리는 없을 텐데…… 남모
를 사정이 있겠지.

아란은 빠르게 생각을 갈무리했다. 어차피 남의 일이었다. 시신이

64

면 몰라도 산 자의 일에는 관심을 기울이지 않는 편이었다.

아란은 흠흠, 헛기침을 하고는 윤오에게 말을 걸었다.

"작일에는 참 감사했습니다."

주변을 두리번거리던 윤오가 고개를 돌려 아란을 보았다. 그의 새카만 눈동자가 반짝였다.

"아, 아란 낭자."

짧은 감탄사와 함께 윤오는 고개를 꾸벅 숙였다.

아란도 그만큼 고개를 숙였다.

"흑혜도 감사히 잘 신었고요. 미처 챙겨 나오지 못했는데, 다음에 가져다드리겠습니다."

"급하지 않으니 천천히, 편할 때 주십시오."

"예, 그러겠습니다."

잠시 어색한 침묵이 감돌았다. 아란은 짧은 저울질 끝에 이대로 대화를 끝내는 게 낫겠다고 생각했다.

"그럼 이만."

고개를 숙이며 자리를 뜨려 하자 윤오가 다급하게 말을 뱉었다.

"저기!"

아란이 눈을 동그랗게 뜨자 그는 고개를 살짝 기울이며 조심스레 물었다.

"혹시…… 사헌부가 어디에 있는지 아십니까?"

한성 땅은 아니어도 성저십리에 사는 관리가 사헌부가 어디에 있는지도 모르다니. 아란은 퍽 우스운 일이라 생각하면서도 내색 없이 손가락 끝으로 관청을 가리켰다.

"저기, 지금 솟을대문 아래 죽여가 선 곳이 사헌부입니다."

"정말 감사합니다."

윤오가 허리를 굽히자 아란도 덩달아 허리를 숙이며 맞인사를 했다.

큰 신세를 진 건 자신인데, 어쩐지 감사는 저자가 더 열심히 하는 것 같았다.

다시 어색한 침묵이 감돌았다. 아란은 조금 전에도 그러했듯 굳이 쓸데없는 말을 얹지 않았다.

"저는 늦어서 이만 먼저……. 다음에 뵙겠습니다."

아란은 주저 없이 자리를 떠나 부지런히 걸음을 옮겼다. 어느새 하늘에서 떨어진 눈송이가 꽃송이처럼 펄펄 날렸다.

윤오는 제법 오랫동안 눈을 맞으며 멀어지는 아란의 뒷모습을 보았다. 어제는 흰색이더니, 오늘은 회색이었다. 저 나이 여인들은 보통 다홍치마를 입지 않나. 회색 저고리와 회색 누비치마는 주로 나이 많은 여인이 입는 옷이었다.

떠오른 의문은 윤오의 뺨에 떨어진 눈송이처럼 순식간에 녹아 사라졌고, 아란의 모습도 한성부 협문 너머로 자취를 감췄다. 더는 아란이 보이지 않자 윤오도 사헌부로 향했다.

쿵쿵.

중인 김윤오가 사헌부 감찰이 된 첫 번째 날이라 그럴까.

묘한 긴장감과 함께 가슴이 뛰었다.

***

검험에 동원되는 여인은 의녀, 다모 그리고 산파였다.

공노비인 의녀, 다모와 달리 산파는 공천이 아니었다. 관에 속한 신분

66

이 아니기에 산파는 꼭 필요한 때만 동원되고, 주로 검시가 이루어지는 지역에서 차출되었다. 맡은 일을 끝내면 즉시 본업으로 돌아갔다.

서당개 삼 년이면 풍월을 읊는다지만, 그건 삼 년 내내 서당에 머무는 개만 누릴 수 있는 특권이었다. 삼 년에 한두 번 접하는 것만으로도 그 분야의 지식을 익힐 수 있다면, 그건 지식이 아니라 상식일 테니까.

그래서 아란이 형방 소속 검험 산파라는 전무후무한 명분으로 한성부에 나타났을 때, 형방 사람들은 그녀를 못 미더워했다.

땋은 머리라니. 혼인도 하지 않은 수생파(收生婆, 산파의 이칭)라니. 아이를 받아 본 적은 있나? 음문과 산문을 구분할 수나 있어? 검험이 뭔지는 알겠냐고! 노련한 산파도 겨우 하는 게 검험인데. 시체 보고 놀라 엉엉 우는 건 아닐까 모르겠네. 저런 초짜 산파는 대체 왜 데려온 거야.

이런 의심은 아란이 처음 검험에 동원되던 날 물벼락을 맞은 난롯불처럼 요란한 소리를 내며 꺼져버렸다. 아란은 능숙했다. 눈 하나 깜짝하지 않고 시신을 다루며 검험 산파로서의 능력을 증명했다.

검험 산파로서의 능력. 그게 문제였다. 과유불급. 아란은 능력이 지나치게 뛰어났다. 북부 검시관이 작성해 보고한 초검 험장에서 오자를 발견한 그녀가 이를 지적하면서 한성부 형방에 큰 파란이 일어났다.

검시관도 쩔쩔매는 험장을 직접 읽고 쓸 수 있는 산파라니.

자신의 역할을 제대로 해내는 건 좋은 일이지만, 윗사람의 업무까지 할 줄 아는 건 곤란한 일이었다. 거기에 형방 참군이 별생각 없이 그녀의 신분을 떠들면서 사람들은 아란을 멀리하기 시작했다.

판부사의 서녀. 한성부 형방 검험 산파. 어울리지 않는 신분과 직업으로 그녀는 한성부 형방에 스며들지 못했다.

시간이 지난 뒤 초성, 주월과 친해지긴 했지만, 다른 이들과는 아직 데면데면했다. 그렇게 거리를 두는 형방 사람들도 그녀를 대놓고 반길 때가 있었으니.

바로 오늘 같은 날이었다.

오늘따라 한성부가 소란스러웠다. 협문을 지나 한성부에 들어선 아란은 큰일이 터졌다는 걸 직감적으로 알아챘다. 마당에 놓인 수레 세 대에 법물이 수북하게 쌓여 있었다.

항수(行首)와 오작항인이 분주하게 움직이며 무언가를 준비하다 아란을 보고 반색했다.

아란은 눈인사를 하곤 행랑을 지나 다모간에 들어섰다. 짙은 약차 냄새만 감돌 뿐 안에는 아무도 없었다. 이 시간에는 절대 비는 법이 없는 곳인데도.

다모간에서 나온 아란이 다시 행랑을 지날 때였다. 서리가 일하는 장방에 있던 초성과 주월이 아란을 보고 큰소리로 외쳤다.

"아란아!"

"수사파! 왜 이제 와!"

"……?"

버선발로 달려 나온다는 게 저런 걸까. 초성과 주월은 장방에서 날듯이 나와 그녀를 반겼다.

아란은 확신했다. 시신이 나타난 게 분명했다. 그것도 한 명이 아니라 여러 명. 수레 몇 개를 법물로 가득 채워야 할 만큼 많은 수의 시신이었다.

형방 객식구나 다름없는 검험 산파를 학수고대하며 반길 정도로 엄청난 검안(檢案)이었다.

석빙고 속 시신들

三章

금일 새벽, 목멱산에 불이 났다.

치솟은 화염을 발견한 건 순라군이었다. 순라군이 두드려댄 딱따기 소리에 잠에서 깬 백성들이 불을 *끄*기 위해 산으로 달려왔다.

다행히 크게 번지지 않아 불길은 금세 잡혔다. 사람들은 잔불을 확인하다 타다 남은 덩굴 사이에서 동굴을 발견했다. 그 안에 있던 시신 세 구가 발견되었다.

아란은 검은 재가 눈처럼 날리는 동굴 앞에 서서 주변을 둘러보았다. 번개도 내려치지 않았고, 근처에 민가도 없으니 실화(失火)가 아니라 방화인데.

허나 이곳은 생각보다 나무가 많지 않았다. 불길이 쉬이 잡혔던 것도 그래서일 것이다.

어차피 지를 불인데, 더 잘 타도록 나무가 많은 곳을 고르지 않나.

옆에 나란히 있던 초성이 팔로 쿡쿡 찌르며 고갯짓했다. 돌아보니 검험을 담당한 남부 관령(管領)이 동굴 밖에 놓인 의자에 앉아 초초(初招, 첫심문)하는 게 보였다.

재투성이가 된 사람들이 수군거리면서 미간을 찌푸렸다. 새벽부터 일어나 불을 끈 데다 증인으로 남아 진술까지 하려니 피곤하고 짜증이 날 만도 했다. 하지만 편복 위에 답호를 걸친 무관 한 명은 좀 달랐다. 관령 바로 앞에 선 그는 손짓까지 해가며 열정적으로 당시 상황을 설명했다.

"저 사람은 누구야?"

아란의 물음에 초성은 얼른 대답했다.

"아, 훈련관 참군이래. 당직 서다가 한달음에 왔다던데? 불 껐던 사람 중 유일한 관리라 자진해서 간인(看人)으로 남았나 봐."

초성은 사방을 둘러보다 한숨을 내쉬었다.

"주변 지도 그리는 데도 한참 걸리겠는데. 이러니 남부가 발칵 뒤집히지. 여기 인력으로는 다 못 하겠다. 괜히 본청에 도움을 요청한 게 아니었어. 아이 씨, 생각해보니 복검은 우리가 해야 하잖아. 홍제원 쪽도 장난 아니라던데. 일이 두 배네, 두 배야."

"주월 언니는 성저십리로 간 거지?"

초성과 주월은 서로 아란과 가겠다며 행랑에서 실랑이를 벌였고, 결국 목소리가 크고 욕도 훨씬 잘하는 초성이 아란과 함께 남부로 왔다.

"어, 홍제원 근처 버려진 민가에서 불이 났다더라. 안에 시신이 있었나 봐."

"거기도 불이 났다고……."

방화(防火, 화재 예방) 업무는 한성부 소관이었다. 곧 멸화(滅火, 화재 진압)를 담당하는 도감(都監)이 들어선다는 말이 있었지만, 여태 구체적으로 정해진 건 없었다. 한성에 불이 났다는 건 한성부가 예방에 실패했다는, 즉 제 업무를 제대로 해내지 못했다는 뜻이었다.

평소 한성부나 판부사 정수헌을 견제하던 다른 관청 관리들이 이걸 빌미로 승냥이처럼 달려들겠지. 조례에 참석한 정수헌이 눈썹을 씰룩이며 불쾌해할 모습이 떠올랐다.

초성은 목소리를 낮추며 속삭였다.

"당직한 서리한테 들었는데, 상감께서 제대로 조사하라고 따로 명을 내리셨대. 해 뜨자마자 본청으로 왕명이 전해졌다던데? 구중궁궐에 계신 분이 소식은 어쩜 그리 빠르다니. 그래서 다들 바짝 긴장한 거야. 상감이 관심을 가진 사안이니까. 잘한다고 상을 주지는 않겠지만, 못 하면 날벼락이 떨어지겠지."

"그럼 이번 초검은 제대로 하겠네."

"제대로 하기는 하겠지만, 스스로는 못 하겠지. 험장은 자기가 쓸 거라고 건험만 도와달라는데, 솔직히 그게 건험만 도와달라는 거냐. 건험하면서 어떻게 세엄하고 검험하는지까지 다 알려달라는 거지. 숟가락 쥐여줬으면 된 거지, 뭘 밥까지 씹어서 뱉어달래. 양심이 없어, 양심이. 하긴 지들도 똥줄이 타긴 할 거야. 남부 초검 험장이 그렇게 이상하다며. 참군 나리가 남부 초검 험장 왔다는 말만 들으면 한숨을 쉬시더라."

남부청이 험장 작성에 소홀하다는 건 모두가 아는 사실이었다. 검시관은 검험에 무지했고 남부 오작항인은 나이가 어려 경험이 부족했다.

"남부가 체구(體究, 검험 전에 진행하는 현장 및 목격자 수사)는 잘하는데, 검시(檢屍) 실력이 좀 그렇지."

아란의 말에 초성이 비아냥거렸다.

"체구장(體究帳)도 문체만 멋드러지지 내용은 별거 없다며. 검험 관이 검험에 대해 아는 게 쥐뿔도 없으니 험장은 말 다했지 뭐."

검험이 죽음과 시신 자체에 주목한다면, 체구는 산 자의 삶을 복원하며 시신 외 상황도 함께 살펴보았다. 체구를 소홀히 하고 험장만 쓴다면 범인을 잡을 수 없고, 검험을 소홀히 하고 체구에만 신경 쓰면 범죄 관련자나 목격자, 이웃의 말에 휘둘리기 쉬웠다.

한성부 남부청은 후자인 경우가 많았다.

초성은 관령을 흘겨보다 말했다.

"근데 진짜 웃긴다. 맨날 자리에 앉아 누가 범인이냐고 호통치면서 거들먹거리기만 하더니, 열심히 일하는 척하는 거 봐. 왕명이 무섭긴 무서운가 봐."

"근데 언니는 남부 안 온 지 몇 달은 되지 않았어? 전에는 무조건 남부로 가겠다며 기를 쓰고 우기더니 갑자기 발길을 뚝 끊었잖아. 금일은 무슨 바람이 불어서 온 거야?"

아란은 초성이 더는 남부를 찾지 않는 이유를 알면서도 모르는 척 물었다. 그러자 초성은 얼굴을 붉히며 갑자기 말을 더듬었다.

"……아니, 내가 언제, 내가, 내가 언제 그랬냐?"

"어이, 수사파! 왔으면 바로 들어오지 거서 뭐 하는 거야!"

횃불을 들고 동굴 입구에 서있던 자가 아란을 보고 소리쳤다. 같이 몇 번 일한 적 있는 남부 항수 설범이었다. 수더분하게 생긴 외모와 달리 그는 성격이 조급한 편이었다.

아란은 바로 발걸음을 옮겼다. 그런데 따라오는 소리가 들리지 않았다. 뒤를 돌아보니 초성이 제 자리에 우두커니 서 있는 게 보였다.

"언니는 안 들어가?"

"내가 왜 들어가. 저 안에 여자 시신은 없어. 다 남자래."

"……."

"왜. 싫어? 언제는 시신은 시신이지, 남녀가 어딨냐고 그러더니."

"세 구라며. 그 많은 시신을 나 혼자 하라고?"

"어차피 건험만 도와주면 되잖아. 내부 지도는 서리가 그리고 증거물은 오작이 정리할 텐데. 건험도 너 혼자 하는 거 아니고."

"언니는 그럼 뭐하게?"

"나? 나는 정배인형도(正背人形圖, 인체모형도로 여기에 검험관이 시신의 상태를 상세히 적음)에 그림을 그려야지. 이걸 빨리 그려놔야 그 위에 검시한 내용을 적을 거 아냐. 앙면, 합면, 좌면, 우면 다 하면, 시신이 세 구니까 총 열두 개나 그려야 하네."

언죽번죽 그림에 재능이 있는 것 같다는 말을 읊어대던 초성은 아란이 노려보자 부리나케 반대쪽으로 줄행랑을 쳤다.

"수사파, 빨리 들어오라니까!"

설범이 다시 소리쳤다. 아란은 재촉을 이기지 못하고 걸음을 옮겼다.

이곳은 목멱산 내에서도 제법 외진 곳이었다. 인적이 끊긴 곳은 곧 황폐해져 사람이 오가기 어려운 법이었는데 이곳은 법물이 가득 담긴 수레도 쉬이 오를 정도로 다듬어진 길이었다.

양손을 뻗어 입구의 폭을 재본 아란은 이곳이 자연 동굴이 아니라 사람이 만든 동굴이라는 결론을 냈다. 폭은 일각문만 했고, 표면이 제법 다듬어져 있었다. 겉으로 보기에는 아주 자연스러웠지만, 분명 사람의 손으로 빚어진 곳이었다.

누군가 만들어놓은 길과 동굴이라.

안으로 들어가자 따스하고 습한 공기가 얼굴을 부드럽게 쓰다듬 었다. 횃불이 밝힌 동굴 통로는 제법 길었고, 중간중간 열린 나무 문이 있었다.

"원래부터 열려 있던 건가요?"

설범은 고개를 끄덕였다.

"발견되었을 때 그대로야. 그래도 그 자리에 참군이 있어서 다행이었지. 다들 오만 걸 만지려는 걸 그분이 막았다더라."

설범은 걸음을 멈추더니 옆으로 물러서며 말했다.

"여기야."

아란은 걸음을 내디디며 주위를 둘러보았다. 오작 두 명은 횃불을 들어 동굴 안을 밝혔고 서리는 그 불빛에 기대 내부 지도를 그리고 있었다.

아란은 고개를 들어 천장을 보았다. 석벽과 홍예. 두툼한 돌이 공간을 감싸고 있었다. 내부에 돌을 두른 걸 보니 보통 공을 들인 게 아니었다. 아란은 석벽 위에 춤을 추듯 일렁이는 붉은빛과 검은 그림자를 보며 말했다.

"여긴……."

아란이 말꼬리를 흐리자 설범은 내뱉다 만 말을 이어주었다.

"밀실 같지."

아란은 고개를 끄덕였다.

"이쪽으로 와 봐. 아래가 푹 파였으니까 조심해야 해."

설범은 횃불을 기울여 바닥을 비추었다.

고개를 숙이자 구 척 정도 떨어진 곳이 깎아지른 듯한 절벽처럼 모서리를 드러낸 게 보였다.

"얼마나 깊게 파인 겁니까?"

"높이는 12척 4촌. 장방형이고. 저쪽에 계단이 있어."

아란은 설범이 쥐고 있던 횃불을 건네받은 뒤 망설임 없이 계단을 내려갔다. 누군가 계단 끝에 앉아 있는 게 보였다.

가까워지는 횃불에 남자의 뒷모습이 붉게 물들었다. 흠뻑 젖은 옷에서 물이 뚝뚝 떨어지고 있었다.

그는 다 내려선 아란에게 대뜸 말했다.

"바닥이 살짝 기울어져 있습니다. 물이 제법 많이 고여 있는데, 조금씩 빠지고 있고요. 저쪽 끝을 보시지요."

한성부 형방 여인들이 미중랑(美仲郎)이라 부르며 흠모하는 의관(醫官) 길중의 목소리였다.

오나라 주유처럼 잘생겼다 하여 붙여진 별명이라던가. 역병에 시달리는 백성들을 살피기 위해 다른 의원들과 강원도로 갔다고 들었는데. 얼마 전에 돌아온 모양이었다.

어쩐지. 남부 발길을 뚝 끊었던 초성과 주월이 왜 자기를 두고 싸우나 했더니, 따로 이유가 있었다. 실력이 뛰어난 아란은 무조건 남부로 가야 했으니까, 둘은 아란을 두고 싸운 게 아니라 길중을 두고 싸운 거였다.

아란은 횃불을 쥔 손을 스윽 앞으로 내밀었다.

거리가 제법 멀어 빛은 동굴 반대편까지 닿지 못했다. 아란은 방법을 바꿔 오른손에 쥔 횃불을 등 뒤로 감춰 빛을 숨겼다.

두 눈이 어둠에 적응하자 시야가 점점 밝아지면서 앞이 좀 더 또렷하게 보였다. 길고 가느다란 무언가가 수면 위에 넓게 퍼져 있었다.

"위에 떠 있는 건 뭡니까?"

"짚입니다."

길중이 손에 쥐고 있는 걸 넘겨주었다. 짚을 건네받아 냄새를 맡아보았다. 깨끗했다. 역한 냄새는 나지 않았다. 썩은 물이 아니라는 뜻이었다.

"시신은요?"

길중은 손으로 물을 가리켰다.

"아직 안 꺼냈습니다. 내부 지도를 다 못 그렸거든요. 곧 끝날 테니, 이제 꺼내야지요."

아란은 불빛으로 계단 아래 지면을 확인하곤 훌쩍 뛰어내렸다.

물이 고인 곳까지 걸어가 수면을 살폈다. 바로 근처에 시신 하나가 떠 있었다. 아란은 횃불로 비춰보고는 눈을 동그랗게 뜨고 물었다.

"원래부터 이랬던 겁니까?"

"그렇습니다."

오른쪽으로 걸음을 옮겨 다시 횃불로 수면을 밝혔다. 나머지 두 구의 시신도 모두 마찬가지였다.

"다 이런 상태였다고요?"

"네. 아, 다 그런 건 아니죠. 가라앉은 시신 중에는 다른 것도 있습니다."

"시신이 더? 세 구라고 들었는데요?"

"아래 세 구 더 있습니다. 가장 깊은 곳에 가라앉은 시신은 그래도 옷을 입고 있더군요. 어두워 모습을 보지는 못했지만, 분명 손에 옷자락이 잡혔습니다."

아란은 다시 시신들을 훑어보았다. 실오라기 하나 걸치지 않은 사람 몸이 노를 잃은 배처럼 물 위를 떠다녔다.

***

동굴 앞, 짚을 깔아 만든 자리에 시신 두 구가 놓였다.

오작들이 남은 시신을 운반하는 동안, 아란과 길중은 먼저 검험을 시작했다.

첫 번째 시신은 열대여섯 살 정도 되어 보이는 앳된 소년이었다. 입은 옷도 없고 머리카락도 풀어 헤쳐져 신분을 가늠할 수 없었지만, 상흔만큼은 뚜렷하게 보였다. 흑자색 상흔이 복부와 흉부에 횡 혹은 사선으로 길게 남았다. 타박상의 흔적이었다.

아란이 시신의 손톱 밑을 살피는 길중에게 말했다.

"머리에는 상처가 없습니다."

"뭘로 때린 걸까요?"

"주먹은 아닙니다. 방원형이 아니니까요. 상흔이 기다란 걸 보니 막대기 같습니다."

길중은 흠, 하고 소리를 냈다.

"몸이 제법 찹니다. 겨울이라 그런 걸까요. 시신이 발견된 지 몇 시진이나 지났는데도 경직 증상이 보이지 않는군요. 죽은 지 며칠은 지난 것 같네요."

아란은 고개를 끄덕였다. 그녀는 시신의 갈비뼈 위를 살펴보다 손으로 지그시 눌렀다.

"뼈가 부러진 것 같은데 상흔이 보이지 않네요. 이곳도 구타를 당했을 겁니다. 여기 말고 다른 부위에도 숨겨진 상처가 있을 테니 법물을 사용해 세엄을 하십시오. 술을 데워 몸을 적신 뒤, 파의 흰 잎집 부분을 갈아 몸에 붙이세요. 파를 다 붙이면, 데운 초와 지게미로 시신을 덮어 한 시진 뒤에 떼어내시면 됩니다. 그때 다시 물로 씻어내면, 숨겨진 상흔이 모습을 드러낼 겁니다."

"방향이 들쑥날쑥한데, 이건 왜 그런 겁니까?"

길중의 시선이 시신의 흉부에 머물렀다. 사선의 형태를 띤 흔적이 왼쪽에서 오른쪽으로 기울거나 오른쪽에서 왼쪽으로 기울어 있었다.

"둘 중 하나지요. 범인이 양손잡이이거나, 범인이 두 명 이상이거나. 왼손잡이와 오른손잡이가 같이 때린 거면 이런 상흔이 남을 수도 있겠네요."

"여러 명에게 맞은 거라면, 그 자리에서 죽지 않았을까요?"

아란은 유심히 살피다가 고개를 저었다.

"흑자색 독기가 안에 뭉쳐 있지 않고 옆으로 번져나갔습니다. 터진 피가 번졌다는 거니 바로 죽지는 않았을 겁니다."

"그렇겠네요. 저 정도로 번지려면 적어도 하루나 이틀은 피가 돌았다는 거니까."

길중은 시신의 소퇴와 오금을 살피다 입술을 깨물며 앓는 소리를 냈다.

"왜 그러십니까."

"이건 시반인지 타박흔인지 구분이 안 가는군요."

"소퇴에만 시반이 남는 경우는 흔치 않을 것 같은데요. 직접 만져 보면 알 수 있을 겁니다."

길중은 고개를 끄덕였다. 그는 남부 사람 중 가장 성실하게 검험에 임하는 자였다. 성실한 태도와 별개로 검험 지식이 부족한 게 안타까웠지만. 그래도 병사한 시신의 검험만큼은 기가 막히게 잘했다.

그사이 오작 두 명이 시신을 한 구 더 가지고 왔다. 뒤에 서서 검험을 구경하던 설범이 부리나케 맨땅에 거적을 깔았다.

뒷짐을 지고 느그적거리며 동굴에서 걸어 나온 서리가 오작들에게 큰소리로 외쳤다.

"불이 나서 재가 많으니까, 시신 몸에 재가 묻지 않도록 조심히 내려놓으라고."

아침부터 고된 업무에 시달린 오작들은 벌써 얼굴에 지친 기색이 역력했다. 손에 힘이 풀렸는지 오작 하나가 시신의 한쪽 다리를 놓치고 말았다.

서리는 갈라진 목소리로 성을 냈다.

"어허, 조심하라니까! 그러다가 재가 묻는다고. 이봐, 재 안 묻었나 확인해."

오작 둘이 다시 동굴 안으로 들어가자 서리도 뒤를 따랐다. 시신을 대충 운반할까 걱정이 된 모양이었다.

시신의 다리를 살피던 설범은 서리가 동굴 안으로 들어가자 불만을 퍼부었다.

"지가 언제부터 열심히 일했다고. 괜히 짜증이야."

언제 다가온 건지 초성이 뒤에서 맞장구를 쳤다.

"그러게. 다들 평소답지 않네. 적응이 안 된다, 적응이."

"범인 못 잡는 건 확실하니까, 괜히 불호령이 떨어질까 걱정돼서 성질부리는 거야. 누가 죽은 건지도 모르잖아. 그걸 모르는데 정범과 간범을 무슨 수로 찾겠어. 책잡히지 않게 체구장이랑 험장이라도 잘 써야지. 휴, 아랫사람인 우리만 죽을 맛이다."

궁시렁거리던 설범은 아란의 어깨를 두드리며 다시 말을 이었다.

"수사파, 우린 너만 믿는다."

탁, 초성이 설범의 손을 옆으로 내쳤다.

설범이 미간을 찌푸리며 눈을 부라리자 초성도 지지 않고 쏘아보았다.

"입만 놀리면 되는 걸 남의 어깨에 손은 왜 얹어?"

"성질머리하고는. 네가 그러니까 내의원에서 쫓겨난 거야."

"그러게. 너 같은 놈이 날 내쫓더라고."

설범이 얼굴을 붉히며 대거리질을 하려고 하자 길중이 막았다.

"그만 하세요. 시신 앞에 두고 뭐하십니까."

"초성이 너 두고 보자."

"그렇게 말하는 놈이 제일 비열하더라. 밥 처먹고 할 일 없이 남이나 보고 있냐. 꼭 저렇게 말하는 놈들이 뒤통수나 치지."

"아오, 너 진짜."

"싸울 거면 저쪽 가서 싸우세요. 시끄럽습니다."

아란까지 나서자 둘은 입을 꾹 다물었다.

두 번째 시신은 중년 남성으로 몸에 흉터가 많았다. 몸에 남은 자잘한 상처도 색이 옅은 걸 보니 최근에 생긴 게 아니었다. 짙은 일자 삭흔이 목 전체를 휘감아 남아 있었는데 올가미에 목을 졸린 것 같았다.

세 번째 시신은 젊은 청년으로 제법 건장했다. 몸에 근육이 발달하고 손바닥에 굳은살이 배겨있어 무예를 익힌 자가 아닐까 싶었다. 왼손 약지 손톱이 빠졌다가 반쯤 자라 있는 걸 보면 제법 험한 일을 했던 것 같은데. 무인 아니면 왈패?

여러 생각이 머리를 스치며 지나갔다.

사인은 자상이었다. 예기로 목을 그었는데, 상처가 왼쪽 귀 아래부터 깊게 시작해 울대뼈를 관통하며 지나갔다. 울대뼈를 지나고 나서는 상처가 점점 옅어졌다. 죽은 이가 오른손잡이라면 자할(自割, 스스로 벰)로 단정할 수 있는 특징이었다.

자할이라 할지라도, 진짜 제 의지로 한 자할인지는 확인할 수 없었다. 자결과 자살은 달랐다. 전자가 자의적 행위라면, 후자는 자의와 자의에 깃든 타의를 구분하기가 힘든 행위였다. 의도와 행위를 모두 알아야만 사건의 윤곽을 그려내 그 속에 숨겨진 진상을 찾을 수 있었다.

검험은 행위를 규명했는데 그게 검험의 장점이자 단점이었다. 진상을 찾기 위해서는 둘 다 알아야 하니까. 그래서 검험관은 체구장과 험장을 모두 작성해야 했다.

"같은 곳에서 발견된 건데, 이렇게 실인이 다를 수도 있는 겁니까?"

아란도 난감했다. 같은 곳에서 발견된 시신들은 사인이 비슷한 경우가 많았다. 이렇게 시신의 사인이 제각각인 경우는 아란도 처음이었다. 그 말은, 이곳이 다른 사건 현장과 좀 다르다는 뜻이었다.

"여기서 죽은 게 아닐지도 모릅니다. 다른 곳에서 죽은 뒤 이곳으로 옮겨진 걸지도 몰라요."

네 번째는 중년 남성이었고, 액흔이 귀 뒤로 이어진 시신이었다. 시반도 하반신에 몰려 있었다.

옆에서 구경하던 설범은 자액이라 단정했지만, 아란은 그렇게 생각하지 않았다.

"우리가 목을 멘 시신을 발견한 건 아니지요. 옷이 모두 벗겨진 채 물에 가라앉아 있던 시신이잖아요. 그리고 산 채로 목에 올가미를 씌워 억지로 매달아도 액흔이 귀 뒤로 이어집니다. 몸에 남은 흔적은 자살이라고 말하고 있지만, 그것만으로는 타살인지 자살인지 확신할 수 없습니다. 혹시…… 동굴 안에 혈흔이 있지는 않던가요?"

"없어. 횃불로 다 비춰봤는데. 아무것도 안 보였어."

"고인 물이 깨끗한 걸 보니, 오래 고였던 게 아닙니다. 아직 혈흔이 남아 있을 수도 있어요. 물을 뺀 뒤 강한 식초를 뿌려보시지요. 그럼 혈흔이 드러날지도 모릅니다."

"알았어. 가서 말해볼게."

아란은 착잡한 시선으로 설범의 뒷모습을 보았다가 다시 검험에 열중했다.

다섯 번째는 불에 탄 시신으로 건장한 젊은 청년이었다. 아란은 시신의 입과 코를 들여다본 뒤 속눈썹을 관찰했다.

"살아있을 때 불에 휩싸였네요. 호흡 때문에 입과 코에 재가 들어갔고, 눈을 세게 감아 속눈썹이 절반만 탔습니다. 속눈썹이 오리발 모양으로 탄 건, 불이 났을 때 살아있었다는 증거입니다."

다리와 팔에 남은 상처를 살펴본 길중은 침울해 보였다.

"화상은 심하지 않습니다. 이 정도로 죽지는 않았을 겁니다."

"예, 불 때문에 숨을 쉬지 못해 연기에 질식해 죽은 것 같습니다."

다섯 번째 시신의 검험을 마쳤을 때, 여섯 번째 시신이 왔다. 오작들과 설범이 굳은 얼굴로 시신을 들고 왔고, 서리는 새파랗게 질린 얼굴로 검험관인 관령에게 뛰어갔다.

뭐라고 보고를 했는지 훈련관 참군과 이야기를 나누던 관령이 자리에서 벌떡 일어났다.

"뭔데 저래?"

이쪽으로 급하게 뛰어오는 관령을 보며 초성은 설범에게 물었다.

"저 시신 옷 좀 봐."

설범의 말에 모두의 시선이 여섯 번째 시신에 몰렸다. 유일하게 옷을 입고 있는 시신이었다.

"세상에."

"비단옷이군요. 양반인가 봅니다."

초성은 길중의 추측을 정정했다.

"저건 그냥 비단이 아니에요. 명나라 남경(南京) 운금으로 만든 거라고요. 내의원에 있을 때, 궁에서 본 적이 있습니다."

남경 운금. 아란도 들어본 적은 있었다. 금실과 은실, 공작깃실로 수를 놓아 만든다 하여 촌금촌금(寸錦寸金)이라 불렸는데, 한 필 값이 기와집보다 비싸다고 했다.

관령이 바짝 다가들며 설범에게 소리를 질렀다.

"어허, 어서 용모파기를, 아니지, 초상을 그려라! 어느 분 자제인지 당장 알아내야지!"

"예, 바로 그리도록 하겠습니다."

뒤따라온 서리가 득달같이 답했다.

관령은 혀를 쯧쯧 차곤 뒷짐을 진 채 빙빙 돌았다. 갑자기 멈춰선 그는 시신 앞에 앉은 아란을 보며 미간을 찔룩였다.

"자네 검험 산파지? 판부사 대감 서녀라는."

"네, 맞습니다."

아란이 대답하자마자 서리가 끼어들었다.

"건험만 마치고 바로 돌려보내겠습니다. 심려치 않으셔도 됩니다."

남부 관령이 판부사 정수헌과 자신을 못마땅하게 여긴다는 건 아란도 알고 있었다. 정수헌의 처가가 함경도 권세가라 그렇다는 말도 있고, 판부사의 서녀인 아란이 한성부에서 설치고 다니는 꼴을 보기 싫어서라는 말도 있었다.

그런데 관령은 손을 내저으며 말했다.

"아니야, 아니야. 건험만 하지 말고, 검험까지 다 하고 가. 특히 저 시신. 저 시신을 열심히 검험하게."

저 시신. 관령이 가리키는 건 여섯 번째 시신이었다.

아란은 길중과 함께 시신의 옷을 벗겼다. 다른 시신과 달리 이 시신은 온몸에 사후경직이 있었다. 어젯밤에 살해된 건가? 사후경직 때문에 옷을 벗기는 게 쉽지 않았다.

서리와 오작 둘은 혈흔을 찾기 위해 다시 동굴 안으로 들어갔고, 설범은 벗긴 옷을 확인하며 핏자국을 살폈다. 초성은 확인을 끝낸 옷을 궤 안에 넣고는 종이에 적으며 기록으로 남겼다.

감시하듯 이들을 지켜보던 관령은 괜히 헛기침을 하더니 제 자리로 돌아갔다.

길중은 관령이 멀어진 걸 확인한 뒤 나지막한 목소리로 말했다.

"저희끼리 어떻게 검험할지 걱정이었는데, 다행입니다."

"혼자서도 잘하셨을 겁니다."

길중은 씁쓸하게 웃었다.

"과연 그랬을까요……. 혹시 처음 만났던 날을 기억하십니까?"

"네, 혼자서도 잘할 수 있다고 호언장담을 하시더니, 익사한 여인의 시신을 보고 구토를 하셨지요."

뒤에서 옷을 살피던 설범이 푸흡, 하고 웃었다. 그 옆에 있던 초성이 팔꿈치로 설범의 허리를 치며 눈을 부라렸다.

길중은 개의치 않고 제 말을 이어갔다.

"예, 그랬지요. 전의감에 있을 때는 약재 관리를 맡아 환자를 볼 일이 없었거든요. 환자를 볼 일이 없으니, 시신을 볼 일은 더더욱 없었지요."

"어두운 물속에 들어가 맨손으로 짚어가며 시신을 찾는 걸 보니, 이제 잘 적응하신 것 같은데요."

"강원도에 있을 때 시신을 정말 많이 보았거든요."

"강원도는 상황이 괜찮습니까?"

강원도가 가뭄과 기근에 시달린 지 벌써 이태였다. 나라가 도성에서 일하는 의원과 지방 의생까지 모아 강원도로 보낸 걸 보면 상황이 심각한 것 같았다.

길중은 긴 한숨을 내쉬고는 고개를 저었다.

"직접 가서 보기 전까지, 그 정도일 줄은 몰랐습니다."

"메마른 초목 위에 시신이 쌓여 산을 이루고, 썩은 시체에서는 역질이 창궐해 생존한 이들의 목숨까지 앗아간다고 하던데요. 역병이 정말 심하던가요?"

"아니요, 그렇지는 않았습니다. 저도 역병이 문제인 줄 알았거든요. 그래서 의원들이 가면, 의술로 살릴 수 있을 거라 생각했습니다. 그런데 막상 가보니 그게 문제가 아니더군요."

아란은 고개를 돌려 길중을 빤히 보았다. 그의 동공은 담담했지만 타오르고 있었다.

"의술은 아무 소용도 없었습니다. 역병에 걸려 죽은 이들은 소수였습니다. 굶어 죽은 이가 제일 많았고, 그다음은 살해당한 이들이었지요. 겁간을 당한 뒤 살해된 이도 있었고, 재앙의 원흉으로 몰려 목숨을 잃은 이도 있었습니다. 원래는 검험해야 하는 시신이 아닙니까. 그런데 검험은커녕 시신을 매장할 인력도 없어서 그냥 방치되어 있더군요. 죽임을 당한 곳에서, 그 상태 그대로요."

조금 전까지 이기죽이기죽 서로에게 빈정거리던 초성과 설범도 어느새 입을 꾹 다문 채 길중의 말을 듣고 있었다.

아란의 눈도 숯불처럼 타올랐다.

"아마 인력이 있어도 신경 쓰지 않았을 겁니다. 죽음이 잦으면 더 둔감해지기 마련이니까요."

"아니라고는 못 하겠네요. 살아남은 이들 중 상당수는 유민이 되어 전라도로 떠났습니다. 일부 사람들만 자기 터전에 남았는데, 풍문에는 살아남기 위해…… 장을 열었다더군요."

"인시(人市)…… 말입니까?"

길중은 고개를 끄덕였다.

"얻을 수 있는 식량이라고는 사람 고기뿐이니까요."

재해가 일어나 기근이 들면 세상은 지옥으로 변했다. 차마 죽은 가족의 살을 먹을 수 없었던 이들도 옆집과 시신을 바꿔 결국에는 인육을 먹었다고 하지 않던가.

"그래서 돌아오신 겁니까?"

아란이 탄식하듯 묻자 길중은 씁쓸하게 웃었다.

"제가 돌아가고 싶다고 그럴 수 있겠습니까. 돌아오라는 명을 받아 돌아온 게지요. 그래도 강원도에서 보았던 일들이 마음에 깊이 새겨진 모양입니다. 그전까지는, 시신을 만지는 게 좀 꺼림칙했거든요. 근데 도성에 돌아오니 살인을 저지르는 사람이 더 무섭습니다. 당장 굶어 죽을 수 없어 인육을 먹는 이들도, 사람을 죽여 먹지는 않았습니다. 죽은 사람을 먹었지요."

길중은 바닥에 누운 시신들을 훑어보며 마른침을 삼켰다.

"예전에는 검험 지식이 없으니까, 그래서 못 하는 거라고, 이 정도면 족하다고 생각했는데. 그게 아니었습니다. 살아있지는 않아도 사람은 사람이잖아요. 죽었다고 고깃덩어리가 되는 게 아닌데. 신분이 하찮다고, 시친이 없다고 그렇게 대충하지는 말았어야 했는데……."

뒤에서 훌쩍이는 소리가 났다. 뒤를 돌아보자 눈시울을 붉힌 초성이 손으로 코끝을 문지르는 게 보였다. 설범은 그런 초성을 보고 못 볼 걸 봤다는 표정을 지었다.

아란은 바닥에 누운 시신으로 다시 눈을 돌리며 담담한 목소리로 말했다.

"그러니 이제 제대로 해봅시다. 아직 갈 길이 머니까요."

아란과 길중이 다시 힘겹게 옷을 벗기는 사이, 식초 끓는 냄새가 났다. 외부 지도를 다 그린 본청 사람들이 법물을 준비하는 모양이었다.

시신 여섯 구를 모두 검험하려면 시간이 얼마나 걸릴까.

언제 끝날지는 알 수 없지만, 제법 긴 하루가 될 거라는 건 알 수 있었다.

***

한성부 형방 현고(玄庫).

남부 검험을 마치고 본청으로 돌아온 아란은 형방 행랑 끝 현고로 갔다.

한성부 형방은 창고가 총 세 개 있었는데, 천자문에서 이름을 따와 천고, 지고, 현고라고 불렸다. 그 중 현고에는 주로 시신을 보관했다.

가끔 피치 못할 사정으로 현장에서 복검할 수 없을 때, 본청은 시신을 이곳으로 운반해왔다. 남부 검험을 도왔던 본청 사람들은 시신을 현고 안 지면에 깔아놓은 거적 위에 안치하자마자 밖으로 나갈 준비를 했다.

"수사파, 수고해."

"우리는 궤배(跪拜, 무릎 꿇고 절한 뒤 앉은 채로 한 번 더 허리를 굽히는 절)하러 가야겠다. 곧 대감 하청하실 시간이잖아."

"그럼 잘 부탁해."

아란은 아무 말 없이 고개를 끄덕였다.

잠시 시신을 살펴본 아란은 첫 번째 시신 위를 거적으로 덮은 뒤 촘촘하게 횟가루를 뿌렸다. 마침 초성이 증거물이 담긴 궤를 들고 현고 안으로 들어왔다.

"뭐야, 다들 왜 저렇게 빨리 가는 거야?"

"대감 하청한다고 궤배하러 갔어."

"어머머머, 무슨 그딴 핑계를 대고 사라지냐. 대감이 궤배 면해준 지가 언제인데. 일이나 마무리 짓고 갈 것이지."

관원이 상청하거나 하청할 때에는 서리는 문 안에서, 서리보다 낮은 이들은 정문 밖 길에서 관원을 궤배로 맞이하거나 배웅하는 게 법도였다. 한성부 사람들이 입을 모아 칭찬하는 판부사 대감은 몇 해 전부터 쓸데없는 의전이라며 궤배를 면해주었지만, 면해주었다고 해서 행하지 않는 이는 거의 없었다. 아란과 초성은 그 몇 안 되는 소수에 속하는 사람이었다.

초성은 슬그머니 아란의 눈치를 보다가 말했다.

"너는 안 가봐도 돼?"

나야 남이지만 너는 아니잖아. 네 부친인데. 내뱉지는 않았지만, 맥락으로 전해지는 말. 아란은 고개를 저었다.

초성은 횟가루를 뿌리는 아란을 도와 남은 시신을 거적으로 덮어주며 말했다.

"하긴 사저에서 매일 볼 텐데. 굳이 여기서까지 얼굴 볼 필요는 없지."

아란은 씁쓸하게 웃었다.

다행히 초성은 누가 봐도 어색한 둘 사이를 그저 부녀 간의 갈등으로 여겼다. 유란동이 아닌 목멱산에서 태어나고 자란 아란, 어미가 죽고 나서야 서녀를 거둔 대감. 그것만으로도 그녀의 머릿속에는 명나라에서 전해졌다는 전기(傳奇, 희곡)보다 더 기구한 이야기가 펼쳐졌다.

아비를 증오하는 딸과 미안한 마음에 그런 딸에게 다가가지 못하는 아비, 대충 이런 이야기일 것이다. 아란은 초성의 착각과 오해를 굳이 정정하지 않았다.

여섯 번째 시신까지 횟가루를 뿌리자, 초성도 손을 털며 말했다.

"가서 먹을 것 좀 가져올게. 아까 검험하느라 제대로 먹지도 못했잖아. 내가 다모간에 감떡을 숨겨놨지! 있어 봐."

초성이 나가자 아란도 횟가루를 담은 소쿠리를 내려놓고는 거뭇해진 손을 털었다.

재가루를 털어낸 손이 얼추 하얘지자 현고 구석에 있는 반닫이 문을 연 아란은 품에서 꺼낸 종이를 조심스레 반닫이 안에 넣었다. 새벽녘에 무당골 서생 집에서 작성한 험장이었다. 연화방 과부의 몸을 검험해 작성한 불완전하고 무효한 험장.

여러 해 동안 작성한 험장들은 반닫이 구석에서 쌓여만 갔다. 아란은 수북하게 쌓인 종이를 보며 착잡한 표정을 짓다가 결연한 얼굴로 반닫이를 닫았다.

그래도 아란은 제가 작성한 험장이 언젠가 큰불을 일으키는 불씨가 될 거라 믿었다. 세상을 밝히는 불씨가 되지는 못하더라도, 누군가의 마음에는 불을 지펴줄 수 있겠지. 부모가 살해되던 날, 검험에 동원되었던 산파가 아란의 마음에 꺼지지 않는 불씨를 심어주었던 것처럼.

아란은 서탁으로 다가가 남부에서 보낸 험장을 정리했다.

그녀의 시선이 여섯 번째 시신의 상태를 표기한 정배인형도로 향했다. 눈과 코에 남은 물거품. 부풀어 오른 배와 배를 두드리면 나는 소리. 검푸른 피부색. 전형적인 익사체의 특징이 적혀 있었다. 조금 과하기는 했지만, 손에는 상흔도 남았다. 물에 빠진 자가 허우적거리다가 어딘가에 살을 쏠리면 생길 수 있는 상처였다.

"익사한 게 맞기는 한데……."

다만 의문점이 몇 개 있었다. 물은 생각보다 깊지 않았다. 성인 남자가 이 정도 깊이에서 빠져 죽을 수 있는 걸까? 조금만 옆으로 움직였다면 금세 발이 닿았을 텐데. 뒤통수에 상처가 있는 걸 보면 실족할 때 머리를 부딪히면서 정신을 잃은 채로 익사한 것 같기도 하고…….

아니지, 손에 상처가 있는 걸 보면 물에 빠졌을 때 정신을 잃지 않았던 게 분명했다. 어쩌면 동굴 안이 어두워 앞을 보지 못한 걸지도. 공포가 마음을 좀먹으면, 안전한 곳도 위험한 곳이 되기 마련이었다.

각기 다른 이유로 죽었으나 한곳에 모인 시신들. 대체 누가, 무슨 이유로 이들을 동굴로 옮겼을까?

아란은 종이를 뒤적이며 내용을 살피다 미간을 찌푸렸다.

"이건……."

그녀의 시선이 머문 곳은 내부 지도를 그린 종이였다.

찡그린 미간은 한참이 지나도 그대로였다. 초성이 입을 오물거리며 현고 안으로 들어왔다.

아란은 초성이 들어오자마자 밖으로 나섰다.

"시신 아무도 못 만지게 잘 지키고 있어."

"어? 야, 어디 가. 감떡 먹으라니까!"

"이따가! 시신 못 건드리게 해!"

초성은 영문을 알 수 없다는 얼굴로 쥐고 있던 감떡을 한 입 더 베어 물었다.

***

아란은 행랑을 지나 장방에 들어갔다. 다행히 안에는 서리들이 별로 없었다. 판부사가 하청할 시간이라 다들 한성부 정문으로 간 모양이었다.

아란은 책궤와 서가를 지나 장방 안쪽 구석에서 홀로 문서를 정리하고 있는 서사서리(書寫書吏) 금동을 찾았다.

역시. 금동도 아부에는 소질이 없는 자였다.

"아저씨."

아란이 말을 걸자 금동은 소스라치게 놀라 고개를 돌렸다. 둥글둥글 사람 좋아 보이는 외모였다.

"수사파! 여긴 또 왜 들어왔어."

아란이 입을 열지도 않았는데 금동은 손사래를 쳤다.

"안 돼. 안 돼. 또 검험서 빌려달라는 거지. 아무리 말해도 소용없어요. 절대 안 빌려줄 거야. 내가 너한테 검험서 잠깐 빌려줬다가 대감한테 작살나게 혼난 것만 생각하면 자다가도 오금이 다 저린다."

"아뇨, 그게 아니라요."

"아니긴, 안 돼. 못 빌려줘. 그건 검험관만 읽을 수 있는 거야. 너 자꾸 와서 고집 피워대면 내가 진짜 대감에게 고하는 수가 있다."

아란은 손에 쥐고 있던 종이를 금동의 눈앞까지 들이밀며 말했다.

"아저씨, 이것 좀 보세요."

"뭔데? 뭐야, 이거…… 석빙고?"

금동의 말에 아란의 눈이 반짝거렸다. 금동은 한성부에 오기 전 예조에서 일했는데, 서빙고에서 빙부(氷夫)를 관리했다. 당시 서빙 고 별제(別提)로 근무했던 지금의 형방 참군이 필체가 수려한 금동 의 능력을 높이 사 한성부로 데려온 거였다.

"목조 빙고가 아닌 걸 보니 동빙고도 아니고 서빙고도 아닌 데…… 여기가 어디지?"

그가 고개를 갸우뚱하자 아란이 높이 들고 있던 종이를 아래로 내리며 말했다.

"이게 빙고가 맞습니까?"

"맞아. 이렇게 장방형 밑면을 경사지게 만드는 건 녹은 얼음물이 고이지 않고 빠져나가야 해서 그런 거거든. 좁고 긴 입구와 문이 많 은 것도 온도를 유지하기 위해서 그런 거고. 근데 규모가 좀 작은 것 같다? 얼음이 천 정(丁)도 안 들어갈 것 같은데. 한 동에 못 해도 만 정은 들어가야 하거든. 이렇게 작은 걸 누가 만든 거야? 작게 그 려서 그런 건가…… 아닌데, 입구랑 통로 크기 따져보면 빙고 자체 가 작은 게 맞는데."

눈을 흘긴 금동은 고개를 내밀었다 뒤로 옮겼다 하면서 내부 지 도를 살펴보았고, 영 이해할 수 없다는 표정을 지었다.

"얼음 몇백 정 보관하려고 석빙고를 만드는 미친놈이 있단 말이 야?"

반면 아란은 전혀 다른 생각에 잠겨 있었다.

이게 석빙고라면, 대체 왜? 무엇을 보관하려고. 설마 시신을?

아직은 단서가 부족했다.

다른 연결고리를 찾아야 하는데…… 그래, 여섯 번째 시신!

여섯 번째 시신은 현장에서 살해되었을 가능성이 컸다. 무엇보다 익사체였고, 사후경직 상태로 보아 지난밤에 목숨을 잃었다.

사후경직이 남았을 정도로 가장 최근에 목숨을 잃은 이. 홀로 옷을 입고 있는 이. 신분을 특정할 수 없는 벌거벗은 시신들 사이에서 가장 쉽게 신분을 파악할 수 있는 이.

아란은 여섯 번째 시신부터 시작해야겠다고 생각했다.

***

장방에서 나와 행랑을 지나자 웅성거리는 사람들이 보였다. 홍제 원으로 검험을 갔다 온 이들이었는데, 다들 수상한 낯빛으로 자기 들끼리 수군거렸다.

검험이 순조롭지 않았나? 서둘러 행랑을 지나려는데 사람들 사이 에 있던 주월이 아란을 불러 세웠다.

"아란아."

"어?"

주월은 아란의 소매를 붙잡고는 곧장 행랑 끝으로 데려갔다.

다른 다모 몇 명도 따라와 아란을 빙 둘러쌌다. 이들의 간절한 눈 빛을 한 몸에 받자 아란은 당혹스런 얼굴을 했다.

주월은 어색하게 웃으면서 말했다.

"홍제원에서 가져온 험장을 대감에게 드려야 하는데, 네가 대신 갈 수 있을까? 명일 조례에 보고해야 해서 금일 꼭 받으셔야 한대. 상감께서 초검 보고를 하라고 하셨나 봐. 참군 나리는 체구장 쓰느

라 바빠서서 아직 성저십리에 남아 계셔. 험장이라도 먼저 전해달
라고 하셨는데…….”

주월은 손에 쥔 누런 종이를 보여주었다.

“이걸 집으로 가져가라고?”

아란의 물음에 주월은 황급히 손사래를 저었다.

“아니, 아니. 사가로 가져가지 말고 당상대청으로 가져가면 돼.”

아란이 판부사와 사담을 나누는 법이 없다는 건 주월도 알고 있
었다. 사가에서는 일절 교류하지 않는다는 것도.

판부사의 서녀라는 신분을 아란보다 더 열심히 이용하는 초성과
달리, 주월은 눈치껏 행동하며 선을 지키는 이였다. 주월 언니가 이
런 부탁을 할 사람은 아닌데…….

아란은 고개를 살짝 갸웃거리다 입을 열었다.

“지금 대청에 계셔? 아직 하청 안 하셨대?”

“어, 아직. 그리고…….”

주월은 아란의 귀에 대고 속삭이듯 말했다.

“대감 오늘 완전 정월 눈발이래. 시선만 마주쳐도 얼어붙을 것 같
다더라. 나도 너한테 부탁하고 싶지는 않은데…… 그래도 넌 딸이
잖아. 생판 남인 우리보다는 낫겠지.”

아란은 잠시 입을 다물었다가 의아함이 가득한 얼굴로 물었다.

“……무슨 일 있었대?”

이번에는 정말로 궁금해서 묻는 거였다. 정수헌은 아랫사람들에
게 감정을 드러내는 법이 없었다. 그런 그가 모두에게 제 기분을 드
러냈다는 건 분명 심상치 않은 일이 일어났다는 뜻이었다.

다른 다모들이 분분히 말을 얹었다.

"조례 갔다 오신 뒤로 그러신다는데."

"그거 때문이잖아. 성상이 한성부에 새로 사람을 보내겠다고 직접 명하신 거."

"그럼 좋은 거 아냐? 다들 일 많다고 여기 오기 꺼려 하잖아. 대감처럼 한성부에서 십 년 넘게 버틴 사람이 흔치 않은 거지."

"대감도 티를 안 내서 그렇지 나름 좋아하시는 눈치였대. 근데 금일 조례 갔다가 누가 오는지 알고 저렇게 되신 거야."

"누가 오길래?"

"왜 있잖아. 딸은 명나라 최고 비빈이 되고, 아들은 명나라 광록시소경(光祿寺少卿)에 봉해진 한씨 집안."

"아아아아, 근데 그게 왜?"

"그 집 개차반이 한성부로 온다는데? 승문원에서 사고 쳐서 여기로 폄적당한 거래."

개차반이라는 말에 모두가 경악한 얼굴이 되었다.

주월은 상황을 설명해준 다모에게 대뜸 물었다.

"넌 그걸 어찌 알았는데?"

"소윤 나리가 이야기하고 다니시던데?"

모두가 아, 하고 낮게 외쳤다.

한성부 소윤은 입이 가볍기로 둘째가라면 서러운 양반이었다.

아란은 내심 이상하다고 생각했다. 그 개차반이라는 자는 명나라 내명부 최고 수장인 한려비(韓麗妃, 명 영락제의 후궁이자 한확의 누이)의 남동생이자 조선 제일가는 권세를 지닌 청주 한씨 가문의 차남이었다. 가문의 오점이라고는 해도 한씨 가문의 자제가 아닌가. 왕친도 아닌 황친이었다. 정수헌은 셈이 빠른 자였다. 그런 그가 권세가와 교류할 수 있는 이리 좋은 기회를 얻고 기분 나빠할 리가 없었다.

"그리고 개차반 말고, 한 명 더 있대."

다모의 말에 아란의 두 눈에 이채가 감돌았다. 역시 다른 게 더 있었다.

"한 명 더? 두 명이나 새로 온다고?"

"이상하다. 판관만 새로 온다는 거 아니었어?"

다모가 손을 내저었다.

"아니야. 한 명 더 와. 근데 한성부 관원이 아니야."

"한성부 관원이 아니라고?"

"그래, 이 사람은 한씨 집안 개차반보다 더 가관이야. 성상이 직접 발탁한 인재라는데, 뭐 하던 사람인지 아무도 그 내력을 모른대."

다모는 주변을 살피고는 가까이 오라고 손짓했다. 아란을 제외한 다른 이들이 모두 고개를 들이밀며 귀를 쫑긋 세웠다.

"중인이래 중인. 한성부 관원으로 오는 것도 아니고, 사헌부 감찰이라 한성부를 감찰하러 오는 거래!"

다들 숨을 들이켜며 눈을 둥그렇게 떴다.

"뭐? 일개 중인이 한성부 관리를 감찰한다고?"

말이 인재 파견이지 한성부에 똥물을 두 번이나 뒤집어씌운 거라고 모두가 떠들어댔다.

그때 누군가 멀리서 아란을 불렀다.

"아란아."

아란의 등줄기로 소름이 돋았다. 판부사 정수헌의 목소리였다.

다모들은 깜짝 놀라 입을 꾹 다물고는 슬금슬금 자리를 떴다.

주월은 그사이를 틈 타 아란에게 종이뭉치를 건네주었다. 험장이었다.

아란은 행랑을 걸어 정수헌에게 다가간 뒤 곧장 험장을 건넸다.

그는 종이를 한 장씩 넘겨보며 내용을 눈으로 훑었다.

아란은 옆에 서서 무방비하게 드러난 정수헌의 목덜미를 보았다.

한때는 강한 충동에 사로잡힌 적이 있었다. 저자의 목에 검을 꽂고 싶다고. 뿜어져 나오는 저자의 피를 제주(祭酒)로 바쳐 억울하게 죽은 부모님의 원한을 씻어내고 싶다고. 그렇게 생각한 적이 있었다.

그런데 지금은 달랐다. 이자를 죽여도 죽은 이를 되살릴 수는 없다.

아란의 무너진 세상은 정수헌을 죽인다고 해서 다시 고칠 수 있는 게 아니었다. 복수(復讐)는 받은 것을 되갚는다는 뜻이었다. 자행된 폭력을 폭력으로 앙갚음하는 것. 아란의 복수는 결국 다른 이의 세상을 부수는 것에 불과했다.

허나 저자가 쥐고 있는 험장은…… 저건 달랐다.

저건 부수는 게 아니라 부서진 걸 이어붙이는 거였다. 죽은 이의 원한을 씻어주고 상처받은 시친의 마음을 어루만지며 세상을 더 단단하게 만드는 것. 살아남은 이들에게 이곳에 남아도 좋다고, 우리가 사는 곳이 아직은 살 만하다는 걸 확인시켜주는 행위였다.

아란은 복수 대신 검험을 택했다. 그리고 이제껏 그래왔듯 앞으로도 그럴 생각이었다.

아니, 그래야만 했다.

아란은 시선을 거두며 고개를 숙였다.

곁눈질로 주위를 살핀 정수헌은 아무도 없는 걸 확인한 뒤 입을 열었다.

"소식은 들으셨겠지요. 곧 사헌부 감찰이라는 자가 옵니다. 상감께서 감찰관을 보내겠다고는 하셨지만, 구체적으로 무엇을 감찰하라고는 명하지 않으셨습니다. 제가 보니, 형방 검험 업무가 적당할 것 같습니다. 그자를 맡아주시지요."

정수헌은 공손한 말투로 아란에게 명을 내렸다. 시선은 여전히 험장을 향해 있었다.

읽고 있는 건 맞을까? 그냥 읽는 척만 하는 건 아니고? 자신이 쥐고 있는 종이가 얼마나 가치 있는지, 그게 무슨 의미인지는 알고나 있을까?

아란은 한쪽만 올라가는 입꼬리를 애써 내리며 여상하게 대답했다.

"그러지요."

일개 중인이 한성부를 휘젓는 꼴을 보고 싶지 않아 자신에게 떠넘기는 게 분명했다.

공적인 명분이야 얼마든지 만들어낼 수 있었다. 한성부 형방은 사람 목숨을 다루는 곳이니까. 사람이 죽었는데, 이것보다 중한 일이 어디 있겠는가. 이들이 실제로 사람 목숨을 얼마나 중히 여기는지는 별개의 문제겠지만.

문제는 성상의 반응이었다. 감찰관은 주로 청대(請臺, 관청에서 물품을 출납할 때 부정을 막기 위해 입회하는 것) 업무를 행하기에 문서나 장부를 주로 볼 뿐 현장을 직접 살피는 일이 흔치 않았다. 현장에서 진행되는 업무인 출금(出禁, 금령을 어긴 자들을 단속하는 것)도 사헌부 하리들이나 했으니까. 그런 감찰관을 검험관도 아닌 검험 산파와 일하게 하다니.

지금의 성상은 총명한 노비를 명나라 유학까지 보내준 성군이었다. 그는 인재의 능력을 중시할 뿐, 인재의 신분에 얽매이지 않았다. 한성부가 중인이라는 신분 때문에 감찰관인 그를 현장으로 내몰았다고 생각한다면, 정수헌의 입장도 난처해질 것이다.

그때 가서 평범한 검험 산파가 아니라 자신의 서녀라는 변명을 늘어놓을 생각이겠지. 중인인 감찰관을 돕기 위해 기꺼이 서녀를 보낸 거라고.

그럼 성상도 사적인 호의를 보인 판부사를 탓하지 못할 것이다. 오히려 관직도 녹봉도 없이 나랏일을 돕고 있는 판한성부사의 서녀가 기특하다고 생각하겠지. 그 서녀를 키워낸 아비 정수헌도.

뻔히 보이는 수였지만 아란은 선택권이 없었다. 다만……

순순히 정수헌의 욕심대로 움직일 생각은 없었다.

"대신 제게 세원집록을 빌려주십시오. 닷새면 됩니다."

험장을 보고 있던 정수헌이 고개를 들었다. 아란은 감정을 찾아볼 수 없는 맑은 눈으로 그를 마주 보았다.

자신을 이용하고 싶다면, 마땅히 대가를 치러야 한다. 아란은 그 대가로 《세원집록》을 요구했다. 송나라 송자가 편찬했다고 알려진 법의학서. 검험관만 읽을 수 있는 귀한 검험서였다.

***

현고로 돌아와 자리를 잡은 아란은 성저십리에서 작성한 험장을 읽었다.

험장은 총 세 부로 작성되었다. 형조 보고용 한 부, 본청 보고용 한 부, 마지막으로 시친에게 보내는 험장 한 부.

　이번 검안은 버려진 민가에서 발견된 시신이라 시친이 없었기에 도합 두 부가 본청으로 보내졌다.

　판부사에게 한 부를 넘겨준 아란은 남은 한 부를 주월의 손에서 빼앗아 현고로 가져왔다. 험장에 첨부된 정배인형도를 보던 아란은 오른손으로 미간을 문지르며 한숨에 가까운 날숨을 뱉어냈다. 시신에서 특이점을 찾을 수 없었다.

　아란이 직접 가서 검험을 하더라도 큰 차이는 없었을 것이다. 몸에 남은 흔적이 불과 함께 타버렸으니까.

　아란은 찌푸린 미간을 손가락으로 꾹꾹 누르며 민가 내부 지도와 외부 지도를 살폈다. 한참 동안 지도를 들여다보던 아란은 고개를 갸우뚱하더니 새 종이를 꺼냈다.

　들려오는 기척에 붓을 들다 말고 뒤를 돌아보니 아청색 단령포를 입은 젊은 남자가 현고 안으로 들어오는 게 보였다. 처음 보는 얼굴이었다.

　아란은 눈을 가늘게 뜨며 자리에서 일어났다.

　남자는 들어오자마자 바닥에 놓인 시신 여섯 구를 보고 눈살을 찌푸렸다.

　"뉘십니까?"

　아란이 묻자 그는 언제 얼굴을 찌푸렸냐는 듯 쌍꺼풀 없는 커다란 눈을 곱게 휘며 웃었다. 그러면서 성큼 다가오자 아란은 저도 모르게 한 보 뒷걸음질 쳤다.

　"자네가 아란인가? 문졸이 자네를 찾아가면 된다고 하던데."

사헌부 감찰이 벌써 온 건가. 그런데 몰골이……, 남자의 앞도련
은 잔뜩 구겨져 있었고, 배래에는 흙먼지가 묻어 있었다. 오다가 구
르기라도 한 모양이었다. 어쩐지 술 냄새도 나는 것 같았다.

아란은 떨떠름한 얼굴로 고개를 끄덕였다.

남자는 고개를 주억거리며 찬찬히 현고 안을 둘러보았다. 그의
시선이 서탁 위에 놓인 험장에 닿았다. 그가 손을 뻗어 험장을 뒤적
거리다가 도로 서탁에 내려놓자 아란은 질색하며 원래 순서에 맞게
험장을 정리했다.

남자는 그 모습을 빤히 보다 물었다.

"검험을 한다지? 수생파라던데."

아란은 퉁명스레 대답했다.

"네."

"혼인도 안 한 처자가 산파가 된 건가?"

소한에 부는 바람처럼 차갑던 아란의 눈이 삼복에 내리쬐는 햇볕
처럼 뜨거워졌다. 혼인해 애를 낳아 산파가 되든, 수세를 받고 산파
가 되든, 검험 산파가 검험 일만 잘하면 되는 거 아닌가!

아란은 화기가 솟았지만, 상감이 보낸 사헌부 감찰관이다, 괜히
건드려 좋을 게 없다, 되뇌며 애써 표정을 감추었다.

그는 서탁에 놓인 또 다른 종이를 보고는 흥미롭다는 듯 눈빛을
밝혔다.

"아직 먹물도 안 말랐네. 자네, 글을 아는가?"

아란은 속으로 '참을 인'자를 새겼다.

"적힌 게 글자가 아니라 그림처럼 보이십니까? 글을 아니까 종이
에 썼겠지요."

"글은 어찌 아는가?"

"배웠으니 알겠지요."

아란의 반응에 남자는 눈썹을 씰룩이다가 피식 웃었다. 아란은 이런 감찰관을 데리고 어찌 검험을 다닐지 속으로 연거푸 한숨을 내쉬었다.

한숨이 다 나오기도 전에 현고에 또 사람이 들었다.

이번에도 관원의 상복인 단령포를 입은 남자였다. 아란은 얼굴을 확인하고는 어, 하는 소리를 냈다.

"여기는 어쩐 일로……."

윤오가 아란을 보며 반색했다.

"장방을 찾아가 사헌부 감찰이라고 하니 이곳에 가면 된다고 하더군요. 검험 산파라는 말에 설마 하였는데, 참으로 우연입니다."

"사헌부 감찰이요? 그럼 이분은……."

아란이 당황한 눈으로 보자 그는 빙그레 웃었다.

"나는 판관 한석일세."

아란의 얼굴에 묘한 금이 가는 것 같았다.

아, 이자가 그 개차반이라는…… 어쩐지…….

한석은 아란이 무슨 생각을 하는지 안다는 듯 껄껄거렸다.

"그럼 잠시 대청에 갔다 오겠네. 대감을 뵈어야 하거든."

"다시 안 오셔도 되는데요."

"그건 모르는 게지."

그는 유쾌하다는 듯 콧노래까지 부르며 뒷짐을 지고 밖으로 나섰다.

현고 안에 남은 건 어이가 없어 한석의 뒷모습을 노려보는 아란과 어찌 된 일인지 눈을 굴리며 맥락을 살피는 윤오 그리고 횟가루와 거적을 뒤집어쓴 채 소리 없이 누운 시신 여섯 구뿐이었다.

***

한석이 종사품 승문원 첨지사에서 종오품 한성부 판관으로 폄적되었을 때, 한씨 집안은 발칵 뒤집혔다. 부친은 얼굴을 붉히며 자리에 앉아 침음했고, 형은 명나라가 조선에 금은 공물을 면해준 게 누구 덕인데 감히 한씨 집안을 욕보이냐며 성을 냈다.

한석은 묵묵히 자리에 앉아 속으로 웃었다. 그거 내가 일부러 그런 건데.

승문원에서 다루는 문서가 어떤 문서던가. 사대교린(事大交隣, 외교정책)에 관한 문서였다. 한끗 차이로 님이 남이 되고 남이 놈이 되는 게 글이고 말이었다. 문자 하나도 허투루 쓸 수 없는 게 승문원 문서였는데 그중에서도 가장 중요한 건 숫자가 적힌 문서였다.

명태조 주원장이 숫자에 농간질을 벌여 재물을 착복한 관리 수만 명의 목을 자르고, 모든 문서 속 숫자를 갖은 자(쉽게 글자를 변조할 수 없도록 원래 쓰는 한자보다 획을 더 많이 넣어 쓰는 문자)로 쓰라고 명한 게 수십 년 전 일이었다.

그런데 한석은 명나라에 보내는 문서에 갖은 자를 쓰지 않았다. 그것도 몰라서 그런 게 아니라 일부러 그랬다.

제대로 확인도 해보지 않고 명나라로 바로 보내면 어쩌나 걱정을 했는데, 그래도 나름 녹을 먹는 녹관이라고 일을 태만 시 하지는 는 모양이었다. 설사 그 문서가 명나라로 향했더라도, 명 후궁을 거머쥔 한려비가 태산처럼 버티고 있으니 명나라도 별다른 말은 안 했겠지만.

정삼품 판사부터 종삼품 지사, 같은 품계인 첨지사까지 승문원 관원들은 입을 모아 일벌백계해야 한다고 외쳤다. 하지만 성상은 너른 자비를 펼쳐 폄적 처분으로 마무리를 지었다. 군이 그 이유를 밝히지는 않았지만, 모두가 그 이유를 알았다. 그가 한씨 집안의 차남이기 때문이었다.

한석은 그 모습을 보며 왜 저들은 내 누이가 공녀로 보내질 때 이처럼 소리 높여 반대하지 않았는지, 왜 성군이라는 성상은 지금의 자비심을 공녀와 화자(火者)에게 보이지 않았는지를 생각했다.

하긴 같은 성을 지닌 가족도 부귀영화에 눈이 멀어 누이를 이국 땅으로 떠밀기에 급급했는데 피 한 방울 안 섞인 남에게 무엇을 바라겠는가.

누이에 대한 미안함과 죄책감, 부친과 형을 향한 원망과 분노 그리고 무력하게 모든 걸 지켜보기만 했던 자기 자신을 향한 부끄러움에 그는 한씨 가문의 망신이 되었다. 개차반. 자신이 먹고 입는 것은 모두 누이를 팔아 얻은 거였으니, 똥을 자처하여도 이상할 게 없었다.

그렇게 폄적당해 한성부 판관이 된 한석은 한성부 상청 첫날부터 지각을 했다.

순라군에게 잡혀 경수소에 갇히고, 야밤에 사람을 업고 창선방까지 뛰었다. 파루에 곤장을 맞고 파죽음이 된 채 집으로 돌아간 그는 곧장 잠에 들어 신시가 되어서야 깨어났다.

신시면 곧 하청할 시간이지만 그는 여유만만하게 밥까지 먹고 사저를 나섰다. 제 방을 나서기 전 깨끗하게 다려진 관복에 청주 한 잔을 뿌렸고 한성부에 들기 전에는 흙 땅에서 한 바퀴 구르는 걸 잊지 않았다. 그러자 꼬락서니도 개차반처럼 보였다.

그 꼬락서니 때문에 문졸은 그를 개차반 판관이 아닌 중인 감찰관으로 오인한 것이다.

한석은 문졸의 식견이 너무 짧다고 생각하면서도 자신을 감찰관으로 오인해 현고로 보내줘서 다행이라고 생각했다.

글을 아는 검험 산파라. 퍽 재미있는 아이였다.

덕분에 검험이라는 것도 알게 되었고.

당상대청 안, 한석을 안내하던 한성소윤 신소숙이 혀를 쯧쯧대며 말했다.

"거참 미안하게 되었네. 내가 문졸에게 중인 감찰관이 오면 아란에게 데려가라고 언질을 넣어줬는데 말이야. 자네를 감찰관으로 오해하다니. 허허허, 그놈이 눈이 삐었구만. 그런데 자네 오다가 빙판길에 넘어졌는가? 상복 꼴이 말이 아니군."

"그자가 사헌부 감찰관입니까?"

"맞아. 성상께서 직접 보내신 감찰관이지. 왜 중인에게 그런 관직을 주셨는지 모르겠다네. 하긴 성심을 우리 같은 범인이 어찌 헤아리겠는가."

"근데 그 아란이라는 아이는 언제부터 검험 산파를 한 겁니까?"

"웅? 아란이? 아란이가…… 글쎄, 내가 두 해 전 한성부에 오기 전에도 있었으니까. 다섯 해는 되었으려나?"

"형방 소속 산파도 있습니까? 산파는 관비가 아니지 않습니까."

"그렇지. 원래는 검험할 때만 여염집 산파를 동원하는데……."

"그 아이도 관비입니까?"

"아란이? 에이, 아니야."

"그럼 뭡니까?"

"뭐기는…… 잠깐! 자네 아란에게 관심이 좀 많은 것 같은데?"

신소윤은 걸음을 멈추고는 주변을 살폈다. 그러고는 나지막한 목소리로 당부하듯 말했다.

"내가 자네 소문은 좀 들었는데…… 이건 노파심에 해주는 말이니까 너무 기분 나빠하지는 말 게나. 그 아이는 판부사 대감의 여식이야. 서녀긴 해도 여식은 여식 아닌가. 다른 애들도 그렇지만, 그 아이는 절대 건들면 안 되네."

대체 무슨 소문을 들었기에 그런 이야기를 하냐는 말이 목구멍까지 솟아올랐다. 이건 너무 근거 없는 소문인데. 자기도 모르는 사이에 호색한이라는 소문까지 더해진 모양이었다.

한석은 조금 억울했지만 아무 말 없이 고개를 끄덕였다.

신소윤은 한석에게 몇 가지 당부를 더 전해주었다.

"한성부 관원들은 대감이 좌기(坐起)하시기 전에 상청해 공좌부에 서명하고 대청 앞에서 대감을 맞이해야 하네. 판부사 대감이 낯빛은 온화하셔도 일처리가 꼼꼼하고 매사에 칼 같은 분이야. 앞으로는 금일처럼 늦지 말게나."

한석은 그건 지킬 수 없겠다고 생각하며 대충 고개를 주억거렸다.

신소윤은 새끼손가락으로 자기 귀를 긁어대는 한석을 못마땅한 눈길로 보다가 다시 말을 이었다.

"자네는 호방(戶房) 담당이지만 주로 예방(禮房) 업무를 맡게 될 걸세. 원래는 윤판관이 예방과 병방(兵房) 업무를 도맡았는데, 한성에 큰불이 나는 바람에 화재 예방을 담당하는 병방 업무에 더 집중하기로 하였거든. 예방 업무를 다 하는 건 아니야. 호방과 예방이 협업하는 일이 하나 있는데 그걸 맡으면 되네. 예조에서 신랑 신부 양가의 혼인단자를 이첩하면 그걸 호적과 대조해 혼인 허가를 주면 되는 걸세. 할 수 있겠지?"

한석은 대충 고개를 주억거렸다. 신소윤은 콧살을 찌푸리다가 다시 말을 이었다.

"한성부가 일은 많고 관원이 적어 고되기는 하지만, 좀만 기다리면 증원이 될 거야. 대감이 교대로 일할 수 있도록 사령을 증원해달라고 몇 년째 병조에 청하고 계시거든. 그 청 덕분에 자네도 여기 올 수 있었던 것 아니겠는가. 판관이 셋이라니, 허허허. 이봐, 내 말 듣고 있는가?"

"예, 근데 형방 일은 누가 맡습니까?"

"형방? 나랑 참군이 맡아서…… 아니, 근데 형방 일은 왜 자꾸 묻는 건가?"

"아까 보니 검험 일이 재미있을 것 같더라고요."

신소윤의 얼굴이 순간 뜨악했다. 이런 말은 생전 처음 듣는다는 표정이었다. 황당한 표정 너머로 어디서 껄껄 웃는 소리가 들렸다. 판부사 정수헌이었다.

"검험 일이 재미있을 것 같다고?"

"대감."

신소윤이 허리 굽혀 인사하자 정수헌은 되었다는 듯 한쪽 손을 휘저었다.

"재미있을 것 같으면 한번 해보게나. 호방 일은 원래 서판관이 맡아서 하고 있었으니까. 요즘 형방 업무가 과중하기는 했지."

정수헌은 마침 잘되었다는 듯 들고 있던 종이를 보여주었다.

"홍제원 주변 버려진 민가에서 화재가 났네. 금일 초검을 마쳤고, 명일 복검을 해야 해. 최참군이 초검을 했으니 관례대로라면 명일 복검은 신소윤이 해야 했지. 어떤가, 이 일을 자네가 한번 맡아보겠는가?"

"예."

한석이 일말의 주저함도 없이 바로 대답하자 정수헌은 묘한 미소를 지었다.

"그런데 말일세. 상감께서 이 검안에 관심이 많으시다네. 제대로 해야 할 텐데 정말 괜찮겠는가?"

이거 봐라. 대놓고 안 된다고는 안 하지만, 상감을 운운하며 알아서 그만두게 만들려는 속셈이잖아. 완전 능구렁이 같은 양반인데?

한석은 상대가 판부사로 십 년을 버틴 자라는 걸 떠올렸다. 이 자리가 원래는 일 년 버티기도 힘든 자리라고 했다. 그 힘든 걸 십 년이나 버텼다면, 마음에 똬리를 튼 구렁이가 이무기가 되고, 그 이무기는 용이 되어 승천을 하고도 남았을 것이다. 하지만 그는 용을 두려워하지 않았다. 한석은 정말 괜찮다는 척 고개를 끄덕였다.

정수헌은 눈을 흘기며 수염을 매만졌다. 다른 일도 아니고 시신을 다루는 일. 곱게 자란 사대부 자제가 과연 며칠이나 버틸 수 있을까. 불에 탄 시신을 보고도 지금처럼 고집을 부릴 수 있을지 두고 보지.

"신소윤, 자네가 적당한 아이들을 붙여주게나. 경험 많은 오작항인을 보내주면 될 걸세."

신소윤이 당혹스레 고개를 끄덕이자 한석은 재빠르게 입을 열었다.

"검험 산파라는 아이로요. 검험 산파 란 말입니다."

정수헌은 눈썹을 씰룩였다.

"그 아이는 왜……?"

"대감의 서녀라지요? 검험할 때 그 아이를 보내주십시오."

정수헌의 눈빛이 순간 날카로워졌다. 한석은 정수헌이 가시를 세웠다는 걸 눈치챘으면서도 짐짓 모르는 척 말을 이어갔다.

"사헌부 감찰에게 형방 일을 가르쳐준다던데요. 어차피 가르칠 거 동시에 두 명을 가르치면 더 낫지 않겠습니까. 글을 읽고 쓸 줄 알던데, 검험 산파로 일한 지도 오래되었으니 그 아이가 딱일 것 같습니다."

"사헌부 감찰관은 목멱산 검안을 맡을 걸세. 아란은 감찰관을 도와 복검을 진행할 거고."

한껏 낮아진 목소리. 정수헌의 서슬 퍼런 낯빛에 신소윤은 진즉에 시선을 내리깔며 눈치를 보고 있었다. 하지만 한석은 그 눈빛을 똑바로 마주 보며 도발하듯 웃었다.

"그럼 두 검안을 같이 맡으면 되겠네요."

한석은 정수헌의 손에서 종이를 낚아채듯 가져가며 말을 이었다.

"그럼 그리 알고 이만 물러가겠습니다."

돌아서자 정수헌의 노기 담긴 탄식 소리와 신소윤의 '아니, 저자가' 하는 소리가 들렸다.

한석은 할 말이 있는 듯 다시 돌아섰다.

"그리고 개에게 주인을 들먹여 위협을 하시려거든 그 주인이 누구인지를 제대로 보셔야지요. 제 목줄을 쥐고 있는 자가 누구일 것 같습니까. 상감은 아닐 것 같은데."

그 말을 하는 한석의 두 눈에는 웃음기가 전혀 보이지 않았다. 하지만 그는 입으로 웃음소리를 냈다.

대청 밖으로 나서자 안에서 신소윤의 목소리가 뇌성처럼 터져 나왔다.

"아이고, 저 개차반이! 대감, 진정하십시오!"

***

아란은 지난밤 꿈자리가 사나웠다.

꿈에서 아란은 얼어붙은 호수 위에 서 있었다. 문득 이상해 아래를 보자 굳게 얼어붙은 빙면이 발밑에서부터 쪼개졌다.

풍덩.

얼릴 듯 차가운 물이 금세 아란을 집어삼켰다.

힘겹게 물살을 가르며 헤엄을 쳤지만, 호수 표면은 다시 얼어붙어 있었다. 어디서도 깨진 구멍이 보이지 않았다. 숨이 막혀 한참을 허우적거렸을 때, 갑자기 물이 부글거리며 끓어댔다.

살에 닿는 한기가 열기로 뒤바뀌었다. 물은 곧 붉게 물들었고 비린내를 풍겼다. 아란은 새빨간 핏물을 가르며 수면을 향해 헤엄쳤다.

그녀를 막던 얼음 표면은 이제 없었다. 핏빛 달 물결이 출렁일 뿐이었다. 어푸, 하고 수면 위로 솟아올라 참았던 숨을 들이켰을 때,

그녀는 눈을 번쩍 떴다.

시신 옆에 누워 잠을 자던 아란은 득달같이 상반신을 일으켰다.

기척이 들렸다. 감찰관 윤오일까?

고개를 들어 창살 밖을 보았다. 아직 이른 아침이었다. 아란은 지난밤 홀로 현고에 남아 시신을 지켰다. 정확히는 시신 옆에서 잠을 잔 거지만. 귀가 밝아 누군가 다가오면 바로 알 수 있기에 시신을 지킨 것과 딱히 다를 건 없었다.

발소리가 점점 가까워졌다. 현고 안으로 고개를 빼꼼 내민 이는 초성도 주월도 윤오도 아니었다. 개차반이었다.

아란이 떨떠름한 얼굴로 보자 한석은 씨익 웃기까지 했다.

"여기서 자고 있었나? 하늘을 지붕 삼고, 땅을 베개 삼을 수 있다지만, 시신 옆에서도 잠을 잘 수 있다니, 담이 참 남다르군. 내 정말 감탄했네."

아란은 자리에서 일어나 치맛자락을 손으로 털었다.

"판관 나리께서 이곳은 어찌 찾으셨는지요."

"뭐……."

한석은 말을 다 뱉기도 전에 성큼 안으로 발을 들였다.

"한성부 형방 판관이 현고를 왜 찾았겠는가. 일을 하려고 찾은 게지."

"한성부 형방이요?"

아란의 눈빛이 싸늘하게 굳었다. 한석은 그 변화를 예민하게 알아채면서도 내색 없이 천천히 고개를 끄덕였다.

"형방…… 이요?"

아란은 믿을 수 없었는지 '형방'을 강조했다가 말꼬리를 흐리며 되물었다.

한석은 또 씨익 웃으며 고개를 끄덕였다.

"잠시 여기 좀…… 아, 아닙니다."

아란이 말을 뱉다가 갑자기 손을 내저었다. 당장 최참군을 찾아가 전후 사정을 물어보고 싶은 마음에 잠시 여기 좀 앉아 현고를 지켜달라고 말할 뻔했다. 다른 이도 아니고 개차반에게 여길 맡길 수는 없었다. 복검을 기다리는 시신 여섯 구가 있는 곳이었다. 차라리 고양이에게 생선을 맡기지.

"잠시 여기 좀?"

한석의 물음에 이을 말을 찾던 아란은 엉겁결에 구석에 있는 의자를 가리켰다.

"앉으십시오."

한석은 사양하지 않았다. 의자에 앉은 한석은 손가락으로 서탁을 툭툭 치다가 곧 무료해졌는지 어색하게 서 있는 아란을 보았다.

"일은 언제 시작하는 건가? 작일 대감이 내게 홍제원 복검을 맡으면 된다고 하셨는데."

"정말 대감이 나리에게 홍제원 복검을 맡으라고 하셨습니까?"

아란이 정색하며 묻자 한석은 고개를 살짝 기울이며 끄덕였다. 아란의 낯빛은 거의 흙빛이 되었다.

이자에게 복검을 맡겼다고? 정수헌이? 대체 무슨 생각인 거지.

아란은 신중하고 진지한 목소리로 말했다.

"나리."

"응?"

"검험서를 읽어보신 적이 있으십니까?"

"검험서?"

"예."

한석이 그게 뭐냐는 표정으로 빤히 보자 아란은 한숨을 속으로 삼키며 말했다.

"송나라 때 편찬된 세원집록이나 원나라 때 편찬된 평원록, 혹은 무원록 같은……."

물으면 뭐 하겠는가. 사서오경도 제대로 안 읽었을 개차반이 검험삼록(檢驗三錄, 세원집록과 평원록, 무원록을 통칭하는 말)을 읽었을 리 만무했다.

아란은 무슨 말인지 모르겠다는 듯 순진한 표정을 한 한석을 보며 결국 입꼬리에 굳은 미소를 머금었다.

"나리, 장방에 가서 검험서를 달라고 하십시오. 그걸 읽으면 검험하는 데 도움이 될 테니 지금 바로 가서 빌리시지요."

"내가 말일세, 딱히 서책 공부에 힘쓴 사람이 아니라서 말이야. 원래 서책 공부에 소홀한 사람일수록 뭐가 더 어려운지 귀신같이 알아보지 않던가. 자네가 말한 검험서라는 것은……."

그때 현고 문이 열리며 윤오가 들어왔다.

아란과 한석의 시선이 절로 현고 입구로 향했다. 한석은 윤오를 훑어보며 뒷말을 이었다.

"변려문처럼 문장이 수려해 어려운 것도 아니고, 귀곡자처럼 오묘한 이치가 숨은 것은 아니지만, 그 이치와 용례가 생소해 해석이 쉽지 않은 글이 아닌가. 내가 그리 어려운 서책을 왜 읽나. 자네가 있는데. 어차피 검험은 자네가 할 텐데 말이야."

학문의 어려움을 제대로 아는 이는 기실 서책 공부에 소홀한 자

116

가 아닌 경우가 많았다. 학문에 힘쓰지 않았다면 어찌 변려문이 문체의 수려함에 매몰되어 의미 파악이 어렵다는 점과 전국시대 기인이라는 귀곡 선생이 남긴 신묘한 서책인 귀곡자를 알겠는가. 검험서의 이치와 용례가 생소하다는 건 더더욱 알 수가 없었다. 하지만 아란은 한석이 뱉은 뒷말에 당황한 나머지 미처 앞말의 위화감을 알아채지 못했다.

"제가 검험을 한다고요?"

한석은 당연하다는 듯 고개를 끄덕였다.

"그럼 자네가 해야지. 아무것도 모르는 내가 하겠는가?"

"나리가 복검하실 때는 항수와 의녀, 오작항인이 따라갈 겁니다."

"아니네. 자네가 할 걸세. 앞으로 자네가 내게 형방 업무를 가르쳐주기로 하였거든. 그중에서도 검험을. 아주, 상세하게, 빠짐없이 말이야."

아란은 그 말을 듣자마자 바로 윤오를 보고 말했다.

"나리, 잠시 여기 좀……."

하지만 의자에는 이미 다른 이가 앉아 있었다.

"여기 서서, 서서 현고를 지켜주십시오. 시신을 못 만지게 해주시면 됩니다. 아셨지요?"

입구에 가만히 서서 둘을 지켜보던 윤오는 갑작스런 당부에 천천히 고개를 끄덕였다.

"절대! 아무도 못 만지게 하셔야 합니다."

특히 이 사람요! 아란은 눈빛과 시선으로 마지막 당부를 남기며 부리나케 밖으로 나갔다.

그 길로 형방 참군인 최의균을 찾았다가 아란은 청천벽력 같은 말을 들었다.

검험 산파인 자신과 감찰관인 윤오 그리고 개차반, 아니 판관 한석이 당분간 함께 검안을 맡아야 한다는 말을.

"농이시지요?"

일에 있어서는 좀처럼 감정을 드러내지 않는 아란이 흥분한 말투로 되묻자 최참군은 이마에 세운 핏대를 씰룩이며 말했다.

"내가 지금 농을 하는 것 같나!"

한성부 형방에서 일하는 사람 중 참군 최의균은 아란만큼이나 검험에 진심인 사람이었다. 정확히는 문첩 작성에 진심이었다. 검험에 무지한 신참 두 명이 갑자기 끼어들어 중대한 검안 두 개를 도맡아 그는 기분이 매우 좋지 않았다. 저들이 작성해올 험장만 생각해도 머리가 지끈거렸다.

"굳이 말하지 않아도 알아서 잘해주겠지만, 자네가 정말 많이 신경을 써줘야 할 거야. 특히 개차, 아니, 한판관의 검안 말일세."

최참군은 고개를 절레절레 흔들더니 다시 말을 이었다.

"일단 진시에는 홍제원에 복검을 하러 가고, 복검을 끝내면 남부를 찾아가 목멱산 검안에 관한 내용을 듣고 오게나. 감찰관도 직접 현장을 봐야 할 테니 같이 데려가게. 명일 진시에는 현고에서 목멱산 시신들을 복검하고. 금일 현고는 다른 이가 지킬 테니까 또 밤새지 말고 집에 가서 푹 쉬도록 해. 복검 법물도 다른 이에게 미리 준비해놓으라 이르겠네."

아란은 아무 말 없이 고개를 끄덕였지만, 머릿속에는 의문이 가득했다.

정수헌은 왜 개차반을 자신에게 보냈을까?

감찰관을 자신에게 보낸 건 노림수가 뻔했기에 이상하지 않았다. 하지만 개차반은…….

어쩐지 바닥에 금이 가는 것 같았다. 호수 빙면이 깨졌던 것처럼 순식간에 바닥이 꺼지며 그녀를 집어삼킬 것 같았다.

설마 예지몽은 아니겠지. 아란은 불길한 예감에 마른침을 삼켰다.

아쉽게도 불길한 예감은 틀리는 법이 없었다.

***

송경은 아침 댓바람부터 찾아와 불만을 토로했었다.

"아니, 형방? 형방? 감찰관을 형방으로 보내서 검험관 업무를 시키겠다니. 이게 지금 말이 되는 겁니까?"

윤오는 툇마루에서 나와 흑혜를 신으며 말했다.

"안 될 게 뭐 있느냐."

"아니, 감찰 업무는 문서나 장부를 보며 하는 게지요. 직접 발로 뛰는 감찰관이 어디 있단 말입니까?"

"지금 자네 앞에 있지 않은가. 그리고 언제는 맨날 자리에 앉아 종이나 붙잡고 있는 문관 놈들이 한심하다고 하더니."

"아니, 그거랑 이거는 다르죠. 중인이라 무시하는 거라고요. 한성부 안에서 설치는 꼴 보기 싫다고 밖으로 내보내는 거라니까요! 성상도 참 너무하시지. 하필이면 한가 개차반과 함께 한성부로 보내서는. 다른 사람들이 무슨 생각을 하겠습니까. 중인 감찰관이나 개차반 판관이나 오십 보 백 보라고 하겠지요."

송경의 말에 윤오는 정색하며 말했다.

"설마? 내가 검험 업무에 적당하다고 생각해 검험 현장으로 보내는 거겠지. 사람을 그리 의심하면 어찌하느냐."

"아이고, 누가 곱게 자란 사람 아니랄까 봐 세상 물정을 모르시네. 두고 보십시오. 며칠만 지나면 다른 곳으로 보내 달라며 상감에게 서찰을 보내실 겁니다."

곱게 자란 건 왕실 외척인 자신도 마찬가지면서.

윤오는 속으로 콧방귀를 뀌었다. 하지만 현고에 들어선 뒤 아란과 한석의 대화를 들었을 때부터 어쩌면 송경의 말이 맞을지도 모르겠다는 생각을 했다. 한씨 집안 차남 한석에 관한 소문은 윤오도 익히 들어 알고 있었다.

아란 산파가 저자에게도 형방 업무를 가르쳐야 한다고? 둘 다?

그 말은 한성부 사람들이 자신과 개차반을 같은 취급을 했다는 게 아닌. 감히 산파 따위가 감찰관에게 형방 업무를 가르친다며 입으로 불을 뿜었던 송경과 달리 윤오는 아란의 가르침을 받는 데에는 아무런 불만이 없었다. 검험 산파면 어떻고 검험관이면 어떤가. 윤오는 아란의 실력을 두 눈으로 확인한 적이 있었다.

진짜 불만은 저런 사람과 함께 묶여야 한다는 거였다.

불에 타 잔해만 남은 민가에 오자마자 빈둥거리는 한석을 보며 윤오는 속으로 한숨을 내쉬었다. 한석은 품에서 병 하나를 꺼내 걸 핏하면 안에 있는 걸 마셨는데, 물을 마시는 건지 술을 마시는 건지 알 수가 없었다. 후자가 아닐까 싶었다.

아란은 오작과 함께 법물을 준비하느라 분주했고, 윤오는 항수가 준비해준 의자에 앉아 탐탁지 않은 눈길로 한석을 보거나 아란이 미리 준비한 험장 양식을 살펴보았다.

다들 제 일에 열중해 있는데, 잔뜩 흐트러진 행색인 사람이 머리를 벅벅 긁어대며 나타났다.

"이게 누구야. 정말로 부운(浮雲)이 여기에 있네."

무너진 흙더미를 살펴보던 한석은 고개를 돌려 그를 보고 반색했다.

"조은(釣隱)! 오랜만일세."

두 사람은 허물없는 사이인지 보자마자 서로를 얼싸 안았다.

"윽, 술 냄새. 자네 몸에서 나는 술 냄새가 저기서 데우고 있는 식초 향보다 짙구만."

한석의 말에 승문원 정자(正字) 최치운이 낄낄 웃었다.

"그럼 술고래가 술 냄새가 나야지, 물 냄새가 나면 쓰나? 그나저나 자네는, 내가 명나라에 갔다 온 사이 좌천을 당했다지? 그럴 줄 알았어. 역시 내가 없으면 안 된다니까. 글자 하나 제대로 못 써 좌천을 당하다니. 한심하구만."

"정구품 정자 나리가 잘하는 거라곤 글자 쓰는 것뿐이니, 어련하겠나."

"좌천당해도 종오품이라고 지금 과시하는 건가!"

두 사람이 투닥거리며 회포를 푸는 사이, 법물 준비를 끝낸 아란은 딱딱한 목소리로 말했다.

"준비가 끝났으니 복검을 해야 할 것 같은데요."

"알겠네. 시작하지. 여보게, 조은. 자네도 한번 보겠는가?"

"뭐를?"

"검험."

"환복 돕는 홍제원 관노가 자네 여기 있다고 하기에 설마설마 하였는데, 진짜 검험을 하러 왔다고?"

"환복을 도와줬는데도 이 모양인가?"

"내가 그 소리를 듣고 뛰쳐나왔으니 이 모양이지."

윤오는 고개를 절레절레 흔들곤 험장을 챙겨 아란을 뒤따랐다.

아란은 벌써 시신이 있는 초가집 안에 들어가 있었다. 사실 초가
집이라고 할 수도 없는 모양새였다. 지붕은 다 타버려 지푸라기 하
나도 남지 않았고, 한쪽 면이 무너진 토벽은 거뭇하게 그을렸다. 시
신은 부엌 옆에 있는 방에 있었다.

아란은 안으로 주저 없이 발을 내디뎠다. 윤오는 물었다.

"저도 들어가면 됩니까?"

아란은 그를 흘깃 보고는 다시 시신을 보며 말했다.

"홍제원 검안은 감찰관 나리가 아니라 판석 나리가 해야 하는 일
입니다. 그리고 시신을 직접 만지는 건 의원, 오작, 의녀나 다모 혹
은 산파뿐입니다. 이곳에서 시신을 검험하는 이들이 시신의 증상을
읊으면 나리는 자리에 앉아 적으시면 됩니다. 직접 만지실 필요는
없습니다."

무당골 들에서 만났을 때는 아무렇지도 않게 시신을 넘기더니.

아란이 시신에 덮어놓았던 거적을 오작에게 넘기려 하자 윤오는
마침 옆에서 기웃대는 한석에게 험장을 건넨 뒤 재빠르게 거적을
받았다.

"검험관이 되어서 듣기만 하고 직접 보지 않는다는 게 말이 됩니
까. 방해가 되지 않도록 열심히 도울 테니 제게도 가르쳐주십시오."

아란은 별말 없이 고개를 끄덕였다.

윤오는 받은 거적을 오작에게 넘긴 뒤 아란에게 다가갔다.

"그럼 나는 여기 앉아 험장을 적도록 하겠네. 여보게, 항수. 밖에 있는 탁자에서 세필이랑 벼루를 가져오게나. 조은, 거기 서서 그러고 있지 말고, 이리와 앉아. 정자인 자네가 빠지면 곤란하지. 와서 글자라도 좀 봐주게."

무너진 흙벽에 걸터앉은 한석은 최치운에게 옆에 앉으라 손짓했다. 최치운은 쭈뼛거리며 앉더니 험장을 주의 깊게 살펴보기 시작했다.

윤오는 호기롭게 나섰다가 시신을 보고 멈칫했다. 형체를 알아볼 수 없을 정도로 타버린 시신이었다. 피부가 타고 살이 녹아 잔뜩 눌러붙은 시신. 이래서 시신 주변에 천을 병풍처럼 세워 가려놓았구나. 순간 욕지기가 치밀었다.

아란은 윤오를 흘긋 보며 말했다.

"냄새 때문에 그러시면 코 밑에 생강즙을 바르십시오. 도저히 볼 수가 없어서 그러시는 거면, 도로 물러서시고요. 검시(檢視)는 눈으로 하는 거라 볼 수 없으면 할 수가 없습니다."

"아니, 참을 수 있습니다."

아란은 방안도 꼼꼼하게 살폈다. 한참이나 한 곳에서 눈을 떼지 않다가 고개를 갸웃하며 말했다.

"먼저 확인해볼 게 있습니다. 시신을 밖으로 옮겨 검험하지요. 시신을 검험하기 전에 먼저 여기부터 봐야 할 것 같습니다. 험장에 시장(屍場) 확인을 위해 시신을 옮긴다고 적어주십시오."

한석은 눈꼬리를 살짝 올리더니 고개를 끄덕였다.

아란과 윤오는 다른 오작과 함께 시신을 밖으로 옮긴 뒤 방안을 깨끗하게 치웠다.

재까지 남김없이 치웠지만, 불에 탄 바닥은 그래도 거뭇했다.

오작이 뜨겁게 데운 식초 항아리를 가져와 바닥에 놓자 아란은 윤오에게 말했다.

"백지를 담궈 색이 바뀌는지 확인해야 합니다."

"색이 바뀌면 어찌 되는 겁니까?"

"색이 바뀌면 그 식초는 쓸 수 없습니다."

윤오는 고개를 끄덕인 뒤 백지를 식초 안에 담갔다. 젖은 백지는 색이 바뀌지 않았다.

아란은 색을 확인하고는 항아리 안에 담긴 박으로 식초를 퍼 바닥에 뿌렸다.

"식초는 어찌 바닥에……."

"이곳은 버려진 민가라 오랫동안 사람이 살지 않았습니다. 가뭄으로 유민이 늘었으니, 유민이 와서 정착했을 가능성도 있지만요. 불이 난 장소는 부엌이 아니라 방안입니다. 애초에 불이 날 가능성이 적은 곳이지요. 버려진 민가든, 유민이 지내던 곳이든, 살림살이가 별로 없으니 불이 나더라도 초가를 빠르게 태울 정도로 거세지는 못했을 겁니다. 시신을 이 정도로 태우지도 못했을 거고요. 이건 누군가 방화를 해 일부러 시신을 태운 겁니다."

어제 현고에서 홍제원 험장을 확인했을 때부터 아란은 의심을 품고 있었다. 버려진 민가에 어찌 이리 큰불이 났을까. 의심을 확신으로 바꾸기 위해서는 반드시 직접 확인해야 했다.

"식초를 뿌리면 그걸 확인할 수 있는 겁니까?"

"아니요, 식초로는 방화를 확인할 수 없습니다. 다른 걸 확인하려는 겁니다."

뜨겁게 데운 술이 담긴 항아리를 오작이 가져왔다.

아란이 눈짓하자 윤오는 항아리에 있는 술을 바닥에 뿌렸다.

"불이 난 곳은 혈흔을 찾기가 힘듭니다. 혈흔 자체가 열에 굳고 축소되어 흑갈색을 띠게 되거든요. 뜨거운 식초와 술을 뿌려 바닥을 적시면, 혈흔이 팽창해 짙은 갈색을 띠게 됩니다."

"피를 찾는 겁니까?"

아란은 말없이 고개를 끄덕였다.

두 사람은 한참 서서 바닥을 바라보았다. 가장 먼저 반응을 보인 사람은 최치운이었다.

"오, 정말 색이 바뀌었네. 밝아졌어."

아란은 웅크려 앉아 색이 바뀐 곳의 넓이를 가늠해보며 말했다.

"여섯 자 되는 방에 흘린 피가 다섯 자나 되는군요. 피를 많이 흘린 겁니다. 이 정도로 피를 흘렸다면, 불이 나지 않았더라도 숨을 거두었을 겁니다. 누군가 일부러 시신에 불을 질러 타 죽은 것처럼 꾸민 게지요. 아니면 죽어가는 사람에게 불을 질러 산채로 태웠거나요. 그건 이따가 시신을 검험할 때 코와 입에 재가 있는지를 확인해보면 됩니다."

아무 말 없이 앉아 있던 한석이 문득 말을 꺼냈다.

"시신의 실인을 화사(火死)로 바꾼다 해도, 그 원인은 실화 아니면 방화지. 이곳에 남은 흔적은 방화이고. 범인이 바보가 아니고서야 관원이 실화와 방화도 구분하지 못할 거라 생각하지는 않았을 텐데. 실화로 꾸미지 않는 이상, 타살의 흔적이 남기는 마찬가지 아닌가. 타살로 판명이 나면 한성부에서 수사할 거라는 걸 범인도 알았을 거야. 그런데도 군이 시신을 태웠다고?"

아니, 이자가 이런 논리적인 말도 할 줄 안단 말인가!

윤오는 예상치 못했다는 듯 눈을 휘둥그레 뜨고 그를 보았다. 웅크려 앉아 있던 아란도 잠시 한석을 훑어보고는 손을 털며 자리에서 일어났다.

"숨기고 싶은 게 따로 있었던 게지요."

"따로 있다고요?"

윤오가 되묻자 아란은 고개를 끄덕였다.

"네, 진짜 실인을 숨겨야 하는 이유. 그게 따로 있었을 겁니다."

"짚이는 게 있습니까?"

"있기는 하지만, 그게 아니었으면 좋겠네요."

아란은 알 수 없는 말을 내뱉고는 밖으로 나가버렸다. 윤오가 황급히 뒤를 따랐다.

아란은 물 항아리에서 물을 퍼 손을 깨끗이 닦은 뒤 거적 위에 놓인 시신 앞에 앉았다. 시신의 흉부를 상세히 살펴보다 손을 뻗어 조심스레 매만졌다.

맨손으로 타다남은 시신을 만지는 모습에 윤오는 숨을 들이켰다. 그런데 시신을 만지던 손이 갑자기 시신 몸 안으로 쑤욱 들어가는 게 아닌가. 윤오는 깜짝 놀라 소리를 지를 뻔했다.

아란은 양손으로 움푹 들어간 곳을 벌리더니 고개를 그 사이로 파묻듯 들이밀었다.

"이야, 참 대단한 여인일세."

따라나온 한석은 감탄했고, 최치운은 헛구역질을 하느라 바빴다.

"간과 심장이 보이지 않습니다. 장기를 빼낸 걸 들키지 않기 위해서 일부러 불을 질러 태운 겁니다."

사람들의 낯빛이 새하얗게 질렸다. 최치운은 진짜 구역질을 하려는지 손으로 입을 틀어막으며 밖으로 달려 나갔다.

　홀로 담담하던 아란이 고개를 돌려 윤오를 보았다.

　"그럼 이제 시신을 검험합시다."

　차분한 목소리였지만 윤오를 바라보는 아란의 두 눈은, 달빛이 쏟아지던 들에서 마주쳤던 그때의 눈빛을 닮아 있었다.

　얼음으로 뒤덮인 불꽃처럼 서늘하면서도 뜨거운, 알 수 없는 묘한 눈빛.

　윤오는 그녀를 마주 보며 고개를 끄덕였다. 구경만 하지 말고 도우라는 말에 몸이 저절로 움직였던 그날 밤처럼.

***

　아란은 형방 항수가 험장을 전하겠다는 걸 한사코 거절하더니 직접 험장을 현고로 가져가 궤에 넣고 자물쇠로 잠갔다.

　그런 뒤 그 길로 최참군을 찾아갔다.

　사인을 조작하기 위해 시신을 불태웠다는 점, 불에 타서 확실히 구분할 수는 없지만 잘린 단면이 제법 깔끔했다는 점. 안에 장기가 없었다는 점까지 낱낱이 고했다.

　최참군은 어두운 낯빛으로 듣기만 하더니 이만 가보라 했다.

　윤오와 아란은 한성부 본청에서 나와 훈도방(薰陶坊)으로 향했다. 한성부 남부청으로 가기 위해서였다. 연이은 가뭄으로 훈도방 시전에는 곡물이 많지 않았다. 아란은 무언가를 골똘히 생각하다가 텅 빈 시전 매대를 보고는 무심결에 말했다.

"이대로 가다가는 한성 백성들도 유민이 되어 남부로 가겠네요."

묵묵히 걷기만 하던 아란이 드디어 입을 열자 윤오는 기회를 놓치지 않고 조심스레 물었다.

"저기…… 아까 홍제원에서 검험한 시신 말입니다."

"……."

"큰 문제가 있었던 겁니까?"

아란은 잠시 주저하다 반문했다.

"나리는 무당골에서 사실 때 이런 소문을 들어본 적이 없으십니까? 돈에 눈이 먼 오작이 들에 묻는 시신의 장기를 빼내 약재로 판다는 말이요."

"들은 적 있습니다."

그래서 윤오는 '들'에서 시신을 염하는 아란을 보고 시신의 간을 빼내 파는 오작인 줄 알았다. 그전에는 간을 먹는 구미호인 줄 알았고.

"그건 헛소문이 아닙니다. 실제로 종종 벌어지는 일이지요. 한성부 사람들도 그런 일이 있다는 걸 알고 있습니다. 그저 손을 놓고 있는 것뿐입니다."

"왜 잡지 않는 겁니까? 죽은 사람은 사람이 아니라 상관없다 이 겁니까?"

"이미 죽었으니까, 시친도 없이 묻혔으니 굳이 나설 필요가 없다고 생각하는 겁니다."

"하지만 이번에는…… 살아있는 사람을 죽인 게 아니었습니까?"

"생간이라고 속여 팔지 않고, 진짜 생간을 팔 생각이었던 게지요. 사람의 몸을 가르는 일은 쉬운 일이 아닙니다. 처음 행하는 자라면 그렇게 깔끔하게 잘라낼 수가 없어요. 자르기 어렵기도 하고, 압박감이 상당할 겁니다."

"그 말은…… 범인이 무인이라는 겁니까?"

"아니요, 무인은 찌르고 베는 거나 능숙하지, 사람 몸을 잘라 장기를 꺼내는 건 못 합니다. 범인은 오작이나 백정, 사냥꾼일 가능성이 큽니다. 또 시신을 태워 실인을 조작하고, 초가집도 태워 혈흔을 감추려 했지요. 틀림없이 검험에 대해서도 식견이 있는 자입니다."

"그래서 현고까지 잠그신 거군요. 혹시라도 범인이 한성부 오작일까 봐."

아란은 보일 듯 말 듯 고개를 끄덕였다.

제법 능숙하게 꾸민 죽음이었다. 아란은 이번 살인이 처음이 아닐 거라 확신했다. 의혹이 있는 검안을 찾아 대조하면 공통점을 찾아낼 수 있을지도 몰랐다. 그럼 꼬리를 잡을 수 있겠지. 시간이 걸리긴 하겠지만 불가능한 일은 아니었다.

어느새 한성부 남부청에 도착했다. 마침 입구에 있던 길중이 제일 먼저 아란을 반겼다.

인사를 나누고 장방으로 간 아란은 남부 서리에게서 문서를 받았다.

실종자 명단이 수려한 필체로 빼곡하게 적혀 있었다. 여섯 번째 희생자의 신원 파악이 아직이라는 건 의외였지만. 하긴 남경 운금을 입는 자가 남부에 거주할 리 만무했다. 북촌에 살았겠지. 그래도 일치할 가능성이 커 보이는 실종자들은 따로 적혀 있었다.

"하루 사이에 이렇게 많이 조사하신 겁니까?"

아란의 말에 서리는 눈을 흘기며 말했다.

"자네는 형방 업무만 알고 호방 업무는 모르는구만. 호방이 정기적으로 호구 조사를 하니 실종자 명단이야 원래 갖춰져 있었지. 마침 얼마 전에 한성부 오부(五部) 호방이 호구 조사를 했네. 본청 호방에도 문서가 넘어갔을 거야."

문서를 챙긴 아란은 윤오와 함께 그 길로 목멱산을 찾았다. 이번 복검은 본청에서 하니, 시장(屍場)인 동굴을 따로 확인할 필요가 있어서였다.

둘은 동굴 외부를 먼저 살핀 뒤 동굴 안으로 들어섰다.

고여 있던 물은 모두 빠지고 없었다. 바닥에 남은 건 지푸라기와 검은 재뿐이었다.

"이곳은 석빙고입니다."

아란의 말에 윤오는 어두운 낯빛을 했다.

"목멱산은 소나무 한 그루도 함부로 벨 수 없는 곳입니다. 그런 곳에 이런 빙고를 만들어 숨겨놓았다면, 이곳을 만든 이는 엄청난 권세를 누리는 자일 겁니다."

"피해자 중 한 명도 신분이 범상치 않아 보였습니다. 운금으로 만든 편복포를 입고 있었거든요."

"이곳에 난 불도 일부러 지른 것 같다고 하지 않으셨습니까?"

"네, 맞습니다. 같은 날에 방화가 둘이나 일어난 셈이지요."

홍제원 주변 민가와 목멱산 석빙고.

전자는 버려진 민가에서 난 불이었고, 후자는 숨겨진 동굴 앞에서 난 불이었다.

사인을 조작하기 위해 지른 불, 시신이 있는 동굴을 발견하게 만든 불.

같은 날에 벌어진 묘하게 닮은, 전혀 다른 사건이었다.

석빙고를 나서자 해가 서쪽 지평선에 걸려 있었다. 벌써 신시였다.

아란은 손에 쥔 문서를 보고는 윤오에게 물었다.

"날이 어두워지기는 하였지만, 함께 실종자를 확인해보시겠습니까? 일치할 가능성이 커 보이는 실종자가 따로 적혀 있는데, 여기 적힌 곳부터 가보면 될 것 같습니다. 다섯 번째 시신과 유사한 실종자의 집이 명철방에 있습니다."

윤오는 담담한 목소리로 흔쾌히 말했다.

"예, 그리하지요."

"귀가가 늦어질 수 있습니다."

"좀 늦게 돌아가는 것뿐인데요. 별일이야 있겠습니까?"

그리고 반 시진 후, 윤오는 제가 뱉은 말을 후회했다.

***

아란과 윤오는 명철방 번화가 노점에 앉아 끼니를 때웠다.

윤오는 국수를 씹으며 말했다.

"그럼 그 사내는 실종자가 아닌 겁니까?"

"두 해 넘게 소식이 끊겼다고 하니 실종자는 맞겠지요."

"하지만 그 집 부모는 아닐 거라고 말하지 않았습니까. 한 번 나가면 몇 달이 지나도 집에 돌아오지 않는 왈패라고."

"가족은 최악의 경우를 걱정하면서도 결국에는 가장 희망적인 걸 믿기 마련입니다."

"하긴 두 해 넘게 소식이 끊긴 적은 없다고 하였지요…….”

"그래도 혹시 모르니 명철방 왈패들을 찾아 확인해보는 게 좋을 것 같습니다. 실종자가 명철방 왈패들과 친했다고 하니까요.”

"국수만 다 먹고 찾아볼까요?”

아란은 국물까지 다 들이켠 뒤 으스름달이 뜬 하늘을 보며 말했다.

"초경이니 곧 인정이 될 겁니다. 금일 말고 명일 찾도록 하지요. 복검 끝낸 뒤 바로요. 나리께서도 제때 성문을 지나려면 서두르셔야 할 겁니다.”

인정이 지나도 소복을 입고 밖으로 잘만 돌아다니는 사람이 아니던가. 그런 아란이 어울리지 않는 말을 하니 윤오는 퍽 재미있다는 생각이 들었다.

"네. 알겠습니다. 명일 함께 찾아봅시다.”

계산을 마치고 자리에서 일어난 둘은 바로 작별을 고했다.

아란이 사는 유란동과 윤오가 사는 무당골 죽림은 정반대 방향이었다. 헤어지고 열 보 정도 걸었을 때, 윤오는 뒤에서 껄렁거리는 남자 목소리를 들었다.

"이 늦은 시간에 어디를 가나? 이제 곧 인정인데. 순라군에게 붙잡히지 말고 우리랑 가자고.”

"인정 전까지는 집에 갈 수 있으니 괜찮습니다.”

"어허, 빼지 말고 같이 가자니까.”

"…….”

분명 아란의 목소리였다.

뒤로 돌자 비단옷을 입은 한량 서넛이 아란을 둘러싸고 치근거리는 게 보였다. 그중 하나는 아예 아란의 어깨에 팔까지 둘렀다.

윤오는 달리다시피 뛰어가 아란의 어깨에 팔을 두른 이를 밀쳐냈다. 남자는 그대로 뒤로 넘어져 엉덩방아를 찧었다.

"넌 뭐야?"

"어디서 굴러먹던 놈인데 명철방에서 나대?"

윤오가 관복을 입은 걸 보고도 그들은 험악한 낯빛으로 윽박질렀다.

윤오도 눈을 부라렸다.

"결례를 범했으니, 이분께 당장 사과하시지요!"

"너 내가 누군 줄 모르는구나."

넘어졌던 자가 엉덩이를 털며 욕지거리를 내뱉었다.

아란은 윤오의 소매를 잡아끌었다.

"나리, 되었으니 그냥 가시지요."

"가긴 어딜 갑니까. 사과를 받고 가야지요. 어서 사과하라니까."

윤오가 고집을 부리자 아란은 미간을 찌푸렸다.

당사자가 괜찮다는데 대체 일을 왜 키우는 거야?

저들이 윤오의 단령포를 보고도 꿈쩍 않는다는 건 뒷배가 있다는 뜻이었다. 고관대작의 자제겠지. 괜히 일을 크게 만들어서 좋을 건 없었다. 하지만 윤오는 굳이 일을 키우려고 했다.

말싸움은 금세 몸싸움이 되었다. 제일 먼저 주먹을 뻗은 이는 저쪽이었지만, 윤오는 도망칠 생각이 없어 보였다.

무예를 익힌 몸놀림은 아니던데. 아무렇게나 싸우는 시정잡배 싸움을 잘하나?

아란의 예상은 활시위를 놓치며 쏘아진 활처럼 빠르게 빗나갔다.

상대방이 날린 일격에 윤오는 바로 뒤로 자빠졌다. 한량들이 그 기회를 놓칠 리가 없었다. 아란은 두들겨 맞는 윤오를 보며 한숨을 내쉬었다.

퍽, 퍽, 퍽.

아란이 내뻗는 주먹에 맞은 이들이 모두 바닥에 쓰러졌다.

"제가 그래서 그냥 가자고 하지 않았습니까."

아란은 바닥에 쓰러진 윤오의 손을 붙잡고 도망을 쳤다.

몸놀림이 빠른 자들은 아닌 것 같아 보였지만, 윤오까지 데리고 도망쳐야 하는 바람에 쉽게 따돌릴 수가 없었다. 아란과 윤오는 한참을 달리다 신을 모시는 부군당(府君堂)을 발견했다.

"일단 저기로 가서 몸을 피하지요."

"아무리 도망을 쳐도 여긴……"

아란은 문을 열어 윤오를 밀어 넣고는 곧장 뒤따라 들어가며 문을 굳게 닫았다.

신당 안을 빠르게 살핀 아란은 신단 위에 놓여 있던 당방울을 왼손으로 움켜쥐며 말했다.

"쉿…… 조용히 하세요."

아란은 오른손으로 윤오의 입을 틀어막았다. 멀리서 다가오는 기척이 들렸다. 아란의 손이 제 입술에 닿자 윤오의 머릿속에 여섯 글자가 맴돌았다.

남녀수수불친…… 불친…… 이라 하였는데…… 아까는 손까지 잡고 뛰지 않았던가. 아니, 목숨이 위험하니 손을 잡는 게 맞는 건가…….

아란은 눈빛으로 조용히 하라 당부하더니 갑자기 당방울을 흔들며 이상한 말을 뱉기 시작했다. 귀에 제법 익숙한 소리였다. 죽림에서도 자주 들었던 무당골 소리.

"야정야정한데 부폐은은이니. 흉신강택하여 만귀상침이라. 급소천장하니 진압흉성할지어다."

지금 무녀처럼 굿을 하는 건가?

딸랑이는 방울 소리와 함께 괴이한 말이 쉴 새 없이 휘몰아치는 회오리처럼 부군당 안에서 울려 퍼졌다. 밖에서 웅성거리는 소리가 들렸다.

"분명 이 근처로 도망을 쳤는데. 어디로 갔는지 못 봤어?"

"못 봤어. 여기는 막다른 길이라고. 담을 넘은 건가?"

"재수 없게 부군당에서 굿까지 하고 있네. 이 시각에 벌이는 굿이면 필경 벽사(辟邪, 귀신을 물리치는 것)야. 그냥 돌아가자."

"웃기지 마. 꼭 잡아야 해. 관리인 사내놈은 그렇다 쳐도, 계집년은 그냥 못 둬."

"다시 둘러보자고. 멀리는 못 갔을 거야."

"샅샅이 뒤져. 곧 인정이니까. 인정 지나면 경수소도 뒤져보고."

말이 끝나기 무섭게 멀리서 인정을 알리는 종소리가 울렸다. 연이은 종소리가 잠시 끊어질 때마다 저들의 기척이 멀어지는 게 느껴졌다.

"종이 쳤는데도 저리 거리낌 없는 걸 보니, 인정이 지나서도 계속 저희를 찾을 겁니다."

"그럼 어쩌면 좋습니까?"

"뭘 어쩝니까. 어차피 성문이 닫혀 나리는 집으로 못 가십니다. 순라군에게 잡혀 경수소로 끌려가면 다시 저놈들과 마주치게 될 거고요. 그냥 여기서 자는 게 나을 겁니다. 나리는 저쪽에 있는 방석에 누워 주무십시오. 저는 여기 누워 자겠습니다."

아란은 자리에 철퍼덕 누워서는 아예 눈을 감아버렸다.

윤오도 쭈뼛쭈뼛 자리로 가서 누웠다. 고개를 돌리자 누워 있는 아란이 보였다.

"저기……."

"……말씀하십시오."

"아까 몸싸움을 한 것 같던데."

맞느라 제대로 보지 못했지만, 정황상 아란이 그들을 때려눕힌 것 같았다.

"어렸을 때 호신술로 무술을 조금 익혔습니다."

호신술이라기에는 공격술에 더 가까울 것 같던데.

"저기……"

"……그냥 말씀하세요."

"조금 전 그건 축문을 읊으신 겁니까?"

"축문이 아니라 주문입니다. 야밤에 자꾸 개가 짖을 때 외치는 주문입니다."

야밤에 개가 짖을 때 외치는 주문이라고? 그런 주문도 있단 말인가.

"그런 건 어찌 알고?"

"제 동생이 무녀입니다. 나리, 어서 주무십시오. 명일 복검할 시신이 여섯 구입니다."

동생이 무녀? 언니는 산파에 동생은 무녀라.

윤오는 의외라고 생각하면서도 더는 묻지 않았다. 사실 궁금해도 더는 물을 수가 없었다. 아란이 눈을 꼭 감은 채 잠을 청하고 있기 때문이었다.

창지를 지난 달빛이 은은하게 아란의 얼굴에 내려앉았다. 새하얀 달빛은 아란의 얼굴에 자리 잡은 명암을 더 선명하게 만들었다. 하얀 얼굴은 더 하얗게 보였고, 새카만 눈썹은 더 새카맣게 보였다.

윤오는 멀리서 전해지는 딱따기 소리를 들으며 한참 동안 아란의 얼굴을 보았다.

달음박질을 해서 그럴까. 윤오의 심장이 방정맞게 뛰어댔다. 달빛이 밝힌 윤오의 양쪽 귀가 새빨갛게 달아오르고 있었다.

***

파루를 알리는 종소리가 울리자 둘은 집이 아니라 한성부 본청으로 향했다.

어둑한 길을 걸으면서 아란과 윤오는 두런두런 이야기를 나눴다. 주로 윤오가 묻고, 아란이 답했다.

나지막한 목소리와 달리 내용은 살벌했다.

백골은 어떻게 검험해야 하는지, 땅에 묻힌 시신은 어찌 찾는지, 여름에는 벌레를 검시에 어떻게 활용할 수 있는지, 사후경직은 언제 일어났다가 언제 풀리는지, 계절마다 시신의 부패 속도가 어찌 다른지.

아란은 자신이 검험했던 시신들을 예로 들어 설명했는데, 상흔의 위치나 길이 그리고 그 깊이를 아주 정확하게 기억하고 있었다. 윤오는 감탄이 절로 나왔다.

"상흔이 몇 촌 몇 푼이었는지도 기억하시는 겁니까?"

"네, 습관이라."

죽은 뒤 한두 시진부터 시반이 생기기 시작해 여섯 시진에 고조를 이루고 이삼 일이 지나면 더는 시반이 이동하지 않는다는 이야기를 할 때쯤, 둘은 형방 현고에 도착했다.

아란은 잠긴 문을 열고는 윤오에게 당부했다.

"저는 가서 법물을 준비해야겠습니다. 거적으로 덮은 뒤 재를 뿌리기는 하였지만, 쥐가 원체 많은 곳이라 시신을 뜯으러 올지도 모릅니다. 여기 앉아 가끔 움직이는 것만으로도 쥐들이 다가오지 않을 테니, 잘 지켜주십시오."

윤오는 고개를 끄덕였다.

현고를 나선 아란은 다모간으로 가 술이 담긴 항아리의 뚜껑을 열었다.

다모들이 직접 빚은, 법물로 쓸 술이었다.

무명천으로 술을 거른 뒤 걸러진 청주를 조심스레 다른 항아리에 부었다. 아직 조반을 먹지 않았다는 게 생각나 술지게미를 뒤집개로 꺼내 접시에 담고 있을 때, 다모 주월이 들어왔다.

"일찍 와서 법물 준비하는 거야?"

"응."

"판관 나리가 너 어딨냐고 물으시더라."

"판관 나리?"

한성부 본청에 판관은 셋이었다. 한 명은 호방 서판관이었고, 다른 한 명은 예방과 병방을 맡은 윤판관이었다. 그리고 마지막 세 번째 판관이 이번에 형방에서 일하게 된 한판관이었다.

다른 방(房)에 속한 판관들이 아란을 찾을 일은 없으니 주월이 말한 판관 나리가 누구일지는 자명했다. 다만 주월이 한판관을 나리라고 칭하는 게 이상했다.

어제까지만 해도 개차반, 개차반 하더니. 왜 갑자기 판관 나리가 되었지?

"좋겠다, 넌. 판관 나리 외모가 미중랑 못지않으시던데? 감찰관 나리도 그렇고. 부러워라. 이럴 줄 알았으면 나도 검험 실력이나 열심히 쌓을걸."

그럼 그렇지. 아란은 피식 웃으며 뒤집개를 주월의 손에 쥐여주었다.

현고에는 정말 한석이 와 있었다. 그는 시신이 궁금했는지 거적을 들춰보았고, 윤오는 소리로만 뱉지 않았을 뿐이지 눈으로 욕을 하고 있었다.

"만지지 마십시오. 아란 산파가 검험하기 전까지는 절대 손을 대서는 안 됩니다."

"뭐 어떤가. 어차피 곧 보게 될 거."

아란은 현고 안에 들어서자마자 한석을 본 척도 않고 윤오에게 접시를 건넸다.

"아침도 못 드셨으니 지게미라도 좀 드십시오."

한석은 아란을 보자 너스레를 떨었다.

"내 건? 내 건 없는가?"

"법물용입니다. 시신에 붙이는 지게미인데, 정말 드실 겁니까?"

윤오는 들고 있는 그릇을 내려다보며 생각했다.

저기…… 그런 걸 내게는 왜 아무렇지도 않게 주는 거요.

입술을 삐죽이던 한석은 괜히 옆에 있는 다른 거적을 들춰보았다. 순간 그의 손이 멈칫했다.

"이 사람은······."

그가 본 것은 여섯 번째 희생자였다. 명나라에서 온 남경 운금을 입고 있던 바로 그 시신.

아란은 짚이는 게 있는지 차분하게 그러면서도 다그치듯 물었다.

"누구인지 아십니까! 뭐 하시는 분입니까."

딱딱하게 굳은 목소리가 한석의 입에서 꾸역꾸역 쏟아져나왔다.

"허청. 병판 대감의 외아들일세."

병판. 육판서 중 한 명으로 병조의 수장이었다.

목멱산에서 발견된 시신 중 하나가 정이품 병판의 외아들 허청이라는 소식은 곧 한성부 전체를 뒤흔들었고, 얼마 지나지 않아 한성 안에 파다하게 퍼졌다.

훈련관 살인사건

四
章

여섯 번째 시신이 병판의 외아들 허청이라는 소식을 들은 정수헌은 제일 먼저 아란을 찾았다.

　아란은 내심 짐작했다. 사건이 중해졌으니 이만 검안에서 빠지라는 거겠지. 이목이 집중되면 좋을 게 하나 없으니까.

　그건 정수헌은 물론 아란에게도 마찬가지였다.

　그럼 알겠다고 답해야 할까?

　하지만 검험이었다. 일신의 안위를 위해 검험을 포기할 수는 없었다.

　판부사가 머무는 곳은 당상대청 안의 남쪽 방이었다. 정수헌이 자리에 앉아 남부에서 보낸 초검 험장을 읽고 있는 게 보였다.

　"부르셨습니까."

　"희생자 중 한 명이 병판의 자제라지요."

　"한판관 말로는 그러하다고 합니다."

　정수헌은 험장을 서탁 위에 내려놓으며 아란을 빤히 보다가 말했다.

"이 일은 그만 손을 떼시지요."

"……이유가 뭡니까?"

"이목이 집중될 겁니다. 너무 큰 사건이에요."

"하지만 복검이 남지 않았습니까. 그리고 저는 감찰관에게 형방 업무를 가르치고 있고요. 김감찰은 검안을 도맡은 검험관이기도 하니 검시와 체구도 도와야 합니다."

정수헌은 성가시다는 듯 눈썹을 씰룩였다.

"그건 신소윤이나 최참군에게 맡기면 됩니다."

"……."

사실상 통보인 셈이었다. 그는 들고 있던 험장을 서탁 위에 내려놓으며 말했다.

"근래 한성에 다시 소문이 돌고 있습니다. 고려 왕손이 죽지 않고 살아있다는 소문이지요. 고려에 충심이 남은 이가 들었다면 왕손을 살리기 위해 나설 것이고, 조선에 충심을 가진 이가 듣는다면 눈에 불을 밝히며 왕손을 없애려고 하겠지요. 개성 왕씨 멸족령을 잊으신 건 아니겠지요."

아란은 엄지손톱으로 검지를 꾹 눌렀다. 통증에 집중하자 쏟아지는 감정을 억누를 수 있었다.

"……알겠습니다. 대신 검험서는 꼭 빌려주십시오. 약속은 약속입니다."

"그건 이미 서사서리에게 말해두었습니다."

아란은 고개를 꾸벅 숙이고는 바로 밖으로 나갔다.

정수헌은 싸늘한 눈길로 아란의 뒷모습을 지켜보았다.

검험서. 저 아이는 검험에 천착했다. 정체를 숨긴 고려 충신들의 의심을 피하기 위해 유란동에 들였을 때부터 맹랑하게 내건 조건이었다. 한성부 형방에서 검험 산파로 일할 수 있게 해달라고, 그럼 유란동에 들어가겠다고.

대체 저 아이는 왜 저렇게 검험에 집착하는 걸까.

정수헌의 눈빛이 살벌해졌다.

설마 제 부모의 죽음에 의심을 품은 건 아니겠지. 하지만 그때 아란은 열 살도 되지 않은 어린아이였다. 정신 나간 조모에게 무슨 말을 들기라도 한 걸까? 아니야, 그랬다면 저 아이가 이제까지 자신의 집에 남아 있을 리가 없었다. 바로 복수를 했겠지. 그럴 기회는 충분했다.

저 아이를 계속 한성부 형방에 남겨두는 것이, 자신의 서녀 신분으로 세상을 살아가게 하는 것이 득일지 실일지, 정수헌은 아직 확신할 수 없었다. 그는 언제든 그것이 드러나면 단호하게 대처할 터였다. 득이면 거리낌 없이 그녀를 이용할 것이고 실이면 주저 없이 목숨을 끊어버릴 생각이었다.

***

"택도 없는 소리!"

낭청대청 안.

한석은 혼잣말을 빙자한 반말을 내뱉고는 곧 신소윤에게 대답했다.

"분명 말했던 것 같은데요. 저는 정낭자에게 형방 업무를 배울 겁니다. 가서 대감에게 그리 전하세요."

"하지만 자네도 알다시피, 목멱산 검안은 너무 큰 사건이 되어버렸어. 병판의 자제라고."

"목멱산 검안을 말하는 게 아닙니다. 애초에 그 검안은 제 것이 아니지 않았습니까. 제가 맡은 건 홍제원 민가입니다."

"그 검안에서도 아란을 빼라고 하셨는데……."

"왜요, 난봉꾼이 자기 서녀와 같이 일하는 게 싫다고 하더이까?"

아니, 어떻게 알았지. 정수헌이 콕 집어 말하지는 않았지만, 신소윤은 틀림없이 그게 이유일 거라 확신하고 있었다. 어차피 한석은 말이 통할 자가 아니었다. 개차반이 괜히 개차반이던가. 대감도 그가 한사코 싫다고 거부하면 그냥 두라고 하셨으니까.

대감이 신신당부한 건 아란이 목멱산 검안에서 빠지는 거였다.

고개를 돌린 신소윤이 이번엔 윤오에게 말했다.

"자네는 괜찮겠지?"

윤오는 침착하게 그 이유를 물었다.

"아란 산파가 이번 검안에서 빠지는 이유가 무엇입니까?"

"응? 그거야…… 자네도 알다시피 아란은 유례없는 형방 산파가 아닌가. 산파는 본래 한성부 소속이 아니고, 여인의 음문과 산문만 확인하는 자들일세. 시신 전체를 살피는 법이 없어. 산파에게 검시(檢屍)를 맡겼다고 괜히 구설에 오를까 봐 그러시는 거지."

"그래도 그렇지요. 일을 못 하는 것도 아닌데 일이 중해졌다는 이유로 빼는 건 말이 되지 않습니다. 또 유례없는 형방 산파면 어떻습니까. 모든 일에는 처음이 있는 법입니다. 선례가 없으면 예를 만들면 될 일이죠. 형방에서 검시를 맡은 이 중 그렇지 않은 이가 어디 있습니까? 오작은 본래 시신을 매장하는 이였고, 의관과 의녀, 다모는 의술을 행하는 이였지요."

"뭐, 그렇긴 하지만……."

"검험서 한번 읽어본 적 없던 저도 감찰관의 신분으로 검험관 업무를 행하는데, 검험에 통달한 아란 산파가 산파라는 신분 때문에 검험을 하지 못하다니요? 저는 받아들일 수 없습니다. 절대 안 됩니다."

"아니, 자네마저 왜 이러는가? 그리고 자네 말이 맞아. 자네는 검안이 처음이지. 심지어 한성부 소속도 아니고. 명일 조례 때 대감이 성상께 목멱산 검안에 대해 고하실 거야. 이번 검안의 검험관을 바꾸겠다고도 하실 걸세. 이런 일은 경험이 많은 나나 최참군이 해야지."

"아니요, 제가 성상께 이번 검안을 꼭 맡겠다고 말씀드릴 겁니다."

"이보게, 감찰관은 본래 문서와 장부로 감찰을 하는 거야. 작일 형방 사람들 말을 들으니 직접 시신을 만지며 검시하였다지? 검험관도 시신을 만지지는 않아. 자네는 오작이 아닐세. 본분을 잊지 말게나."

"말씀 잘하셨습니다. 대명률직해 형률 단옥 검험시상불이실(檢驗屍傷不以實)조에 의하면 무릇 시신의 상처를 검험하고 그것을 살펴보라는 문첩이 왔는데도 이를 행하지 않고 다른 이유를 대며 검시를 미루거나, 시신의 상처를 직접 살펴보지 않고 아전에게 맡긴 뒤 문서만 작성하면 처벌을 받는다고 하였습니다. 총 책임을 진 장관(長官)에게는 장형 60대, 낭청에게는 장형 70대, 그 아래 아전에게는 장형 80대를 벌로 내리지요."

신소윤은 처음 듣는 형률 내용에 순간 할 말을 잃었다.

단옥에 그런 조항이 있었던가? 그런 내용이 있었던 것 같기도 하고…….

윤오는 단호한 목소리로 다시 말을 이었다.

"검험관이 직접 검시하는 게 법률에 맞는 겁니다. 검험관이 검험에 대해 아는 게 없더라도, 제도로 보완해줄 수 있지 않습니까. 한성부 형방에는 검험관이 참고할 수 있는 검험서가 비치되어 있고 검험에 노련한 이들도 많으니까요. 아란 산파는 검험 경험이 많으면서도 문리에 통달한 몇 안 되는 형방 인재입니다. 아란 산파가 옆에 있다면 저도 검험관으로서의 역할을 확실하게 해낼 수 있습니다."

신소윤은 입을 떡 벌리며 윤오를 보았다.

순한 소처럼 눈만 끔뻑이는 사람인 줄 알았는데. 이런 대쪽 같은 양반이었…… 아니지, 중인이었을 줄이야.

"혹시 누군가 아란 산파 탓을 할까 걱정하시는 거라면, 제가 다 책임지겠습니다. 성상께서 죄를 물으셔도 저 혼자 감당할 것입니다. 그러니 염려하실 것 없다고, 제가 직접 대감에게 가서 고할까요?"

"어? 아, 아닐세. 대감께서는…….."

신소윤은 얼른 입을 다물었다. 당황한 나머지 대감께서는 중인인 자네와 말도 섞기 싫어하실 걸세, 할 뻔했다.

"금일은 복검하지 못할 테니, 지금 바로 아란 산파와 함께 병판저를 찾아가도록 하겠습니다. 죽은 이가 생전에 어찌 지냈던 것인지 알아봐야지요."

신소윤은 떨떠름한 얼굴로 마지못해 고개를 끄덕였다.

"본디 감찰관의 주 업무는 비위 규찰이지요. 지금 저는 검험관이면서도 동시에 한성부의 비위를 규찰하는 감찰관입니다. 이점을 잊지 마십시오."

윤오는 바로 허리를 굽혀 인사를 하고는 밖으로 나가버렸다.

둘의 대화를 듣고 있던 한석은 묘한 웃음을 보이더니 신소윤의 어깨를 두드리며 말했다.

"보셨지요. 중인 감찰관을 무시하면 이리되시는 겁니다. 전하께서 아무 중인이나 보내셨겠습니까?"

"지금 약 올리는 겐가?"

"그럴 리가요. 주의를 드리는 게지요. 저도 아란 낭자를 따라가야 해서, 이만 가보겠습니다. 아, 오후 업무가 끝나면 본청에 들르지 않고 바로 하청할 것이니 그런 줄 아십시오."

한석은 얄미운 말투로 말을 마치자마자 부리나케 집무실을 나섰다.

집무처 안에 홀로 남은 신소윤은 오늘 일진이 왜 이러나, 황당할 뿐이었다.

당상대청을 나선 한석은 대청 동쪽 방지(方池, 네모난 연못) 옆에서 아란과 윤오를 발견했다.

"판부사 대감이 정말 그렇게 말씀하셨단 말입니까? 계속 목멱산 검안을 해도 좋다고요?"

아란이 믿을 수 없다는 듯 묻자 윤오는 고개를 저었다.

"아니요, 제가 도움이 필요해 꼭 같이해야 한다고 일단 엄포를 놓았습니다. 혹시 원하지 않으신다면 말씀해주십시오. 싫다면 저도 강요할 수는 없으니까요."

아란은 좋다 싫다 바로 대답하지 않았다.

뒤에서 듣던 한석은 그 모습을 지켜보며 아란이 갈등하고 있는 것 같다고 생각했다. 괴이한 일이었다.

검안이 중해진다고, 이목이 쏠아진다고 물러날 사람처럼 보이지는 않았는데. 왜 이제 와서 고민을 하는 거지?

순간 한석의 뇌리에 꼬장꼬장하기 이를 데 없는 정수헌의 얼굴이 스쳐 지나갔다.

아하, 아비가 기를 쓰며 반대하고 있구나.

혼삿길이 막힐까 봐? 딸이 검험 산파로 일하는 걸 여러 해나 묵인했던 아비가 뒤늦게 딸의 발목을 붙잡는 이유. 아무리 생각해도 그 것뿐이었다.

한석은 속으로 우습다고 생각했다. 개차반인 자신은 할 줄 아는 게 하나도 없는데도 황친이라는 이유로 관직을 얻었다. 그런데 저 여인은 강단이 있고 능력이 뛰어난데도 별 시답잖은 이유 때문에 언제든지 업을 잃을 수 있었다.

시신만 보면 눈빛을 밝히는 저 아이가 이대로 규방에 틀어박혀 혼례복이나 짓고 있을 모습을 상상하니 어쩐지 안타까운 감정마저 들었다.

뭐, 녹의홍상을 입은 모습이 잘 어울릴 것 같기는 하다만. 잠깐, 그럼 혼약만 맺으면 해결되는 문제가 아닌가? 아란이 좋은 가문과 혼약을 맺는다면, 지아비가 지어미의 일에 간섭하지 않는다면, 그럼 문제가 될 게 하나도 없었다.

자신과 혼약을 맺는다면…… 자신이 검험 산파와 혼인을 하겠다고 말한다면, 부친과 형님은 무슨 표정을 지을까.

한석의 한쪽 입꼬리가 아주 조금 위로 올라갔다.

한석이 인류지대사를 망상하는 동안, 아란은 윤오의 물음에 곰곰이 생각에 잠겼다가 찬찬히 도리질을 했다.

"제가 해야 하는 일인데요. 좋고 싫고가 어딨겠습니까."

윤오는 환하게 웃었다.

"다행입니다. 병판대감에게 자제분의 시신이 발견되었다는 기별을 이미 넣었다고 합니다. 조사를 위해 병판저에 가봐야 할 것 같은데요?"

"가족들이 이제 막 소식을 들어 슬픔에 젖어 있을 텐데, 바로 찾아가는 게 실례가 아닐지 모르겠군."

갑자기 끼어든 한석의 말에 윤오는 수긍한다는 듯 고개를 끄덕였다.

아란은 눈을 지그시 감았다 뜨며 굳은 목소리로 말했다.

"병판저에는 노복이나 가비도 많겠지요. 솔거노비도 상당할 겁니다. 지척에서 고인을 모셨던 이들이니 아는 게 많을 겁니다. 일단 가서 이야기를 들어보지요. 그리고 가족이라면, 어서 빨리 범인을 잡기를 원할 겁니다."

***

검험 산파가 된 뒤로 아란은 여러 시친을 보았다. 통곡하는 이, 분개하는 이, 절망하는 이……. 가끔은 감정을 드러내지 않는 이도 있었다.

이들의 반응은 제각각이었지만 아란은 그들의 눈빛에서 비슷한 욕망을 엿볼 수 있었다. 대체 무슨 일이 있었던 것인지 그 진상을 알고 싶다는, 진상 규명을 원하는 아주 강렬한 욕망.

끓어오르는 감정이 마음을 불사르고 머리를 집어삼키면 욕망은 집념이 되었다. 집념에 사로잡힌 이들은 지푸라기라도 잡는 심정으로 모든 걸 내던지며 검안에 뛰어들곤 했다.

아란은 이들의 마음을 이해했다. 자신도 그랬으니까. 아직도 그러니까. 원수의 딸이 되어 함께 살아야 할지라도, 고려 왕손이라는 신분이 드러날 위험이 있더라도, 아란은 그 대가가 무엇이든 모두 무릅쓸 수 있었다. 진상을 밝혀낼 수만 있다면, 죄를 지은 이가 이에 합당한 벌을 받기만 한다면.

설사 집념에서 벗어날 수 있는 그 날이 자신에겐 오지 못하더라도, 남들에게는 올 수 있도록 뭐라도 하고 싶었다. 하지만 모든 시친이 아란의 마음과 같은 건 아니었다. '가족'이라는 말은 하나지만, 그 모습은 천라만상인 법이니까.

누군가에게 가족이 피안이라면, 누군가에게는 고해였으며, 또 다른 누군가에게는 지옥이었다. 봄 날씨처럼 오락가락하는 경우도 있었다. 하루는 피안이었다가 다음 날은 고해가 되고 또 그다음 날은 지옥이 되는 셈이었다. 가족의 의미가 사람마다 다르니, 시친들의 반응도 매번 같을 수가 없었다.

아란이 가장 안타까워하는 시친은 당장 먹고살기 급급하고 세상살이가 버거워 진상 규명을 포기하는 이들이었다. 홍진 같은 세상살이. 몸과 마음이 지치고 무뎌진 시친들은 가족의 죽음을 보고도 멈춰 설 겨를이 없었다. 순간 멈칫할 뿐 끊임없이 걸음을 놀려야 했다. 그럼 죽은 이의 홀로 남겨진 마지막 목소리는 그 자리에 그대로 묻히는 것이었다.

또 어떤 시친은⋯⋯ 적극적으로 진상 규명을 막기도 했다.

이들은 주로 숨겨진 진상을 알고 있었고, 실체를 숨기기 위해 희생자의 죽음을 덮으려 했다. 그 기저에 깔린 이유는 크게 세 가지였다. 희생자가 가족의 손에 목숨을 잃었거나, 가족에게 숨겨진 비밀이 있거나, 혹은 남은 가족이 흉수를 두려워할 때 그랬다.

아란은 병판의 낯빛을 살피며 그 속내를 가늠해보려 했다.

이자는 무엇 때문에 이러는 걸까?

일다경 전, 아란은 검험관인 윤오와 함께 병판의 사저를 찾았다. 둘만 온 건 아니었다. 한석은 이것도 형방 업무이니 함께 가겠다며 고집을 부렸고, 결국 둘을 따라왔다.

솟을대문을 지난 세 사람이 행랑채 앞에 서서 노복들과 이야기를 나누고 있을 때, 병조판서 허욱규가 나타나 신분을 확인했다.

검험관과 한성부 판관 그리고 직접 검시를 행할 형방 산파라는 소개에 허욱규는 소매를 떨치며 말했다.

"그만 가게. 복검은 명일 하도록 하지. 내 직접 가도록 하겠네."

"하오나 자제분과 관련하여 묻고 싶은 것이 있습니다. 자제분을 모시던 노복과 이야기를 나누고 싶습니다."

윤오의 말에 허욱규는 서슬 퍼런 눈빛으로 노려보았다.

"자네 이름이 뭐라 하였지?"

"이번 검안을 맡게 된 사헌부 감찰 김윤오입니다."

허욱규는 콧방귀를 뀌며 말했다.

"김윤오, 김윤오라. 아, 누가 이리 시건방지게 집까지 찾아오나 하였더니, 그 유명한 중인 감찰이었군. 때가 되면 조사를 할 수 있도록 사람을 보낼 테니 이만 물러가게."

단호하기 그지없는 축객에 세 사람은 어쩔 수 없이 대문을 나설 수밖에 없었다.

아란은 대문이 닫히기 직전 허욱규가 노복들에게 내뱉는 노기 어린 목소리를 들었다. 함부로 사람을 들였다고 호통을 치는 것이었다.

"닷새 전부터 집에 돌아오지 않았다는 점 외에는 알아낸 게 아무 것도 없군요."

닫힌 대문을 바라보던 윤오가 한숨을 내쉬자 아란은 생각에 잠긴 표정으로 말했다.

"보통 시친은 아주 사소한 것 하나라도 더 알려주려고 하는데 말이지요."

그 이유가 뭘까? 아란은 조금 전 떠올렸던 세 가지 이유를 하나씩 대입해 보았다.

허씨 문중의 누군가가 이대 독자인 허청을 죽였다? 허씨 가문에 비밀이 숨겨져 있다? 허청의 목숨을 앗아간 이가 병판도 두려워할 정도로 강한 사람이다?

이거다 싶은 이유는 없었다. 그는 힘 있는 시친이었다. 그가 원한 다면 한성부 형방 인원 모두를 이번 검안에 투입시킬 수 있었다. 초검과 복검의 혐장이 동일하더라도 삼검은 물론 사검까지 진행시킬 수도 있겠지.

어디까지나 그가 원한다면. 하지만 그는 한성부 형방의 도움을 받고 싶어 하지 않는 것 같았다. 오히려 번거롭다고 생각하는 눈치였는데……. 왜일까.

혹시, 하는 생각이 아란의 뇌리에서 번뜩였다.

하나 더 있었다. 진상을 숨기는 시친. 누가 흉수인지를 알면서도 일부러 알리지 않는 시친. 처벌이 아닌 복수를 원하는 이들이었다. 누가 범인인지를 알기에, 한성부 손을 빌려 범인을 잡을 필요가 없는 거였다. 또한 이들은 흉수를 직접 벌할 힘이 있었다. 복수를 원하는 이들은 대명률에 의거해 흉수를 벌하는 것보다는 제 손으로 원수의 숨통을 끊어버리고 싶어 했다.

누가 자기 아들을 죽였는지 알고 있는 걸까?

조용히 상황을 지켜보던 한석이 둘에게 말했다.

"허청 평판이 좋지 않아 저러는 걸 수도 있네. 병판은 원래 아들과 사이가 좋지 않았어. 친아들인 허청을 내치고 종질(從姪)을 양자로 들여 대신 대를 이으려 한다는 말까지 돌았으니까. 허청이 몇 해 전까지만 해도 한성 제일가는 한량이었거든. 병판 입장에서는 마음에 들지 않는 게 한두 개가 아니었을 거야. 훈련관에서 주관하는 초시(初試)도 겨우 통과해, 번번이 복시에서 떨어졌다던데? 복시는 병조와 훈련관이 함께 주관하는 시험이 아닌가. 아비가 판서로 있는 곳인데도 매번 복시에 떨어졌다는 게 무슨 뜻이겠나? 심각하게 자질이 없거나, 최소한의 성의도 보이지 않아 도저히 붙여줄 수가 없었다는 게지."

한성 제일가는 개차반인 한석이 하는 말이라 그럴까. 어쩐지 말에 신뢰가 갔다. 뜬소문일 것 같지는 않았다.

"그게 답니까? 그래봤자 무과에 급제하지 못한 것 아닙니까. 그 정도로 평판이 나빠질 것 같지는 않은데요."

아란의 말에 한석은 혀를 쯧쯧거리며 답했다.

"훈련관에서 만난 한량들과 어울리며 온갖 사고를 친 게 문제였지. 이때 허청과 친분을 다진 한량들이 아직 명철방을 꽉 잡고 있다는 얘기를 건너 건너 들은 적이 있네. 아, 그런 건 사고를 쳤다고도 볼 수 없겠군. 길을 걷다 사람과 부딪히면 사고지만, 사람에게 주먹을 날리는 건 사고가 아니니까. 어쨌든 평판이 정말 좋지 않아. 그러니 병판의 자제인데도 아직 명문가 혼처를 구하지 못해 성가(成家)를 하지 못했지."

아란은 생각을 더듬었다. 명철방 한량과 병판 대감의 자제라. 어쩐지 이번 검안과 묘하게 관련이 있을 것 같은데…….

진상을 뒤덮은 안개는 걷힐 듯 흩어지다가도 다시 뭉치며 짙어졌다. 아란은 이 점들을 어찌 이어야 할지 아직 감이 잡히지 않았다.

***

병판저에서 나온 세 사람은 남부청에서 보내준 명단에 적힌 실종자 가족을 탐문했다.

가장 먼저 만난 이는 한 실종자의 누이였다. 아란은 그녀에게 시신의 특징을 설명해주었다.

"흉부에는 이 촌 정도 되는 흉터가 남아 있고, 둔부에는 점 세 개가 나란히 이어져 있습니다. 손을 많이 쓰는 사람인지 굳은살도 있었고요. 얼굴은 이리 생겼는데, 눈을 감은 모습이라 평소와 좀 달라 보일 수 있습니다."

주름이 깊게 파인 중년 여자는 눈이 침침한지 용모파기에 얼굴을 바싹 들이댔다.

"항근이랑 닮은 것 같기도 하고. 흉터와 점은 잘 모르겠는데…….

156

애기 때면 모를까 다 큰 아우 몸 볼 일은 없으니까. 아, 항근이를 마지막으로 보았을 때 왼손에 천을 감고 있었어요. 왼손 약지 손톱이 빠졌나.”

약지 손톱이 빠진 왼손! 분명 세 번째 시신의 특징이었다.

“손톱이 언제 빠졌는지 기억하십니까?”

“작년 동지였던가…… 천으로 감싸놨기에 동상에 걸린 줄 알고 깜짝 놀랐죠.”

작년 동지? 일 년 전에 빠진 손톱이 절반밖에 자라나지 않았다고? 빠르면 석 달 늦어도 여섯 달이면 손톱은 다시 자라기 마련이었다. 그사이 또 빠진 게 아니고서야…….

아란의 속눈썹이 낮게 내려앉았다. 아란은 잠시 생각에 잠겼다가 여자에게 다시 물었다.

“혹시 동생분이 무예를 익혔습니까?”

여자는 고개를 끄덕였다.

“내가 그래서 아까 말했잖아요. 발견되었다는 시신은 내 아우가 아닐 거라고. 걔가 일 년 가까이 소식이 끊기기는 했지만, 어디 가서 흉한 일 당할 아이는 아니거든. 싸움을 얼마나 잘하는데.”

“동생분은 왼손잡이인가요, 오른손잡이인가요?”

“왼손. 그래서 어렸을 때 어른들한테 자주 혼이 났어요.”

아란은 혹시 모르니 명일 복검 때 시신의 얼굴을 확인하러 와달라고 재차 부탁했다.

한성부 본청으로 돌아가는 길, 아란은 윤오와 한석에게 말했다.

“항근이라는 사람이 세 번째 시신이 맞는 것 같습니다.”

“실종된 건 한 해 전 아닌가. 실종된 일 년 동안 어디 갇혀 있기라도 했다는 건가?"

아란은 가만히 고개를 저었다. 세 번째 시신은 아마 정월쯤 숨을 거두었을 것이다. 빠진 손톱이 그 증거였다. 시신이 일 년 가까이 썩지 않을 수 있었던 이유는 시신이 발견된 장소인 석빙고와 밀접한 관련이 있을 테고. 시신을 얼린 거겠지. 아마 다른 시신들도…….

아란은 우뚝 멈춰 섰다.

"본청으로 돌아가 호적 문서를 확인해야 할 것 같습니다. 남부에서 보낸 걸로는 부족해요. 삼 년 전 호적 조사할 때는 있었지만, 올해 조사에는 빠진 사람들을 위주로 찾아봅시다. 호방에 도움을 청하면 한성부 호적만 찾아줄 거예요"

한석의 인상이 굳어졌다.

"한성부 호적을 다 뒤져보잔 말인가?"

아란은 당연한 걸 왜 묻냐는 표정이었다.

한성부는 총 176칸으로 이루어져 있었고, 그중 125칸이 호방에 속했다. 대다수는 호방 창고로 쓰였는데, 그만큼 호적 문서가 많기 때문이었다. 한성부 문서뿐만 아니라 조선 팔도에서 보낸 호적 문서를 모두 관리했으니까. 다른 곳에서 보낸 호적 문서를 제외해도 적지 않은 양이었다. 도성과 성저십리의 호수(戶數)만 하여도 이 만 가까이 되지 않던가.

그걸 언제 다 뒤진다는 거지.

한석은 어색한 미소를 지으며 슬슬 뒷걸음질을 쳤다.

아란은 그의 소매를 붙잡았다.

"목멱산 검안 업무도 형방 업무이니 꼭 같이 하겠다면서요."

이제껏 한마디도 하지 않던 윤오도 한석의 반대편 소매를 붙들었다.

"가시지요. 할 일이 많습니다."

할 일이 많다는 말은 정말 농이 아니었다. 낭청대청 서쪽 호적고(戶籍庫)에서 파루가 되어서야 호적 대조 업무를 끝낸 세 사람은 녹초가 되었다.

아란은 손끝으로 하얀 미간을 문지르며 작성한 명단을 살펴보았다. 일치할 가능성이 큰 실종자는 도합 일곱 명이었다. 북부에 한 명, 중부에 세 명, 서부에 세 명.

아란은 실종자의 주소와 이름을 적은 종이를 윤오와 한석에게 나눠주며 말했다.

"판관 나리는 북부를 맡으시고요, 감찰 나리는 중부를 맡아주십시오. 제가 서부를 맡겠습니다. 언제 실종이 되었는지, 특이점은 없는지 자세히 묻고 돌아오셔야 합니다. 의녀 초성이 작성한 용모파기를 같이 들고 가십시오. 일치할 가능성이 높다고 생각되면 본청으로 데려와 시신을 확인시켜주시고요. 금일 사시에 복검하기로 했으니 늦어도 그때까지는 돌아와야 합니다. 아시겠지요?"

윤오는 군소리 없이 고개를 끄덕였고, 한석은 탐탁잖아 하는 눈빛이었지만 그래도 알겠다고 대답했다.

두 시진 뒤, 셋은 다시 한성부 본청 현고로 모였다.

자기 가족이 맞는 것 같다고 답한 이들도 복검이 행해지는 사시가 되기 전에 모두 한성부를 찾았다.

새로 신분을 확인한 시신은 총 네 구였다. 현고 안은 금세 울음바다가 되었다. 최참군은 비통함에 슬피 우는 이들을 달래어 밖으로 데리고 나갔다.

시친의 심정을 이해하면서도 막상 소통에는 미흡한 아란과 달리,

최참군은 시친과의 소통에 능했다. 잠시 후 검험을 시작할 때면, 냉정을 되찾은 시친들이 현고로 돌아와 묵묵히 검험을 참관할 터였다.

그사이 현고에 남은 세 사람은 각자 조사한 부분을 서로에게 일러주었다.

희생자들은 실종 시기에 공통점이 있었다. 이들은 모두 겨울에 실종되었다. 작년 겨울이나 재작년 겨울, 혹은 재재작년 겨울이었다. 실종된 해는 달라도 계절은 같은 셈이었다. 여섯 번째 시신인 허청도 이번 겨울에 살해되지 않았던가. 신분을 파악하지 못해 실종 시기를 알 수 없는 첫 번째 시신도 아마 겨울에 실종되었을 것이다.

윤오는 아란에게 물었다.

"두 번째 시신은 삼 년 전에 실종되었던데 대체 삼 년 동안 어찌 지냈던 걸까요."

아란은 잠시 주저하다 대답했다.

"아마 실종되었던 해 바로 죽임을 당했을 겁니다. 살해당한 직후에 얼려졌기에 시신이 썩지 않은 게지요. 주로 동지나 소한쯤에 실종된 걸 보니, 흉수는 얼음이 얼어붙는 추위를 기다렸다가 일부러 그때 죽인 것 같습니다."

"그럼 석빙고에 보관한 것이…… 사실 시신이란 말입니까?"

아란은 천천히 고개를 끄덕였다.

둘의 대화를 듣던 한석은 믿을 수 없다는 눈초리로 아란을 보았다.

"그건 자네의 추측일 뿐이지. 증거가 없지 않나."

아란은 일말의 주저도 없이 바로 답했다.

160

"증명할 방법이 있습니다."

목소리가 단호하면서도 확고했다.

아란은 정말 증명할 방도가 있었다.

***

아란과 윤오는 직접 시신을 만지며 검시했고, 한석은 의자에 앉아 험장을 적었다.

현고 한편에는 의자가 하나 더 놓여 있었는데, 그 자리에 병판 허욱규가 있었다.

애써 노기를 견디며 검시를 보던 그는 여섯 번째 시신 검험이 끝나자마자 자리를 박차고 나갔다. 그는 현고를 나가면서 옆에 서 있던 신소윤에게 윽박지르듯 말했다.

"당장 당상대청으로 안내하게."

병판이 현고 밖으로 나가자 기에 질려 숨소리도 내지 못했던 시친들이 안도의 한숨을 내뱉었다.

아란이 한참 법물을 정리하고 있을 때 최참군이 들어왔다.

"아란아, 판부사 대감이 찾으신다."

정수헌이 자신을 찾는 걸 보니 허욱규가 이야기를 끝낸 모양이었다.

아란은 물이 담긴 대야에 손을 씻은 뒤 치마에 물기를 닦으며 잠자코 최참군을 따라나섰다.

어제 일 때문이겠지. 검안에서 빠지라는 경고를 듣지 않아서.

아란은 속으로 쓴웃음을 지었다.

이제 슬슬 그가 얼굴에 쓴 가면을 벗을 때가 되었다. 아란은 정수헌이 언제까지 저 가증스러운 탈을 쓰고 있을 생각인지 늘 궁금했다.

한 명은 주군을 연기했고, 다른 한 명은 충신을 연기했다. 둘 사이에 도사린 건 불신과 불충, 적의와 악의였지만, 가면이 벗겨지기 전까지는 이 감정들을 대놓고 드러내지 않을 터였다. 지난 오 년간 그래왔듯이.

정수헌은 다섯 해 전 목멱산에 사는 아란을 찾아와 마지막 고려 왕손인 그녀에게 안식처를 제공해주고 싶다고 했다. 고려 충신의 후예로서 자신이 할 수 있는 마지막 충정이라고.

안율은 그 말을 전혀 다르게 해석했다. 자신이 저지른 살인을 은닉하기 위해서, 고려 충신들의 의심을 피하기 위해 일부러 아란을 데려가는 거라고.

아란은 안율의 생각에 동의하면서도 정수헌의 저의 속에 웅크린 또 다른 진심을 가늠했다. 한 꺼풀 안에 숨겨진 또 다른 진심.

정수헌은 기회를 엿보고 있었다. 아란의 부모를 죽이고 안율의 아비를 죽였는데도 이루지 못했던 목적을 달성하기 위해. 그는 때를 기다리며 마지막 단서를 붙잡은 것이다. 아란이 바로 마지막 단서였다.

그는 아란을 이용해 고려 우왕이 목멱산에 숨겼다는 군자금을 찾으려 한 것이다. 숨겨진 군자금의 가치가 나라를 재건할 수 있을 정도라고 하였던가.

그에게 고려의 핏줄은 아무런 의미가 없었지만, 고려 군자금이 숨겨졌다는 목멱산에서 사는 고려 왕족은 그 의미가 전혀 달랐다.

아란은 우왕의 손녀였다. 아란의 조모는 우왕의 비빈이었는데, 품계를 받은 지 넉 달이 되었을 때 궁에서 쫓겨났다. 우왕이 폐위되었기 때문이었다. 왕이 없으니 왕의 여인도 없을 터. 궁에 남은 이는 우왕의 정비이자 창왕의 모후인 근비 이씨뿐이었다.

궁에서 쫓겨난 조모는 친정이 아닌 목멱산으로 향했고, 몇 달 뒤 아무도 모르게 아이를 낳았다. 아이는 무탈하게 자라났고, 세월이 흘러 한 아이의 아비가 되었다.

그때 목멱산에 사냥꾼 가족이 찾아왔다. 안율과 그의 아비. 안율의 아비는 고려 충신이었다. 그는 자신이 모시던 주군의 비빈을 한눈에 알아보았다. 노파의 노쇠한 얼굴에 언뜻 남은 젊은 날의 모습과 그 아들의 얼굴에 자리 잡은 제 주군의 이목구비.

백이와 숙제처럼 산속 깊이 몸을 숨긴 채 살아가던 그는 다시 발톱을 세웠다. 사냥이 아닌 보호를 위해서. 주군을 지키기 위해서.

하지만 소문까지 막을 수는 없었다. 소문은 발 없는 말이라 말보다 빨리 달렸고, 대지에 울려퍼지는 말발굽보다 더 강력하게 사람의 마음을 뒤흔들었다.

누군가는 그 소식을 듣고 충심이 일었고, 누군가는 삿된 마음이 일었다. 정수헌은 당연히 후자였다. 군자금은 그의 마음속 깊은 곳에 자리 잡으며 온갖 파동을 그려냈다. 그 떨림이 멈추는 순간, 그는 자신을 내칠 터였다. 어쩌면 목숨을 끊어버려 더 깊숙한 곳에 파묻어버릴지도 모르지. 내 부모에게 그랬던 것처럼.

아란의 눈빛이 더 깊은 심연으로 가라앉았다. 앞장서서 걷던 최참군이 문득 말했다.

"홍제원 험장은 네가 일러둔 대로 낭청대청 집무실에 놓인 궤 안에 잘 보관해두었다. 체구는 잘하고 있느냐?"

생각에 잠겨 있던 아란은 한 박자 늦게 반응했다.

"목멱산 검안 때문에 정신이 없어 아직 제대로 조사하지 못했습니다."

"버려진 민가라 간인도 없고, 신분도 알 수 없는 시신이 아니더냐. 조사한다고 뭐가 나올지나 모르겠다. 그래도 체구장은 제대로 써야지."

"예, 해야지요. 제대로 해야지요."

아란은 고개를 끄덕이며 결심했다. 일을 제대로 해내려면, 일단은 한성부에서 살아남아야 했다. 업을 지켜야 했다. 이러다 검험 산파라는 명분조차 지켜내지 못한다면, 더는 검험에 참여할 수 없으니까.

오늘만큼은 굽혀서 살아남은 갈대가 될지언정 절대 부러지지 말아야지. 아란은 그렇게 다짐하며 결연한 눈빛으로 깊은 숨을 내쉬었다.

최참군은 낭청대청으로 가지 않고 아란과 함께 당상대청 안에 들었다. 따로 보고할 게 있는 건가? 그런데 남쪽 집무실 안에는 정수헌만 있는 게 아니었다.

꼿꼿한 자세로 자리에 앉아 있는 정수헌 옆에는 심각한 표정으로 귓속말을 하는 신소윤이 있었다. 최의균에 신소숙까지 모였다고?

그제야 아란은 정수헌이 자신을 순전히 일 때문에 불렀다는 걸 깨달았다.

이대로 그냥 넘어갈 리가 없는데. 하지만 오늘은 평소와 달랐다. 아란은 몰랐지만 사실 정수헌도 어쩔 수 없었다. 윤오가 상감에게 서신을 보낼 줄 누가 알았겠는가.

서신에 대체 뭐라고 쓴 건지 조례 때 상감이 왕명을 내렸다.

이번 검안을 김윤오가 총괄하게 하고, 검안에 참여하는 이도 직접 택하게 하라고.

불이 난 곳은 목멱산이었고, 희생자로 발견된 이 중 한 명은 병판의 자제였다. 한성 땅을 뒤흔든 엄청난 사건. 상감도 지대한 관심을 가진 검안이었다. 이리 중한 검안을 중인 감찰관에게 맡기다니. 형조와 함께 공조하라는 명을 내린 적은 있어도, 콕 집어 누구에게 일을 맡기라고 한 적은 없는 분이었다.

정수헌은 김윤오를 향한 상감의 관심이 어쩌면 목멱산 검안에 기울이는 관심보다 더 클지도 모르겠다고 생각했다. 중인 김윤오는 상감과 무슨 사이인 걸까. 상소문도 아닌 서신이라니. 사실상 상감과 사사로이 서신을 주고받을 수 있다는 것 아닌가.

일개 중인인 그를 어찌 이리 아끼며 중용을 하시는가…….

뒤늦은 후회가 몰려왔다. 저자를 형방으로 보내는 게 아니었는데. 아란에게 저자를 맡으라고 하는 게 아니었는데. 혹 떼러 갔다가 혹하나 더 붙인 셈이 아닌가.

정수헌과 신소윤은 머리를 맞대며 상의했지만, 딱히 뾰족한 수는 없었다. 그저 왕명을 따를 수밖에.

대신 정수헌은 수염을 쓰다듬으면서 생각했다. 이번 검안만 끝내면 아란 저 아이를 규방에 처박아 놓아야겠다고. 이번 기회에 아예검험 산파를 그만두게 해야지.

다행히 그날은 금방 올 것 같았다. 시친인 병판의 뜻이 워낙 확고하니 검시는 오늘 복검이 마지막이 될 터였다. 허욱규 본인이 성상의 허락을 직접 받겠다고 하지 않았는가.

빨리 검안을 마무리 짓고 싶은 정수헌으로서는 손 안 대고 코를 푼 격이었다. 험장 작성만 끝낸다면, 아란도 더는 검안에 참여할 명분이 없었다. 검시를 하는 것도 아닌데 감찰관이 검험 산파와 뭘 하겠는가.

그는 냉랭한 표정으로 말했다.

"이번 검안은 형조로 넘어가지 않을 걸세. 삼검은 없을 거야. 복검만 제대로 마무리되면 시신을 바로 시친에게 넘기게."

그러자 최참군이 끼어들었다.

"아직 시친을 찾지 못한 시신도 있는데요."

정수헌은 눈썹을 씰룩였다.

"들에 묻게."

"상감께서도 관심을 가진 검안이라고 하지 않으셨습니까. 이리 쉬이 끝낼 수는 없을 것 같은데요."

아란의 말에 정수헌이 눈을 부라리자 신소윤은 헛기침을 하며 대신 말했다.

"병판 대감이 금일 안에 성상의 인준을 받아오겠다고 하셨네. 차디찬 현고에 누워있는 아들의 모습을 더는 두고 볼 수 없다고 하시니까 험장 작성만 끝내면 바로 돌려보내도록 하게."

"며칠만…… 며칠만 더 여유를 주십시오. 확인해야 하는 게 하나 더 남아 있습니다."

"아니, 아란아. 이런 데서 고집을 부리면……."

신소윤이 만류하자 정수헌은 손을 들어 말을 막았다.

"나흘! 딱 나흘 뒤에 시신을 시친에게 넘길 것이다. 잊지 말거라."

어차피 마지막 검험이 될 텐데. 이 정도는 해줄 수 있지.

물러가라는 정수헌의 손짓에 아란은 서둘러 당상대청을 나섰다.

그녀의 머릿속은 벌써 검험 생각으로 꽉 차 있었다.

나흘. 나흘이면 충분해.

아란은 관원들의 물품을 보관하는 천고(天庫)에 들러 양손 가득 숯을 챙겨왔다.

현고로 들어서자 윤오와 한석이 험장을 살피는 게 보였다.

"저 좀 도와주십시오."

윤오는 아란이 한아름 안고 있는 숯을 건네받으며 물었다.

"밤도 아닌데 숯은 왜 가지고 오신 겁니까?"

"숯에 불을 붙여 현고 안에 둘 것입니다."

아란과 윤오는 천고와 현고를 오가며 분주하게 숯과 화로를 날랐다.

아란은 화로에 불을 붙이며 말했다.

"못 해도 한 시진마다 숯을 새로 넣어줘야 합니다."

한석은 화로에 놓인 숯을 보며 고개를 갸웃거렸다.

"백탄? 비싼 백탄을 태워 뭘 하겠다는 거지?"

흑탄은 화력이 세지만 오래가지 못했고, 백탄은 화력이 은은한 대신 오래 타올랐다. 값만 따져보면 더 높은 온도에서 구워내는 백탄이 흑탄보다 귀했다. 아란은 당상관만 쓸 수 있는 백탄을 가져와 시신이 있는 현고에서 태우고 있는 것이다.

아란은 시신 여섯 구와 그 옆에 놓인 화로들을 훑어보며 말했다.

"여기 이 숯불이 증거가 되어줄 것입니다."

***

아란은 자리에 앉아 창출(蒼朮, 삽주의 말린 뿌리)을 화로 속에 던졌다.

은은한 삽주 향이 코를 찌르던 역한 냄새를 뒤덮었다.

아란은 나흘 내내 현고를 지켰고, 시신은 그사이 썩기 시작했다. 여름이었다면 벌레가 알을 낳아 시체에 유충이 들끓었을 것이다. 현고 안 온도는 높았지만, 벌레가 없는 겨울이라 시신이 그 정도로 썩지는 않았다.

그래도 냄새는 어쩔 수 없었기에 아란은 쉴 새 없이 화로 안에 창출을 던졌다.

초성이 악취 따위는 전혀 느낄 수 없다는 표정으로 성큼성큼 현고 안으로 들어왔다. 그녀는 며칠 전부터 고뿔에 걸려 코가 막힌 상태였다.

"금일이 마지막 날이지? 병판댁에서 벌써 사람을 보냈어. 슬슬 마무리해야 하지 않을까?"

"감찰 나리랑 판관 나리는?"

"왔지. 아까 낭청대청으로 갔으니까 곧 올 거야."

"슬슬 준비해야겠네."

초성은 현고 안을 뒤져 마초끈 한 뭉치를 찾아냈다. 아란은 그걸 보고 물었다.

"마초끈은 왜?"

"마포 독막에서 백골 시신이 나왔어. 옹기 굽는 가마에서 나왔다던데? 뼈는 온전한데 잔뜩 흩어져 있다나 봐. 가서 요걸로 뼈를 꿰어야지."

"가마에서 뼈가 나왔다고? 먹 발라서 뼈 부러진 거 확인하는 거 잊지 마."

"아이고, 걱정 마세요. 내가 너보다는 못 해도 남들보다는 잘하거든?"

초성은 현고 밖으로 나가며 한마디 했다.

"금일 밤에는 꼭 집에 돌아가서 씻어라. 아니면 다모간에 가서 뜨끈한 물에 몸 좀 닦던지. 내가 지금 코가 막혀서 냄새는 못 맡지만, 네 몸에서 나는 냄새가 시신 썩는 냄새만큼 심하다는 데 내 손모가지 건다."

초성이 나가자 아란은 킁킁거리며 자기 몸 냄새를 맡아보았다. 진짜 냄새가 나는 것 같기도 하고.

화로에 창출 몇 조각을 더 던졌다. 창출은 타각타각 소리를 내며 타올랐다.

"이게 무슨 냄새야?"

대뜸 짜증부터 낸 한석은 이맛살을 찌푸리며 현고 안으로 들어섰다.

윤오는 최대한 침착하려고 애를 쓰며 소매로 코를 막았다.

아란은 여섯 번째 시신에 다가가 거적을 들췄다. 역한 냄새가 훅하고 올라오며 코를 찔렀다.

"이것만 확인해서 험장에 적어주시면 됩니다."

윤오는 인상을 쓰면서도 아란에게 다가갔고, 한석은 곁눈질로 시신을 보고는 바로 반대쪽으로 도망쳤다.

한석은 조금 민망했는지 흠흠 헛기침을 하며 말했다.

"그 증거라는 게 어떤 건가?"

아란은 여섯 번째 시신의 입과 코를 살피며 말했다.

"코와 입, 호흡기를 중심으로 부패가 먼저 일어났습니다. 구멍도 마찬가지입니다. 속에서부터 부패가 일어나 악취가 나는 액이 구멍에서 흘러나왔습니다."

"그럼 다른 시신은?"

"여섯 번째 시신을 제외한 다른 모든 시신은, 안에서부터 썩은 게 아닙니다. 겉에서부터 썩었지요."

한석은 도저히 참을 수가 없는지 코를 움켜쥐며 물었다.

"겉에서부터 썩었다는 게 무슨 뜻인가?"

"죽은 뒤 몸이 언 적이 있다는 겁니다. 초봄에 야산에서 시신이 발견되었을 때 부패의 방향을 확인하면 봄에 죽은 건지, 죽은 채로 겨울을 난 건지 확인할 수 있거든요. 안에서부터 썩으면 언 적이 없는 거고, 밖에서부터 썩으면 언 적이 있는 겁니다."

"숯은…… 온도를 높여 시신을 빨리 썩게 만든 건가?"

아란은 고개를 끄덕였다. 윤오는 탄식하며 말했다.

"시친이 이 모습을 보면 틀림없이 슬퍼할 겁니다. 일단은 거적으로 모습을 가리지요."

아란과 윤오는 시신을 수습했고, 한석은 험장을 마저 적었다.

그때 신소윤이 문 사이로 고개를 빼꼼 내밀더니 코를 움켜쥐며 말했다.

"시신을 넘기는 건 다른 이들에게 맡길 테니, 세 사람은 나갈 준비를 하게. 작일 남부에서 시신을 초검했는데, 금일 복검해야 해. 최 참군은 독마을에 가야 하니 남부 복검은 자네들이 가게나."

"시신이요?"

신소윤은 숨도 쉬지 않고 소낙비 빗발처럼 후다닥 말을 내뱉었다.

"훈련관에서 시신이 발견되었어. 누군가 사람을 초인(草人, 허수아비)으로 만들어 연무장에 놓았대. 활 쏠 때 과녁 대신 쏘도록 말이야."

*　*　*

명철방 훈련관(訓鍊觀).

쭈그리고 앉아 오작이 정리한 증거물을 살피던 아란은 궤에 보관된 화살 중 하나를 꺼내 촉을 살펴보았다. 피가 묻어 있었다.

"무슨 일이 있었던 겁니까?"

윤오가 존댓말로 묻자, 훈련관 정삼품 도정(都正) 송경이 순간 입술을 씰룩였다. 그는 애써 입꼬리를 내리면서 대답했다. 그것도 반말로.

이때가 아니면 언제 대군에게 말을 놓아보겠는가.

"연무장에서는 원래 과녁판을 가지고 활쏘기 훈련을 했는데, 며칠 전부터 초인을 맞추는 훈련을 시작했네. 작일 진시에 훈련병들이 평소처럼 활을 쏘았는데, 다 쏜 활을 거둘 때 초인이 아니라는 걸 알아챈 게지. 뽑히는 느낌이 다르기도 하고, 화살촉에 피가 묻어 있었으니까."

아란은 시신의 가슴에 남은 화살 자국과 촉을 대조해보며 말했다.

"가슴에 남은 상처를 보니 살아있을 때 화살을 맞은 겁니다."

하지만 배에 남은 자상은 아니었다. 제법 아문 걸 보니 열흘은 된 상처 같았다.

아란의 눈길이 시신의 입으로 향했다. 흉측한 상흔. 명주실로 꿰매져 있었다고 했지. 초검 때 실을 잘라내기는 했으나 시신에 남은 상처는 여전했다. 누가 이런 잔인한 짓을 했을까.

윤오는 재차 송경에게 물었다.

"도정…… 나리도 아는 사람입니까?"

생전 처음 육촌 동생에게서 존댓말을 들은 데다 나리라는 호칭까지 듣자 송경은 감격에 겨운 나머지 얼굴을 요상하게 씰룩이다가 한쪽 손으로 입을 가리며 고개를 끄덕였다.

"훈련관에서 훈련을 받던 무인일세. 이름은 박춘혁. 직접 아는 이는 아니고, 당하관들에게 들은 걸세."

"간증인은요?"

"어제 활쏘기를 한 훈련병 전체가 간인인 셈이지. 작일 초검 때 시친과 죽은 자의 삼절린(三切鄰, 가장 절친한 이웃 세 사람)이 왔었는데 곧 당도할 걸세."

"죽은 이는 어떤 사람이었나요?"

"원시(院試)에는 붙었지만, 회시에는 매번 낙방을 한 사람이지. 금년 삼 월에 있던 회시에도 낙방을 했다네. 훈련보다는 다른 일에 더 열심인 사람이었지."

"다른 일에요?"

"친목에 관심이 많았다는군. 낭관들은 농담 삼아 붕당 결성이라고 말하던데."

"붕당이요? 누구와?"

주변을 둘러본 송경은 갑자기 목소리를 낮추었다.

"왜, 그, 얼마 전에 목멱산에서 살해를 당했다는 소문이 파다하게 퍼진 허청 말일세. 병판댁 자제."

"허청!"

윤오는 병판댁 앞에서 한석이 해줬던 이야기를 기억해냈다. 허청은 훈련관에서 만난 한량들과 어울리며 온갖 사고를 쳤고, 그때 친분을 다진 한량들이 아직도 명철방을 꽉 잡고 있다고 했다.

윤오는 고개를 갸웃거리며 물었다.

"그럼 죽은 이가 허청과 아는 사이였다는 겁니까?"

"그냥 아는 사이가 아니라 막역한 사이였다던데."

시신을 살펴보던 아란의 얼굴이 송경의 말에 확연히 굳었다. 박춘혁. 초시인 원시를 통과한 무인, 배에 칼을 맞은……. 어쩐지 기시감이 들었다.

"혹시, 죽은 이가 사는 곳이 창선방입니까?"

아란이 묻자 송경은 고개를 끄덕였다.

"맞네. 자네는 어찌 알았…… 음? 어쩐지 낯이 익은데? 어디서 봤지?"

윤오는 황급히 헛기침을 하며 송경의 옆구리를 쿡 찔렀다.

송경이 왜 그러냐는 표정으로 보자 윤오는 눈을 부라리며 눈짓했다. 그제야 송경은 앞에 있는 여인이 그때 윤오가 업고 왔던 소복 입은 여인이라는 걸 알아챘다.

"저 사람이 검험…… 산파?"

윤오는 티 나지 않게 고개를 끄덕였다.

송경은 이럴 줄 알았다는 표정으로 윤오를 뚫어지게 보다가 말했다.

“어쩐지…….”

어쩐지라니? 그리고 지금 이건 무슨 표정이야?

윤오의 얼굴은 시퍼래졌다가 붉어지고 다시 새하얘졌다. 마침 탐문을 끝낸 한석이 연무장에 들어섰다.

한석은 어색하게 선 둘을 곁눈질로 보았다가 시신을 살피는 데 몰두한 아란에게 말했다.

“죽은 이와 친분이 있던 참군 말로는, 얼마 전 박춘혁이 길에서 습격을 당해 생사를 오가고…….”

시신의 얼굴을 본 한석은 깜짝 놀라 말을 끊었다.

아란은 설마 또, 하는 생각에 물었다.

“아는 분입니까?”

한석은 고개를 한 번 끄덕이고는 한숨을 내쉬었다.

“아는 사이는 아니네. 이자가 습격당했을 때, 내가 길에서 우연히 발견해 집까지 데려다주었거든. 목숨은 구했다 싶어 다행이라고 생각했는데, 이렇게 죽었을 줄이야.”

아란이 창선방을 찾았을 때, 그곳 아낙들은 이자가 밤사이 칼을 맞았다고 했다. 그래서 아침부터 의원을 찾았다고 했지.

난리가 난 건 죽은 이의 처가만이 아니었다. 창선방에 들른 뒤 한성부 본청으로 갔을 때, 형방도 난리가 나지 않았던가.

“목멱산에 불이 났던 밤이군요. 정확히 언제쯤이었습니까?”

한석은 잠시 생각을 해보다 말했다.

“삼 경쯤이었을 거야. 나와 순라군이 소리를 내지 않았더라면, 흉수가 저자의 목숨을 끊었을 걸세. 우리가 다가가는 소리를 듣고 바로 도망을 쳤거든.”

아란의 눈빛이 순간 으스름달처럼 스산하게 빛났다.

목멱산에 불이 났을 때, 허청도 죽었다.

같은 밤에 친우 둘이 일을 당한 것이다. 한 명은 죽었고 다른 한 명은 우연히 살았다. 허청의 죽음과 박춘혁의 피습에 무슨 관련이 있는 걸까?

아란은 입을 꾹 다문 채 생각을 차곡차곡 머릿속에 쌓았다.

박춘혁과 허청은 막역한 사이였다. 그러니 병조에서 박춘혁을 위해 나서주었겠지.

그는 사람을 죽였고, 병조 무관은 그를 위해 오작과 함께 여인의 죽음을 덮었다. 세엄도 하지 않은 채 검험 없이 시신을 묻지 않았던가. 검험관이 험장에 자액(自縊)이라고 한 줄만 적어도 이를 문제 삼는 이가 없는 세상이었지만, 그렇다고 품앗이마냥 검험관이 선뜻 나서며 사인을 조작해주는 건 아니었다.

꼬리가 밟혀 알려지기라도 한다면, 제법 골치가 아플 테니까.

그런데도 병조 무관은 박춘혁을 위해 나서주었다. 그것도 박춘혁이 칼을 맞은 다음 날 아침에. 과부의 집에 남은 증거까지 없애주면서.

박춘혁을 습격한 사람과 허청을 죽인 사람은 같은 사람일까? 그자가 미처 죽이지 못한 박춘혁의 목숨을 거둔 걸까?

아란은 시신에 남은 상처를 주의 깊게 살펴보았다.

화살에 맞아 생긴 상처와 실로 꼬매 남은 상처.

시신이 발견될 게 뻔한 데도 일부러 이곳을 골랐다는 건, 나름의 이유가 있다는 뜻이었다. 어쩌면 누군가에게 보여주고 싶었던 걸지도. 박춘혁과 반목하는 자라면 그의 죽음을 보고 안심할 테지만, 박춘혁과 같은 편인 자가 이를 본다면…… 두려움에 떨 것이다.

흉수가 죽음을 목격하길 바랐던 목격자는 어느 쪽일까?

아란은 연무장을 훑어보았다. 무인 여러 명이 저희들끼리 수군거리며 이곳을 보고 있었다.

"활쏘는 연습은 항상 정해진 날, 정해진 시각에 하십니까?"

송경은 고개를 끄덕였다.

"매일 진시에 연무장에 모여 활 쏘는 훈련을 하네."

"작일 진시에 진행된 훈련에는 다른 특이한 점이 없었나요?"

"있기야 있지. 작일은 당상관들이 모두 상참에 가는 날이었네. 당상관 셋 중 둘은 겸직이라 훈련관 전임관은 나 한 명뿐인데, 나는 책임감이 강해 연무(鍊武)에 빠지는 법이 없거든. 내가 활쏘기 훈련에 빠지는 유일한 날이었다는 게 작일의 다른 점이라고나 할까."

송경의 말에 옆에 선 윤오가 얼굴을 붉히며 헛기침을 했다. 마치 그 답이 아니라는 듯 핀잔을 주는 것 같았다.

아란은 표정 하나 바꾸지 않은 채 송경을 쳐다보며 뒷말을 기다렸다.

"흠, 하나 더 있긴 한데…… 작일에는 활쏘기가 끝난 뒤 사서오경과 무경(武經)을 습독하기로 되어 있었지."

"그게 어떤 의미가 있는 건가요?"

"아주 큰 의미가 있지. 삼 년 전 전시(殿試)부터 강경(講經, 지정한 경서 대목을 외우는 것)이 빠졌는데, 지난해부터 다시 경전에 능통한 인재로 무인을 선발하고 있거든. 그때 무과를 준비했던 무인들은 글공부에 유독 소홀했기에 경전 습독을 하는 날에는 꼭 훈련관에 온다네."

"그 말씀은……?"

"작일 활쏘기 훈련에 참여했던 이들 중 상당수가 삼 년 전 무과 (武科) 회시에 떨어진 이들이야. 경독(經讀)을 잘하면 분수(分數, 점수)를 다섯 분(分)이나 추가로 받으니 마지못해 나오는 거지."

삼 년 전이라면 허청과 박춘혁이 무과에 응시했던 해였다. 그때 친분을 다진 한량들과 아직도 친하게 지낸다고 하지 않았던가.

"죽은 허청, 박춘혁과 친분이 있던 이들이 활쏘기 연습을 했다는 말씀입니까?"

송경은 잠시 미간을 찌푸리며 생각을 해보다가 고개를 끄덕였다.

"아마 그렇겠지. 훈련병들 간의 친분이 어떠한지는 나도 잘은 모르겠네. 당상관이 그런 것까지 알 수는 없으니까. 회시 초장(初場, 첫 시험)이 활쏘기거든. 다음 무과에도 낙방을 할 수는 없으니 일찍 연무장에 들려 활쏘기 훈련에도 참여한다고 들었네. 뭐, 막상 경전 습독을 할 때는 꾸벅꾸벅 졸곤 한다지만."

"이 사실을 알고 있는 사람이 또 누가 있습니까?"

"음? 경전 습독할 때 조는 걸?"

아란과 한석이 보고 있어 옆구리를 찌를 수 없던 윤오는 지그시 송경의 발을 밟았다.

"아야야! 하하, 농이었네, 농. 당연히 다른 거겠지. 그, 삼 년 전 무과 회시에 떨어진 이들이 온다는 걸, 또 누가 아느냐 묻는 게지?"

"예."

"보자. 훈련병들은 당연히 다 알 테고, 당상관과 당하관도 마찬가지지. 훈련관 사람이 아닌 사람 중에서는…… 병판 대감 정도?"

"병판 대감이요?"

아란과 윤오 그리고 한석이 거의 동시에 같은 말을 뱉었다.

송경은 셋의 반응에 놀랐는지 잠시 당황한 표정을 지었다가 말을 이었다.

"실질적인 책임자는 전임관인 나지만, 품계로만 따지면 겸직인 정이품 지사(知事)가 훈련관에서 제일 높다네. 그런데 지금은 지사 자리가 잠시 비어 있거든. 전하께서 임명해주시기 전까지는 병판 대감이 임시로 훈련관을 관장하고 있고. 훈련관은 병조 속아문이니 당연한 일일세."

"하오나 병판 대감이 실무까지 챙기지는 않으실 게 아닙니까. 훈련병의 일과까지 아실 것 같지는 않은데요."

"물론 대감이 이런 일까지 할 리는 없지. 하나 병판일 때와 아비일 때는 다르지 않겠나. 격일로 경전 습독을 진행해 삼 년 전 회시에서 떨어진 이들을 도우라고 명하신 건 병판 대감이셨다네. 진시에 있는 활쏘기 연습을 끝낸 뒤 바로 경전 습독을 할 수 있도록, 경전 습독 시간을 사시로 잡으라고 하신 것도 대감이셨고. 죽은 허청이 오죽 대감 속을 썩였나. 대감도 마지못해 수를 쓰신 거겠지."

아란은 번개를 맞은 것만 같았다. 번쩍하는 빛줄기는 뇌리를 맴돌다 온몸으로 뻗어나갔고, 번개가 지나가자 뇌성이 머릿속에서 소요했다. 아란은 뇌성처럼 울리는 의구심을 감추지 못하며 조금 높아진 목소리로 물었다.

"그럼 며칠 전 과녁을 초인으로 바꾼 이유는 무엇입니까. 그리하자고 했던 이도 병판 대감인 겁니까?"

아란의 예상과 달리 송경은 고개를 저었다.

"그건 윤참군이 제안한 거네. 이제껏 창 연습은 가창(假槍)으로 실전 연습을 하였는데, 부상자도 많고 자세 교정이 잘 되지 않아 올 초부터 대련 대신 초인을 쓰는 걸로 훈련법을 바꿨네. 효과가 제법 좋았지. 그래서 윤참관이 활을 쏠 때도 초인을 쓰는 게 어떻겠냐고 하더군. 실전에 도움이 될 것 같아 바로 통첩을 올렸고 전하께서도 준(准)하셨네. 치명적인 장기 위치에 화살을 쏠수록 높은 분수를 받는 게 규칙이었는데……."

송경은 혀를 쯧쯧 차며 바닥에 누운 시신을 보았다. 팔짱을 끼고 있던 한석이 느닷없이 말했다.

"윤참군이라면 아까 연무장 밖에서 이야기를 나눈 분 같은데, 죽은 박춘혁과 친분이 있다는……."

뒷짐을 지고 있던 송경은 한석을 보고는 자신도 팔짱을 끼며 잠시 눈알을 굴렸다.

"아, 그러고 보니 윤참군은 허청과도 제법 교분이 있었네."

아란이 또 득달같이 물었다.

"그분은 지금 어디에 있습니까?"

송경은 연무장 초입구를 보더니 홀로 서서 이쪽을 바라보는 남자를 가리켰다.

"저자가 윤참군일세."

아란의 고개가 송경이 가리키는 곳을 향해 움직였다.

연무장 끝에 서 있는 이는, 본 적이 있는 사람이었다. 목멱산 초검 때문에 남부 지원을 나갔을 때 보았던……. 목멱산에 불이 나자 제일 먼저 달려와 불을 껐다는 훈련관 참군.

자진해서 증인으로 남아 남부 관령에게 손짓 발짓까지 해가며 초초(初招)를 돕던 사람이었다.

머릿속에 흩어져 있던 점 여러 개가 이어지며 하나의 선을 그리는 것 같았다.

***

아란과 한석은 윤참군을 붙잡고 이것저것 물었고, 윤오는 연무장에 남아 송도정과 대화를 나눴다. 송경은 눈을 흘기며 아란의 뒷모습을 보았다가 기가 찬다는 듯 피식 웃었다.

"그러니까 급히 주상 전하께 서신을 보내야 한다고 그 난리를 쳤던 게 다 저 산파 때문입니까?"

"흠흠."

윤오는 헛기침을 했다.

"저는 그것도 모르고 다급하게 궁까지 달려가 서신을 전한 거고요? 아니지, 상감께서는 그런 줄도 모르시고, 사헌부 감찰 하나 제대로 뽑았다며 기뻐하신 게고요?"

"아니, 내가 저 산파 때문에 그런 게 아니라, 아니, 아니라는 건 아닌데, 아란 산파만 보고 그런 건 아니고……."

"적당한 말이 떠오르지 않으면 그냥 입을 다무십시오."

"……."

"목멱산 검안을 맡으셨다고요?"

윤오는 고개를 끄덕였다.

"흠, 왜 그날 있지 않습니까. 과부 보쌈해서 집에 오신 날."

"과부가 아니라 산파네. 그리고 보쌈이 아니라, 밖에서 정신을 잃어 도와준 거라니까."

"뭐, 그거나 그거나요. 아무튼 그날 제가 답장을 챙긴 뒤 한성으로 돌아가지 않았습니까."

"자네 말 잘했네. 내 서책을 찢은 게 자네인가?"

"……제가 감순청에서 받은 목패를 가지고 시구문(屍軀門, 광희문)을 지나는데 저 멀리 목멱산에서 불빛이 보이지 않겠습니까. 그래서 입궐해 내관에게 서신을 전할 때 불이 났다고 알려주었지요. 내관은 전하께 그 말을 전한 거고요."

"그런데……?"

"그래서 상감께서 목멱산 화재 소식을 듣고, 멸화를 맡은 한성부 병방을 떠올리신 겁니다."

"그게 뭐 어쨌다는 건데?"

"상감께서 목멱산 화재를 제대로 조사하라고 왕명을 내리신 것과 나리를 한성부로 파견 보내신 건, 다 제 덕분이다 이거지요."

어이가 없어 입을 떡 벌린 윤오는 괴상야릇한 표정으로 자신을 응시하는 송경을 쳐다보았다.

윤참군과 대화를 마친 아란과 한석이 어느새 연무장 안으로 돌아왔다.

송경은 바로 엄숙한 표정을 지으면서 나지막한 목소리로 말했다.

"감사 인사는 나중에 받도록 하지요."

"너……!"

윤오의 낮은 외침은 가랑눈처럼 빠르게 녹아 흩어졌다. 송경은 웃는 낯으로 아란과 한석에게 말을 걸었다.

"어찌 이야기는 잘 나누셨는가?"

아란은 다짜고짜 송경에게 물었다.

"윤참군이라는 분은 어떤 사람입니까?"

"윤참군? 성실하지 않아서 그렇지 사교성은 참 좋은 이지."

"성실하지 않다고요?"

성실하지 않은 이가 제일 먼저 달려와 목멱산 불을 껐단 말인가? 자진해서 증인으로 남고?

아란은 다시 질문을 이었다.

"한성부 남부가 훈련관에 방을 붙이지는 않았던가요? 허청의 용모가 그려진 방이요."

"글쎄, 본 적이 없는 것 같은데. 그건 왜 묻는가?"

아란이 답하기도 전에 한석이 끼어들었다.

"윤참군은 목멱산 현장에 초검이 끝날 때까지 간증인으로 남아 있었는데, 여섯 번째 시신이 허청이라는 걸 소문으로 알았다고 하더군요."

"그것 참 이상하군. 시신을 직접 봤는데도 모른 체했다는 건가?"

아란은 고개를 절레절레 흔들었다.

"그건 아닙니다. 병판 대감의 자제분은 물에 가라앉아 있었기에 맨 처음 동굴을 발견한 간인들도 그 시신을 보지는 못했을 겁니다."

하지만 파기가 적힌 방은 달랐다. 분명 훈련관에도 붙였을 텐데. 왜 윤참군은 그런 방을 본 적이 없다고 했을까. 남부 도처에 붙은 방을 본 적이 없다는 게 말이 되는 건가?

의혹과 의심이 꼬리에 꼬리를 무는 사이, 송경은 대수롭지 않다는 듯 말했다.

"어쩐지. 내가 좌기를 했는데도 윤참군이 코빼기도 비치지 않아 또 농땡이를 부리나 하였는데. 목멱산에 가서 불구경을 하고 있었군. 무관이 군기가 빠졌네. 나중에 혼을 좀 내야겠어."

농땡이라. 정말 그렇게 단순한 문제였을까?

아란은 고개를 돌려 조금 전 윤참군이 서 있던 곳을 바라보았다. 그는 더는 그 자리에 없었다.

***

훈련관을 나온 세 사람은 목멱산 희생자의 가족을 찾아갔다.

희생자가 생전에 어찌 지냈는지, 이상한 점은 없었는지를 물어보았지만, 가족들은 선뜻 답해주려 하지 않았다. 무언가를 두려워하는 것 같았다.

연이어 세 번을 허탕 친 뒤, 아란이 마지막 집은 자기 혼자서 가겠다고 했다.

둘 다 따라가겠다며 고집을 부리자 아란은 단호하게 선을 그었다.

"아이 둘을 혼자 키우는 여인입니다. 이렇게 늦은 시각에 셋이 가자고요? 그것도 남인이 둘이나 되는데? 홍수보다 우리가 더 무서울 겁니다. 퍽이나 도움이 되겠네요."

윤오와 한석이 자리를 뜨고 나서야 아란은 서부 양생방(養生坊)으로 향했다. 두 번째 시신이었던 중년 남성의 집이었다.

아란이 찾아가자 이마가 까맣게 탄 아낙이 나뭇가지로 엮은 바자문을 닫으며 말했다.

"아유, 그 사람이 밖에서 뭘 하고 돌아다닌 건지, 난 그런 거 몰라요. 그만 돌아가요."

마포 나루터를 오가는 황포돛배에서 새우젓을 떼어다가 시전에 판다고 하였던가.

하루아침에 지아비가 실종된 뒤로 억척스럽게 아이 둘을 키워온 이였다. 예닐곱 된 어린아이가 어미의 치맛자락을 붙잡고 서서 아란을 보았다. 아란은 품에서 노란 뭉치를 하나 꺼냈다. 박지(薄紙)로 곱게 포장한 유밀과였다.

"이거 먹을래?"

아이는 어미의 눈치를 보았다. 아낙이 고개를 끄덕이자 아이는 그제야 부리나케 유밀과를 움켜쥐었다.

아란은 유밀과가 담긴 박지 뭉치를 통째로 아이에게 주었다.

"들어가서 동생이랑 같이 먹어."

아란의 말이 끝나자마자 아이는 득달같이 방으로 달려갔다.

"정말 뭘 하고 다닌 건지 모르십니까?"

아이가 방으로 들어간 뒤 아란은 자신을 회피하는 여인의 두 눈을 보았다.

"모른다니까. 진짜 모르니까 그만 물어요."

발견된 시신이 자신의 지아비라는 걸 처음 알았을 때, 그녀는 그 자리에 주저앉으며 망연자실했다. 슬픔과 고통이 두 눈에 고스란히 맺혀 소식을 전해주었던 아란마저 그 모습을 보고 눈시울을 붉힐 정도였다. 그런데 지금은 같은 눈에 다른 감정이 자리 잡고 있었다.

두려움, 불안, 걱정.

눈앞의 현실과 막막한 미래 때문인지, 아니면 다른 무언가가 있는 것인지, 알 수 없었다.

아란은 고개를 숙이며 말했다.

"혹시라도 떠오르는 게 있으면, 언제든지 알려주십시오. 그리고…… 흉수는 꼭 잡을 테니, 걱정하지 마십시오."

여인은 아무 말도 하지 않았다. 아란은 몸을 돌려 북쪽으로 향했다.

불어오는 겨울바람 소리와 함께 여인의 훌쩍이는 소리가 멀리서 들린 것 같았다.

***

아란은 오랜만에 유란동으로 향했다. 며칠 만에 돌아가는 건지 기억도 나지 않았다.

오랜만에 목욕도 하고, 옷도 빨아야지.

북광통교(北廣通橋)를 지나다 석판 위에서 멈칫한 아란은 천천히 뒤를 돌아보았다. 이 각(二刻, 30분)만 지나면 인정이라 사람들이 분주히 움직이는 게 보였다.

수상한 움직임은 없었다.

이상한데.

아란은 다시 북부를 향해 발걸음을 옮겼다. 천천히 내딛던 걸음이 점점 빨라졌다.

탁탁, 웅웅.

석판 스치는 소리와 돌 울리는 소리가 희미하게 들렸다.

역시. 아무리 기척을 숨겨도 석판 울리는 소리까지 감출 수는 없었다. 아란은 냅다 뛰기 시작했다.

양생방에 위치한 태평관(太平館, 명나라 사신이 머무는 객관)을 지날 때부터 수상쩍은 움직임이 따라붙었다. 광통방까지 따라온 걸 보면 우연이 아닌 것 같았다.

아란은 바짝 따라오는 소리를 듣고는 황급히 옆에 있는 뒤안길로 뛰어들었다. 길섶을 밟은 아란은 바로 담을 타고 뛰어서는 지붕 위로 올라갔다.

바짝 몸을 낮춘 뒤 아래를 살피자 수상한 그림자 두 개가 후다닥 뛰어가는 게 보였다. 몸놀림을 보니 다행히 무예를 익힌 사람은 아니었다.

불현듯 연화방에서 들었던 무관의 말이 떠올랐다. 자꾸 들쑤시고 다니면 해결하라고 하였지.

조금 전 자신을 뒤쫓았던 사람은 동부 오작인 걸까? 나머지 한 명은 누구지? 다른 오작인가?

아란은 지붕에 등을 대고 누워 하늘을 보면서 잠시 머리를 굴렸다.

오작이라면 자신의 신분을 알 테니 유란방 길목을 지키고 서 있을 게 분명했다. 지금 돌아갔다가는 마주칠 수도 있으니 대충 시간을 때우다가 야금에 몸을 움직이는 게 나을 것 같았다.

아란은 눈을 감으며 잠을 청했다. 달빛이 서늘한 늦바람을 타고 얼굴에 내려앉았다.

시간이 얼마나 흘렀을까. 종소리가 귓가에 울리면서 잠결에 머문 의식을 흔들었다. 인정을 알리는 종소리를 듣고 잠에서 깨어난 아란은 고개를 들어 하늘을 보았다. 달이 중천에 걸려 있었다.

아란은 조심스레 밤길을 밟으면서 기척이라는 기척을 모두 피했다. 빙빙 돈 발걸음은 족히 한 시진이 지나고 나서야 유란방에 닿을 수 있었다.

담을 넘은 아란은 뒷마당을 지나 곧장 별당채로 갔다.

설마 정준완 있는 건 아니겠지? 하나가 가니 다른 하나가 오는 건가.

귀를 기울여보았지만, 다행히 방안은 어둠처럼 고요했다. 누마루 안도 마찬가지였다.

방안에 든 아란은 천천히 방문을 닫으면서 지친 하루를 한숨으로 털어냈다. 하지만 안심은 일렀다. 하얀 달빛도 창호지에 걸려 새어 들어오지 못하는 어두운 방 안, 아란은 그곳에서 무언가를 보았다. 한가운데 검은 그림자가 앉아 있었다.

"누구냐."

위협적으로 내뱉은 목소리에 검은 그림자가 자리에서 찬찬히 일어났다. 그 모습이 부유하는 귀신 같았다. 그림자가 걸음을 내디뎠다. 소리도 내지 않고 사르륵 다가왔다.

아란은 품에서 단검을 꺼내 횡으로 누이며 다시 물었다.

"누구냐니까."

검은 그림자가 한쪽 손을 들더니 제 얼굴을 움켜쥐었다. 흑빛을 뜯어내자 해말쑥한 얼굴이 드러났다. 아란은 눈을 휘둥그레 뜨다가 곧 입을 함지박만 하게 벌렸다.

"공이?"

너울에 매달린 검은 깁을 들어올린 공이가 아란을 보고 웃었다. 작은 체구에 작은 얼굴. 아직은 아이처럼 보이는 이목구비였지만 풍기는 기운만큼은 누구보다 강인한 아이였다.

"언니."

"깜짝 놀랐잖아."

아란은 단검을 검집에 넣고는 살갑게 공이의 손을 붙잡았다.

공이는 담담한 목소리로 말했다.

"손이 차네."

"미안. 잠깐 앉아 있어."

아란은 방 한쪽에 놓인 물동이에서 물을 퍼내 대야에 붓고는 손을 들이밀었다. 살얼음이 언 물이었다.

시린 손을 빠르게 씻은 뒤 횃대에 걸린 치마인지 저고리인지도 알 수 없는 옷에 대충 물기를 닦았다. 아란은 반기는 목소리로 물었다.

"여긴 어쩐 일이야?"

공이가 이부자리를 가리켰다.

"아까 먼지도 다 털어놓고, 따뜻하게 덮혀놨어. 저기 앉아."

아란은 씨익 웃으며 요 위에 앉았다.

"도성 제일간다는 흑무(黑巫)께서 이 누추한 곳에는 어찌 왕림하셨나?"

"누추하기는. 마흔 칸 대갓집에 사는 아씨가 지나치게 겸손한데."

"마흔 칸 대갓집이든 예순 칸 대군저든, 들어오는 법이 없는데 뭐."

"그러게 왜 자꾸 밖에서 잠을 자. 그럴 거면 목멱산으로 돌아오든지."

공이가 농담처럼 던진 말에 진담이 섞여 있다는 걸 알기에 아란은 쓸쓸하게 웃으며 되받아쳤다.

"도성 사람들이 흑무에게 공수라도 한번 받아보려고 그리 안달이 났다던데, 돈방석에 앉을 수 있는 거면 돌아가야지. 동생 하나 잘 둔

덕을 톡톡히 봐야 하지 않겠어?"

공이는 피식 웃더니 소매에서 무언가를 꺼내 아란에게 툭 던져주었다.

"항상 가지고 다녀. 절대 잃어버리지 마."

공이가 던져준 건 검은 비단으로 만든 향낭이었다. 향을 맡아보았지만, 아무 냄새도 나지 않았다.

"이거 뭐야? 호신용이야?"

"뭔지는 묻지 말고 항상 가지고 다녀. 다 언니 좋으라고 하는 거니까."

"치우신의 축복 이런 건가?"

공이는 한쪽 입꼬리를 올리며 말했다.

"흑무가 축복하는 거 봤어?"

간담을 서늘하게 만드는 미소였다. 아란은 침을 삼키며 절레절레 고개를 저었다.

백무(白巫)가 기원에 능하다면, 흑무는 저주에 능했다. 공이는 흑무로서의 능력이 독보적이었다. 공이의 죽은 신모도 왕가를 위해 주술을 행하던, 조선 제일가는 흑무였다고 했다.

공이는 이름도 얼굴도 신분도 숨긴 채 '흑무'라는 이름으로 한성 땅을 휩쓸었다. 특기가 저주인지라 매우 수상쩍은 사람들이 아주 비밀스런 목적으로 그녀를 찾곤 했는데, 양지에서 드러난 적이 없어서 그렇지 그 규모가 문전성시를 이룰 정도라고 했다.

이 정도 능력에 인지도, 인기라면 진즉에 돈방석에 앉았어야 했는데, 어찌된 일인지 공이는 돈을 벌어오는 법이 없었다. 손님도 아무나 받지 않고 자기가 택한 이들의 의뢰만 받았다. 저주를 행해주는 대신 무슨 대가를 받는지는 모르겠지만, 그게 돈이 아니라는 건 확실했다. 공이가 누구를 상대로 무슨 일을 하는지는 공이와 같이 사는 안율도 잘 알지 못했다.

공이는 아란과 안율의 가족이었지만, 확실히 섬뜩한 구석이 있는 아이였다.

오 년 전 겨울 진눈깨비가 내리던 날, 아란은 목멱산에서 우연히 공이를 마주쳤다. 그때 공이는 열두 살이었다. 멧돼지에 쫓긴 공이는 소나무를 타고 올라 나뭇가지에 앉아서는 슬피 울고 있었다.

구슬프게 우는 동그란 얼굴. 아란은 소나무에 쟁반 달이 뜬 줄 알았다. 활로 화살을 쏘아 멧돼지의 목을 꿰뚫었다. 짐승의 큰 몸은 쿵하며 쓰러졌고, 선혈이 거친 털을 타고 흐르며 마른 땅을 적셨다.

사냥을 위해 집을 나섰던 아란은 그날 밤 호언장담했던 먹을 것 대신 달을 하나 건져왔다. 그 뒤로 공이는 아란을 떠나려 하지 않았다. 제 생명줄이라도 된 것마냥 아란을 단단히 붙잡았다.

팔 개월 뒤 아란이 정수헌의 제안을 받고 집을 떠나려 했을 때, 공이는 눈이 부르트도록 울었다. 아무리 울어도 아란이 제 뜻을 굽히지 않자, 공이는 전혀 다른 사람으로 돌변해 호통을 쳤다. 칼날처럼 날카로운 눈빛에 쇳소리를 닮은 목소리.

그때 공이가 아란에게 해준 말은 일종의 경고였다. 네 목숨을 살리고 싶으면 잠자코 이 아이에게 붙어 있으라고.

그게 공이가 모시는 신인 치우의 목소리였다는 걸, 아란은 몇 년이 지나서야 알았다.

몸에 치우가 깃들어서 그런가, 공이는 평소에도 날붙이 같은 냉기가 있었다.

"목멱산 검안. 그거 하지 마. 그만둬."

"뭐? 다짜고짜 그게 무슨 말이야?"

"그 검안에서는 손 떼."

"왜?"

공이는 한숨을 내쉬며 말했다.

"언니를 위해서 하는 말이야."

"……싫어."

"신기 때문만은 아니야. 들은 이야기도 있어서 그래."

"들은 이야기?"

아란의 반문에 공이는 고개를 끄덕였다.

"마지막 고려 왕손. 소문이 음지에서 파다하게 퍼지고 있어. 밤안 개처럼 퍼진 소문이 곧 언니의 꼬리를 잡을 거야. 목멱산에서 태어 나고 자란 사람이 많지는 않다는 거, 잊지 말라고."

아란은 마른침을 삼킨 뒤 제 몸을 감싼 이불을 내려놓았다.

"그래도 검험을 그만둘 수는 없어."

"하긴, 그런다고 말을 들을 언니가 아니지."

공이는 이럴 줄 알았다는 표정이었다. 얕은 한숨을 내뱉고 나선 공이는 자리에서 일어나 문을 향해 부유하듯 걸어갔다.

"벌써 가게?"

문 앞에 선 공이가 고개를 돌리며 나지막하게 말했다.

"언니랑 같이 다니는 무당골 서생 있지."

"응?"

"그 사람, 명(命)이 지워진 사람이야. 제 명에서 벗어나 온갖 액 운을 피하는 사람이지. 목멱산 검안이 끝날 때까지는 그 사람 옆에 붙어 있어. 언니에게 다가오는 액도 어느 정도 물리쳐줄 거야. 대신…… 지워졌던 명이 되살아나 그 사람을 찾아가면, 그때는 뒤도 돌아보지 말고 도망쳐야 해. 그자는 대수대명(代壽代命)으로 액운을 피하는 사람이니까. 언니가 화를 당할 수도 있다고. 알았어?"

아란은 잠자코 고개를 끄덕였다.

공이가 알쏭달쏭한 말을 뱉을 때는 일단 알겠다며 고개를 끄덕이는 게 상책이었다.

공이는 위로 들춘 검은 깁을 다시 아래로 내리며 문을 열었다. 새어 들어온 달빛이 새카만 형상에 닿자 이내 자취를 감추었다. 달빛이 공이에게 집어 삼켜진 것 같았다.

"품에 항상 향낭 지니고 있어야 하는 거 잊지 마. 그럼 갈게."

공이는 바로 밖으로 나섰다.

"공아, 잠깐만!"

아란은 후다닥 자리에서 일어나 문을 향해 달려갔지만, 밖에는 하얀 달만 떠 있을 뿐 아무도 보이지 않았다.

괴뢰희 속
목우(木偶)

五
章

섣달그믐, 온 도성이 제야 준비로 한창이었다.

　이날은 야금이 없었고, 밤새 외출을 할 수 있었다. 불놀이에 나례(儺禮)까지 볼거리도 많았다. 궁부터 민가까지 모두가 들뜨는 날이었다.

　활기찬 분위기는 한성부 본청도 마찬가지였다. 형방 오작항인들은 곳곳에 등잔을 놓으며 벽사(辟邪)를 행했고, 다모들은 검험용으로 빚은 술에 약재를 넣고 끓여 세시주인 도소주(屠蘇酒)를 만들었다.

　아란은 홀로 현고에 틀어박혀 있었다. 지난 며칠 동안 검안에 진전이 없어 머리가 다 아플 지경이었다.

　이맛살을 찌푸리며 중지로 미간을 눌렀다. 시친은 협조를 거부하고 의심스러운 사람은 입을 꾹 다문 채 모르쇠로 일관하니 검안은 진척 없이 난항을 겪었다.

점을 이어 선을 그었다고 생각했는데, 엉킨 선이었다. 도저히 풀어낼 수 없는 선.

주월과 초성이 대접을 들고 현고 안으로 들어섰다.

"우리 막내 뭐하니?"

둘의 행색이 좀 특이했다. 두건을 쓴 초성은 머리에 가면을 걸친 채 흰 상의에 붉은 고습(袴褶, 바지)을 입고 있었고, 주월은 아래부터 위까지 모두 검은 옷을 입었다.

"둘 다 옷이 왜 그래?"

주월이 삐죽거리며 대답했다.

"이번에 방매귀(放枚鬼, 궁중 나례를 변형한 민간 나례)하잖아. 내가 악귀야."

"나는 진자(侲子, 나례를 행하는 나자 중 하나로 어린 소년이 이 역할을 맡는다)."

한 명은 채찍을 휘두르며 축귀를 행하는 진자였고, 다른 한 명은 진자를 피해 관청 밖으로 쫓겨나야 하는 악귀였다. 어쩌면 역할을 맡아도 이렇게 찰떡처럼 어울리는 걸 맡았는지.

아란은 피식 웃으며 말했다.

"금일 본청에서 방매귀를 해? 진자는 왜 넣은 거야?"

본래 진자는 궁중 나례에만 있는 역할이었다.

"올해 민간에서 이게 유행이래."

주월은 금세 웃는 낯을 하고는 말을 이었다.

"정말 재미있을 거야. 너도 같이하자. 얼마 전 동지섣달이랑 교년일(交年日, 음력 12월 24일) 때도 검안 조사한다면서 너만 쏙 빠졌잖아."

"맞아. 검시도 끝났는데 검안에 왜 그렇게 매달려. 솔직히 검안이 우리랑 무슨 상관이니. 그건 판관 나리랑 감찰 나리에게 맡겨두고, 넌 우리랑 같이 놀자. 어?"

초성은 들고 있던 대접을 쑥 내밀었다.

"세시주야?"

"그래, 날이 추워서 금방 식었어. 빨리 한 잔 마셔. 나이가 제일 어린 네가 마셔야 우리도 마시지."

아란은 쭉 들이키려다 돌연 동작을 멈췄다.

"이거…… 검험용 술 다 동내서 만든 건 아니지?"

"으응? 아, 아니야. 조금 남았어. 검험할 건 남았다니까."

초성은 눈에 띄게 당황하며 아니라고 했지만, 신빙성이 없었다. 한성부 본청만 해도 사람이 몇 명인가. 틀림없이 독 밑에 고인 술 한 방울까지 탈탈 털어 도소주로 만들었을 것이다.

아란은 둘을 흘겨보았다.

"지난번 교년일 때도 술지게미를 쓸데없이 아궁이 문에 발라서 낭비했잖아. 사람이 철야일 따지면서 죽는 줄 알아? 오히려 철야일에 더 많이 죽어. 자꾸 법물을 그런 데 쓰면 세엄할 때는 대체 뭘 쓰냐고."

"그거 낭비 아니야. 조왕신한테 주는 거잖아. 너 요즘 좀 예민하다?"

"아란아, 주월이한테 너무 그러지 마. 조왕신을 취사명(醉司命)으로 만든다고 그런 거야. 조왕신이 옥황상제에게 사람 죄를 고하면 사람 수명이 깎인대. 술지게미 먹고 술에 취해야 하늘로 못 올라간다잖아."

"초성 언니는 그런 거 믿지도 않으면서 왜 주월 언니 편을 드는 거야? 그렇게 무서우면 애초에 죄를 짓지 말아야지. 죄만 안 지으면 되는 일이잖아. 아까운 법물을 왜 써."

"나야 안 믿지만, 주월이는 믿잖아. 주월이가 지은 죄가 많아서 그래. 얘가 경신수야(庚申守夜, 경신일에 밤을 새는 것)할 때 진짜 한숨도 안 잤다니까. 삼시충이 하늘로 올라가 자기 죄 고할까 봐. 그렇게 삼시충(三尸蟲, 사람의 수명·질병·욕망을 좌우하는 세 가지 벌레)이 무서우면 그냥 천련자(川練子, 멀구슬나무 열매로 제충 효과가 있다)를 먹지."

"야, 지금 무슨 말을 하는 거야. 자꾸 이러면 나 악귀 안 한다."

"그런 게 어딨어. 약속은 약속이지. 괴뢰희 같이 가주는 조건으로 네가 나 대신 악귀 해주기로 했잖아."

"몰라, 악귀 안 해. 네가 해. 내가 뽑은 건 진자였지, 악귀가 아니잖아."

"그럼 나도 괴뢰희 같이 안 가준다?"

"흥, 아란이랑 갈 거다. 아란아, 이따가 밤에 나랑 같이 괴뢰희 보러 가자."

아란은 못 먹는 술을 한 모금 들이켠 뒤 오만상을 찌푸리며 콜록 거렸다.

"갑자기 괴뢰희는 왜? 제야일에 괴뢰희도 해?"

주월은 바로 대접을 낚아채 꿀꺽꿀꺽 마신 뒤 다시 초성에게 대접을 넘겼다.

초성은 바닥을 드러낸 대접을 보고 어이가 없다는 듯 주월을 보았지만, 주월은 아란을 붙잡고 이야기하는 데 정신이 팔렸다.

"괴뢰희 얘기 못 들었어? 요즘 한성 땅에 그거 모르는 사람이 없어. 나는 네가 당연히 알 줄 알았지."

괴뢰희는 꼭두각시가 공연하는 인형극이었다. 아란이 관심 없다는 듯 고개를 젓자 주월은 흥분해 말했다.

"괜찮아. 너도 들으면 관심이 생길 테니까! 괴뢰희가 처음 상연된 날은 경신일이었어. 어떤 사람이 술에 취해 길에서 잠들었는데, 깨어나 보니 짙은 안개가 사방을 채웠다는 거야. 앞이 안 보일 정도로 자욱했대. 잠에서 덜 깨어났나 해서 눈을 비볐지. 그런데 이게 웬일. 다시 눈을 뜨니까 안개가 걷히면서, 난데없이 괴뢰희 무대가 나타났대."

주월은 이야기를 구연하는 사람처럼 과장된 몸짓을 했다.

"가운데는 새빨간 피로 칠해진 목우(木偶)가 서 있었어! 근데 목우가, 눈동자를 움직인 거야. 남자의 두 눈을 똑바로 응시하면서! 그리고 입이, 새빨간 입이, 사람 같지 않은 소리를 뱉어냈대. 왜 그런 거 있잖아. 도저히 한 사람이 낼 수 없는, 여러 사람 목소리."

고작 한 모금이었는데 아란은 술기운이 올라와 벌써 얼굴이 벌게졌다. 술안주로 삼기에 좋은, 아주 흥미로운 이야기였지만 자신의 관심사와는 너무 동떨어져 있었다.

아란이 심드렁하게 반응하자 초성은 주월을 밀치며 말했다.

"아란이를 꼬시려면 얘가 좋아하는 얘기를 해줘야 그런 쓸데없는 말은 해서 뭐해. 아란아, 그 목우가 한 말이 뭐였냐면, 자기가 죽어서 저승에 있는데 너무 억울하다고, 이 원한을 풀고 싶다고 했대. 살해당한 뒤 땅에 묻히지도 못하고 얼음 안에 갇혀 있었다고. 얼음이 녹아 드디어 고향 땅으로 돌아가나 했는데, 자기는 시친이 없어서 들에 묻혔대. 그게 너무 원통하고 슬프다고, 가족 곁으로 돌아가고 싶다고, 자기 좀 보내 달라고. 그렇게 엉엉 울었다더라."

"얼음에 갇혀 있었다고?"

역시. 아란을 낚을 수 있는 미끼는 시신이나 검험 뿐이었다. 초성은 바늘을 문 물고기를 낚아 올리듯 목소리에 힘을 주었다.

"어. 이게 다가 아니야. 중년 남자 목소리는 자기가 교살을 당했다고 했고, 젊은 남자 목소리는 바람 새는 소리를 내면서 자기는 울대뼈가 잘려서 죽임을 당했다고 했대. 그거 말고도 불이 나서 질식해 죽었다는 목소리도 있었어. 어때, 흥미가 생기지 않아? 어디서 많이 듣던 이야기지?"

목멱산 검안에서 죽은 희생자들의 사인과 일치하는 죽음이었다. 아란은 덥석 초성의 손목을 붙잡았다.

"또 뭐라고 했는데?"

"아직은 이게 다야. 근데 제야일에 만나면, 흉수가 누구인지 알려 주겠다고 했대."

아란의 얼굴이 딱딱하게 굳었다. 사인에 대해 저 정도로 세세히 알고 있는 이들은 검험에 참여한 사람들뿐이었다. 아니면 작성한 초검 험장을 읽은 사람들이겠지.

한성부 남부청이나 본청 혹은 형조에서 일하는 담당 관리 정도.

내부인이 아니고서야 알 수 없는 일을 대체 누가 안 걸까. 아니, 그게 중요한 게 아니었다.

이런 괴뢰희를 하는 목적이 뭘까. 상연하는 사람은 흉수가 누구인지 정말로 알고 있는 걸까?

"지난번 공연은 어디서 했는데?"

"글쎄, 이게 소문으로 도는 거라 정확하지는 않은데, 경신일에는 서부 군기감(軍器監) 근처였다고 그러고, 교년일에는 반촌 근처였대. 삼경 바로 전에 시작해서 삼경 조금 지나서 끝난다더라."

"그럼 금일은 어디서 하는지 모르는 거야?"

"아니, 이번에는 어디서 할지도 예고해줬대. 그래서 주월이가 같이 가자고 저러는 거야."

"어딘데?"

"목멱산."

목멱산? 아란은 제 귀를 의심했다. 절대 평범한 괴뢰희일 리가 없었다.

그때 다모 한 명이 현고 안으로 고개를 쑥 들이밀며 소리를 질러 댔다.

"야야야야! 이번에 방상씨 누가 하는 줄 알아? 미중랑이래, 미중랑! 지금 다들 난리났어. 방매귀 끝나면 다 같이 화희도 보러 간대! 너희도 같이 갈 거지?"

미중랑이라는 말에 주월과 초성이 둘 다 반색했다.

"당연히 가야지! 언제 온대? 벌써 온 거야?"

"나 악귀 안 해. 추하게 미중랑 앞에서 악귀가 뭐야. 초성이 네가 악귀 해. 원래 네 역할이잖아. 나 괴뢰희 안 볼 거니까, 빨리 옷 바꿔 입자."

"싫어. 약속은 약속이지. 무르는 게 어디 있냐!"

투닥거리는 둘을 두고 아란은 현고 밖으로 나갔다. 술기운 때문인지 다른 이들의 목소리가 윙윙 울리는 것 같았다.

괴뢰희라고? 목멱산으로 가자!

*　*　*

"감찰 나리!"

낭청대청 안 집무실 여닫이문을 번쩍 열고 아란이 외쳤다. 잔뜩 상기된 얼굴이었다.

서탁에 팔꿈치를 얹어 오른손으로 턱을 괴고 있던 한석은 곁눈질로 아란을 보고 눈썹을 씰룩였고, 윤오는 당황해서 자리에서 벌떡 일어났다. 의자가 쿵, 뒤로 넘어졌다.

아란은 성큼성큼 다가가 윤오에게 말했다.

"지금 당장 저와 좀 가시지요."

"어디를요? 곧 하청할 시간인데요."

한석의 가늘고 긴 섬섬옥수가 거문고 현의 괘를 누르듯 서탁을 두드렸다. 그는 윤오의 말이 끝나자마자 대화에 끼어들었다.

"금일 감찰 나리는 매우 중한 선약이 있어 우리와 함께 할 수 없다고 하셨네. 모처럼 다 함께 하는 방매귀인데 말이야. 웃는 낯으로 어찌나 단호하게 거절하던지. 누가 보면 왕명이라도 받은 줄 알겠어. 왜, 저녁때 입궐해 궁중 연회라도 참석하나? 정육품 감찰이 그럴 리는 없을 텐데."

윤오는 뜨끔해 순간 마른침을 삼켰다. 만나기로 약조한 사람은 송경이었지만, 둘이 가는 곳은 궁이었다. 함께 상감에게 묵은 세배를 하러 가자는 송경의 간곡한 청을, 윤오는 거절할 수 없었다.

물론 간곡해서 거절하지 못한 것만은 아니었다. 청을 빙자한 협박이라 그런 거지. 지난번 서신에 숨겨진 저의를 폭로하겠다며 자꾸 협박을 해대니 그도 어쩔 수 없었다. 차분히 생각해보면 별거 아닌 서신인 것을. 하지만 윤오의 마음은 머리와 달랐다. 송경의 몇 마디에 당황한 윤오는 얼떨결에 알겠다고 대답했다.

"금일 저녁에는 아예 시간이 안 되시는 겁니까?"

아란의 물음에 윤오는 찬찬히 고개를 끄덕였다.

"알겠습니다. 그럼 명일에 뵙지요."

아란이 결기 있게 몸을 확 돌리자, 한석은 벌떡 일어나 소매를 펄럭이며 따라나섰다.

"여보게. 나는 할 일이 없네. 시간이 아주 많아. 낭자, 잠깐만, 난 한가하다니까!"

아란은 낭청대청을 나선 뒤 동쪽 후문을 지날 때까지 걸음을 늦추지 않았다.

한석은 그 뒤를 바짝 따르며 가쁜 숨을 몰아쉬었다.

"자네 걸음이, 하…… 뭐가 이렇게…… 빠른 건가. 좀, 쉬었다가, 가지. 어?"

아란은 아무 반응도 하지 않았지만 내딛는 발걸음의 속도는 확연하게 느려졌다.

"어디로 가는 건가. 나도 같이 가자니까."

"예, 따라오십시오. 목멱산으로 갈 겁니다."

"목멱산? 거기는 왜?"

"일단은…… 괴뢰희를 보러 갑니다."

그것이 괴뢰희일지, 괴뢰의 탈을 쓴 사람의 농간일지는 직접 가서 보면 알겠지.

아란은 바로 남쪽으로 향했다.

섣달 그믐의 한성은 장관이었다.

불화살을 쏘아 검은 하늘에 수를 놓고, 장대에 매단 포를 터뜨려 땅을 소리로 채웠다.

어떤 사람들은 길가에 장막을 쳤고, 어떤 사람들은 행랑 누(樓)에 올라 바깥을 구경하기도 했다. 또 어떤 이들은 푸른 댓잎, 붉은 싸리 가지, 익모초 줄기와 복숭아 나뭇가지를 엮어 만든 빗자루로 대문을 두드리면서 축귀를 행했다.

대문 왼쪽과 오른쪽에는 만귀를 통솔하는 귀신인 신다(神茶)와 울루(鬱壘)의 새빨간 이름이 붙어 있었고, 창문에는 처용의 머리가 걸려 있었다.

한석은 목멱산으로 가는 내내 주절거렸다.

"자네 글은 누구에게 배운 건가?"

"전에도 물어보셨던 것 같은데요."

"하지만 자네가 답을 해주지 않았지."

"그게 그리 중요한 문제입니까?"

"내가 정말 궁금해서 그러네."

"……언니에게 배웠습니다."

"언니? 판부사 대감의 맏딸 말인가?"

"네."

"과년한 나이인데도 혼인하지 않았다는 그……?"

아란은 판부사 대감의 맏딸이라는 말 뒤에 대뜸 따라붙은 수식이 불쾌했는지 제법 날카로운 목소리로 되물었다.

"그런 이야기는 대체 어디서 들으신 겁니까? 예방 윤판관 나리가 하시더이까?"

"관리들 사이에 제법 유명한 농이라네. 판부사 대감의 은백 머리카락 삼 할은 한성부를 나가지 못해서 생긴 거고, 나머지 칠 할은 그 자식들이 분가하지 않아서 생긴 거라고."

"남의 집안일에 다들 관심이 많은가 봅니다."

"그러게 말일세. 남의 집안일에 참 관심이 많아……."

느물느물한 평소 말투와는 좀 다르게 들렸다.

아란은 곁눈질로 그를 흘깃 보았다가 다시 앞을 보고 우뚝 멈춰 섰다. 목멱산 자락이었다.

민가가 끊겨 불빛이 없는 그곳에는 본래 검은 안개가 내려앉은 듯한 어둠만 있어야 했다. 그런데 저 멀리서 노오란 불빛이 보였다.

저게 괴뢰희? 아란은 다급하게 다가갔다. 거리가 가까워지자 지초롱을 든 사람이 보였다. 무대는 없었다. 하긴 이리 쉬이 발견할 리가 없었다. 이제 겨우 유시가 아니던가.

누런 종이에서 번져 나온 빛이 지초롱을 든 이의 모습을 밝혀주었다. 목멱산 빙고에서 발견된 두 번째 시신의 시친이었다.

새우젓을 날라 생계를 잇던 두 아이의 어미.

여인은 하염없이 산길을 올려다보았지만 차마 발걸음을 내딛지 못했다. 그 걸음이 지신(地神)의 노여움을 사는 동티라도 되는 것 같았다.

아란은 성큼성큼 걸어 그녀에게 다가갔다.

"여기는 어쩐 일이십니까?"

여인은 낯선 소리에 놀랐는지 화들짝 놀라며 지초롱을 떨어뜨렸다. 그 바람에 촛불이 꺼졌고, 사방은 어둠에 잠겼다. 갑자기 어두워지자 앞이 아예 보이지 않았다.

"괜찮으십니까."

"내, 내가, 너무 놀라서. 다른 사람인 줄 알고."

다른 사람? 여기서 누구를 기다리고 있던 건가?

뒤에서 한석이 다가오는 기척이 들렸다.

"여보게. 어디 있나."

아란은 손을 뻗어 한석의 옷자락을 움켜쥐고는 자기 쪽으로 끌어당겼다.

"조금만 지나면 어둠에 익숙해져서 앞이 보일 테니, 괜히 돌아다니지 마시고 잠시 기다리십시오."

아란은 다시 고개를 돌려 여인에게 말했다.

"여기는 어쩐 일이십니까."

"망석중 보러…… 돌구 아범이 나온다고."

"여기까지 오셨는데 왜 산에 오르지 않으시고요?"

"그게…… 무서워서…….."

"밤길을 오르시는 게 무서웠던 겁니까? 그럼 저희와…….."

"아니, 아녜요. 그냥 집에 가는 게 낫겠어요."

그녀는 땅을 더듬어 지초롱을 찾아 몸을 일으켰다. 거의 동시에 위쪽에서 사람들 발소리가 들렸다. 서너 명 되는 사람들이 제등(提燈)도 없이 산길을 내려오고 있었다.

저 여자가 아직 저기에……. 분명 사람이 더……. 이제 안 보이는……. 확 죽여버……..

바람을 타고 뜨문뜨문 전해지는 말소리에 아란은 두 눈을 부릅떴다.

기척은 점점 더 다가왔다. 아란은 손을 뻗어 여인의 몸을 붙잡았다.

“잘 들으십시오. 지금 산에서 누군가 내려오고 있습니다. 불도 없이 능숙하게 내려오는 걸 보니 여기 지리에 익숙한 자들입니다.”

여인은 몸을 덜덜 떨기 시작했다.

“제가 따돌릴 테니 소리 내지 말고 조용히 민가로 내려 가십시오. 민가에 도착할 때까지 절대 소리 내시면 안 됩니다. 조금만 걸어가면 징 소리와 피리 소리가 들릴 겁니다. 그때 뛰도록 하세요.”

그녀는 고개를 두 번 주억거렸다. 몸을 떨어 고개가 떨린 건지, 알아듣고 고개를 끄덕인 건지 알 수 없었다.

“지금입니다. 쭉 앞으로 가세요.”

아란은 여인을 제 뒤로 당기며 방향을 잡아주었다. 그녀는 조용히 그러면서도 재빠르게 잰걸음을 놓았다.

아란은 한석에게 바짝 붙어 속삭이듯 말했다.

“무예는 익히셨습니까?”

“그럴 리가. 군이 도망을 가야 하는가? 산에서 누가 내려오는 게 뭐 어때서. 조선 팔도에 감히 황친을 어쩔 수 있는 자는 없네.”

“나리야 그렇겠죠. 나리를 어쩌자는 게 아니라 저분을 잡으려고 오는 거니 잠자코 협조나 하십시오. 기척을 내서 저들을 유인해야 합니다. 하나둘셋 하는 순간 나리는 교서관(校書館) 방향으로 달리시는 겁니다. 아시겠습니까?”

“자네는?”

“저는 반대편, 산 쪽으로 뛸 겁니다.”

“허나……”

“허나는 없습니다. 하나 둘 셋!”

아란은 한석을 북쪽으로 밀어내곤 산 위를 향해 부리나케 달렸다.

등을 떠밀린 한석은 내키지 않았지만 에잇, 하며 달음박질하기 시작했다. 언 땅을 발로 두드리는 소리가 바람살과 함께 양쪽으로 퍼졌다.

"젠장! 갈라져서 뛰고 있다."

"여자만 쫓아! 소리가 더 가벼운 방향으로!"

아란은 달리던 발을 더 분주히 놀리면서 산 위를 올랐다. 일다경만 뛰면 따돌릴 수 있을 거라 생각했지만 원래 세상일은 계획대로 되지 않는 법이었다.

아란은 한 식경 내내 목멱산을 달려야 했다. 저들은 무예로 단련된 무인이었다. 그러다 이상한 일이 생겼다. 아란을 뒤쫓던 이들이 돌연 추적을 멈춘 것이다. 오히려 아란이 그들의 뒤를 밟는 형국이 되었다.

저들은 한석과 헤어졌던 목멱산 자락으로 돌아갔다. 지친 아란은 족히 두 장(丈)은 될 법한 높은 소나무 위에 올라 나뭇가지를 힘껏 움켜쥐었다.

높은 곳에 오르자 사방이 시야에 들어왔다. 저들은 근방에 몸을 숨기고 있었는데, 다행히 산자락에 관심이 쏠려 아란을 눈치채지 못했다.

저 정도 무예 실력이라면 왈패가 아닐 거야.

제대로 훈련받은 무관이었다. 병조가 생각나는 건 비약적인 연상일까.

조금 전 여인이 두려워하던 동티는 저들인 것 같았다. 그녀는 저들이 이곳을 지키고 있다는 걸 알고 있었던 걸까? 왜 저들은 산에 오르는 길목을 지키고 있는 걸까. 대체 뭘 하려고?

눈이라도 오려는지 하늘이 흐렸다. 붙박이별과 초승달도 오늘은 보이지 않았다. 칠흑 같은 하늘 아래, 멀리 환하게 빛나는 한성 땅이 보였다.

붉은빛 하나가 마지막 민가에서 벗어나 천천히 이쪽으로 다가왔다. 빛은 금세 목멱산 자락에 맞닿았다.

붉은 꽃을 그려 넣은 지초롱.

초롱불에 언뜻 밝혀진 그 모습은 아란도 아는 사람 같았다.

***

"지금 저를 버리고 어디로 가신다고요?"

"비약이 심한데, 형을 버리긴 뭘 버린……."

"형?"

송경은 감동했다는 눈빛으로 윤오를 바라보았다.

어쩐지 눈물이 그렁그렁 차오르는 것 같은데, 이건 착각이겠지…….

윤오는 괜히 쑥쓰러워 입을 꾹 다물었다.

둘이 선 곳은 오문(吾門, 경복궁 정문) 앞이었다. 벌써 궐에 화붕(火棚, 불놀이를 하기 위해 세우는 무대)을 세워 화희를 시작했는지 멀리서 시끌벅적한 소리가 전해졌다.

윤오는 오가는 사람들을 흘깃거리며 헛기침을 했다.

"금일 입궐해 야회(夜會)에 참석하는 이들은 정이품 이상의 고관대작이 아닙니까. 나리는 정삼품 도정이긴 해도, 성상의 육촌아우이니 묵은세배를 하러 가실 수 있겠지요. 하지만 저는 아닙니다. 서경

(署經, 관리 임용 시 대간의 서명을 거치던 제도) 때 말이 얼마나 많았습니까. 괜한 말을 더 만들고 싶지 않습니다."

송경은 목소리를 낮추며 말했다.

"그래서 서로 한 발씩 양보해 감찰 자리를 준 게 아닙니까. 솔직히 말해 탄핵과 서경도 못 하는 감찰이라니, 그게 가당키나 합니까? 그러니 판부사 그놈이 만만하게 보고 검안 따위나 시키는 겁니다. 혹시 누가 알아보기라도 할까 저어하시는 거라면, 걱정하지 마십시오. 오히려 더 의심하지 않을 겁니다. 죽은 대군을 닮아 성상께서 마음을 쓰시는구나, 하고 넘어갈 거라니까요?"

그게 더 문제일세. 어찌 나랏일을 친분에 따라 할 수 있단 말인가.

정육품 감찰이 입궐해 궁중 연회라도 참석하는 거냐며 비아냥거렸던 한석의 목소리가 귓가에 선연했다. 틀린 말이 아니었다. 한성 제일가는 개차반도 알고 있는 상식인 것이다.

중인 감찰관 김윤오가 머물 곳은 궁이 아니라는 것을.

그는 대군이 아닌 중인 감찰관이었고, 한성부로 파견되어 검험 업무를 행하는 검험관이었다.

윤오는 씁쓸하게 웃으며 허리를 굽혔다.

"이만 가보겠습니다. 새해에 뵙지요."

송경은 그를 부르려 했지만, 오문에 들어서려던 관리가 다가와 아는 체를 하는 바람에 윤오의 멀어지는 뒷모습을 곁눈질로 볼 수밖에 없었다.

윤오는 그 길로 한성부로 돌아갔다. 대군 이종이 아닌 중인 김윤오가 있어야 할 곳으로.

윤오는 곧장 아란을 찾았다. 같이 좀 가자는 아란의 말을 거절한 게 마음에 걸렸고, 아란의 뒤를 득달같이 따랐던 한석의 모습도 신경이 쓰였다.

마침 마주친 초성이 그녀의 행방을 알려주었다.

"목멱산에 갔어요. 금일 거기서 괴뢰희를 한대요."

"괴뢰희요?"

초성은 한양 땅에 파다하게 퍼진 괴뢰희 소문을 이야기해줬고, 윤오는 복잡한 표정으로 담 너머를 바라보았다.

하늘이 새카맸다.

지초롱을 빌린 뒤 다급하게 밖으로 나섰다.

초성이 해준 이야기가 목에 박힌 생선 가시처럼 마음에 걸렸다.

흥수도 이 이야기를 들었다면, 괴뢰희 상연자를 죽이려 할 것이다. 어쩌면 그 반대일지도 몰랐다. 흥수가 함정을 파놓고 일부러 소문을 퍼뜨린 걸지도. 뭐가 되었든 파란이 일어날 것은 자명했다.

위험해.

하지만 혼자 힘으로는 막을 수 없었다.

윤오의 발걸음이 땅에 박혔다가 도로 되돌아갔다. 윤오는 한성부 관청으로 돌아가 병방을 주관하는 윤판관을 찾았고, 다행히 그는 아직 낭청대청 안에 있었다.

상황을 설명해주자 그는 무뚝뚝한 말투로 알겠다고 말하더니 즉시 집무실을 나섰다.

윤오는 후문으로 나와 달리기 시작했다.

아란 낭자는 괜찮을까?

갑자기 머릿속이 새하얘지는 기분이었다.

***

윤오를 발견한 건 아란만이 아니었다. 몸을 숨기며 아래를 지켜
보던 괴한들이 쑥덕거렸다.

"옷 입은 거 보니까 양반 같은데."

"뭐 하는 놈인지 내려가서 확인해볼까?"

"대충 둘러대서 돌려보내. 괜히 아까처럼 오지랖 부리며 나서지
말고. 우리 임무는 사람들의 입산을 막는 거야."

그러자 한 괴한이 변명하듯 말했다.

"아까 그 여자는 죽은 이의 가족인데다가 반 시진 내내 수상하게
서 있었잖아. 누굴 기다리는 것처럼 말이야. 산에서 달리는 속도는
또 얼마나 빨랐어?"

다른 괴한이 핀잔을 주었다.

"결국 엉뚱한 사람만 쫓은 주제에 말이 많네. 새우젓이나 떼다 파
는 여자가 그렇게 빨리 달릴 수 있었겠어? 네놈이 괜히 뒤쫓자고해
서 긁어 부스럼 만든 거야."

그때 어둠 어딘가에서 낮은 목소리가 들렸다.

"멍청한 놈들. 다른 길목 둘러보고 온 사이에 사고를 쳤구나. 쓸
데없는 짓거리하지 말고, 미리 일러주었던 대로 해."

아란은 순간 눈을 치켜떴다. 잠시 생각을 더듬다가 목소리 주인
이 누군지를 깨닫고는 바로 매서운 눈매로 아래를 노려보았다.

어둠 속에서 희미한 모습을 드러낸 남자가 홀로 산길 옆 바위 뒤
에 앉았다.

저자는…… 연화방 피해자의 죽음을 감췄던 병조 관리였다.

212

괴한 중 한 명이 검을 내려놓고는 산자락을 향해 걸어갔다.

느긋하게 뒷짐까지 지고 산길을 내려간 그자는 윤오를 가로막으며 이야기를 나누는 것 같았다. 귀를 기울였지만, 들리는 건 돌개바람이 휘몰아치는 소리뿐이었다.

사내가 무슨 말을 했는지는 모르겠지만, 윤오는 물러서지 않았다. 그는 산에 오르기 위해 계속 걸음을 옮겼고, 사내는 그런 윤오의 앞을 연신 막았다.

바위 뒤에 앉아 있던 무관이 자리에서 일어났다. 허리의 패검이 바위에 부딪히며 둔탁한 소리를 냈다.

그 소리에 아란은 저도 모르게 움찔했다.

설마 사람을 죽이려는 건 아니겠지? 내가 나서더라도…… 무인들을 상대로 이길 수 있을까?

아니야. 전제가 잘못되었어. 저들과 싸워 이길 수는 없었다. 저들은 명철방 한량이 아니었다. 주먹 한 대 맞고 땅에 넘어져 한참이나 누워있을 이들이 아니었다.

그래도 아란은 나무에서 뛰어내렸다. 이대론 윤오가 위험해지니까.

그때 민가 쪽에서 와, 하는 소리가 들렸다. 횃불 수십 개가 일렁이며 이곳을 향해 파도처럼 몰려오고 있었다.

숨어 있던 무인들은 산자락을 향해 득달같이 달려갔다.

윤오를 막고 선 사내도 횃불들을 보고 당황했는지 고개를 돌려 산길을 올려다보았다. 이제 어쩌냐고 묻는 무언의 신호였다.

달려 내려오던 무관은 우뚝 걸음을 멈췄다.

신호를 보내자 따르던 이들도 일제히 멈춰 섰다.

아란은 출렁이는 주황빛 파도를 보았다. 횃불을 들고 달려오는 이들의 행색이 하나같이 이상했다.

두건을 묶고 붉은 고습을 입은 진자. 검은 옷을 입은 악귀. 가죽을 두르고 창을 들고 있는 방상씨까지.

저게 다 뭐지?

앞장서서 달리는 이는 한성부 본청 윤판관이었다.

내려오다 말고 멈춰 섰던 무관은 무인들에게 다시 따라오라고 손짓했고, 모두 모여 천천히 산밑을 향해 걸어갔다.

그사이 한성부 본청 사람들도 윤오 뒤에 와서 섰다.

횃불로 주변이 환해져 사람들 얼굴을 식별할 수 있었다.

윤판관은 헛기침을 하며 윤오 옆에 섰다가 음지에서 걸어나온 무관을 보고 아는 체를 했다.

"이게 누구인가. 승여사 장좌랑?"

승여사? 병조가 아니라 병조 소속 승여사의 관원이라고?

그곳은 의장(儀仗)이나 역참(驛站)을 관리하는 곳이 아니던가.

장좌랑은 검지로 아랫입술을 긁으면서 시선을 내리더니 선웃음을 치며 말했다.

"한성부 관관 나리께서 여기는 어쩐 일이십니까. 한성부 본청은 섣달그믐을 맞아 야유회를 하나 봅니다. 이를 어쩌지요. 지금 목멱산에는 오를 수 없습니다. 모두 돌아가시지요."

윤오는 이때다 싶어 다그치듯 물었다.

"무슨 연유로 입산을 막는 겁니까."

장좌랑은 잠시 윤오의 얼굴을 보다가 이내 그를 알아보고 말했다.

214

"아, 한성부에서 검안을 맡았다는 감찰이로군. 자네도 괴뢰희를 보러 온 건가?"

윤오의 표정이 순식간에 굳었다. 저자는 자신이 목멱산 검안을 맡았다는 걸 알고 있다.

"입산을 막으시는 이유가 소문 속 괴뢰희 때문입니까?"

"그게 아니면 뭐겠는가. 병판 나리께서 그 소문을 듣고 매우 괴로워하셨지."

"괴로워하셨다고요?"

"금쪽같은 자식이 비명횡사한 것도 청천벽력 같은데 그 일을 가지고 누군가 이야깃거리로 만든 게 아닌가. 연희 소재로 쓰였는데 기분이 좋겠는가."

"하지만 누가 흉수인지를 밝힌다고……."

"여보게. 그자가 정말 흉수의 정체를 알았다면 어찌 한성부로 찾아가 고하지 않았을까. 어찌하여 시친인 병판 대감을 찾아가지 않았는가, 이 말이네. 필경 다른 의도가 있는 게 분명하네. 그래서 병판께서 명을 내리신 걸세. 목멱산에 사람들이 오르지 못하도록 막고, 그자를 찾으라고 말이야."

"……."

윤오는 장좌랑의 말이 이치에 맞는다고 생각했는지 더는 반박하지 않았다.

그때 산 위쪽 어둠에서 살천스런 목소리가 울려서 퍼졌다.

"상연자의 의도가 어찌 되었든 검안과 관련된 일이니 이는 마땅히 한성부 형방 관할입니다."

산길을 내려온 아란이 그제야 모습을 드러냈다.

그녀는 목소리만큼이나 싸늘한 눈빛으로 장좌랑을 노려보았다.

*　*　*

둘은 횃불을 든 채 가파른 산길을 올랐다.

윤오는 걱정스런 눈빛으로 말했다.

"정말 저자들이 시친을 막았단 말입니까?"

"예, 똑똑히 그렇게 들었습니다. 두 번째 시신의 시친도 그래서 잡으려 했고요. 산길 입구에 선 채 반 시진이나 주저했다는 건, 그분도 산에 오르면 안 된다는 걸 알았다는 거겠지요."

"그 말씀은…… 병판은 괴뢰희를 상연하는 사람이 시친 중 한 명일 거라고 의심했다는 게 아닙니까?"

"증거는 없지만 그렇게 추론할 수 있을 것 같습니다. 혹은 시친이 들으면 안 되는 내용이 괴뢰희에 나오는 걸 수도 있고요."

"……."

"어쨌든 괴뢰희를 꼭 찾아야 할 것 같습니다. 남들이 보지 못하도록, 그것도 다른 시친들이 오지 못하도록 기를 쓰고 막는 걸 보니 상연자가 밝힌다는 홍수는 진짜일 것 같네요."

아란은 뒤돌아 산 아래를 내려다보았다.

주황색 빛으로 수를 놓은 듯 산자락이 밝혀져 있었다. 한성부 사람들은 산길 초입마다 황덕불을 피웠고, 승여사 종졸들은 어색하게 그 옆에 선 채 함께 몸을 녹였다. 장좌랑은 기어코 중졸들과 함께 산자락에 남았다.

괴뢰희 무대를 운반할 수 있을 정도로 넓은 산길은 제한적이었고, 승여사 사람들은 그동안 길목을 빠짐없이 지켰다고 했다. 수시로 산 위도 수색했기에 정좌랑은 괴뢰희 상연이 불가능하다고 확신하는 듯했다.

아란은 말없이 산길을 올랐다. 윤오는 하고 싶은 말이 있는지 아란을 곁눈질로 보며 입술을 달싹거리다가 흠, 헛기침을 하고 말했다.

"저기, 판관 나리는 어디로……."

"한판관 나리요? 목멱산에 당도하자마자 흩어졌습니다."

"아. 그랬군요."

그 뒤로 한참 동안 말은 이어지지 않았다. 아란은 어쩐지 윤오의 발걸음이 더 가벼워진 것 같다고 생각했다.

산길은 걸어도 걸어도 끝이 없었다.

"정말 여기서 괴뢰희가 상연되는 게 맞습니까?"

윤오는 거칠게 다듬어진 성벽에 몸을 기대며 물었다. 가쁜 숨소리에 짜증인지 의심인지 알 수 없는 감정이 엿보였다.

"벌써 삼경입니다. 한성 땅 안 목멱산은 다 뒤졌는데 아무것도 없지 않습니까."

윤오의 말에 아란의 두 눈이 햇살에 닿은 얼음 조각처럼 빛났다.

한성 땅 안 목멱산!

목멱산이라고만 했지, 한성 안 목멱산이라고는 하지 않았다.

목멱산을 가로질러 세운 성벽이니 성곽 밖도 목멱산은 목멱산이 아닌가.

아란은 휘휘 주변을 둘러보았다.

높은 나무. 성벽을 넘어갈 수 있을 만큼 높은 나무를 찾아야 해.

성벽 바로 위까지 가지를 뻗은 소나무 한 그루가 보였다. 바람에 휘어지며 자란 소나무였다.

"저 나무를 타고 성벽을 넘을 겁니다."

"예? 아니……."

"시간이 없습니다. 서두르십시오!"

아란은 후다닥 달려가 소나무를 타고 오르기 시작했다. 제법 튼튼한 가지 위에 올라앉아 아래를 내려다보자 어쩔 줄 몰라하며 위를 올려다보는 윤오의 모습이 보였다. 여러 번 휘어져 자란 나무라 해도 족히 이 장은 될 법한 높이였다. 그가 쉬이 올라올 수 있을 것 같지는 않았다.

"횃불을 주십시오. 저 혼자 가겠습니다."

아란은 윤오에게 건네받은 횃불을 쥐고는 다시 나무를 타고 올라 갔다.

기어가다시피 오른 다음 몸을 훌쩍 던져 성벽 위에 발을 디디고 섰다.

횃불을 건너편 아래로 던지자 불빛에 드러난 소나무 한 그루가 춤을 추듯 일렁였다. 아란은 발돋움을 한 뒤 그대로 몸을 던졌다. 세찬 바람이 귓가를 스쳤다.

솔잎 중 으뜸은 겨울 솔잎이라던데, 겨울 솔잎에 손을 찔리면 배로 더 아팠다. 아란은 신음을 흘리며 가지를 힘껏 붙잡았다. 아란의 무게에 나뭇가지가 순간 기우뚱했다. 나뭇가지가 가장 밑까지 내려왔을 때 아란은 손을 놓으며 땅에 내려섰다.

아란은 횃불을 다시 집어들고 성벽 건너편을 향해 소리쳤다.

"무사히 잘 건너왔으니 거기서 기다리지 마시고 하산하십시오."

하산해 성문을 지나 이쪽으로 오겠다는 윤오의 외침이 들렸다.

성문이 닫혔을 텐데 무슨 수로?

아란은 맘대로 하라고 외친 뒤 다시 산속을 걸었다.

어디서 개 짖는 소리가 들렸다. 계속 짖는 소리가 아니었다. 한 번 짖었다가 한참 뒤 다시 한 번 짖고 또 한참 뒤 다시 한번 짖었다. 마치 제 위치를 알려주기라도 하는 것처럼 규칙적으로.

소리를 들으며 숲을 헤집고 가는데 시야 끝에 붉은 불빛이 흔들렸다.

아란은 홀리기라도 한 듯 빛을 향해 달렸다. 개 짖는 소리가 더 가까워졌다. 짖는 간격도 조금 전보다 훨씬 더 짧아졌다. 숨이 차오를 때쯤, 갑자기 안개가 짙어지며 가시거리가 좁아졌다. 안개는 너울이 멈춘 바다처럼 산언덕을 뒤덮고 있었다.

짙은 안개가 사방을 채웠다고 했어.

저곳이 괴뢰희가 상연되는 곳이라고 확신한 아란은 안개 속으로 몸을 들이밀었다. 한 치 앞도 보이지 않았다. 눈을 감고 길을 걷는 것 같았다. 그때 다시 개 짖는 소리가 들렸다.

이번에는 쉬지 않고 계속 짖어댔다. 아란은 본능적으로 개가 있는 방향을 향해 걸어갔다. 깊은 안개 속 어드메였다. 들리는 소리를 방향 삼아 걸음을 옮기자 곧 넓은 공터가 나왔다. 타닥거리며 타오르는 모닥불 여러 개가 공터 안 짙은 안개를 흩어내면서 그 자리에 하얀 연기를 피워올렸다.

공터 안에는 사람이 있었다. 세 명. 총 세 명이었다. 젊은 남성 한 명, 젊은 아낙 한 명 그리고 진자 복장에 가면을 쓴 소년 한 명.

검은 개가 소년 옆에서 서성였다.

아란의 시선이 공터 중앙으로 향했다.

일각문만 한 무대. 상연자가 몸을 숨겼을 아래쪽은 당연히 나무로 막혀 있었고, 괴뢰 두세 개가 겨우 올라갈 법한 작은 무대는 텅 비어 있었다.

아란은 사람들에게 다가가 물었다.

"벌써 공연이 끝난……."

아낙이 고개를 도리질하며 검지를 제 입술에 대었다. 조용히 하라는 뜻이었다.

기다렸다는 듯 음산한 웃음소리가 무대에서 흘러나왔다.

웃음은 곧 울음이 되며 괴뢰희의 시작을 알렸다.

***

얼굴에 피칠갑을 한 목우의 눈알이 빙그르 돌았다. 목구멍에서는 울음소리와 함께 끄르륵끄르륵 가래 끓는 소리가 났다.

목우의 눈알이 섬뜩하게 움직이다 아란의 눈과 마주쳤다. 움직임이 너무 생생해 육괴뢰(肉傀儡, 어린아이가 인형 분장을 하고 하는 괴뢰희) 같았다.

"엄마."

목우는 말을 했다.

"여기 너무 덥다. 한여름에도 시원한 그 냉한 날씨가 그립다. 집에, 집에 가고 싶다. 인차 갈 수 있을까."

익숙치 않은 억양과 말투. 앳된 소년의 목소리였다.

첫 번째 시신?

목우는 곧 옛일을 재연했다. 목소리로 과거를 펼쳐냈다.

220

아이는 여느 날처럼 산을 뛰어다녔다. 나무에 올라 새둥지를 털고, 무성하게 자라난 야생초 사이에서 밀을 찾아내 그 알곡을 뜯어 입에 넣고 씹었다. 평소와 다름없는 날이었지만, 누군가 소년 앞에 나타났다.

아이는 영문도 모른 채 알 수 없는 곳으로 붙들려 갔고, 그자는 아이에게 병졸복을 입혔다. 자신처럼 잡혀 온 건지 아니면 원래 병졸인 건지 알 수 없는 이들과 함께 아이는 걷고 또 걸었다.

아주 멀리까지.

풍경은 달라졌고, 사람들이 쓰는 말도 바뀌었다.

아이는 깊은 산 속에 숨겨진 창고로 끌려갔다. 그곳에 아이들이 있었다. 가족이 그립고 집이 그리웠지만, 비슷한 또래들이 있어 울지는 않았다. 언젠가는 집에 돌아갈 수 있겠지. 그렇게 애써 버텼지만, 결국 집에 돌아갈 수 없다는 걸 깨달았다.

노비가 되어 살 수는 없어.

팔려 가기 전날, 아이는 탈출을 시도했다. 고향 땅으로 돌아가겠다고, 가족에게 가겠다고 결심했다.

북으로 북으로 가다 보면 언젠가는 닿겠지.

결심은 아이의 목숨을 앗아갔다. 아니, 아이의 목숨을 앗아간 건 결심이 아니라 그들이었다.

소아(少兒, 10~15살 아이)를 잡아 와 잠시 키우다 다른 지역에 노비로 팔아버리는 인간 장사꾼들.

목우는 한참을 목 놓아 울다가 갑자기 낄낄거리며 웃었다. 판이 해진 목소리로 다른 이야기를 하기 시작했다.

목우는 중년 남성이 되기도 했고, 젊은 남성이 되기도 했다. 목 졸려 죽고, 연기에 질식해 죽고, 목이 베여 죽었다. 목우의 눈이 화가 난 것처럼 벌게졌다. 하얗게 칠한 눈알에 찍은 검은 점이 흰자위와 함께 붉게 물들었다.

아란은 손가락으로 목우의 목소리를 세었다.

다섯 개. 소년의 목소리까지 합치면 총 다섯 개였다.

희생자는 여섯. 아직 익사한 허청이 나오지 않았다.

갑자기 목우의 머리끝에서부터 검은 피가 흘러내렸다. 피는 목우의 얼굴을 적시고 몸을 적시며 무대를 뒤덮었다. 목소리 네 개가 앞다투며 말했다.

"흉수다."

"흉수!"

"네 놈이 우릴 죽였어!"

"흉수가 왔어!"

흉수? 아란은 본능적으로 주위를 훑어보았다.

달빛도 몸을 감춘 어두운 밤, 타닥타닥 타오르는 모닥불, 공터 너머에서 넘실거리고 있는, 천지를 집어삼킬 듯 자욱하게 피어난 안개. 그리고 사람들과 개 한 마리뿐이었다.

사내와 아낙은 서로 아는 사이인지 손을 꼭 맞잡고 있었다. 흉수라는 말 때문일까. 이들의 얼굴에 두려움이 엿보였다.

고개를 좀 더 돌린 아란은 가면을 쓴 진자와 눈이 마주쳤다. 진자는 천천히 손을 들더니 조용히 무대를 가리켰다.

아란의 시선이 다시 무대로 향했다. 목우가 나무로 만든 제 손을 들어 올리는 게 보였다. 손은 곧 목을 졸랐다. 목우는 목이 졸려 껙껙 대면서도 끅끅거리며 웃었다.

"네 놈들도 누군가에게는 흉수였잖아? 사람 팔아 돈 벌고, 사람 죽여 돈 벌 때는 그 생각을 안 했나 보지? 제가 한 짓은 기억하지 못하고 남이 제게 한 짓만 기억하다니. 무고한 척하는 게 참으로 같잖아."

"닥쳐! 허청, 네 놈은 지옥에서 불타야 해."

"왜 이래. 같은 지옥에 있으면서. 독사 지옥에 지옥 불이 어딨다고."

흉수가 허청이라고?

끊어졌던 줄이 이어지며 매듭을 짓는 느낌. 서늘한 기분이 등줄기를 훑었다.

허청, 그자가 범인이라면 모든 걸 연결 지을 수 있었다. 목멱산 석빙고, 훈련관 피해자. 그러니 시친들도 협조를 하지 않았던 거겠지. 복검 때 분위기가 왜 그랬는지 이제야 이해가 갔다.

어쩌면 그들도 제 가족이 허청 손에 죽었다는 걸 어렴풋이 알았을지도 몰랐다. 두려움에 입을 다물었겠지. 병판이 진상을 덮기 위해 살인멸구를 한다면, 살아남은 가족들의 목숨도 보전할 수 없으니까.

민초가 괜히 민초던가. 풀처럼 살아야만 살아남을 수 있는 존재였다. 누가 짓밟아도, 소리 없이 쓰러지며 누워있어야만 했다. 살아 있는 사람인데도, 죽은 이처럼 살아야 하는 게 민초의 삶이었다.

그리고 병판은⋯⋯. 그는 자기 자식의 죄과를 덮어야만 했을 것이다. 이미 죽은 자식을 되살릴 수는 없으니 남은 명예라도 지켜야 할 수밖에. 살인범, 인신매매범 같은 파렴치한 범법자보다는 흉수의 손에 목숨을 잃은 희생자가 더 낫다고 생각한 걸까.

그래서 서둘러 검안을 접으려고 했던 걸까.

아란은 한 걸음씩 나아갔다. 어쩌면 상연자는 내부 사정을 잘 알고 있는 사람일지도 몰랐다. 목숨이 위험해질지 모르니 자기 몸을 숨기면서도 일부러 괴뢰희로 소문을 내 단서를 주려는 걸지도 몰랐다. 진실을 알리기 위해서.

이자를 설득한다면, 이자를 병판으로부터 보호해 증인이 되게 한다면, 그럼…….

"누가 저를 죽였는지도 모르는 반푼이가!"

잇새로 새 나오는 바람처럼 갈라진 목소리가 무대 바로 앞까지 다가온 아란을 멈춰 세웠다.

허청이 그들을 죽였다면, 허청을 죽인 사람은 누구지?

"누가 모른다는 거야!"

목우는 말을 뱉은 뒤 공터 쪽으로 고개를 돌렸다.

붉어진 눈동자가 빙그르르 돌자 무대 위쪽에서 갑자기 불이 터졌다. 줄불이었다.

치치칫, 소리가 고막을 울리고, 붉은 꽃이 검은 허공에서 쏟아졌다. 낙화(落火)가 치마로 튀자 아란은 엉겁결에 뒤로 물러섰다.

목우의 눈동자가 좌우로 요란스레 움직였다. 딱 멎은 시선이 아란에게 닿았다.

"바로 여기 있잖아."

아란은 흠칫 놀랐다. 나무를 깎아 만든 눈동자 같지 않았다.

살아 움직이는 듯한, 적의로 가득 찬 눈빛이었다.

아란은 달려가 무대 뒤를 보았다. 상연자가 누구인지 밝혀야만 했다.

그런데 그곳은 텅 비어 있었다.

원래부터 아무도 없었다는 듯 상연자는 흔적도 없이 사라져버렸다.

이럴 수가!

머릿속이 시끄러운 폭죽 소리로 어지럽더니 뒤통수에 둔탁한 통증이 느껴졌다.

아란은 그대로 앞으로 꼬꾸라졌다. 희미해지는 시야 사이로 붉은 바지 끝단이 보였다.

진자, 진자……

까물거리던 의식은 금세 점멸했다.

***

누군가 몸을 흔드는 것 같았다.

소스라치게 놀라며 깨어난 아란은 무작정 손을 뻗어 상대의 목을 움켜쥐었다.

"아란 낭자."

아란은 눈을 질끈 감았다 다시 뜨며 상대의 얼굴을 확인했다.

윤오. 윤오였다.

"어떻게 제가……"

아란은 금세 기억을 떠올렸다. 정신을 잃기 전, 아란은 괴뢰희를 보고 있었다. 상반신을 일으키며 황급히 주변을 둘러보니 꺼진 모닥불이 가장 먼저 눈에 들어왔다. 까맣게 타버린 숯은 바람이 불 때마다 붉은 잔불을 피웠다. 무대는…….

무대는 좀 더 떨어진 다른 장소에 있었다. 숯덩이가 된 채로.

진자는? 사람들은?

자리에서 일어나자 머리가 땅해지며 천지가 빙글 돌았다.

윤오는 얼른 아란을 부축했다.

아란은 정신을 차리기 위해 찬찬히 도리질을 했다.

"이곳에…… 아무도 없었습니까?"

"없었습니다. 불길이 일어난 걸 보고 달려왔는데, 낭자 홀로 누워 있었습니다. 대체 어찌 된 일입니까?"

"……괴뢰희를 보았습니다."

"괴뢰희를요?"

"괴뢰희에서 허청이, 허청이 다른 이들을 죽였다고 했습니다. 첫 번째 시신인 소년은 납치되어 노비로 팔릴 뻔한 아이였고, 다른 희생자들도 다 허청에게 살해당한 거라고요."

괴뢰희에서 보았던 내용을 차근차근 설명해주었다.

윤오의 표정이 사뭇 심각해졌다.

"그게 사실이라면, 심각한 일입니다. 아이를 납치해 키우다가 노비로 팔다니요! 게다가 사사로이 병조를 움직여 범죄를 저지른 게 아닙니까!"

승여사는 의장과 역참을 관장하니 일부 병력과 교통을 동시에 쥐고 있었다. 납치한 아이들에게 병졸의 옷을 입혀 다른 지역으로 이동시켰다는 건 병조, 그 중에서도 승여사를 움직였다는 뜻이었다.

아란은 잠시 고민하다가 다시 입을 열었다.

"무당골 '들'에서 처음 뵀을 때를 기억하십니까?"

아란은 차분하게 연화방과 창선방에서 있었던 일을 말해주었다. 장좌랑이 어떻게 검안을 막았는지, 훈련관 희생자가 그때 검험했던 과부를 죽인 흉수라는 것도.

어쩌면 이 모든 게 관련이 있을지도 모른다고.

윤오의 낯빛이 머리 위 밤하늘처럼 어두워졌다. 그는 잔뜩 가라앉은 목소리로 물었다.

"그렇다면 낭자는 훈련관 검안도 목멱산 검안과 관련이 있다고 생각하시는 겁니까?"

"죽은 이들만 허청과 손을 잡지는 않았을 겁니다. 죽지 않고 살아남은 이도 있겠지요. 한 명일 수도 있고, 여러 명일 수도 있습니다. 박춘혁이 왜 하필 그 시간, 그 장소에 있었겠습니까. 그것도 인간 과녁이 되어서요. 흉수는 그 자리에 있던 이들에게 하고 싶던 말이 있었던 겁니다."

"함부로 입을 놀리다가는 이자처럼 될 것이다?"

아란은 말없이 고개를 끄덕였다.

병판 허욱규의 짓이라고 생각했지만, 구체적인 증거가 없으니 아직은 말해줄 수 없었다. 일단은 증거를 모아야 했다. 죽은 허청 외에 확실하게 연결된 고리를 찾아야 했다.

목우가 마지막으로 했던 말이 느닷없이 떠올랐다. 자신을 죽인 흉수가 바로 여기에 있다.

***

윤오는 한사코 아란을 데려다주겠다고 나섰다.

아란은 찢겨 너덜너덜해진 윤오의 옷을 보며 말했다.

"어쩌다 그리되신 겁니까?"

"손으로만 나무를 올라타는 게 쉽지 않더군요. 그래서 옷을 벗어 밧줄처럼 썼습니다."

"……그래도 겨울옷이라 두터워서 아예 찢어지지는 않았네요."

"그렇지요?"

윤오가 정말 다행이라는 듯 웃자 아란은 할 말이 없어져 그냥 입을 다물었다.

둘의 발걸음이 어느새 유란방에 닿자 윤오는 갑자기 걸음을 멈추었다.

"홍제원 민가 검안과 훈련관 검안은 곧 마무리가 될 것 같습니다. 시친 측에서도 더는 수사를 원하지 않고, 증거도 간인도 없어서……. 신소윤 나리가 당상대청과 낭청대청을 분주히 오가며 말을 전하는 걸 보니, 윗분들도 그만 접기를 바라시는 것 같습니다."

윗분들. 여기서 말하는 윗분들이 누구인지는 자명했다. 판한성부사 정수헌.

"목멱산 검안은 어찌 되는 겁니까?"

"당분간은 접을 수 없을 겁니다. 성상도 주목하는 사안이라……."

나라에 정해진 법도가 없으니 검험은 관리의 재량으로 이루어졌다. 검안을 접는다고 해도 막을 방법은 없었다. 이렇게 나라님의 관심이나 얻으면 모를까. 그러나 그런 관심도 금세 꺼지는 거품이었다. 나랏일을 법도가 아닌 재량으로 하다니. 그럼 법은 대체 나라에 왜 있는 것인가.

대문 안에 들어서자마자 퀭한 눈을 한 연희가 보였다.

연신 하품을 하던 연희는 아란의 팔에 팔짱을 끼며 귓속말을 했다.

"누구야, 저 남자?"

둘을 지켜보고 있었던 모양이었다.

"사헌부 감찰."

연희는 예의상 물어본 거라는 듯 대답을 들은 체 만 체하며 바로 용건을 꺼냈다.

"응, 그렇구나. 그런데 내가 말한 건 구했어?"

아란은 품에서 서책을 한 권 꺼냈다. 서사서리 금동에게서 받아 온 《세원집록》이었다.

"여기."

연희의 얼굴에 따스한 미소가 걸렸다.

"아버지한테 빼앗긴 뒤로 읽지도 못했잖아. 이럴 줄 알았으면 달 달 외워버리는 거였는데."

"내 조건도 잊지 마."

연희는 알겠다며 연신 고개를 끄덕였다.

"필사 여섯 본. 맞지?"

"응."

바로 별당으로 가려는데 그만 행랑채 앞에서 정준완에게 걸리고 말았다.

언제부터 기다렸는지는 알 수 없었지만, 그의 표정에 서린 것이 노기라는 건 분명해 보였다. 그는 대뜸 다가와 아란의 어깨를 움켜 잡았다.

"연희, 넌 먼저 들어가 있거라."

연희가 내키지 않는다는 듯 머뭇거리자 아란은 괜찮다는 듯 고개를 끄덕였다.

"그럼 행랑채 끝에서 기다릴게."

"왜! 내가 이 아이를 잡아먹기라도 할 것 같으냐!"

연희는 한심하다는 눈으로 정준완을 보더니 고개를 절레절레 흔들며 자리를 떠났다.

아란은 어깨에 닿은 정준완의 손을 먼지 털듯 쳐냈다.

정준완의 입에서 당혹스런 말이 나왔다.

"한씨 가문 차남이 찾아왔다. 네가 집에 잘 돌아왔는지 궁금하다고, 와서 두 시진이나 머물다 갔지."

"한판관 나리요?"

"대체 뭘 하고 다니기에!"

정준완은 말을 멈추고는 아란의 낯빛을 살폈다. 아란은 좀 의외라고 생각하면서도 딱히 궁금해하지는 않는 것 같았다.

"하긴, 네가 뭘 하며 다니겠느냐. 시신이나 만지며 다니겠지. 넌 산 자에게는 관심이 없는 아이니까. 시신이 되어 나타나지 않는 이상, 너도 다른 이에게는 관심이 없을 거야. 그렇지?"

"……"

아란이 대답하지 않자 정준완의 눈빛이 매섭게 변했다.

"네가 그리 좋아하는 시신 놀음도 이제 더는 하지 못할 게다."

차분하던 아란의 눈빛이 순간 흔들렸다.

"그게 무슨 말씀이십니까?"

"가문 망신을 시킬 수는 없지 않느냐. 검험 산파 생활도 이제 곧 끝이야. 부친께서 요즘 병판대감과 교류하고 계시거든. 붕당에는 관심도 없는 올곧은 분이 아니더냐. 그런 부친께서 허씨 가문과 교류하신다는 것이 무슨 뜻이겠느냐. 혼약을 맺으시려는 거지. 곧 연희가 혼인을 할 모양이다."

올곧다고? 그자가?

어이가 없어 실소가 나올 지경이었다.

근데 정수헌이 허씨 가문, 아니, 병판 허욱규와 교류를 하고 있다고? 언제부터?

이건 전혀 예상치 못한, 새로 그어진 선이었다.

***

몇 년 전까지만 해도 아란은 허구한 날 정수헌의 뒤를 쫓았다. 그가 저지른 죄의 증거를 찾고 싶은 마음이 간절했으니까. 하지만 그는 그림자 같은 사람이었다. 어두울 때는 모습을 드러내지 않았고, 밝을 때도 윤곽으로만 드러났다.

도저히 숨겨진 형체를 파악할 수 없었다. 그림자란 맞닿을 수는 있어도 잡을 수는 없는 존재였다.

그래서 아란은 잡을 수 없는 그림자를 쫓는 대신 보고 듣고 만질 수 있는 검험을 붙잡았다. 최소한 검험은 무언가를 바꿀 수 있을 것 같았다. 불확실한 사실을 확신할 수 있게 해주거나 불명확한 상황을 명료하게 만들어주니까.

아란은 오랜만에 그림자를 다시 쫓았다.

요 며칠 정수헌의 뒤를 밟으면서 아란은 그가 하청하자마자 어디를 찾는지, 만나는 이는 누구인지를 확인했다. 이게 다 정준완의 충고를 가장한 경고 때문이었다. 아니, 덕분이라고 해야 하나.

붕당을 이루는 데 관심이 없다는 올곧은 대감께서 대체 무슨 바람이 불어 허씨 가문과 교류를 하는 걸까. 설마 정준완의 생각처럼 진짜로 혼약이 오가는 건 아니겠지?

허청이 허씨 가문의 삼대독자나 사대독자는 아니지만, 그래도 병
판의 외아들이었다. 가문에서 제일가는 권력자가 아들을 잃었는데
아직 천도재도 끝내지 못한 상황에서 다른 가문에 매파를 보내 혼
약을 진행하는 사람은 없을 것이다.

아란은 그래서 정준완의 생각이 틀렸다고 생각했다. 필경 다른
이유가, 다른 목적이 있을 것이다.

아란이 관찰한 바에 의하면, 정수헌은 근래 사람을 만나지 않았
다. 호방과 예방 그리고 형방에 여러 문서를 요구해 밤새 들여다보
곤 했는데 마치 무언가를 찾는 데 몰두하는 듯했다.

호방에 요구한 문서는 성저십리를 포함한 한성부 호적 자료였고,
예방에 요구한 문서는 이제껏 예방이 진행하다 실패했던 혼인 주선
에 관한 자료였다.

마지막으로 형방에 요구한 문서는 일 년 치 험장이었다. 그렇게
며칠 동안 문건을 들여다보던 정수헌은 자료를 모두 원래 있던 곳
으로 돌려보냈다.

그날 저녁, 황혼빛이 썰물처럼 빠져나가고 어둠이 천지를 물들일
때, 정수헌은 백악산 정자에서 허욱규를 만났다. 이 추운 겨울날 야
외에서 그것도 연회도 없이. 결코 친목을 위한 만남은 아니었다.

그 자리에는 장좌랑도 있었다. 무예에 능통한 장좌랑이 버티고
있어 대화를 들을 수 있을 만큼 가까이 다가갈 수는 없었다.

대신 아란은 그 길로 한성부로 돌아갔다. 정수헌이 훑어본 문서
에 단서가 남아 있을 테니까.

호방, 예방, 형방의 자료라.

아란은 정수헌이 세 방의 자료를 한꺼번에 요구한 것은 남의 이

목을 속이기 위해서라고 생각했다. 형방 자료만 찾기에는 눈치가 보였을 것이다. 어쩌면 병판의 눈과 귀가 한성부에도 있을지 모르니까. 동부 오작이 장좌랑과 손을 잡은 것처럼 본청에도 누군가 있을지도.

정수헌도 무언가를 눈치챈 걸까?

허욱규가 검안 진행을 원하지 않는 이유가 따로 있다는 것을! 그는 어디까지 알아냈을까?

"자, 네가 찾아달라고 한 거."

금동이 현고를 찾아와 아란에게 얇은 종이뭉치를 건네주었다.

아란은 두 손으로 종이를 받아서는 두께를 가늠해보았다. 총 서른 장은 될까. 다 한 장짜리 험장이었다. 대충 훑어봐도 내용을 알 수 있을 만큼 지나치게 간략하게 적힌 험장.

익사로 자살. 병사로 자연사. 교살로 타살. 복독으로 자살. 짧은 건 다섯 글자 남짓이었고, 긴 건 두 줄이었다.

일 년간 한성부에 보고된 험장 중 수상한 험장을 찾아달라고 했더니 금동은 험장이라고도 할 수 없는 걸 가져온 것이다.

"이딴 험장을 문보(文報)라고 올리는 곳도 있습니까?"

"그렇지 뭐. 한성부 사람들이 다 너나 최참군 나리 같은 줄 아냐?"

아란이 못마땅하다는 눈빛으로 고개를 끄덕이자 금동은 말했다.

"그나저나 이런 건 찾아서 뭐에 쓰려고? 괜히 일 벌이지 마. 보면 너도 참 고생을 사서 하더라."

검험산파로 일하면서 따로 녹봉을 받는 것도 아니고 몰래 검시할 때는 사비로 법물을 사니 금동의 말도 틀린 건 아니었다. 뭘 알고 하는 말은 아니겠지만.

아란은 메고 온 보따리에 금동이 준 험장을 넣었다. 안에 담긴 법물이 딸그락거렸다.

금동은 그 소리를 듣고 눈을 흘겼다.

"뭐야, 너 이제 산파 안 하고 방물장수하냐?"

"왜요, 은비녀라도 하나 사시렵니까?"

"안 사. 네가 가진 은비녀는 죄다 시신 목구멍에 넣었다가 뺀 거겠지. 나 이만 간다."

"예, 알겠습니다. 그리고 그때 같이 말씀드린 것도 나중에 꼭 부탁드립니다."

금동은 고개를 끄덕이고는 현고 밖으로 나섰다. 열린 문 너머로 하늘이 보였다. 서쪽으로 기운 해는 어느새 지평선에 몸을 감추고 있었다. 아란은 보따리를 메며 밖으로 나갈 준비를 했다.

다시 밤이슬을 밟으며 검시해야 하는 때가 왔다.

독녀촌(獨女村)
실종사건

六章

벌써 정월대보름이었다. 보름 내내 한성에서는 수상하게 죽은 이가 없었다. 변사자가 없다는 건 분명 좋은 일인데도 폭풍 전야의 고요함 같았다. 괜스레 불안해지는 나날이었다.

한성부 형방은 자연스레 한가해졌고, 윤오와 아란 그리고 한석은 기존에 맡은 검안에 집중했다.

목멱산 검안, 홍제원 민가 검안, 훈련관 검안.

문제는 아무리 집요하게 파내도 얻어내는 수확이 없다는 거였다. 증거는 없고 관련인은 실로 입을 꿰맨 듯 함구했다. 엎친 데 덮친 격으로 윗분들까지 검안을 접으라 난리였다. 아란은 그럴수록 더 의심할 수밖에 없었다.

정수헌이 일 년 치 혐장까지 다 뒤진 걸 보면 분명 무언가를 찾아낸 걸 텐데.

현고 안 의자에 앉은 아란은 관자놀이를 꾹 눌러댔다. 후다닥거리는 가벼운 발걸음 소리가 들렸다. 저런 걸음걸이로 이쪽을 향해 걸어올 사람은 몇 명 없었다.

"네가 고자(庫子)냐, 왜 맨날 창고에 박혀 있어?"

주월이었다.

"무슨 일이야?"

"누가 널 찾아왔어."

"나를?"

"응, 협문 쪽으로 가봐. 노인네가 이 추운 겨울에 밖에서 전전긍긍하고 있으면, 무엇 때문에 그러시냐고 물어라도 봐야지. 인정머리 없는 놈들. 다들 쳐다도 안 보고 지나가더라."

누구지?

밖으로 나서자 입에서 하얀 숨이 아지랑이처럼 뻗어 나와 연기처럼 흩어졌다.

낡았지만 단정한 옷을 입은 백발의 노파가 협문 밖에서 서성이고 있었다. 산신 할멈이었다.

거꾸로 뒤집힌 아이부터 네 쌍둥이까지 못 받는 아이가 없다는 산파. 산파들 사이에서 삼신할매 중 하나인 산신이라 칭송받는 산파이자 아란의 스승이었다.

검험 산파가 되려면 일단 산파가 되어야 했으니까. 목멱산에서 살 때, 아란은 무턱대고 산신 할멈을 찾아가 산파 일을 가르쳐달라고 졸라댔다.

애가 어찌 애를 받냐며 펄쩍 뛰던 산신 할멈은 몇 달 뒤 백기를 들었고, 아란에게 산파 일을 가르쳐주었다.

"산신 할멈?"

"아란아!"

노파는 아란의 손부터 붙잡았다. 손이 얼음장처럼 차가웠다.

"얼마나 오래 기다리신 거예요?"

"아니야, 아란아. 내가, 부탁할 게 있어서 여기까지 찾아왔어. 내가 관아에 아는 사람이 너밖에 없어서……."

"부탁이요?"

아직 온기가 돌아오지 않은 손이 애타게 아란을 부여잡았다.

"독녀촌 사는 사람 하나가 어젯밤에 사라졌어. 관아에 신고를 해도 아무도 나서주지 않고……. 그렇게 갑자기 사라질 사람이 절대 아니거든. 네 일이 아니라는 건 알지만, 내가 부탁할 사람이 너밖에 없다."

수심 가득한 노파의 얼굴을 보자 아란은 일말의 고민도 없이 고개를 끄덕였다.

"짐을 가져올 테니 잠깐만 기다려주세요."

아란은 부리나케 현고로 되돌아갔다. 그사이 주월은 다모간으로 간 듯했다. 아란은 법물을 담은 보따리를 챙겨 몸에 묶었다. 오늘 밤에도 검시를 해야 하니까.

성저십리에 있는 독녀촌에 들려도 얼추 시간이 맞을 것 같았다. 어차피 무덤은 성저십리나 성저십리 밖에 있으니까.

밖으로 나서려는데, 윤오가 현고 안으로 들어왔다.

"어디 가십니까?"

"검안 때문은 아니고…… 아는 분이 도움을 요청하셔서요."

"도움이요?"

"네, 다녀오겠습니다."

아란은 현고 입구를 지나다가 우뚝 발걸음을 멈췄다.

"저기…… 나리도 같이 가시렵니까?"

***

독녀촌은 마을 이름처럼 여인만 모여 사는 마을이었다. 과부, 원녀, 노파 등 홀로 된 여인들만 모여 살다 보니 별의별 소문이 나돌았다. 음기만 고여서 암탉이 낳은 알에서도 수탉이 나오는 법이 없다든지, 뭐 이런 소문이었다.

한성부 예방을 주관하는 윤판관은 독녀촌이라는 말만 들으면 이마를 짚곤 했다. 노총각, 노처녀를 혼인시키는 게 한성부 예방의 주요 업무 중 하나였으니 노처녀가 모여 있는 곳은, 특히 독녀촌처럼 혼인할 생각이 전혀 없는 여인들이 모여 사는 마을은 그에게 요주의 장소인 셈이었다.

외부인이 들어오지 않고, 마을 사람도 좀처럼 밖으로 나가지 않는 곳이 독녀촌이거늘. 그런 마을에 사는 여인이 하루아침에 사라지다니. 참으로 이상한 일이었다.

산신 할멈은 아란과 윤오를 독녀촌으로 데려가면서 사라진 여인에 대해 말해주었다.

"성예가 독녀촌에서 살기는 해도 신분이 양반이야. 혼례가 끝난 뒤 합방도 하기 전에 신랑이 급사를 했대. 아이고, 그 젊은 나이에 과부가 된 것도 서러운데 이게 무슨 일이야."

"본가로 갔을 가능성은 없나요?"

"본가? 부모가 재가시키는 게 싫다고 여기로 도망 온 양반인데,

240

제 발로 돌아갔을 리는 없지."

"제 발로는 아니어도, 집에서 데려갈 수도 있잖아요."

"본가는 작년에 경상도로 옮겨갔어. 부친이 그쪽 관직을 받았다나. 다 같이 저녁 먹을 때만 해도 있었는데, 아침에 가보니 사람이 없어졌더래. 마을 사람들은 도깨비가 잡아간 거라고 수군거리고. 액땜해야 한다고 난리다 난리."

노랫소리가 들렸다. 마을 어귀였다.

산신 할멈은 여인들이 부르는 베틀가 소리를 듣고는 이제 생각이 났다는 듯 손뼉을 한 번 치더니 곧장 윤오를 보았다.

"정월대보름인 걸 깜빡했네. 이를 어쩌지."

아란은 고개를 갸웃거리며 물었다.

"왜 그러세요?"

"남부 지역에서 정월대보름에 하는 놀이인데, 독녀촌에서도 저걸 하거든. 올해는 사람까지 사라졌으니 제대로 하겠다고 다들 벼르고 있어."

뒤따르며 대화를 듣던 윤오가 물었다.

"그게 무슨 문제라도 있습니까?"

할멈은 손까지 휘저어가며 말했다.

"있지요, 큰 문제가 있어요. 저 놀이를 할 때는 금남(禁男)이라……."

"잠시 지나가는 것뿐인걸요. 괜찮을 것입니다."

아란의 말에 할멈은 뜨악하는 표정이었다.

"저기를 지나가겠다고? 아이고, 큰일 날 소리! 놋다리밟기를 할 때 남자가 지나가면 저기 있는 여인들에게 따귀나 실컷 맞을걸!"

"······따귀요?"

아란과 윤오가 동시에 되묻자 할멈은 고개를 끄덕였다.

"그게 규칙이지. 그러라고 하는 놀이라서."

그러고는 걱정스러운 눈빛으로 윤오를 보았다.

놋다리밟기는 여인들이 허리를 굽히면 공주로 선택된 여인이 그 위를 밟으며 지나가는 놀이였다. 이 놀이를 할 때는 절대 남성이 근처를 지날 수 없었다. 금남 지역에 온 남성에게 욕지거리를 하거나 귀싸대기를 때려 내쫓을수록 통쾌하게 놀았다고 보는 놀이이니 윤오가 그곳을 지났다가는 아마 올해 먹을 욕이란 욕은 다 먹을 게 분명했다.

윤오는 마른침을 삼키며 눈을 굴렸다. 독녀촌 여인들이 얼마나 기가 센지는 그도 익히 들어 알았다.

아란은 한숨을 내쉬더니 보따리에 손을 넣으며 뒤적거렸다.

"어쩔 수 없지요. 마을 어귀만 지나면 되는 게 아닙니까. 제 옷을 벗어드릴 테니 나리는 급한 대로 여장을 하십시오."

"여장이요? 제가 아란 낭자의 옷을 입으면 낭자는······ 무슨 옷을?"

윤오의 얼굴이 새빨갛게 물들었다.

아란은 보따리에서 무언가를 휙 꺼내며 말했다.

"저는 꾸러미에 항상 여분의 옷을 가지고 다닙니다."

보따리에서 나온 건, 피가 묻은 흰 소복이었다.

***

감색 누비치마에 자주색 누비저고리 차림을 한 윤오를 흘긋 보며 아란이 피식 웃었다.

머리카락을 다르게 틀어 올려 법물인 은비녀까지 꽂았더니 그 자태가 천생 여인이었다.

저러니 아무도 의심을 하지 않지.

윤오도 아란이 입은 흰 소복치마를 곁눈질했다. 누가 봐도 수상스러운 소복 차림인데 어찌 된 일인지 아무도 관심을 기울이지 않았다.

게다가 치마 밑단에는 점점이 혈흔까지 번져 있는데…….

사라진 여인이 살던 방에 도착해 궤를 열어본 윤오는 지나는 말로 물었다.

"누가 봐도 수상한데 무사히 안으로 들어왔네요."

"나리가 여인처럼 고우니 그런 게지요."

윤오는 아란의 칭찬에 눈빛이 다 흔들렸다. 그는 떠듬떠듬 말을 이었다.

"그, 그게 아니라, 낭, 낭자의 복장이…….'"

윤오의 시선이 아란의 치마 끝을 향했다.

아란은 아래를 보고는 별거 아니라는 듯 말했다.

"이곳은 독녀촌 아닙니까. 소복을 입든, 색동저고리를 입든 아무도 신경 안 쓰는 곳입니다. 반촌(泮村) 같은 곳이라고 생각하십시오."

"치마에 피도 묻었는데요."

"아, 이거요. 이건 더 안 이상하지요. 매달 흘리는 게 피인데, 피 좀 묻은 게 뭐 대수라고요."

"네?"

뒤늦게 알아들은 윤오의 얼굴이 불에 달군 솥뚜껑에 끼얹은 물처럼 지글지글 끓었다.

아란은 문지방을 살피다 나무틀 언저리에 노란 종이가 끼워진 것을 보았다. 종이를 펼치자 불그스름한 빛을 띤 금빛 글자들이 드러났다.

어쩐지 잔향도 있는 것 같았다. 특이한 향이었다. 부적에 적힌 글자를 보던 아란의 눈빛이 묘해지다가 두 눈에 짙은 파문이 일었다.

아란은 윤오에게 부적을 건네며 말했다.

"금과 경면주사를 섞어 쓴 부적입니다."

윤오의 눈이 가늘어졌다. 한두 푼으로 쓸 수 있는 부적이 아닌데. 대체 무슨 부적이기에 이리 비싼 재료를 사용한 걸까.

"제가 무당골 무인들에게 물어보도록 하겠습니다."

윤오가 소매에 부적을 넣으려 하자 아란은 그를 만류했다.

"아닙니다. 더 확인할 게 있습니다."

아란은 윤오가 쥔 부적을 제 소매에 넣으며 말했다.

"마을분들에게 여쭤봐야지요. 큰 걱정거리가 있지 않는 이상 이런 부적을 그냥 쓸 것 같지는 않습니다."

그때 산신 할멈이 사라진 여인과 친분이 두텁다는 이를 데려왔다.

마당에 들어선 이는 남색 스란치마에 미색 삼회장 저고리를 차려입은 부인이었다. 독녀촌에 이런 사람이 산다고? 딱 봐도 대갓집 마님처럼 보이는데.

잠시 미간을 모았다가 이내 태연한 얼굴로 돌아간 아란은 툇마루에서 내려가 인사를 했다.

"한성부 형방 산파 아란입니다."

부인은 고개를 살짝 숙이며 맞인사를 했다.

"성의림입니다."

차분하고 냉정한 목소리였다.

"아란아, 이분은 우리 마을을 돌봐주시는 분이야. 독녀촌이 별다른 위험 없이 잘 유지될 수 있었던 건 다 이분 덕분이었어. 이 집 주인과도 각별한 사이고."

아란은 바로 소매 안에 있던 부적을 꺼내 내밀었다.

"잔향이 남아 있는 걸 보아 최근에 썼거나 계속 품에 지니고 있었던 것 같습니다. 이게 무슨 부적인지 아십니까?"

의림은 향을 맡아보더니 고개를 저었다.

"이 향은 성예가 쓰는 향이 아닙니다."

"그럼 부적을 썼다는 말은 들은 적이 없으신지요?"

"성예는 괴력난신을 믿지 않아요. 부적을 쓸 아이가 아니에요."

"어젯밤에 특이한 점은 없었나요? 사라지신 분이나, 마을에요."

"어젯밤에는 제가 마을에 있지 않아 잘 모르겠어요. 이곳은 드나드는 이가 많지 않은 곳입니다. 특이하다면 특이한 일이 많은 곳이지만, 평소와 다른 건 없었습니다."

"사소한 거라도……."

의림은 무언가를 생각해보다 떠오른 걸 말했다.

"이런 이야기가 도움이 될 것 같지는 않은데, 조금 전 놋다리밟기를 할 때 들으니, 그날 밤에 안개가 짙었다고 하더군요. 한 치 앞도 보이지 않을 정도로요. 마을 사람들이 자꾸 도깨비 이야기를 하는 것도 안개 때문입니다."

"안개요?"

아란은 의림의 얼굴이 더 안개 같다고 생각했다. 사라진 사람과 각별한 사이라더니 지나치게 담담한 얼굴이 마음에 걸렸다.

"그리고 얼마 전에 한성부에서 사람이 왔었습니다. 작년에 호구 조사를 했는데, 독녀촌만 따로 한 번 더 한다고 하더군요."

독녀촌만 따로 더 왔었다고? 호방이 아니라 예방에서 온 건가?

아란의 눈썹이 이지러진 그믐달처럼 일그러졌다가 도로 제자리를 찾았다.

"누가 왔었는지는 기억하십니까?"

의림은 간단히 고개를 저었다.

"혹시 무언가를 더 알게 되시면, 한성부 본청 형방으로 기별을 넣어주십시오."

"혹시 단서를 찾게 되면 꼭 제게도 알려주십시오. 마냥 기다릴 수는 없으니까요. 저도 제가 할 수 있는 걸 다해 성예를 찾을 것입니다."

목소리는 메말랐지만, 다부진 의지가 보였다.

윤오가 흠흠, 소리를 내며 방에서 나왔다.

문지방에 걸려 넘어질까 걱정이 되었던지 치마를 살포시 움켜쥐고 있었다. 아란은 그 모습을 흘깃 보았다가 바로 고개를 돌리며 못 본 척했다. 웃음이 터질 것 같았다.

"저분은…… 사헌부 감찰인 김윤오 나리입니다. 복장은…… 늦다 리밟기 때문에 잠시 여장을 하신 겁니다."

아란은 윤오를 소개하다가 그녀의 표정을 보고 눈을 가늘게 떴다.

시종일관 담담하던 의림의 얼굴이 느닷없이 새파랗게 질려 있었다. 귀신이라도 본 것처럼.

"성함이 김, 김윤오라고 하셨습니까?"

시선 끝이 집요하게 윤오의 행색을 훑었다.

윤오는 그녀의 시선이 부담스러웠는지 묵묵히 고개만 끄덕였다.

산신 할멈이 아란의 손을 붙잡으며 꼭 좀 찾아달라고 다시 당부하자 아란은 할멈의 손을 마주 잡으며 답했다.

"할멈, 걱정 마세요. 최선을 다할게요. 그럼 먼저 가보겠습니다."

아란은 윤오에게 가자고 고갯짓한 뒤 곧장 발걸음을 옮겼다.

근데 왜 저렇게 놀라지?

의림의 다부진 의지를 보고 잠시 누그러졌던 의심이 의아함이 되어 마음속에서 웅웅 울렸다. 의림의 시선은 윤오에게서 떨어질 줄 몰랐다. 감색 치맛단 아래, 분주히 움직이는 흑혜에서 눈을 떼지 못했다.

***

의림이 탄 승교(乘轎)가 끼익 열린 솟을대문 안으로 들어섰다.

가마는 안채 바로 앞에서 스르륵 멈춰 섰다. 가마 옆을 따르던 시비가 들창 같은 가마 문을 열자 의림은 싸늘한 얼굴로 내렸다.

그녀가 손을 내젓자 사람들은 일언반구 없이 황급히 자리에서 물러났다.

홀로 남게 된 의림은 툇마루에 걸터앉아 얕은 한숨을 내쉬었다.

삼한국대부인 성씨. 사람들은 그녀의 이름을 알지 못했다. 그녀의 이름을 아는 이들은 독녀촌 사람들뿐이었으니까.

세상 사람들은 그녀의 신분이 얼마나 지체 높은지만 알았다. 죽은 성녕대군의 부인이자 상감의 제수. 조선 팔도에 이보다 귀한 신분이 어디 있겠는가.

알 수 없는 병에 걸려 생사를 오가는 대군과 혼인해 얻은 신분이었다. 허울뿐인 신분이라 할지라도 상관없었다. 없는 것보다는 있는게 나았고, 뭐라도 있어야 나를 지키고 남을 지킬 수 있었다.

고개를 들어 둥근 달을 바라보던 의림의 눈동자가 하염없이 흔들렸다.

숨이 끊어지는 것을 분명 두 눈으로 똑똑히 보았는데.

지아비, 죽은 성녕대군과 똑같이 생긴 자가 나타났다.

김윤오라는 이름으로.

***

아란과 윤오는 그 길로 한성부로 돌아가 낭청대청을 들러 윤판관, 서판관과 이야기를 나누었다.

호방 호구 조사야 삼 년마다 한 번씩 하는 정기적인 업무였지만, 예방에서 독녀촌을 조사하는 것은 주기적으로 행하는 업무가 아니었다. 별다른 소득 없이 서판관과 이야기를 끝낸 뒤, 아란은 차분한 목소리로 윤판관에게 물었다.

"이번에 독녀촌 조사는 왜 하신 건가요?"

윤판관은 형방 검험 산파와 사헌부 감찰이 예방 일에 관심을 갖는 게 불만이었는지 말을 툭툭 내뱉었다.

"독녀촌? 갑자기 조사를 왜 했겠어. 명을 받았으니 했지."

"누가 그런 명을······."

윤오의 질문에 윤판관은 자리에서 일어나며 말했다.

"판부사 대감. 내게 명을 내릴 분이 판부사 대감 빼고 또 누가 있나? 나는 이만 하청해야겠네. 서판관, 하청 안 하나? 같이 하지."

정수헌이? 호방과 예방 문서는 눈속임이고, 진짜 원하던 건 형방 문서인 줄 알았는데.

두 판관이 자리를 뜬 뒤에도 골똘히 생각에 잠겼던 아란은 문득 윤오가 남아 있다는 걸 알아차렸다.

"나리도 하청을 하시지요."

"낭자는······."

"저는 할 일이 좀 남았습니다."

윤오는 바로 나가지 않고 뭉그적거렸다.

"아란 낭자."

"예?"

"다리밟기하러 가시겠습니까?"

"다리밟기요?"

"정월대보름에 하는 놀이 아닙니까. 다리 열두 개를 밟으면 일 년 내내 병에 들지 않는다면서요."

아란은 의아하다는 눈빛으로 물었다.

"나리도 괴력난신을 믿으십니까?"

윤오가 얼굴을 붉히더니 흠, 하고 말했다.

"공자는 괴력난신을 말하지 않는다 하였지, 믿지 않는다고 하지는 않았습니다."

"……."

아란은 윤오를 보다가 헛웃음을 지으며 대답했다.

"다리 열두 개 밟고, 다리 아프다며 업어 달라고나 하지 마십시오."

***

해가 저물었지만, 거리는 대보름 놀이를 즐기는 사람들로 인산인해였다.

정월대보름엔 이경이 지나도 통행이 금지되지 않았고, 순라군의 제재도 받지 않았다. 아란과 윤오는 거닐며 제등 놀이를 구경했다.

종이와 불꽃으로 꽃잎을 피워낸 연등부터 꿈틀거리며 하늘로 날듯한 용등까지, 크고 작은 등이 한성 땅을 밝혔다.

아란은 연등을 보며 생각에 잠겼다. 정수헌이 아무 이유 없이 그런 명을 내리지는 않았을 텐데. 눈속임이 아니라면, 필경 다른 이유가 있었을 것이다. 성예라는 여인의 실종과 관련이 있는 걸까?

부산스러운 생각은 좀처럼 갈무리가 되지 않았다.

반면 윤오는 제법 단순한 생각을 하고 있었다. 그는 다리를 밟는 내내 아란을 기웃거렸다.

다리 밟기를 하며 눈이 맞는 청춘남녀들이 그렇게 많다던데. 낭자는 그런 이야기를 들어본 적이나 있을까?

아쉽게도 아란은 그런 이야기를 들어본 적이 없었고, 다리 열두 개를 밟을 때까지 다른 생각이라는 걸 하지도 않았다.

정준완은 왜 허씨 가문과 정씨 가문 간에 혼담이 오간다고 생각했을까. 대체 무슨 이야기를 들었기에. 어떻게 물어봐야 의심을 사지 않고 원하는 정보를 얻어낼 수 있을까.

다른 사람도 아니고 정준완이, 자신이 알고 있는 바를 순순히 알려주기는 할까?

마지막 열두 번째 다리를 건너자마자, 아란은 윤오를 남겨둔 채 먼저 집으로 향했다.

정월대보름에 다리 밟기와 제등 구경까지 하였으니 윤오도 더는 아란을 붙잡을 수 없었다.

윤오는 주먹으로 자기 다리를 두드리면서 점점 멀어지는 아란의 뒷모습을 지켜보았다.

대문 앞에 누군가 서 있는 게 보였다. 물빛 도포를 입은 남자. 정준완은 아니었지만, 한석이라고 해서 반가운 건 아니었다.

한석은 오늘 상청하지 않았다. 종일 뭘 하고 돌아다닌 건지 코빼기도 비추지 않다가 야밤에 이곳을 서성이는 것이다. 똥 마려운 강아지마냥 땅만 보며 빙빙 도는 것이 수상스럽기 그지없었다.

한씨 가문의 자택은 북부 가회방 어드메 있다고 들었는데.

"여기는 어쩐 일이십니까?"

아란의 목소리에 한석은 멈칫하며 고개를 들었다. 볼과 귀가 빨간 것이 오래 서 있었던 모양이었다.

"늦었네."

걸핏하면 새벽이슬을 밟고 귀가하니 이 경이면 이른 시간이었다. 하지만 남들에게도 이른 시간인 건 아니니까. 아란은 잠자코 고개를 끄덕였다.

한석은 얕은 숨을 내쉬더니 손가락으로 뺨을 긁적였다.

"지난번에 자네가 그러지 않았나. 집까지 찾아오지는 말라고."

괴뢰희가 상연되었던 날, 한석이 판한성대부 사저까지 찾아오는 바람에 아란은 다음 날 아침에 먹은 밥이 없힐 정도로 정준완과 전소현에게 시달렸다. 그래서 상청한 한석에게 내뱉은 첫말은 걱정해 줘서 고맙다, 무사히 귀가하셨냐 같은 인사말이 아니라 다시는 찾아오지 말라는 냉화였다.

골이 나 내뱉은 말이긴 하지만 사실 한석의 잘못은 아니었다. 인성이 개똥이라는 개차반이 그 정도 성의를 보였다는 것만으로도 사실 괄목상대할 일이었다. 아란은 계면쩍은 목소리로 말했다.

"그렇다고 이리 추운 날, 밖에서 절 기다리신 겁니까?"

한석은 고개를 끄덕였다.

"새로 단서라도 잡으신 건가요?"

"줄 게 있어서 왔네."

한석이 소매에서 꺼낸 건 서책이었다. 서책에 적힌 표제를 본 아란의 눈빛이 흔들렸다.

"선물일세. 원래는 새해에 주려고 했는데, 구하느라 좀 늦었네. 그거, 내가 힘들게 승문원에서 구해온 거야."

"승문원에서 무원록을요?"

《세원집록》이 송나라 때 편찬된 책이라면 《무원록》은 원나라 때 편찬된 책이었다.

검험서를 승문원에서 구했다고? 집현전이 아니라?

아란은 저도 모르게 손을 내밀어 받았다.

"감사합니다. 이걸 주려고 기다리신 겁니까? 한성부에서 주셔도 되는데요."

"뭐, 자네가 내 스승 아닌가. 배움을 청하고 있으니 직접 찾아와서 줘야지. 공자는 제자를 받을 때 육포를 받았다던데, 그래도 육포는 좀 그렇잖나? 그래서 자네가 좋아할 만한 걸로 준비했지."

이자가 왜 이러지. 나 몰래 무슨 사고라도 쳤나?

아란은 의심스럽다는 눈빛으로 한석을 훑어보다 이내 고개를 숙였다.

"감사합니다. 금일은 시간이 늦었으니 어서 돌아가십시오. 날이 찹니다."

아란이 대문을 열려고 하는데, 한석은 그녀의 소매를 붙잡았다.

"선물이 하나 더 있네."

"……판관 나리, 무슨 사고 치셨습니까? 혹시 그거 제가 수습해야 하는 겁니까?"

한석은 침을 꿀꺽 삼키며 말을 다 더듬었다.

"내, 내가 설마 사고치고 자네에게 수습해달라 하겠는가. 그게 아니라, 고마워서, 고마워서 주는 걸세."

"그럼 빨리 주고 가십시오. 날이 찹니다. 괜히 고뿔에 걸려 제 탓하지 마시고요."

"지금 주는 게 아닐세. 기다리면, 기다리면 알아."

기다렸다 주는 선물이라니. 느낌이 싸했다. 아란은 당분간 발등을 조심해야겠다고 생각했다. 다시 고개를 돌리려는데, 보따리에서 달그락거리는 소리가 났다.

아란은 잠시 생각하더니 보따리를 돌려서는 안에 손을 집어넣었다.

"제가 답례로 드릴 게 이것밖에 없네요. 날이 추우니, 이거라도 드십시오."

아란이 보따리에서 꺼낸 것은 투박한 술병이었다. 술병을 내밀자 한석은 피식 웃으며 말했다.

"이거, 검험용인가?"

아란은 아무 말 없이 고개를 끄덕였다. 한석은 술병을 움켜쥐며 말했다.

"그럼 명일 보세."

질색할 줄 알았더니, 군소리 없이 검험용 술을 받아가다니.

술이라서 그런가. 누가 개차반 아니랄까 봐…….

대문을 열고 안으로 들어선 아란은 살짝 고개만 내밀어 한석의 뒷모습을 보았다. 기분이 좋은가, 발걸음이 가벼워 보였다.

모두 대보름놀이를 갔는지 행랑채가 횅했다. 별당까지 가는 동안 정준완도 보이지 않았다.

설마 또 방에서? 방문을 열어보았지만, 안은 텅 비어 있었다. 누마루도 마찬가지였다.

대청마루로 나온 아란은 건너편 연희 방을 보았다. 창호지가 노랗게 물들어 있었다.

"언니, 나야."

"들어와."

미닫이문을 드르륵 열고 들어섰다. 방안 가득 서책이 쌓여 있었다.

서안 앞에 앉은 연희가 시선을 종이 위에 고정한 채 말했다.

"아직 다 못 끝냈는데, 두 권은 써놨으니까 돌려줘야 하면 챙겨가."

"이렇게 쌓아놓으면 무슨 책이 어디 있는지 알기는 해?"

"당연하지. 그게 혼돈처럼 보여도 사실 나름의 규칙이 있거든. 근데 무슨 일이야?"

"그게 있잖아. 그 전에, 그 사람이……."

"그 사람? 누구, 오라버니? 정준완이 왜?"

"전에 이상한 말을 했는데. 그게 진짜인가 해서."

"무슨 말을 했는데?"

"정씨 가문이랑 허씨 가문 사이에 혼약이 오간다고."

"왜 또 그딴 헛소리를 하고 다녔대. 허씨 가문이 지금 혼약 맺을 정신이 어디 있어?"

"……."

이상한 소리를 자주 하기는 해도 없는 말을 지어내는 사람은 아니었다.

왜 그런 말을 했지? 무엇을 보고 들었기에?

"안 보이던데."

"누구, 정준완? 당연히 안 보이겠지. 너 잡으러 나갔어."

"날 잡으러 나갔다고?"

연희는 보고 있던 서책을 덮으며 아란을 빤히 보았다.

"이틀 전에 한성부 본청까지 찾아갔다며? 근데 너 작일에도 집에 안 왔잖아. 자기 말이 씨알도 안 먹히니까 좀 회까닥 돈 것 같더라."

정준완의 말을 무시한 게 하루 이틀 일은 아닌데.

연희는 아란의 마음을 읽은 듯 바로 뒷말을 내뱉었다.

"너 때문에 그러는 건 아닐 거야. 며칠 전에 한씨 집안에서 매파를 보내와서 그래."

"뭐?"

아란이 경악하며 되묻자 연희는 한쪽 손으로 턱을 괴고 아란을 보며 말했다.

"너한테는 잘된 일일 것 같은데."

"그게 무슨 말이야?"

"그 집 개차반이 널 마음에 들어 하나 봐. 그것도 제법 많이."

순간 정신이 흐트러져 걸음을 옮긴 발이 서책더미를 건드렸다. 무릎까지 쌓인 서책더미 하나가 와르르 무너졌다. 연희가 순간 미간을 찌푸렸다.

"그러니까 그 말은, 매파가 전했다는 말이…… 나한테 들어온 혼담이야?"

연희는 고개를 저었다.

"개차반은 그러고 싶었겠지. 근데 가문에서 허락을 하겠어? 한씨 집안 사람들도 참 독하더라. 하긴 누이 팔아 권세를 얻은 가문이니까. 혼담은 정준완한테 들어왔어."

아란이 이해할 수 없다는 눈빛으로 보자 연희는 한숨을 내쉬었다.

"너는 서녀잖아. 한성부 형방 검험 산파고. 황친 가문에서 너를 받아주겠어? 그런데 개차반도 성질머리가 보통은 아니라며. 난리 난리를 피웠겠지. 그래서 가문 사람들이 머리를 쓴 것 같아. 한씨 가문에 매파를 보내 혼담을 넣기는 했지만, 너 대신 정준완을 택한 거지. 개차반이 아무리 개처럼 물고 짖어도, 겹사돈까지 성사시키기는 쉽지 않을 테니까. 한씨 집안에 혼기가 찬 딸이 한 명 더 있다며?"

아란은 몰래 안도의 한숨을 내쉬었다.

그래, 정수헌이 그랬을 리가 없었다. 자신의 신분은 언제 터질지 알 수 없는 폭죽과 같았다. 무슨 화를 불러올지 모르는 자신을 황친 가문과 엮는 어리석은 짓을 하지는 않았을 것이다. 그럴 바에는 차라리 목숨을 끊어버려 화근을 없애겠지.

  "그래서 혼약을 맺기로 한 거야?"

  연희는 고개를 끄덕였다.

  "이번에는 오라버니도 아버지 고집을 꺾지 못했거든. 황친 가문이잖아. 오라버니가 장가를 가면 당분간 처가살이를 할 테니, 황친 가문과 돈독한 친분을 쌓을 수 있는 절호의 기회인 셈이잖아? 오히려 혼담을 거절하면 그쪽 집안에 밉보이지 않을까?"

  "그렇구나."

  "근데 있잖아, 정준완은 좋은 곳에서 혼담이 들어와도 길길이 날뛰며 반대했잖아. 그런데 이번에는 달랐어. 처음에는 펄쩍 뛰었는데, 나중에는 꼬리를 내리며 순순히 말을 따르더라고. 왜 그랬을까."

  "그건 나도 모르지."

  연희는 고개를 끄덕이더니 넌지시 아란을 불렀다.

  "아란아."

  "응?"

  "너는 혼인하지 말고 나랑 같이 살자. 정준완이 장가가면 더는 널 괴롭힐 사람도 없잖아. 모친은 내가 막아줄 수 있어. 매일 밤이슬 밟으며 헤매지 말고 집으로 돌아와서 자."

  "그렇게 말하는 사람이 제일 먼저 혼인한다던데?"

  "혼인은 무슨."

  연희는 쓸쓸한 표정이 되어 말을 이었다.

"이제껏 나한테 들어온 혼담 말이야. 부친이 왜 끊어내신 건지 알아? 내가 어디 내놓기에 창피한 딸이라서 그래. 종일 별당에 처박혀 서책만 읽으니까."

"그건 모르는 거야. 정말 괜찮은 사람을 찾느라 그러시는 걸 수도 있지. 남들이 보기에 괜찮은 사람 말고, 언니한테 맞는 그런 괜찮은 사람으로."

빈말은 아니었다. 정수헌은 자기 가족을 끔찍하게 아끼는 사람이었다. 정수헌의 가족이 아니기에 아란은 객관적으로 볼 수 있었다. 정수헌은 연희를 위해 신랑감을 고르고 있었다. 그녀에게 절대적으로 맞춰줄 수 있는 그런 사람으로.

"나한테 맞는 사람은 내가 찾아야지."

"언니한테 어떤 남인이 잘 맞을지는 모르겠는데, 언니가 좋아할 만한 건 내가 확실히 아는데."

아란은 《무원록》을 꺼내 서안 위에 얹었다.

서책 표제를 본 연희는 눈빛을 반짝였다.

"야, 넌 이런 게 있으면 바로 내놨어야지! 쓸데없이 정준완 얘기는 왜 해?"

"이건 필사 여섯 부."

"걱정 마. 내가 어려운 건 주해까지 달아줄 테니까. 세원집록은 저쪽 면경 앞에 있는 서책더미에 있어. 맨 위에 있는 게 원본이니까 그걸로 가져가."

연희는 어느새 새로 가져다준 책에 빠져들었다. 더는 아란이 안중에도 없는 것 같았다.

아란은 피식 웃으며 서책을 챙겨서는 제 방으로 돌아갔다.

옷을 갈아입고 요에 누운 아란은 생각에 잠겼다.

혼담이라…….

허욱규는 막 아들을 잃었고, 죽은 아들은 혼인을 하지 않은 몸이었다. 혼례는 사실상 통과의례니까. 천도재를 행하기 전에 죽은 아들을 혼인시키려 했던 건 아니었을까?

명혼(冥婚, 영혼혼례식)이라도 치르려는 거라면?

그럼 호방과 예방을 통해 적당한 신붓감을 물색하지 않았을까?

첫날밤을 치르지 못한 양반 여인보다 더 적당한 이는 없을 것 같은데.

아란은 지끈거리는 머리를 손가락으로 지그시 누르며 잠을 청했다.

아무래도 아침 일찍 무당골을 찾아가야 할 듯싶었다.

*＊＊

아란은 아침 햇살이 창호지를 파고들기도 전에 두 눈을 번쩍 떴다.

누군가 방 안에 있었다.

"깼느냐."

잔뜩 갈라진 목소리. 정준완이었다.

미닫이문에 기대앉은 정준완이 자신을 보고 있었다. 매우 피곤해보이는 몰골이었다.

아란은 차분하게 입을 열었다.

"여쭤보고 싶은 게 있습니다."

"무엇인데?"

"그때 그러셨지요. 대감께서 허씨 가문과 교류를 하고 있다고. 허씨 가문과 혼담이 오가는 게 맞습니까?"

정준완의 코와 입에서 피식 바람이 새어 나왔다.

"그게 궁금한 것이냐? 한씨 가문과의 혼담이 아니라?"

"네."

"내가 물어보는 것도 솔직히 답해준다면, 아는 대로 다 말해주마."

아란은 잠시 이맛살을 찌푸렸다가 곧 고개를 끄덕였다.

"그 사람과 무슨 사이냐."

"그 사람이 누구인데요?"

"사헌부 감찰."

"사헌부 감찰과 검험 산파 사이인데요."

"그럼 한씨 가문 차남과는?"

"한성부 판관과 검험 산파 사이겠지요."

"그래?"

정준완은 믿지 않는다는 눈빛이었지만 그래도 순순히 대답해주었다.

"부친께서 사주단자를 받으셨다. 곤자까지 적어 어딘가에 보관을 하셨지. 당연히 연희가 혼약을 맺은 줄 알았다. 부친께 여쭤보니, 다른 가문을 대신해 혼약을 진행한 거라고 하시더구나. 누구를 대신한 건지는 나도 모른다. 누가 누구와 맺은 건지도 모르고."

"……."

"이제 답이 되었느냐?"

"사주단자는 어디에 있습니까?"

"그건 부친께 직접 물어보거라."

"……."

"아, 너는 아버지와 말을 섞지 않지. 그것 참 이상한 일이다. 아무리 미워도 가족은 가족인데 말이야. 너는 왜 부친을 아비 보는 눈빛으로 보지 않을까? 날 보는 눈빛도……."

아란은 입을 꾹 다물고는 아예 자리에서 일어나 옷가지와 보따리를 챙겼다.

정준완은 고개를 들었다가 아란이 소색 적삼에 소색 치마를 입은 걸 보고는 다급하게 시선을 돌렸다.

아란은 주저 없이 문을 옆으로 밀며 걸음을 내디뎠다.

정준완은 열리는 문에 밀려 휘청이는 몸을 애써 바로잡으면서도 할 말을 했다.

"이번에 맡은 검안이 끝나면 검험 산파 일도 끝이다. 황친과 혼인을 하는데 될 수 있으면 책잡힐 일은 하지 말아야지. 부친께서 정하신 일이니 네가 싫어도 어쩔 수 없을 거다."

멈칫했던 아란은 들고나온 옷을 입으며 걸음을 옮겼다. 정준완의 시선이 바짝 따라붙는 게 느껴졌다.

처음에는 자신을 싫어한다고 생각했다. 열다섯 살이 되어서 나타난 동생의 존재를, 그것도 어디서 낳아온 건지도 알 수 없는 동생의 등장을 받아들이지 못하는 거라고.

집안에 들인 첩이 낳은 아이가 아니라 밖에서 데려온 아이였다. 그런데도 정수헌은 아란을 서녀로 삼았다. 얼녀도 아닌 서녀로.

유란택주는 몇 달을 몸져누웠고, 정준완은 아란을 잡아먹을 듯이 굴었다. 사냥감을 뒤쫓는 맹수의 눈을 하고.

아란은 그의 눈빛에서 날카롭고 깊은 의심을 보았다. 그는 아란을 증오하는 게 아니었다. 그는 아란의 신분을 의심하고 있었다.

그 의심은 어디에서 일었을까?

정수헌에게 무슨 말을 들은 건 아닐 테니 저러다 말겠지 했는데. 아무래도 아란이 잘못 생각한 모양이었다. 의심이 어떤 감정을 향해 흘러갔는지, 아란은 본능적으로 느낄 수 있었다. 그 감정을 어느 그릇에 담아놨는지도. 반드시 깨야만 하는 그릇이었다. 주워 담을 수도 없도록 그릇을 산산조각 내 엎어야만 하는 감정.

정준완이 한씨 가문으로 장가를 가면 좀 나아질까?

아란은 고개를 흔들며 생각을 흩어냈다. 지금은 이런 생각을 할 때가 아니었다. 더 중요한 문제가 있으니까. 조금 전 그가 했던 말을 떠올렸다.

정수헌이 다른 가문 대신 사주단자를 받아 곤자까지 적었다고 하였지.

그 혼인이 정말 허청의 명혼이라면, 신랑귀에게 필요한 건 신부만이 아니었다. 명혼을 진행시킬 무녀가 필요했을 것이다.

아란은 부적을 넣은 보따리를 어깨에 질끈 동여매며 깊은 숨을 내쉬었다. 무당골에 갈 시간이었다.

***

괴황지(槐黃紙)에 금과 경면주사를 섞어 쓴 부적. 무당골 무당들은 이 부적이 초혼용 부적이라고 했다. 주로 명혼을 치를 때 사용한다고.

"이런 부적은 권세 높은 대갓집에서나 쓰는 거야."

무당골에서 벽사 부적으로 제일간다는 무녀가 말했다.

"금이 들어간 거라서요?"

"그렇지. 게다가 초혼용 부적은 명혼을 치를 때 꼭 있어야 하는
게 아니거든. 그런 부적에도 저리 돈을 들인 걸 보면 돈이 정말 많
은 집일 거야. 정성도 참 많은 게고."

"그런데 자네, 뭐하는 사람이라고 했지?"

머리카락에 서리가 맺힌 듯 백발이 성성한 무녀가 눈을 흘기며
말했다. 아란이 다른 무녀와 이야기를 하고 있을 때 구석에 잠자코
앉아 무구를 손질하던 자였다.

"한성부 형방 검험 산파입니다."

"기운을 잘도 가려냈네."

백발의 무녀는 혼잣말을 웅얼거리더니 말했다.

"저 부적은 정말로 혼을 부르는 부적이네. 어느 치가 쓴 건지는
모르겠지만, 남을 속이는 사기꾼이거나 신력이 정말 뛰어난 무녀일
거야. 정성을 들여 초혼부를 쓴다고 해서 반드시 혼이 오는 건 아니
거든."

"혼이 온다는 게 무슨 뜻인가요?"

"명혼을 치를 때 마지막 단계가 무엇인지 아는가?"

아란은 고개를 저었다. 백발의 무녀는 천천히 말을 뱉었다.

"목우 두 개를 금침에 누여 첫날밤을 치르게 하지. 그때 초혼부를
쓴다네. 목우에 죽은 이가 깃들게 하는 거야. 꽃잠이 끝나면, 이불을
걷어내 목우의 모습을 보는데 목우가 많이 움직였을수록, 그 자세

가 흐트러졌을수록 좋은 게지. 근데 그게 웬만한 신력으로 되는 게 아니거든. 그래서 무녀들도 초혼용 부적은 잘 안 쓴다네. 목우는 그냥 형식적인 거야."

목우 두 개를 누여 첫날밤을 치르게 하다니. 매우 괴이해 보이는데……. 아란은 군소리 대신 진지하게 물었다.

"죽은 귀와 산 사람을 혼인시키는 명혼에서도 목우를 씁니까?"

벽사 부적으로 유명한 무녀가 대답했다.

"인귀(人鬼) 간의 명혼? 그때도 쓰기야 쓰지. 한 명은 산 자여도 다른 한 명은 죽은 자니까."

백발이 성성한 무녀는 파리한 손으로 무구를 만지며 말했다.

"허나 죽은 지 얼마 안 된 자라면, 목우를 쓰지 않고 시신을 쓸 걸세. 인체가 있는데 굳이 목우를 쓸 필요가 있겠나?"

방울이 짤랑거리며 소리를 냈다. 아란은 눈을 동그랗게 뜨고 백발의 무녀를 보았다.

시신으로 명혼을 치른다고?

***

"혹시 허청 시신을 매장하였다는 이야기를 들으셨습니까?"

아란은 낭청대청을 찾아 한석에게 물었다.

"못 들었네. 아직 장례는 치르지 않은 것 같던데."

"하지만 시신을 가져간 지 보름이 넘지 않았습니까. 벌써 달은 되어 가는데요. 정말 따로 들으신 게 없습니까?"

"장례를 치렀다면 나도 들은 게 있겠지?"

아란이 굳은 얼굴을 하는데도 한석은 실실 웃으며 말했다.

"작일 준 선물은 마음에 들던가?"

"예, 감사합니다. 필사한 뒤 바로 돌려드리겠습니다."

"선물이라고 하지 않았나. 돌려주지 말게."

"한두 푼이 아닐 텐데 그럴 수는 없지요."

"나한테 있으면 그냥 썩히는 거야. 읽지도 않는데 뭐하러 품에 끼고 있나."

이자는 검험을 배울 생각이 있기는 한 건가?

아란은 냉랭한 목소리로 말했다.

"그래도 검험관인데 어찌 검험을 하는지는 알아야 하지 않을까요?"

"자네가 있는데 굳이 뭐하러."

"……일도 안 하는데 녹봉은 왜 받으십니까?"

한석은 빙그레 웃으며 말했다.

"그럼 자네가 내 녹봉 가져가겠는가? 역시 가계는 부녀자가 관리해야지."

이런…… 미친놈이…….

오가는 혼담의 대상이 자신의 누이와 정준완이라는 걸 아직 모르고 있나?

아란은 괜히 일을 귀찮게 만들고 싶지 않았다. 모르는 척 시치미를 뚝 떼고 말했다.

"험장 작성은 몰라도 체구는 나리가 하셔야지요. 저는 감찰 나리와 따로 맡은 검안이 있어서요. 이만 가보겠습니다."

아란은 휙, 바람이 일 듯 몸을 돌려 집무실을 나섰다.

낭청대청을 나와 중문을 지나자 멀리 초성이 아는 체를 했다.

"아란아, 누가 널 찾아왔어!"

초성 옆에 화려한 비단옷을 온몸에 두른 여인이 서 있었다. 독녀촌에서 보았던 성의림이라는 여인.

그녀는 누구를 찾는 듯 두리번거리다 아란을 보고 인사했다.

아란은 의림을 현고로 데려갔다.

"안 그래도 찾아가려 하였습니다. 그때 보여드린 부적 말입니다. 그게……."

아란이 말을 다 뱉기도 전에 의림이 소매에서 서신을 꺼내 건넸다.

"어젯밤 제 방에서 발견한 서신입니다. 서안 위에 두고 갔더군요."

아란은 서신을 펼쳐보았다. 내용은 단순했다. 자세한 건 말해줄 수 없지만 자신은 지금 안전하다고, 약속한 시간이 지나면 밖으로 나갈 수 있으니 걱정하지 말라고 적혀 있었다.

"실종된 분의 필체가 맞습니까?"

"분명 성예의 필체입니다. 붓놀림을 보니 조급해하지도, 불안해하지도 않은 것 같습니다. 침착하게 썼어요. 위험하진 않은 것 같은데, 대체 어디서 무슨 일을 당하고 있는 건지 알 수가 없어서……."

아란의 미간에 깊은 골짜기가 생겼다. 그녀는 잠시 고민하다 말했다.

"그때 방에서 발견한 부적은 명혼을 치를 때 쓰는 거였습니다. 아무래도 명혼 때문에 납치를 당한 것 같은데요."

"명혼이 확실합니까?"

아란이 고개를 끄덕이자 의림은 한숨을 내쉬었다.

"성예 부친이 경상도절제사가 되어 경상 땅으로 내려가기 전에 남긴 말이 있습니다. 이리 계속 재가를 거부하면 명혼을 치러서라도 재가를 시키겠다고요. 그냥 해본 말이 아니었나 보네요."

"……."

의림은 짚이는 바가 있는지 아란에게 물었다.

"병판의 아들이 얼마 전 목숨을 잃었다지요?"

"네, 맞습니다."

"……차라리 명혼이 낫겠지요. 무뢰배에게 납치를 당한 것만 아니라면, 차라리 그게 나을 겁니다."

"하지만 죽은 이와 강제로 혼인을 치르는 게 아닙니까?"

강제로 하는 혼인이, 그것도 죽은 이와 치르는 혼인이 어찌 나을 수 있단 말인가?

아란의 반문에 의림은 담담한 목소리로 말했다.

"그게 뭐 어떻습니까. 죽은 이는 죽은 이입니다. 죽은 이는 산 자를 어쩌지 못합니다. 이번에 명혼을 치르면 재가를 한 셈이니 더는 집안에서도 성예에게 이래라저래라 못 할 겁니다."

죽은 이는 산 자를 어쩌지 못한다…….

아란이 그 말을 곱씹어보는데, 의림은 느닷없는 말을 했다.

"그때 그 감찰 나리는…… 어찌 한성부에 계시는 겁니까?"

"한성부 형방 감찰 업무를 맡으셨습니다."

"그분은……."

의림은 무언가를 더 말하려다가 입을 꾹 다물며 자리에서 일어났다.

의림은 현고를 떠나기 전 아란에게 이렇게 말했다.

"독녀촌에 사는 수많은 여인 중 유일한 양반 여인을 데려갔습니다. 그것도 경상도절제사의 여식으로요. 신분을 알고 데려간 게 분명합니다. 가문끼리 서로 이야기가 있었을 거예요. 연인(連姻, 혼인으로 친척이 됨)으로 나름의 이익을 도모했겠지요. 성예가 서신까지 보낸 걸 보면, 별다른 위협은 없는 것 같습니다. 도와주셔서 감사합니다. 이 은혜는 나중에 꼭 갚겠습니다."

아란은 어쩐지 믿을 수 없었다. 허욱규와 정수헌이 손을 잡은 일이었다.

두 사람이 손을 잡고 벌인 일이, 정말 관혼상제일 뿐이었다고? 아란은 믿을 수 없었다.

***

다음 날 아침, 아란은 청천벽력 같은 소리를 들었다.

"목멱산 검안과 훈련관 검안은 이렇게 끝내기로 했어."

신소윤이 검지로 옆이마를 긁으며 말했다.

"취검(聚檢, 복수의 검험)까지 했는데도 별다른 성과가 없잖아. 옥사(獄事)를 살피려면 먼저 추문할 피의자가 있어야 하는데, 두 검안 모두 피의자가 없으니까. 시친들도 이만 검안을 접었으면 하고."

"홍제원 민가 검안이 아니라요?"

"홍제원? 최참군이 실제 조사는 안 하더라도, 하는 척이라도 해야 하니 일단은 매듭짓지 말라던데? 흉수가 오작일 수도 있다며? 판부사 대감도 그 이야기를 들으시고는 일단 그냥 두라고 하시더라."

정수헌이 그냥 두라고 했다고? 아란은 잠시 이맛살을 찌푸리다 말했다.

"목멱산 검안은 성상께서도 관심을 가진 검안이라고 들었는데요."

섣달그믐날 윤오가 해준 말이었다.

"상감께서 크게 화를 내셨다는구나. 비위 규찰하라고 한성부로 보냈더니 오작처럼 시신을 만진다고 말이야. 당장 사헌부로 돌아가라고 하셨대. 내가 이렇게 될 줄 알았어. 그래서 시신 만지는 일은 직접 하지 말라고 그렇게 얘기를 했건만. 형률 단옥에 무슨 조항이 있네 어쩌네 이러더니."

아란은 입술을 파르르 떨며 말을 잇지 못했다. 이리 큰 사건을 이대로 끝낸다니.

신소윤은 아란의 낯빛을 살피다 조심스레 일렀다.

"그리고 네 얘기도 나왔다는데…… 어찌 산파가 남자의 시신을 눈으로 보고 손으로 만질 수 있냐며 내외(內外)를 구분하지 않는다고 뭐라 하셨대. 너도 당분간은 조심해라. 괜히 불똥 뒤집어쓰지 말고."

"감찰 나리는 지금 어디 계신가요?"

"응? 아직 낭청대청에 있겠지. 곧 사헌부로 가겠지만. 괜히 나서지 말고 잠자코 있어. 이러다 너까지 쫓겨나면 형방 일은 누가 하니……."

"잠시 갔다오겠습니다."

"아니, 가지 말라니까!"

아란은 머리가 지끈거렸다. 왕의 윤허까지 받고 접는 검안이었다. 다시 되돌릴 수 있을까? 그러기에 자신은 가진 힘이 없었다. 할 수 있는 거라고는 험장을 작성해 궤 안에 수북하게 쌓는 것뿐이었다. 그 위에 종이 몇 장 더 없는 걸로 끝이 나면 어쩌지.

아란은 손바닥 끝으로 미간을 문질렀다. 다리가 쇳덩이를 매단 듯 무거웠다.

낭청대청에 들어서자 정수헌의 매몰찬 목소리가 들렸다.

"지금 바로 사헌부로 가게. 관청이 코앞이니 금방이겠군."

"저 때문에 곤란해지신 것 사과드립니다. 다음에 또 찾아뵙겠습니다."

"괜찮네. 그럼 잘 가게나."

발걸음 소리와 함께 문이 열렸다.

침울한 표정을 하고 나온 윤오는 대청 입구에 선 아란을 보았다.

"소식, 들으셨습니까?"

아란은 고개만 끄덕였다.

"괜히 저 때문에 낭자까지 화를 당하실까 걱정입니다."

"……제 걱정은 안 하셔도 됩니다."

어차피 윤오가 아니어도 터질 일이었다. 정수헌은 원래부터 자신을 한성부 형방에서 끌어내릴 작정이었다. 오늘이 아니라면 내일일 테고, 올해가 아니라면 내년일 것이다.

"사헌부 기강이 군영보다 더하다고 하던데요. 신귀(新鬼)라고 괴롭힘 좀 당하실 겁니다. 마음 단단히 먹으셔야 할 겁니다."

윤오는 옅은 웃음을 내비쳤다.

"제 걱정은 안 하셔도 됩니다."

"목멱산 검안은……."

아란이 말끝을 흐리자 윤오는 대신 말을 이었다.

"예전에 낭자가 그러셨지요. 바꿀 수 있는 게 없다고 아무것도 하지 않으면, 정말 아무것도 바꿀 수 없게 된다고."

무당골 '들'에서 윤오를 처음 만났을 때 했던 말이었다. 그 말을 기억하고 있던 건가?

아란이 아무 말도 하지 않자 윤오는 어색하게 웃었다.

"관련 병조 문서를 뒤져보겠습니다. 문서로 하는 규찰 업무는 얼마든지 할 수 있으니까요. 죽은 이들이 저지른 죄는 제가 증명할 방법을 찾아보겠습니다."

아란은 진지한 낯빛으로 고개를 끄덕였다. 허청이 병조를 사사로이 이용한 흔적이 관련 문서에 남아 있을지도 몰랐다. 자신은 접근할 수 없는 정보지만 감찰인 윤오는 가능했다.

이대로 검안이 묻힐 거라 생각했는데. 또 궤에 혐장을 묻어놓고 끙끙거려야 하는 건 아닐지 걱정했는데.

아란은 혼자만 검안을 붙잡은 게 아니라는 생각에 정말 오랜만에, 아니 처음으로 안도감을 느꼈다.

***

윤오가 나가자 정수헌이 이번엔 한석에게 지시를 내렸다.

"이제 자네도 검안을 혼자 맡도록 하게. 어려운 점 있으면 신소숙이나 최참군에게 물어보고."

"아란 낭자가 있는데 굳이 그럴 필요가 있을까요?"

"남녀가 내외하니 그럴 수는 없지. 아란은 앞으로 검험을 맡지 않을 걸세. 이제 규방으로 돌아가야지."

한석이 들은 체 만 체하자 정수헌은 눈을 가늘게 뜨고 말을 덧붙였다.

"아직 듣지 못했나?"

"무엇을요?"

"혼약 말일세."

"곧 사주단자를 보낸다는 말은 들었습니다."

"사주단자를 받는다는 말이었겠지."

한석은 순간 얼굴을 구겼다. 사주단자는 신랑 측이 신부 측에 보내는 거였다. 정씨 가문에서 단자를 보낸다는 말은, 한씨 가문에서 혼약을 맺는 이가 남성이 아닌 여성이라는 뜻이었다.

한씨 가문에서 아직 혼인하지 않은 여인은 한석의 누이동생 한계란 뿐이었다.

"무슨 말씀이십니까? 혼약을 맺은 이가, 제가 아니라 란이라고요?"

정수헌의 눈빛에 묘한 기색이 담겼다.

"곧 가족이 될 텐데, 함께 검안을 맡았다가 괜한 소문이라도 나면 양가에 피해가 가지 않겠는가. 이건 자네 부친의 뜻이야."

정수헌은 나가려다 말고 문 앞에 잠시 섰다.

"자네가 말했지. 개에게 주인을 들먹여 위협을 하려거든 그 주인이 누구인지를 제대로 봐야 한다고 말이야. 자네 목줄을 틀어쥔 자가 누구인지 이제 확실히 알겠네."

정수헌의 낮은 웃음소리가 점점 멀어졌다.

집무실에 홀로 남은 한석은 움켜쥔 주먹을 부들부들 떨다 탁자 위에 놓인 연적을 집어던졌다.

***

아란은 모든 업무에서 배제되었다. 형방에서 당장 쫓겨난 건 아니지만, 사실상 그런 셈이었다. 신소윤과 최참군은 잠잠해지면 다시 부를 거라 했지만 아란의 생각은 달랐다. 정수헌은 그때를 기다렸다 자신을 내칠 것이다. 그가 이 좋은 기회를 놓칠 리 없었다.

아란은 보따리를 챙겨들었다. 오늘은 보따리에서 달그락거리는 소리가 나지 않았다. 안에 든 건 법물이 아니라 서책이었다.

보따리를 등에 메고 제일 먼저 남부청으로 향한 아란은 그곳에서 길중을 만났다. 길중에게 서책을 건네자 그가 눈을 휘둥그렇게 뜨며 말했다.

"검험서 아닙니까? 이걸 어디서 구하셨습니까? 한성부 내에서도 한 권뿐이라고 들었는데요."

"필사한 것이니 아예 남부청에 두고 읽으시면 됩니다. 세원집록 말고 다른 검험서도 구하였는데, 그건 필사하는 데 좀 걸릴 것 같습니다."

"감사합니다."

"남부 오작항인은 글을 좀 아나요?"

길중은 고개를 저었다.

"이런 부탁까지 드리기는 죄송하지만, 틈틈이 좀 가르쳐주십시오."

"죄송할 게 뭐가 있습니까. 당연히 해야 하는 일인데요. 번번이 본청 오작에게 신세를 질 수는 없으니까요."

본청에 신세를 진다고? 남부는 초검할 때 좀처럼 본청에 도움을 요청하지 않았다. 이번 목멱산 검안 때는 피해자가 워낙 많아 그랬던 건데…….

"본청 오작이 초검을 따로 도와주기도 합니까?"

"모르셨군요? 정확히는 초검을 돕는 게 아니라 체구를 돕습니다. 본청에 행이라는 오작이 있는데, 그분이 체구를 돕는 오작입니다. 글을 아는 오작이라 체구를 도맡았다고 들었습니다."

행이? 누구지?

아란은 고개를 갸우뚱했다. 아란은 오작과 교류가 많지 않아 이름을 잘 몰랐다.

"얼마 전에 훈련관 검안 때도 병조 사람과 함께 찾아와 체구를 하였는데요."

그 말에 아란의 눈빛이 매서워졌다.

"……병조에서 누가 왔었나요?"

"정확히 어디 소속인지는 모르겠으나 훈련관 사람들이 장좌랑이라 부르더군요."

장좌랑! 그자가 본청 오작과도 아는 사이라고?

아란의 얼굴이 흙빛이 되었다.

"이만 가보겠습니다. 다음에 또 뵙지요."

아란은 급하게 남부를 나섰다. 걸음은 금세 뜀박질이 되었다. 한성부 본청으로 돌아와 곧장 장방으로 달려갔다.

"금동 아저씨!"

장방에 있던 서리들이 모두 눈을 동그랗게 뜨고 아란을 보았다.

안을 훑자 저기 멀리 서가 사이에서 고개를 빼꼼 내미는 금동이 보였다. 쟤가 왜 저래, 하는 표정으로 아란을 보고 있었다.

아란은 후다닥 달려가 금동의 소매를 붙잡았다.

"아저씨, 그때 제가 말씀드린 거 다 찾으셨어요?"

금동은 영문을 알 수 없다는 표정이었다가 금세 고개를 끄덕였다.

"잠깐만 있어 봐."

서탁 위를 뒤적여 종이 뭉치를 건네주었다. 검험격목(檢驗格目)이었다. 검험 일시와 장소 및 과정 그리고 검험에 동원된 이들의 이름을 적는 행정 문서.

수상한 험장을 찾아달라고 부탁했을 때, 아란은 해당 격목도 같이 찾아달라고 했었다.

"험장도 아닌데 이런 건 봐서 뭐 하려고……."

아란은 그 자리에서 격목을 훑어보다 말했다.

"아저씨, 혹시 오부(五部)에서 보낸 체구장도 볼 수 있나요?"

"체구장? 잠깐 기다려봐."

금동이 서가 안쪽으로 들어간 사이 다시 격목을 훑어보았다. 지난번 확인한 험장 중 시신의 사인이 위조되었을 가능성이 있는 험장은 총 다섯 건.

만약 행이라는 오작이 홍제원 민가 검안의 흉수라면, 그자가 장좌랑의 수하에 있는 자라면, 이들이 모두 하나로 연결된 거였다면?

격목을 훑는 아란의 눈빛이 칼날처럼 매서워졌다.

***

아란은 현고 의자에 앉아 가져온 서류들을 살펴보았다.

체구장이 지나치게 간결하고 험장이 의심스러운 검안마다 행이라는 자의 이름이 격목에 적혀 있었다. 아란은 궤에 넣어둔 험장을 몇 장 꺼내 대조했다.

다섯 건 중 두 건은 예전에 검험한 적이 있는 검안이었다. 아란이 밤이슬을 밟으며 몰래 했던 검험들. 불에 전소한 시신과 야생짐승에게 뜯어먹힌 시신.

그때는 '들'에서 시신을 파내 검시했기에 시신이 발견된 현장이 어떠했는지, 간인들이 뭐라고 진술했는지 알 수 없었다. 그런데 이금에 여러 요소를 함께 살펴보니 이상한 게 한두 개가 아니었다. 초목은 그대로인데 시신만 탔다니. 뼈가 드러날 정도로 야생짐승에게 먹혔는데, 땅에는 핏자국이 없었다니. 이게 말이 되는 건가?

나머지 세 건도 확신할 수는 없었지만 의심스러운 건 마찬가지였다. 모두 오작 행이와 관련이 있을 것이다.

행이라는 오작은 장좌랑과 무슨 사이기에 훈련관 검안 때 같이 간 거지?

반복된 우연은 우연을 가장한 필연인 법인데…….

아란은 손가락으로 서탁을 두드리며 생각에 잠겼다.

"아란아, 약차라도 한잔할래?"

행랑을 지나던 주월이 현고 안으로 발만 들이고 물었다.

아란은 고개를 저었다가 입술을 삐죽이고 나가려던 주월을 다시 붙잡았다.

"언니."

"응?"

"혹시 본청 오작 중에 행이라는 사람 알아?"

"행이? 알지. 그 사람도 너처럼 유명해."

"나처럼?"

"너는 관비가 아니잖아. 그 사람도 관노가 아니야. 민간 오작인데 데려온 거지. 그 사람도 너처럼 글을 알거든."

"글을 아는 오작이라고?"

"험장 작성할 정도로 글을 잘 아는 건 아니고. 쓴 글에 오자가 좀 많더라. 대신 읽는 건 정말 잘한대. 원래 동부에 있다가 본청으로 온 지 좀 되었어. 한 일 년 되었나?"

"왜 나는 모르고 있었지?"

주월은 새삼스럽다는 표정으로 말했다.

"넌 원래 산 사람한테는 관심 없잖아. 매사에 심드렁해서는. 솔직히 본청 사람들이 널 피하는 게 아니라, 네가 본청 사람들 피하는 거지. 나나 초성이 정도 되니까 너한테 먼저 다가가는 거다? 우리가 성격이 좋아서 가능한 거야. 다른 사람들은 다 너 무서워해. 그 아비에 그 딸이라고 그러는데 뭐."

"그 아비에 그 딸?"

아란이 눈썹을 씰룩이며 되묻자 주월은 아차 싶었는지 아랫입술을 꾹 깨물며 손으로 입을 두드렸다.

"앗, 약차 다 끓었겠다. 아란아, 나중에 보자!"

아란은 활짝 열린 현고 너머를 멍한 눈빛으로 보다가 믿을 수 없다는 듯 읊조렸다.

"그 아비에…… 그 딸?"

***

굳이 찾으라면, 아란은 정수헌과 닮은 점이 제법 많았다.

아란도 정수헌처럼 치밀하고 끈질기면서도 포기할 줄 몰랐으며 상황이 불리할 때면 적당히 타협해 훗날을 도모했다.

그 아비에 그 딸이라. 틀린 말은 아니겠지. 부모는 자식의 세상을 빚는 사람이니까. 따지고 보면 아란의 세상을 가장 많이 빚어낸 사람은 죽은 부모가 아니라 부모를 죽인 정수헌이었다.

정수헌을 보면서 처세술을 익혔으니 당연히 닮을 수밖에.

그중에서도 가장 많이 닮은 건 타인에 대한 무관심이었다. 아란은 정수헌처럼 자신과 무관한 일이나 사람에게는 관심을 쏟는 법이 없었다. 그렇다고 함께 일하는 사람의 이름과 얼굴도 모를 정도로 남에게 무관심했다는 건 좀 충격이지만.

아란은 행이를 직접 보고 자신의 무심함을 다시금 깨달았다.

본청 오작 중에 저런 사람이 있었다고? 뒷모습조차 제법 눈에 익은 사람이었다. 분명 어디서 본 것 같은데 어디서 봤는지 잘 기억이 나지 않았다. 아란은 눈에 익은 뒷모습을 시야에 담으며 조용히 뒤를 밟았다.

행이는 성저십리에 있는 외딴 초가집에서 홀로 살았다. 무당골에서 멀지 않은 곳이었다.

집에 도착한 행이는 바로 방 안으로 들어갔고, 아란은 근처 나무에 몸을 숨겼다.

사람이 들어갔는데도 불은 켜지지 않았다. 해가 일찌감치 서쪽 너머로 떨어져 볕이 사라진 초저녁이었다.

이대로 돌아가야 하나 고민하고 있을 때, 방문이 벌컥 열렸다.

비단옷에 갓. 누가 봐도 양반 행색이었다. 환복한 차림에 순간 다른 사람이 나온 줄 알았다.

저리 차려입고 대체 어디를 가려고? 아니지, 일개 오작이 무슨 돈이 있어 저런 의복을 구했을까.

허리를 꼿꼿하게 세운 행이는 전혀 다른 사람처럼 보였다. 그는 땅 위에 내려앉은 달빛을 밟으며 걸음을 서둘렀고, 아란은 다시 뒤를 쫓았다.

행이가 간 곳은 지난번 정수헌과 허욱규가 만났던 백악산 정자였다. 그는 정자 한가운데 서서 초조한 눈빛으로 주위를 살폈다.

조심스레 근처 나무에 오른 아란은 나뭇가지에 앉아 때를 기다렸다.

얼마 지나지 않아 다가오는 인기척이 느껴졌다. 달빛에 모습을 드러낸 이는 병판과 장좌랑 그리고 판한성부사였다.

먼저 입을 연 이는 장좌랑이었다.

"인사드리게. 병판 대감과 판부사 대감이네."

행이가 허욱규와 정수헌에게 처음으로 인사를 올리는 자리 같았다.

잠시 대화를 듣던 아란은 금세 주의를 다른 곳에 기울였다. 허욱규와 정수헌의 반응이었다.

허욱규는 표정이 싸늘하고 입매가 굳은 것이 이 자리가 조금 불편해 보였고, 정수헌은 여유가 있어 보였다.

정수헌이 허욱규의 약점을 잡았구나.

아란이 격목과 험장을 뒤져 행이에 관한 단서를 찾았듯, 정수헌도 이들의 꼬리를 밟았을 것이다. 아란은 귓가에 들리는 말에 눈을 크게 떴다.

"장좌랑에게 이야기는 잘 전해 들었겠지. 빈틈없이 준비해야 할 것이야. 어떤 놈이 괴뢰희로 수작질을 한 건지 잘 알아봐."

"네."

허욱규와 행이의 대화를 듣던 정수헌이 묘한 웃음을 지었다.

"누구인지 가늠이 되지 않으면 어찌하시렵니까."

허욱규는 순간 멈칫하며 어색하게 웃었다.

"글쎄요."

정수헌은 뒷말을 기다리는지 아무 말 없이 허욱규를 보았다. 허욱규는 달빛 아래로 하얀 입김을 내뿜으며 말했다.

"물고기 한 마리가 물을 흐리며 몸을 숨기면, 일망타진해야겠지요."

정수헌은 그 말이 마음에 들었는지 고개를 끄덕이며 수염을 매만졌다.

"잘 생각하셨습니다."

일망타진. 나뭇가지를 붙잡은 아란의 손에 힘이 들어갔다. 정수헌이 허욱규와 손을 잡고 일을 벌이려 하고 있었다. 그것도 제법 큰일이 분명했다.

허욱규는 그럴 만한 이유가 있었다. 괴뢰희를 상연한 이는 허청의 죄상을 알았다. 명예를 위해, 가문을 위해, 자신을 위해, 허청이 저지른 짓은 무조건 숨겨야 하는 과오였다.

하지만 정수헌은……. 그는 굳이 이런 일을 벌일 필요가 없었다.

대체 무슨 꿍꿍이를 숨기고 있는 거지?

아란의 시선이 다시 정수헌을 훑었다.

***

아란은 오랜만에 목멱산 집을 찾았다. 자신의 진짜 집이었다.

추운 겨울에 찾아도 마음을 따스하게 만드는 곳. 툇마루에 걸터

앉아 전경을 둘러보았다. 휘영청 뜬 달이 고즈넉한 마당을 달빛으로 가득 채웠다.

안율은 밤 사냥이라도 간 건지 보이지 않았다.

아란의 시선이 마당 끝 홀로 떨어진 창고에 닿았다. 바로 저 창고에서 아란의 부모와 안율의 아비가 목숨을 잃었다. 정수헌에 의해서.

이제 시신도, 증거도, 간인도 남지 않았으니 이때 저지른 죄로 죗값을 치르지는 않을 터였다. 제 손으로 그의 가슴에 검을 박지 않는 이상, 어쩌면 영영 그럴 기회가 없겠지.

하지만 그가 다른 죄를 짓는다면, 이번에는 시신도, 증거도, 간인도 모두 남는다면. 그때는 처벌이 가능하지 않을까.

아란은 눈시울을 붉히다가 소매로 두 눈을 문지르며 마음을 다잡았다. 다시 오지 않을 기회를 놓칠 수 없었다. 정수헌에게 합법적인 처벌을 할 수 있는 기회였다.

마당 너머에서 바람을 타고 친숙한 목소리가 들렸다.

"어쩐 일이십니까?"

안율이었다. 사냥을 한 건지 어깨에 노루를 메고 있었다.

"그냥 왔어. 공이는?"

"안 들어온 지 달포는 되었습니다."

아란은 안율이 마당에 노루를 내려놓는 것을 보며 말했다.

"어렸을 때 말이야. 오라버니는 동물을 참 좋아했잖아. 죽은 토끼 한 마리 보고도 엉엉 울곤 했는데, 지금은 사냥꾼이 되었네."

안율은 활과 화살을 정리하며 대수롭지 않게 말했다.

"짐승 목숨이나 사람 목숨이나 똑같은 목숨입니다. 다만 죽이지 않으면 내가 죽게 생겼으니 어쩔 수 없이 그리된 게지요."

"……."

"그 집에서는 언제 나오실 겁니까? 올봄에는 나오십시오."

"조금만 더 있다가……."

"조금만, 조금만 하다가 육 년이 흘렀습니다. 이제는 나올 때가 되었습니다. 소문이 돌고 있다는 걸 모르십니까?"

"고려 왕손이 죽지 않고 살아있다는 소문?"

"소문이 그게 전부가 아닙니다."

"그럼?"

"그 왕손이 고려가 숨긴 군자금의 단서를 가지고 있다는 소문도 같이 퍼지고 있습니다."

아란의 얼굴이 백지장처럼 새하얘졌다. 이 소문이 이제 와 다시 도는 이유가 무엇일까.

안율은 아란의 낯빛을 살피다 조심스레 물었다.

"정말 어디 있는지 모르시는 겁니까?"

"군자금 같은 걸 찾아 뭐 하게?"

"당연히 고려를 다시 세우는 데 써야지요."

"고려를 다시 세워서 뭘 할 건데? 나라가 고려든 조선이든, 백성들은 신경 쓰지 않아. 어쩌면 고려가 사라져서 좋아할지도 모르지……."

아란의 시선이 다시 창고에 가 닿았다. 피를 흘리고 죽어 있던 시신 두 구와 목을 맨 시신 한 구. 가족이 주검이 된 자리. 아란은 입술을 달싹이다 말했다.

"고려도, 조선도. 언젠가는 망국이 되어 사라질 이름이야. 하지만 사람은 다르지. 항상 이곳에 있었고, 항상 이곳에 있을 테니까.”

“…….”

“나는 있잖아. 본 적도 없는 나라를 되찾고 싶지 않아. 지금 살아 숨 쉬는 사람을, 억울하게 죽은 이들을 돕고 싶을 뿐이지. 그게 내가 검험을 하는 이유야.”

“……그래서 그 일을 해보니 어떠십니까. 원수의 집에서는 서녀 취급을 받고, 한성부에서는 객식구 취급을 당하면서, 그렇게 아득바득 버티면서 검험을 해보니 어떠십니까.”

아란은 쓸쓸하게 웃었다. 두 눈에 드리운 눈빛이 스산한 달빛처럼 처연했다.

처음에는 정수헌을 잡기 위해 한성부 형방으로 들어갔다. 제대로 검험 일을 배운다면, 예전에는 알아차리지 못했던 증거를 늦게라도 찾을 수 있을 거라고, 어쩌면 한성부 형방 어딘가에 없애지 못한 증거가 남아 있을지도 모른다고 생각했다. 하지만 그런 건 없었다.

아란은 검험 일을 할수록 검험의 한계를 체감할 수 있었다. 아무리 바둥거리며 버텨도 그때 일로 정수헌을 처벌할 수는 없다는 것도.

“나는 검험 산파가 되면 뭐든 다 해결할 수 있을 줄 알았어. 근데 막상 해보니 그렇지 않더라고. 아무리 검험을 잘해도, 문서를 갖추지 못하면 흉수를 잡을 수 없고, 규정이 없으면 애초에 검험도 못 해. 나 혼자 잘한다고 될 일도 아니고.”

“…….”

“그래도 나까지 모른 척할 수는 없잖아. 시친도 없어 들에 묻히는 시신들이 얼마나 많은데. 나라도 제대로 검험을 해줘야지.”

그들은 아직 억울함을 풀 수 있는 기회가 있었다. 검험할 수 있는 시신이 남아 있었다. 그래서 아란은 '들'에 가기를 주저하지 않았다.

죽은 부모를 살려낼 수도, 그들의 원한을 씻어줄 수도 없으니, 이들의 한이라도 풀어줄 수밖에.

아란의 단호한 눈빛을 보자 안율의 가슴에 거센 불이 일어났다. 동아줄처럼 붙잡은 검험이 제 목숨줄을 끊을지도 모르는데!

안율은 두 주먹을 움켜쥐며 결심한 듯 말했다.

"우리 이곳을 떠나자. 너랑 나랑 공이랑 셋이서, 아무도 모르는 곳으로 가서 사는 거야. 복수고 뭐고 다 잊고, 산골 깊은 곳으로 들어가 살자. 벌써 네 신분을 알아차린 사람도 있을 거야. 정수헌도 알아차렸는데 다른 이라고 모를 리가 없어. 아직 시간이 있을 때, 기회가 있을 때 떠나자."

말이 가락처럼 파동을 일으키며 울렸다. 아란도 견디지 못하고 소리쳤다.

"산골 깊은 곳이라고 안전할 것 같아? 세상에 무릉도원은 없어. 안전한 곳 같은 건 없다고. 그곳에서도 시신은 나와. 오히려 절린도 간인도 없이 쥐도 새도 모르게 사람을 죽일 수 있는 곳이 그런 곳이란 말이야. 난 안 갈 거야. 도망갈 수 있는 곳이 없는데, 왜 도망을 쳐? 싫어. 난 안 가."

"아란아!"

안율의 흐느끼는 목소리에 아란은 애써 고개를 돌리며 외면했다.

내가 이렇게 가버리면, '들'에 묻힌 시신은? 시친 없는 시신들은 어쩌고? 그럴 수는 없어.

아란은 안율의 손을 뿌리치고는 소매로 두 뺨에 흐르는 눈물을 닦았다.

경수소에
버려진 시신들

七
章

아란에게 일상은 삶이 아닌 죽음이었다. 죽음은 하루가 멀다 하고 그녀를 찾아왔다. 아니, 아란은 하루가 멀다 하고 죽음을 찾아갔다. 그랬던 그녀의 일상이 몇 년 만에 죽음이 아닌 삶으로 채워졌다. 자의가 아닌 타의에 의한 거였지만.

　아란은 석 달 가까이 검험을 못 했다. 정수헌은 시신에 손을 대지 말라는 명을 내리고 나서도 그녀를 여전히 한성부 형방에 잡아두었다. 이유는 알 수 없었다. 일거수일투족을 감시하기 편해서라 짐작할 뿐이었다.

　대신 아란은 다모간에서 지내며 매일 법물을 준비했다. 전에는 다모간이 소란스럽기만 한 곳이라 여겼는데, 사람 사는 곳이라서 그런 거였다. 아란은 그걸 이제야 깨달았다.

　아란은 오늘도 구석에 앉아 쌀을 씻으면서 다모들이 나누는 잡담을 들었다.

"그래서 내가 음문이 아니라 산문이다, 틀림없이 아이를 낳은 적이 있다고 했거든? 손가락을 넣어보니까 크기가 다르더구만. 근데 동부 서리놈이 내 손가락에 피가 묻어 있는 거 보니까 죽은 여인이 처녀가 분명하다는 거야!"

"미친놈이네. 자기가 여자야?"

"내 말이! 지가 애를 낳아봤어, 애를 받아봤어? 내가 아니다, 분명 아이를 낳은 적이 있는 여인이다, 이랬더니 다모 주제에 뭘 아냐는 거야. 손가락을 넣어서 뺐는데 피가 묻어 있으니까 틀림없이 음문이래. 검험서인지 어딘지 써 있다고, 나보고 잘 모르면 입 다물라는 거 있지."

"우리가 의녀 시험에 떨어져서 다모가 되기는 했어도, 의술 공부는 했는데 말이야."

"의술이고 나발이고, 그게 문제가 아니라니까. 내가 오작한테 물어보니까 증거물 중에 개짐이랑 다리속곳도 있었다더구만! 달거리를 하니까 피가 있지!"

"꼭 먹물 먹은 놈들이 그러더라. 서책에 쓰인 건 죄다 맞는 말인 줄 알아."

"그러게. 검험서에 나온 대로만 검시하면, 애 낳은 여인도 달거리 때 죽으면 다시 처녀가 되겠네."

옆에서 가만히 듣고 있던 다른 다모가 물었다.

"근데 있잖아, 내가 전에 검험했던 여자는 분명 애를 낳았던 여인이었거든? 달거리도 아닌데 산문에 피가 묻어 있더라고. 그건 왜 그런 거지?"

"글쎄……."

다들 고개를 갸우뚱하기만 했다. 아란이 씻은 쌀을 한쪽에 놓은 뒤 어젯밤 불린 쌀을 절구에 찧으며 말했다.

"억지로 겁간을 당하면 피를 흘리기도 합니다. 산문에 멍이 들 수 도 있고요."

"아, 그렇구나."

모두 고개를 끄덕이며 다시 이야기를 나누었다.

화제는 흐르는 물처럼 금세 다른 방향으로 바뀌었다.

"곧 초파일인데 그날 뭐 할 거야? 야금도 없을 텐데, 다 같이 연등 이라도 보러 가자. 성곽길이라도 같이 걷든지."

"괜히 밤 샜다가 다음 날 일 많으면 어쩌지?"

"다른 날도 아니고 초파일인데, 다들 자비롭게 보내겠지. 사람을 죽이기야 하겠어?"

"흉수들이 사람 죽일 때 날 따지면서 죽이냐? 자비는 무슨."

다모 하나가 아란에게 다가와 절구에 물을 한 바가지 부어주며 말했다.

"아란아, 너도 초파일에 우리랑 같이 가서 놀래?"

아란은 옅은 미소를 띤 채 고개를 저었다. 다모는 그럴 줄 알았다 는 듯이 '그래?'하고는 다른 걸 물었다.

"약차라도 한 잔 줄까? 절구질 힘들 텐데 좀 쉬면서 해."

아란은 빙그레 웃으며 대답했다.

"네, 한 잔 주세요."

***

다모간을 나오니 벌써 해가 서쪽 끝에 걸려 있었다.

정수헌은 오늘도 일찍 귀가를 하려나?

아란은 매일 밤 정수헌과 허욱규를 쫓았다. 단서를 잡을 요량이었는데, 둘 다 사저에 틀어박혀 두문불출해 대체 무슨 일을 벌이는 건지 알 도리가 없었다.

장좌랑은 무인이라 함부로 뒤를 밟기 어려웠고, 행이도 홍제원 민가 검안이 최참군의 주목을 받자 바짝 몸을 사렸다.

보일듯 하면서도 잡히는 게 없으니, 기회를 엿보는 아란의 조급증만 커질 뿐이었다.

"아란아!"

행랑에 있던 초성이 불렀다.

"무슨 일이야?"

"협문으로 가봐. 감찰 나리가 또 찾아오셨어."

초성은 눈을 흘기며 말을 이었다.

"둘이서 따로 일이라도 벌이는 거야? 너한테 주기적으로 보고라도 하는 느낌인데."

옆에 있던 주월이 초성의 어깨를 툭 쳤다.

"산파한테 보고하는 감찰이 어디 있냐? 그리고 한 명은 한성부고 다른 한 명은 사헌부잖아. 딱 봐도 공무는 아니구만. 아란아, 둘이 뭐냐?"

주월이 능글맞은 눈을 하자 초성은 얼른 아란을 밀어냈다.

"어서 가봐. 감찰 나리 기다리시겠다."

초성이 뜸 들이는 밥인데 솥뚜껑은 왜 여냐고 주월에게 핀잔 주는 소리가 들렸다.

아란은 못 들은 척 자리를 떠났지만, 협문을 향한 걸음이 자신도 모르게 빨라졌다.

한 달 만에 보는 윤오였다.

땅바닥만 보고 있던 윤오가 아란의 기척을 느끼고는 고개를 들었다. 눈에 띄게 핼쑥해진 것이 얼굴에 수심마저 어려 있었다.

"무슨 걱정거리가 있으십니까?"

윤오는 더없이 온화한 미소를 짓더니 고개를 저었다.

"잘 지내셨습니까?"

"저야 뭐 별다를 게 있겠습니까."

"요즘도 검험은 못 하시는 겁니까?"

"예……."

아란은 말끝을 흐리다 애써 밝은 표정을 지었다.

"마냥 놀 수 없어 다모간에서 술 빚고 식초 만들며 지내고 있습니다. 형방에서 쫓겨나면 주막이라도 하나 내려고요."

윤오는 피식 웃더니 소매에서 문서를 꺼냈다. 주위를 둘러보고는 나지막하게 말했다.

"그때 말씀하셨던 걸 찾아보았습니다. 승여사 문첩을 대조해보았는데, 승여사에서 일을 진행했던 시기에 아이들이 실종된 게 분명하더군요. 양민도 있고, 노비도 있습니다."

아란은 문서를 차분하게 훑어보았다.

"아이들이 어디로 팔려 갔는지는 알 수 없나요?"

윤오는 고개를 저었다.

"알아내기가 쉽지 않을 것 같습니다. 형조 도관(都官)이 노비매매서를 입안해줬을 테니 찾으려면 찾을 수는 있겠지만, 조선 팔도에 사고 팔리는 사노비가 한두 명은 아니니까요."

아란은 아쉬운 표정을 했다. 단순히 시기와 장소가 맞아떨어지는 것만으로는 한참 부족했다.

"좀 더 구체적인 걸 찾게 되면 다시 오겠습니다."

아란은 건너편 사헌부 건물로 멀어지는 윤오의 뒷모습을 지켜보았다.

사헌부에서 고생을 많이 하나? 의기소침한 것이……

마음이 걱정과 의아함 사이에서 묘하게 배회했다. 아란은 경계에 서 있는 자신의 감정을 일부러 후자로 기울이면서 단호하게 뒤돌았다.

기척을 숨긴 채 뒷짐을 지고 다가오던 한석이 아란과 눈을 마주치자 우뚝 멈춰 섰다.

"나는 기를 쓰며 피하더니, 감찰 나리와는 따로 만나는 건가?"

"그거야…… 저와 감찰 나리는 사적으로 엮일 일이 없으니까요."

아란이 고개를 꾸벅 숙이곤 피하려 하자 한석은 아란의 소매자락을 붙잡았다.

"그때 내가 말한 건 생각해보았는가?"

또 그 얘기인가. 한석은 자신과 아란의 혼담이 물거품이 되었다는 걸 안 후부터 걸핏하면 찾아와 몰래 도망을 치자고 했다. 남녀가 정분이 나 도망쳤다는 소문이 퍼지면, 집안에서도 어쩔 수 없이 겹사돈을 맺어줄 거라나.

누가 개차반 아니랄까 봐 입으로도 똥을 싸는 양반이었다.

아란이 싸늘한 눈빛으로 소매자락을 쳐다보자 한석은 슬며시 손을 거두며 헛기침을 했다.

"생각할 것도 없는 것 같은데요. 제가 왜 그래야 합니까?"

"그럼 계속 검험을 할 수 있을 거라니까! 자네 지금 석 달째 검험을 못 하고 있지 않은가."

"제가 검험을 못하게 된 건 한씨 가문과 정씨 가문이 혼약을 맺어서 그런 건데요? 제가 혼약의 당사자가 되면 혼인 전까지 아예 규방에 갇히지 않겠습니까?"

사실 반은 맞고 반은 틀린 말이었지만, 한석을 거절하기에는 더할 나위 없는 핑계였다.

한석은 순간 말문이 막혔는지 입술만 달싹이다 나지막하게 중얼거렸다.

"그건 내가 막아줄 수 있다니까. 손뼉도 마주쳐야 소리가 난다고, 나 혼자 우겨대니 소용이 없지 않나. 그러니까 자네도 같이……. 자네가 뜻을 굽히지 않으면 판부사 대감도 차마 자네 뜻을 꺾지는 못할……."

"제가 왜 그래야 합니까? 저는 그럴 생각이 없는데요."

한석은 멍한 얼굴로 아란을 보다가 뒤늦게 말을 뱉었다.

"검험을 계속하고 싶어 했던 게 아닌가?"

검험. 당연히 하고 싶지.

허나 아란은 이번 기회에 제대로 짚고 넘어가야겠다고 생각했다.

"나리, 나리에게 검험은, 특히 검시는 가문의 얼굴에 먹물을 칠하는 행동이겠지요. 그래서 계속 검험관을 하겠다며 고집을 부리시는 것 아닙니까? 저와 혼약을 맺으려 하는 것도 그래서 그런 거고요. 제가 서녀가 아니었다면, 검험산파가 아니었다면 안 그러셨을 거라는 거 압니다."

한석이 눈에 띄게 움찔거리는 걸 보며 아란은 계속 말했다.

"나리께서 왜 그리 자기 자신의 가치를 깎아내리고, 가문에 망신을 주고 싶어 안달이 나신 건지는 모르겠지만, 제게 검험은 제 믿음이자 꿈입니다. 왜 제가 소중히 여기는 일과 일상이 그런 식으로 비하되어야 합니까? 왜 나리의 수치스러운 일이 되어 가문을 공격하는 데 쓰여야 하지요?"

"아니, 나는 그게 아니라……."

"다시 한번 말씀드리지만, 나리의 생각은 제게 득이 될 게 하나도 없고, 제가 원하는 것도 아닙니다. 그렇게 가문에 망신을 주고 싶으시면, 차라리 검험서를 제대로 익혀 직접 시신을 만지세요. 검험관 일이라도 제대로 하면 가문은 질색해도 나라에는 도움이 되겠네요."

"……."

"그럼 이만 가보겠습니다. 다시는, 제게 그 이야기 꺼내지 마세요. 저는 분명히 싫다고 말씀드렸습니다."

아란은 말을 마치자마자 자리에서 벗어났다. 뒤통수가 따가운 데도 아무런 기척이 들리지 않는 걸 보니, 한석은 제자리에 서서 자신을 보고 있는 것 같았다. 아란은 끝내 뒤돌아보지 않았다.

***

초파일, 깊은 밤이었다. 땅을 물들이던 등불이 하나둘씩 꺼지면서, 밤하늘에 숨어 있던 별들이 다시 빛을 드러냈다.

경수소 안에 영등(影燈)을 밝혀 그림자를 구경하던 순라군들은 연신 하품을 해댔다.

"아, 졸려 죽겠네. 오늘따라 왜 이렇게 졸립지."

"아까 하사받은 술을 마셔서 그런가?"

"혼자 한 병을 다 마신 거면 모를까, 겨우 입이나 축였는데?"

"양이 적긴 적더라. 암튼 생색만 잔뜩 낸다니까. 그걸 누구 코에 붙이라고."

"근데 정말 졸립네……."

기우뚱하던 순라군들이 그대로 바닥에 쓰러졌다.

불어오는 바람에 영등 안 종이가 파라락 소리를 내며 움직였다.

도망치는 짐승 떼와 이들을 사냥하는 사냥꾼의 그림자가 노란 불빛으로 채워진 경수소 안에서 소란스레 움직였다. 그때 사람 그림자 여러 개가 경수소 안으로 들어왔다.

갑작스레 들이닥친 이들은 금세 썰물처럼 경수소 밖으로 빠져나갔고, 내부는 얼어붙은 호수마냥 작은 움직임 하나 일지 않았다.

반 시진 뒤, 새벽 햇살이 어둠을 가르며 천지를 집어삼키자 순찰을 떠났던 순라군들이 경수소로 돌아왔다.

몸을 부르르 떨며 들어서던 순라군 하나가 놀라 멈춰 섰다. 뒤따라 들어오던 이가 그와 부딪히더니 짜증을 내며 말했다.

"갑자기 서기는 왜 서!"

"저거……. 저게 뭐지?"

뒤에 있던 순라군이 몸을 옆으로 기울여 안을 들여다보았다. 찌푸린 눈매가 순식간에 커졌다. 쓰러진 순라군들과 피칠갑이 되어 있는 시신 한 구가 보였다.

***

잠시 심부름을 하러 갔다 돌아온 아란은 행랑에 들어섰다가 눈을 휘둥그레 떴다. 분주하게 움직이던 항수와 오작항인이 자신을 보고 반색했기 때문이다.

이런 반응은 오랜만에 보는 건데…….

초성과 주월도 부리나케 달려와 양쪽에서 팔짱을 꼈다. 초성이 의뭉스레 웃었다.

"좋은 소식이랑 나쁜 소식이 있어. 어떤 거 먼저 들을래?"

"……나쁜 소식?"

"지난밤에 경수소에서 시신이 네 구나 발견되었대."

"그럼 좋은 소식은?"

"너도 같이 검시를 한다는 거?"

아란은 귀를 의심하며 되물었다.

"나도 같이?"

옆에서 주월이 고개를 끄덕거렸다.

"시신이 워낙 많기도 하고…… 참군 나리가 판부사대감에게 너도 같이 하면 안 되냐고 여쭤봤는데, 된다 하셨대!"

정수헌이 허락을 했다고? 아란의 눈빛이 잔잔한 파문을 그리다가 반짝거렸다.

"어느 경수소에서 발견되었는데?"

초성은 이럴 줄 알았다는 표정이었다. 아란이 검험을 끊느니 개가 똥을 끊지.

"각자 다른 경수소에서 발견되었어. 시장(屍場)에 흘린 피가 없다는 걸 보니 살해당한 장소는 다른 곳인가 봐. 남부, 동부, 서부, 중부에 있는 경수소라는데 경계에 있는 경수소들이라 사실상 다 가까운 거리에 있대. 일부러 시신을 흩어서 놓은 건가? 딱 봐도 동일인

소행이라 일단은 본청에서 초검하기로 했어. 이따가 현고로 시신을
가지고 올 거야."

"그럼 체구는?"

"신소윤 나리랑 윤판관 나리가 하신다는데? 검시는 최참군 나리
가 하고."

"검안 하나를 검험관 여럿이 같이한다고?"

쭉 듣기만 하던 주월이 아란을 현고 쪽으로 이끌며 말했다.

"이제 곧 시신이 올 거야. 빨리 가서 검험 준비하자."

아란은 내심 기쁘면서도 정수헌의 속내를 몰라 불안했다. 그가
무슨 꿍꿍이로 이러는 건지 알 수 없었다.

현고 안으로 총 네 구의 시신이 들어왔다. 좀처럼 놀라는 법이 없
는 아란도 시신을 보자마자 믿을 수 없다는 듯 미간을 찌푸렸다.

"원래부터 이런 상태였습니까?"

서탁 위에 종이를 펼치며 최참군이 고개를 끄덕였다.

"입은 옷이 없어 신분도 가늠할 수가 없겠어. 검시를 마친 뒤 신
원 파악부터 해야 할 텐데. 시친이나 찾을 수 있을지……."

눅진하게 마른 피로 온몸이 뒤덮인 시신들. 아란은 무릎을 꿇고
상처를 살폈다. 시신의 몸을 빼곡하게 뒤덮은 붉은 상처. 아니지, 상
처라고 할 수도 없었다. 이건 글이었다. 살에 새긴 글.

누군가 날카로운 예기를 사용해 시신의 몸에 글을 새겼다.

아란은 얼굴에 새겨진 글자를 먼저 살펴보았다. 유심히 들여다보
다 고개를 갸웃거렸다.

"얼굴에 적힌 건 이름 같은데?"

성까지 적힌 걸 보니 양반인 것 같고…….

아란의 낯빛이 갑자기 어두워졌다. 눈에 익은 이목구비.

네 사람 모두 본 적 있는 사람들이었다.

명철방 한량들과 훈련관 윤참군!

이자들이 어쩌다 다 함께 목숨을 잃었지?

머리를 나무망치로 쿵, 치는 느낌이었다. 허욱규와 정수헌이 나눴
던 대화가 떠올랐다. 물을 흐리는 물고기가 무엇인지 알아내지 못
한다면 모두 없애겠다는 말.

허욱규와 정수헌이 벌인 짓일까? 몰래 준비하던 게 이거였나?

아란은 최참군을 보며 말했다.

"나리, 이분들은, 저도 아는 사람들입니다……."

***

시신은 술이나 초로 따로 세엄을 할 필요가 없었다. 따뜻한 물로
씻어내는 것만으로도 제 모습을 드러냈으니까.

사인은 예기로 인한 살상(殺傷)이었다. 검날 혹은 칼날로 깔끔하
게 앞목을 잘라냈다. 식도와 기도가 모두 잘린 걸 보니 금방 숨을
거두었을 것이다.

머리카락이 풀어 헤쳐지지 않았고, 손에도 방어흔이 없는 걸 보니
저항한 것 같지는 않은데…… 갑작스레 당했나?

아란은 시신의 목에 난 상처를 살피며 말했다.

"시신의 목 왼쪽은 상처가 깊고, 목 오른쪽은 상처가 얕습니다.

흉수가 뒤에서 죽였다면 오른손잡이일 것이고 앞에서 죽였다면 왼
손잡이일 겁니다. 주저 없이 깔끔하게 잘랐네요.”

최참군이 들고 있던 붓을 먹물로 적시며 답했다.

“상처에서 손을 대는 곳(起手, 예기로 찌르는 곳)은 무겁고, 손을 거
두는 곳(收手, 찌른 예기를 거두는 곳)은 가볍기 마련이지. 다른 특징
은 없고?”

“경직 상태가 비슷합니다. 모두 같은 시간대에 죽었어요. 족히 하
루는 될 것 같은데요.”

“거기다 동일범의 소행처럼 보이고?”

“그건 확신할 수 없지요. 하오나 실인이 동일하며 수법도 같습니다.”

아란 옆에 쭈그리고 앉아 시신의 몸에 새겨진 글을 옮기던 초성
도 입을 열고 말했다.

“필체라고 할 수는 없지만, 몸에 새긴 글은 한 사람이 새긴 게 맞
는 것 같습니다. 시신 네 구에 남긴 문자에는, 특유의 투가 있습니
다. 같은 오자도 좀 많고요. 그리고 오자인 걸 감안하고 보면, 그 뜻
이……, 살인, 겁간, 인신매매 이런 말인 것 같은데요.”

최참군은 왼손 검지와 중지로 미간을 짓이기듯 문지르며 말했다.

“하, 혼자 벌인 짓이라면 대체 무슨 수로 여러 명을 처리했지?”

아란은 시신의 입을 벌려 그 안을 살피더니 코를 들이대고 냄새
를 맡았다.

“지게미 좀 주세요.”

번거로운 검시를 피했다는 생각에 안도하던 오작 하나가 뒤늦게
알아듣고 지게미를 담은 대접을 전해주었다.

“닭 네 마리만 가져다주세요.”

오작은 바로 현고 밖으로 나갔다.

"그거 잠깐 멈추고, 냄새 좀 맡아봐."

시신의 입 냄새를 맡으라는 말에 초성이 질색하며 아란을 빤히 보았다.

아란이 서두르라는 듯 고갯짓을 하자 초성은 마지못해 시신의 얼굴에 코를 들이밀었다. 인상을 쓰던 초성이 어느새 진지해졌다. 아란과 의미심장하게 눈까지 마주쳤다.

최참군이 물었다.

"뭔데 그래?"

아란은 손을 깨끗이 씻은 뒤 지게미를 움켜쥐어 시신의 입안에 밀어 넣었다.

"중독된 시신입니다. 입에 구토물이 남아 있어요."

"중독? 무슨 독?"

초성은 얼른 몸을 일으키며 대신 대답했다.

"아주까리입니다. 아주까리는 특유의 향이 있거든요. 씨앗을 먹은 게 아닐까 싶네요."

아란은 시신들 입에서 지게미를 꺼내 오작이 가져온 닭들에게 하나씩 먹였다.

몇 시진 뒤, 닭들은 혈변을 쏟으며 마비 증상을 보이다가 곧 숨을 거두었다.

*　*　*

검시를 마친 아란은 한석과 함께 시신이 발견된 경수소를 돌았다.

아란도 내키지는 않았지만, 지금으로서는 자신과 일해주려는 사람이 한석밖에 없으니 다른 방도가 없었다. 시신이 발견된 경수소에 가고 싶다고 하자 모두가 안 된다며 손사래를 쳤는데, 막 체구를 마치고 돌아온 한석만은 흔쾌히 나서주었다.

한석은 경수소마다 호기롭게 난입해 호들갑을 떨어대더니 아란의 등을 떠밀며 귓속말까지 했다. 판부사 대감이 뭐라 해도 자기가 다 막아주겠다나?

막상 정수헌이 나서면 속수무책으로 당할 게 뻔한데, 제 능력도 모르고 입만 살았다. 그래도 아란은 고개를 끄덕여주었다. 체구를 끝낸 판관이 따라나서 이렇게 길을 터주니 굳이 거절할 이유가 없었다.

그나저나 정수헌은 무슨 속셈으로 검험을 허락해준 걸까?

아란이 다 된 밥에 재를 뿌릴지도 모르는데?

허청의 친우들을, 아니지, 허청의 공범들을 일망타진했으니 그들은 목적을 달성한 셈이었다. 괴뢰희를 상연한 사람도 목숨을 잃었을까? 저들 중에 상연자가 있을까? 만약 그가 죽임을 당했다면, 이제 무슨 수로 증좌를 찾지?

아란은 아무리 생각해도 알 수 없는 답을 고민하며 마지막 경수소를 둘러보았다.

잠자코 옆에서 구경하던 한석이 또 시작했다.

"내가 말하지 않았나. 나와 같이 있으면 계속 검험을 할 수 있을 거라고."

"……."

"아직 늦지 않은 것 같은데, 생각을 고쳐보는 건 어때?"

"경수소 순라군들은 뭐라고 하던가요?"

"야반도주해서 살림이라도 차리는 건 어떤가? 괜찮은 방법일 것 같은데."

"경수소를 지키던 순라군들이 야간에 다 함께 정신을 잃었다면 서요? 정신을 잃기 전에 무슨 냄새를 맡았다던지, 뭘 같이 먹었다던지, 다른 말은 없었습니까?"

"성저십리에 집을 하나 얻어둘까? 아니면 나와 함께 명나라로 가보겠나? 누이가 자네를 보면 좋아하실 것 같은데."

"……."

"……."

"체구장 쓴 거 아직 가지고 계십니까? 있으면 그것 좀 보여주세요."

한석은 아쉽다는 눈빛으로 보더니 마지못해 소매에서 종이를 꺼내주었다.

아란은 받은 걸 펼쳐 꼼꼼히 읽어나갔다.

정신을 잃은 순라군들은 충의위(忠義衛) 절제사가 경수소에서 좌경(坐更)하는 이들에게 술을 한 병씩 보내주었고, 받은 술을 나눠마신 뒤 졸음이 몰려왔다며 입을 모아 말했다. 하지만 충의위 절제사는 지난밤에 그런 걸 보낸 적이 없다고 했다.

또한 네 곳을 제외한 다른 경수소는 이런 술을 받은 적이 없으니 아무래도 충의위 절제사를 빙자한 누군가가 약을 탄 술을 보낸 것 같다고 적혀 있었다.

"명철방에 있는 주막이나 기방을 좀 돌아봐야 할 것 같습니다. 자주 가시는 곳 있습니까? 한량들이 주로 찾는 곳이면 좋을 것 같은데."

"그런 덴 왜? 자네 눈에는 내가 주막이나 기방을 전전하며 돌아다닐 사람처럼 보이는가?"

"그래서 아시는 곳이 있습니까 없습니까?"

한석은 흠흠, 헛기침을 하다 말했다.

"······명철방에 그런 곳이 한두 곳이 아닌데, 그리 말하면 내가 어찌 알겠는가? 구체적으로 어떤 곳?"

***

한석은 명철방 유흥가를 꿰고 있는 건지 아는 곳이 제법 많았다.

새로운 델 데려갈 때마다 민망해하는 것 같았지만, 번번이 허탕을 치는 바람에 한석은 계속 민망한 상황이었다.

"여기도 나름 유명한 곳입니까?"

한석은 고개를 기울이며 눈알을 굴리다가 대답했다.

"뭐, 그런 셈일 것 같은데? 분위기가 좋은 곳은 아니지만, 사람이 많지 않아 이야기를 나누기 좋거든."

흠, 아란은 다시 주위를 살폈다. 지난번 윤오와 국수를 먹었던 노점이 바로 옆이었다. 그때도 이곳에서 명철방 한량들을 만났는데······.

아란은 한숨 같은 날숨을 내쉬고는 곧장 주막 안으로 발을 디뎠다. 싸리담이 아니라 높은 돌담으로 둘러진 주막이었다.

"계십니까?"

"예, 나갑니다!"

중년의 주모가 서글서글한 웃음으로 반겼다. 그녀는 단령포를 입은 한석을 보고 잠시 낯빛을 굳혔다가 다시 천연덕스레 표정을 바꾸었다.

"대낮부터 이곳에는 어쩐 일로……."

"여쭤볼게……."

아란이 입을 열기 무섭게 한석은 아란의 소매를 잡아끌며 주모에게 헛기침을 했다.

"곁채 좀 내어주게나. 안주상도 같이."

한석은 아란이 다른 소리를 뱉지 못하도록 꽉 붙든 채 끌고 갔다. 커다란 나무 뒤 으슥한 곳에 위치한 곁채였다.

안으로 들어가 한석이 방문을 닫자 상황을 눈치챈 아란은 정색하며 말했다.

"사람이 많지 않은 곳이 아니라, 아예 사람을 함부로 들이지 않는 곳인가 보네요?"

"뭐, 그런 셈이지."

이자는 대체 뭘 하고 다니기에 이런 곳도 아는 거지?

아란은 한심하다는 눈으로 한석을 보다가 방안을 훑어보았다.

따스한 봄이라 그럴까, 날벌레가 유독 많았다. 부산스럽게 나는 날벌레를 보며 자리에 앉는데 문밖에서 소리가 들렸다.

"문 좀 열겠습니다."

주모가 안주상을 들여왔다. 아란은 공손하게 부탁했다.

"진한 식초를 따뜻하게 데워서 좀 가져다주시겠습니까?"

"예?"

주모가 영문을 몰라 묻자 한석은 소매에서 엽전꾸러미를 꺼냈다.

"긴히 쓸 곳이 있어서 그러니 좀 가져다주게나. 있는 식초는 다

데워서 가지고 오게."

주모는 엽전꾸러미를 쥐자 더는 묻지 않았다.

주모의 기척이 들리지 않는 걸 확인하고 아란은 입을 열고 물었다.

"여기는 정확히 뭘 하는 곳입니까?"

"다른 이들의 이목을 피하면서 모일 수 있는 곳?"

"사람을 죽여도 모를 정도로요?"

"……불가능할 것 같지는 않네만."

"날벌레가 유독 많습니다. 바닥에 남은 피 냄새를 맡은 걸지도 모릅니다."

"피?"

한석은 바닥에 대고 있던 손을 저도 모르게 떼어냈다.

곧 주모가 식초 한 동이를 이고 왔다. 따뜻하게 데웠는지 하얀 김이 모락모락 올라왔다.

아란은 바닥에 식초를 들이부었다. 잠시 후, 혈흔 하나 보이지 않던 바닥이 검붉은색을 드러냈다.

아란과 한석은 주모에게 신분을 밝히고 곁채에 관해 캐묻기 시작했다. 누가 왔었는지, 무슨 일이 있었는지.

주모는 고분고분 대답했다.

"그 치들이 이곳에 한두 번 온 것도 아니고. 원래 한번 오면 종일 틀어박혀 있어서, 나는 필요한 것만 건네주고 밖으로 나간다고요. 진짜 억울하다니까. 난 아무것도 몰라요. 초파일에도 이른 아침부터 찾아와서는 안주상만 차려주고 나가면 된다길래, 상만 차려주고 나갔어요."

아란은 집요하게 물고 늘어졌다.

"그럼 네 사람 말고 다른 사람이 더 왔을 수도 있다는 거네요? 자리를 비워서 모르신다는 건가요? 다른 곳으로 가셨다면 그걸 증명해줄 간인은 있습니까?"

"있어요, 있어! 내가 그날 연등 준비 때문에 절에 가 있었다고. 그곳 스님이랑 사람들이 확인해줄 거예요."

아란이 한석에게 눈짓하자 확인해보겠다며 고갯짓을 했다.

"그럼 언제쯤 돌아오셨나요?"

"해지고 바로."

"곁채에 남은 피는 직접 닦으신 겁니까?"

"아니야, 내가 왔을 때는 아주 멀쩡했다니까. 상까지 치워놓고 갔기에 웬일인가 했지. 나는 여기서 사람이 죽어 나간 줄도 몰랐어요. 내가 그걸 알았으면 장사를 하고 있었겠어요. 진작에 문 닫고 절에 가서 치성을 드렸지! 겁도 없이 흉가에 홀로 남아 있겠냐고."

아란은 주모의 낯빛을 살피다 속으로 한숨을 쉬었다. 이럴 때 독심술이라도 할 줄 알면 좋을 텐데. 문득 주모가 떠오른 게 있는지 떠듬거리며 말했다.

"중간에 누가 왔는지는 모르겠는데, 같이 왔다가 바로 간 사람은 한 명 있는데……."

그 사람이 누구냐고 득달같이 추궁하자 주모가 눈치를 살피며 말했다.

"그게…… 본청 오작이라고 했던 것 같은데. 이름이 뭐라더라? 잘 기억이 안 나네요. 멀쑥하게 생긴 사람이었어요."

***

주모가 해준 말을 요약하자면, 오작을 포함한 다섯 사람이 함께 이곳을 찾았고 오작이 가져온 술을 나눠마셨다고 한다. 향이 매우 짙은 술이었다고.

본래는 차갑게 마시는 술이었지만, 오작은 감기에 걸렸다며 홀로 술을 데워마셨다고 했다. 그냥 데운 것도 아니고 거의 펄펄 끓인 수 준이었다고.

아란은 당장 주방으로 달려가 술병을 찾아보았다. 다행히 술병은 씻지 않은 채 그대로 남아 있었다. 술병 안에 남은 냄새를 맡은 아 란은 미간을 찌푸렸다. 아주까리 특유의 향이었다.

아란은 주모를 한성부 남부청으로 데려갔다.

간인인 주모와 물증인 술병을 넘기면서 길중과 설범에게 잘 지켜 달라고 신신당부한 아란은 곧장 한석과 함께 한성부 본청으로 돌아 갔다.

돌아가는 길에 한석이 물었다.

"왜 그 여인을 한성부 본청으로 데려가지 않고 남부청으로 데려 간 건가?"

"한성부 형방 오작의 소행일 수도 있는데, 주모를 데려갔다가 목 숨이라도 잃으면 어쩌려고요."

"형방 오작이라……. 대체 누구 짓이지?"

아란은 행이라는 걸 알았지만 아직은 밝힐 수 없었다. 행이와 정수헌, 허욱규 그리고 장좌랑을 모두 엮을 수 있는 확실한 증거가 필요했다.

아란이 아무 말도 하지 않자 한석은 곁눈질하다 물었다.

"아주까리라는 게 그리 독한 건가?"

"예, 구토를 일으키며 마비 증상을 보이는데 제대로 처치하지 않으면 목숨을 잃기도 합니다."

"허나 실인은 살상이 아닌가. 게다가 다 같이 마셨다고 하고. 술에 독이 들어 있으면 오작도 같이 죽었겠지."

"아주까리 씨앗은 맹독을 지녔지만, 가열하면 독이 파괴됩니다. 오작 혼자 끓여서 마셨다면 멀쩡했을 겁니다. 흉수 혼자 여러 명을 죽여야 했으니 독을 먹여 혼미한 상태로 만든 게지요. 술을 마신 뒤 떠났다가 곧 다시 돌아와 중독된 사람들을 죽였을 겁니다."

"그럼 그 오작이라는 자만 찾으면 되겠군."

아란은 고개를 끄덕이다가 우뚝 걸음을 멈췄다.

정수헌처럼 치밀한 사람이 일을 이렇게 대충 처리했다고? 그러면 간인을 남겨두지 않았을 것이다. 왜 주모를 죽이지 않았지? 일부러 간인으로 삼으려 남겨둔 게 아니고서야……

그때 뜨문뜨문 솟아오르던 의구심이 하나로 이어졌다.

이제껏 아란의 검험을 막다가 갑자기 검험을 허락한 이유, 굳이 시신의 얼굴에 이름을 새겨 신분을 밝힌 이유, 죽이면 그만인 간인을 죽이지 않고 증좌가 될 수 있는 술병과 함께 범행 장소에 남겨둔 이유.

흉수인 행이의 범행을 밝혀내게 만들어 그에게 덮어씌울 생각인 거다. 거기에 아란까지 검험에 참여하면 더 빨리 범행을 밝혀낼 수 있었다.

　허나 행이가 순순히 덮어쓸 리가 없는데. 설마 아예 꼬리를 자를 생각인가? 죽은 이는 말이 없을 테니까……

　아란은 마음이 조급해졌다. 순식간에 달음박질을 시작했다.

＊＊＊

　한성부 본청에서도 행이를 찾지 못했다. 아란은 그 길로 성저십 리에 있는 그의 집으로 찾아갔다. 핏빛 석양이 붉은 천처럼 대지에 드리웠다.

　홍색으로 뒤덮인 보석(步石) 위로 신 두 켤레가 보였다.

　짚신 한 켤레와 새카만 가죽으로 만든 목화(木靴) 한 켤레.

　문이 끼익, 열리며 방안에서 사람이 나왔다.

　아란은 싸리담에 붙어 밖으로 나오는 장좌랑을 보았다.

　목화를 신고 밖으로 나선 장좌랑이 점이 되어 사라지자 아란은 새파랗게 질린 얼굴로 싸리담을 뛰어넘었다.

　마당을 질러 방문을 열자 피를 흘리며 쓰러진 행이가 보였다. 옆 에는 피 묻은 단검과 종이 한 장이 놓여있었다.

　아란은 위조된 자백서를 소매 안에 넣은 뒤 행이의 코에 손을 대 보았다.

　얕은 숨이 간간이 오가는 게 느껴졌다. 다행히 숨은 거두지 않았 다. 의식이 없을 뿐이었다. 배에 칼이 찔리기는 했지만, 아직 죽지 않았으니까 살릴 수 있어!

　총백(蔥白), 총백으로!

아란은 검험서에 적혀 있던 구사방(救死方)을 떠올리며 부리나케 주방으로 향했다. 메고 있던 보따리를 풀고 안에 있던 법물을 뒤적여 파뿌리를 꺼냈다.

손으로 짓이겨 솥 안에 넣고 아궁이에 불을 피웠다. 파는 금세 연기를 내며 익었다.

아란은 볶은 총백을 가져다 행이의 상처에 꼼꼼하게 바른 뒤 천으로 그 부위를 동여맸다.

구사방은 응급으로 하는 처치일뿐 사람 목숨을 제대로 구할 수는 없었다.

이곳 말고 다른 곳으로 데려가 치료를 해줘야 하는데……, 가까우면서도 안전한 곳.

무당골 죽림이 이곳에서 멀지 않았다. 지금이라면 윤오도 퇴청해 집에 있을 것이다. 그를 데려와야 한다.

***

행이를 집까지 들쳐메고 오느라 기진맥진한 윤오는 헉헉거리면서도 궁금한 걸 물었다.

"그러니까 이자가 여러 검안과 관련된, 중요한 간인이자 흉수란 말씀이지요?"

"예, 그러니 꼭 살려야 합니다."

"그럼 배후 세력은 누구입니까?"

"……그건 말씀드릴 수 없습니다. 나리에게도 화가 될 수 있으니까요. 잠시만 이자를 돌봐주세요. 적당한 곳을 찾은 뒤 다시 데리러

오겠습니다."

"어디로 데려가게요. 지금으로서는 제 처소가 가장 안전할 겁니다."

"하오나……."

아란은 갑자기 닫힌 문 너머를 보았다.

윤오는 저도 모르게 아란의 시선을 따라갔다. 문창지 너머로 보이는 건 거뭇한 어둠뿐이었다.

잠시 후 여인의 목소리가 들렸다.

"계십니까."

윤오가 검지를 입술에 대며 조용히 하라고 손짓했다.

나가 보니 열린 사립문 사이로 고운 비단옷을 입고 하얀 너울을 쓴 여인이 서 있었다.

마당을 가로지른 윤오는 눈을 가늘게 뜨며 물었다.

"누구십니까?"

여인은 하얀 깁을 올리며 새하얀 얼굴을 드러냈다. 어디서 본 적이 있는 사람이었다. 윤오는 기억을 더듬어보다가 누구인지 기억해 냈다.

"독녀촌에서 뵈었던 분이지요?"

"……."

"아란 산파에게 이야기는 들었습니다. 실종된 분은 다행히 안전한 곳에 계시다고요. 그분은 돌아오셨나요?"

"……아직 돌아오지는 않았습니다. 대신 주기적으로 서신을 보내주고 있지요."

"다행이군요."

"……."

"그런데 여기는 무슨 일로……."

"제가 누군지 모르시겠습니까?"

윤오는 영문을 모르겠다는 얼굴로 조심스레 물었다.

"저를 아십니까?"

의림은 윤오를 빤히 보다가 그의 심장을 뒤흔드는 말을 뱉어냈다.

"대군."

그의 눈빛이 바람 앞의 촛불처럼 흔들리다 훅하고 꺼졌다.

윤오는 놀라 입을 열지 못했고, 의림은 느릿한 말투로 말을 이었다.

"성상께도 여쭤보았습니다. 맞다고는 안 하셨지만, 아니라고도 안 하시더군요. 침묵은 긍정이니까요. 제가 이곳을 찾아온 것은, 여쭤볼 게 있어서입니다."

"……누구십니까?"

윤오의 물음에 의림은 쓸쓸하게 웃으며 말했다.

"몸져누워 정신까지 혼미했으니 저를 기억하지 못하시는 것도 당연하지요. 대군은 제 용모를 기억하지 못하시겠지만, 저는 대군의 모습을 똑똑히 기억합니다. 친영례(신랑이 신부를 데려와 신랑 집에서 치르는 혼례)를 치른 뒤 세 해 동안 매일 보았던 얼굴인걸요. 육 년의 세월이 지났다고 하여 못 알아볼 리 없지요."

"착각을 하신 것 같은데. 저는 김윤오입니다."

의림은 또렷한 눈으로 윤오를 보았다. 그 속내를 가늠하는 것 같았다.

"그렇습니까? 그럼 김윤오라는 분에게 여쭙지요."

"말씀하십시오."

"죽은 이가 다시 살아 돌아올 수도 있는 겁니까?"

"……."

"그것만 대답해주시면 됩니다. 그 답만큼은 잘 아실 것 같은데요."

윤오는 굳은 얼굴로 반문했다.

"어찌 죽은 이가 다시 살아 돌아갈 수 있단 말입니까?"

그 말에 의림의 긴장한 얼굴이 부드럽게 풀리는 것 같았다.

"그렇겠지요? 감사합니다. 이만 가봐야겠네요."

"……살펴가십시오."

다시 깁을 내린 의림은 내딛던 걸음을 멈추며 말했다.

"혹시라도 도움이 필요하시다면, 언제든 찾아오십시오. 죽은 이는 환영하지 않아도, 산 자는 다르지요."

의림은 대답도 듣지 않고 몸을 돌려 가버렸다.

윤오는 의림이 사라진 곳을, 텅 빈 어둠을 멍한 눈길로 바라보았다. 돌아가신 선왕이 앓고 있던 성녕대군의 친영례를 치르게 하였다는 말은 김윤오가 된 뒤로 송경에게 들은 적이 있었다.

부왕은 남자가 장가가는 문화 대신 여인이 시집을 오는 법도를 정착시키길 원했다고. 때문에 와병 중인 성녕대군의 친영례를 치르게 한 일을 두고 모비와 부왕이 크게 싸웠다고 했다.

친영례를 치렀으니 당연히 부인도 있었을 테지…….

하지만 죽은 성녕대군의 부인이었다. 김윤오인 자신과는 무관한 사람이었다.

윤오는 열려 있던 사립문을 닫으며 생각했다.

자신은 성녕대군이 아니라 사헌부 감찰인 중인 김윤오라고.

***

아란의 얼굴이 파랗게 질렸다. 방안에서도 둘이 나눈 대화를 똑똑히 들을 수 있었다.

무당골 서생이 죽은 대군이라고?

이상하다 싶었던 부분들이 확연하고 명료해졌다. 중인인 그가 무슨 수로 사헌부 감찰이 될 수 있었는지, 시신을 직접 만진 것이 뭐가 그리 대수라고 임금의 분노까지 사 쫓겨나듯 사헌부로 돌아간 건지…….

대군이었던 자가 중인이 되었으니 명이 지워졌다고 했구나.

아란은 공이가 해준 말을 떠올렸다. 공이는 윤오가 명이 지워진 사람이라고, 제 명에서 벗어나 온갖 액운을 피하는 사람이라고 했다. 지워졌던 명이 되살아나 그 사람을 찾아가면, 그때는 뒤도 돌아보지 말고 도망쳐야 한다고 했는데.

지금이 그때인 걸까?

한 명은 조선의 주인인 상감의 아우, 다른 한 명은 모두가 눈을 밝히며 찾는 고려의 왕손. 공이의 예언 같은 경고가 아니어도 윤오의 정체를 안 이상 아란은 반드시 그를 피해야 했다.

허나…… 아란은 흔들리는 눈빛을 다잡으며 의지를 다졌다.

이번 검안을 끝내려면, 정수헌과 허욱규를 벌하려면, 한성부 관원이 아닌 다른 관리의 도움이 필요했다. 다른 관청의 자료를 쉬이 볼 수 있으면서도 문무백관의 비위를 규찰하는 사헌부 감찰보다 더 적

합한 이를 어디서 찾는단 말인가.

사적으로 엮이지만 않으면 되는 일이니까. 지레 겁을 먹고 도망칠 수는 없었다.

문이 열렸다. 윤오는 방안으로 고개를 들이밀고는 말간 눈으로 아란을 보았다.

"무당골 사는 무녀 중에도 의술을 익힌 이가 있습니다. 가서 데려올 테니 그분은 그냥 여기 두시지요. 소문이 나지 않도록 잘 처리하겠습니다."

거리가 제법 있어 못 들었을 거라고 생각하는 걸까? 말에도 표정에도 이상한 구석이 없었다. 아란은 고개를 끄덕였다.

일어나 밖으로 나가려 하자 윤오는 당황하며 물었다.

"어디로 가시려고요?"

아란은 정신을 잃은 행이를 내려다보고는 결연한 목소리로 말했다.

"호랑이를 잡으려면 호랑이 굴로 들어가야지요."

***

윤오의 만류에도 아란은 병판 사저로 향했다. 이젠 물증을 찾을 차례였다. 상대는 판한성부사와 병조판서. 제대로 준비하지 않는다면 낚싯줄을 끊고 도망갈 터였다. 이들을 놓치지 않으려면 촘촘히 엮은 그물을 만들어야 했다.

병판 사저의 담은 높았지만, 아란은 능숙하게 담 옆에 있는 느티나무를 타고 올라 몸을 던졌다. 탁, 지면에 발이 닿자 옅은 흙먼지가 일었다. 근방에서 개 짖는 소리가 들렸다.

'개를 키우나?'

아란은 달빛도 들지 않는 음지에 몸을 숨겼다. 개는 한참을 짖다가 돌연 그쳤고, 사방은 잠에 빠진 것처럼 다시 고요해졌다.

아란은 호흡을 조절하며 찬찬히 병판저를 훑기 시작했다.

허청의 처소는 본채일까 별채일까?

맡은 적 있는 내음이 늦바람을 타고 코끝에 묻어났다. 아란은 눈을 부릅떴다. 독녀촌에서 발견했던 부적에 남아 있던 잔향이었다.

향이 이리 짙으니 괴황지에도 배었지.

아란은 불어오는 실바람을 실처럼 붙잡으며 향내의 근원을 찾았다. 그곳은 별당이었다.

아란은 달걀 섬 다루듯 조심스레 문을 열고 방으로 들어섰다. 안에는 아무도 없었다. 대신 방 중간에 커다란 관이 놓여있었다.

관 주변에는 신당이라도 차린 것처럼 무구가 가득했다. 신단처럼 보이는 목단(木壇) 위에는 위패와 향로 두 개가 놓여있었고, 향로에 수북하게 꽂힌 초혼향이 제 몸을 태우며 연기를 토해냈다.

아란은 고개를 돌려 장지문을 보았다. 방과 방을 잇는 문이었다. 기척이 없는 걸 확인하고 문을 연 아란은 안을 보고 너무 놀라 순간 숨이 멎었다.

펼쳐진 금침에 두 명이 누워 있었다. 아니, 두 개가 누워 있었다. 사람만 한 목우였다.

원앙금침을 살짝 들춰내 살펴보니 목우 가슴팍에 초혼부와 같은 문양이 적혀 있었다. 역시나 금과 주사를 섞은 안료로 쓴 거였다.

문양 아래 적힌 글귀를 보자 실소가 저절로 나왔다. 목우에 각자 다른 사주팔자가 새겨져 있기 때문이었다.

허청과 성예의 사주팔자인가? 정말로 명혼을 치를 줄이야.

아란은 목우의 몸을 다시 금침으로 덮어주며 생각했다.

어차피 목우를 쓸 것을, 왜 시신을 묻지 않고 남겨두었지?

아란은 의식 저편에 의문을 밀어두고 다시 방안을 살펴보았다. 서안과 서가 그리고 궤까지 샅샅이 살펴보았지만 별다른 건 보이지 않았다.

갑자기 밖에서 발소리가 들렸다. 한 명이 아니라…… 두 명이었다.

"치성을 드릴 시간입니다. 반 시진 뒤에 나오겠습니다."

공이 목소리?

아란은 당황한 나머지 옆에 있던 서안을 건드렸다. 탁, 소리가 났지만, 다행히 밖에 있는 이들은 알아채지 못한 것 같았다.

"바로 앞에 서 있을 테니까 끝나면 나오라고."

"그러지요."

말이 끝나자마자 문 열리는 소리가 들렸다. 방안에 든 발걸음은 거침없이 장지문을 향했다.

장지문이 열리며 공이의 동그란 얼굴이 드러났다.

서로 눈이 마주쳤다. 공이는 아란보다 더 당황한 듯 안으로 성큼 들어선 뒤 도로 장지문을 닫았다.

공이는 새하얗게 질린 얼굴로 아란을 보더니 오른손 검지를 입술에 가만히 가져다 댔다.

아란이 고개를 끄덕이자 공이는 혼잣말을 내뱉으며 의식을 치르기 시작했다.

"울기는 왜 우니. 한이 어찌 이리 깊을까. 뭐가 그리 서럽다고, 뭐가 그리 억울하다고 아직도 구천을 떠돌며 슬피 울까."

소름 끼칠 정도로 괴이한 목소리였지만, 첫소리가 깃든 목소리는 아니었다. 아란은 공이가 귀(鬼)에게 속삭이는 척 자신에게 말을 하고 있다는 걸 알아챘다.

어쩐지, 명혼을 치르려면 무녀가 필요한데 무당골 무녀 중에는 병판댁 명혼을 주재했다는 이가 없었다. 대체 누가 초혼부까지 쓰면서 거한 명혼식을 진행하나 하였더니, 조선팔도에서 제일간다는 흑무가 그 일을 맡았구나.

공이는 아란에게 귓속말로 '여기가 어디라고 왔어. 간도 참 크다. 검안 때문에 목숨도 버릴 작정이야?' 하고 속삭이더니 곧 목소리를 높이며 다른 말을 했다.

"보자. 네가 무엇 때문에 그리 떠도는지, 내가 한번 들어보자."

공이는 쉬지 않고 말하며 병풍 뒤로 갔고, 곧 드르륵, 소리가 들렸다. 손에 쥐고 나온 걸 아란에게 건네주었다. 그건 서책 아니, 장부였다.

아란은 장부를 펼쳐 내용을 훑었다. 날짜와 숫자 그리고 장소로만 이루어진 장부였다.

대체 무엇을 적은 건지는 알 수 없었지만, 이번 검안과 관련이 있다는 건 확실했다. 그렇지 않고서야 공이가 이리 몰래 넘겨주지는 않을 터였다. 병조 그리고 한성부 문서와 대조해본다면 일치하는 점을 찾을 수 있지 않을까? 그럼 증좌가 될 수 있지 않을까?

공이는 아란의 속내를 읽기라도 한 듯 말을 이었다.

"내가 이곳에서 머물면서 네 이야기를 참으로 오래 들었지. 이게 네게 도움이 될 거다. 아주 큰 도움이 될 거야."

아란이 장부를 옷깃 안으로 밀어 넣으려 하자 공이는 아란의 손목을 붙들었다.

흉흉한 눈빛을 한 공이가 쇳소리를 닮은 목소리로 말했다.

"허나 지금은 안 된다. 어찌 이승의 것을 저승으로 가져가겠느냐. 지옥 불에 불타 사라지고 말 거야. 아직 때가 되지 않았으니 기다리거라."

아란이 붙잡힌 손목을 빼내려 하자 공이는 고개를 저으며 귀에 속삭였다.

"그걸 가져가다가 저들에게 잡히기라도 하면 어쩌려고. 그리고 그건 이곳에서, 허청의 방에서 발견되어야 증거가 될 수 있는 거야. 언니가 발견하는 건 소용 없어. 봉교추국(奉教推鞫, 왕명을 받아 중죄인을 심문하는 것)을 맡은 의금부 정도는 되어야지."

공이는 장부를 빼앗아 장지문을 열고 관으로 다가갔다. 끼이익 소리와 함께 관뚜껑이 열렸다. 공이는 염을 마친 시신의 상반신을 일으키고는 그 아래 서책을 내려놓았다. 다시 시신을 누이고 관을 닫았다.

"명혼까지 치른 이가 아직도 이리 미련이 많아서야. 네가 한을 풀지 못하니 나도 이곳을 떠나지 못하는 게 아니냐. 자, 오늘은 그만하고 어서 네가 있던 곳으로 돌아가거라."

공이는 오른손으로 침방에 있는 벼락닫이창을 가리켰다.

아란이 창으로 다가가자 공이는 목단에 놓인 당방울을 움켜쥐고는 힘껏 흔들기 시작했다. 소리를 막아주기 위해 그러는 게 틀림없었다.

아란은 입으로 고마워, 라고 말한 뒤 반닫이를 밟고 올라 힘껏 창을 밀었다.

내려서자 찌릿한 통증이 발목을 파고들었다. 창밖으로 나올 때 쪽마루에 다리가 부딪히면서 발목을 접질린 모양이었다. 욕이 절로 나왔다.

무사히 별채를 벗어나기는 했지만, 다시 담을 넘어야 여길 벗어날 수 있었다.

높은 나무도 없는데, 이 다리로 어떻게 담을 넘지?

아란이 고민하는 사이, 사방에서 기척이 몰려왔다.

"누구냐!"

"수상한 자가 있다!"

무예를 익힌 자들의 발걸음이었다.

아란은 반대편으로 숨 가쁘게 움직였지만 다친 몸으로는 따돌릴 수 없었다. 어디선가 바람을 가르는 소리가 허공에 궤적을 남기며 아란을 향해 날아들었다.

접질린 발목 바로 위로 화살 하나가 꽂혔다.

알알한 발목의 통증과는 비교도 되지 않는, 불에 덴 듯한 쓰라린 고통이 엄습했다.

낭패도 이런 낭패가 없었다.

월식

八章

아란은 겨눠진 검 끝을 훑어보았다. 무예를 익힌 자가 다섯. 절대 이길 수 없는 싸움이었다.

그들 뒤로 느긋하게 다가오는 이가 있었다. 지초롱이 아란에게 들이밀어졌다. 노란 불빛이 은광을 집어삼켰다.

자신을 내려다보는 허욱규의 얼굴이 보였다.

그는 아란을 알아보았다.

"너는 판부사 대감의…… 검험 산파라고 했던가?"

그는 입꼬리를 올리더니 이곳에서 멀지 않은 별당을 바라보았다. 아란이 왜 이곳에 왔는지 알 법하다는 표정이었다.

허욱규는 화살이 꽂힌 아란의 다리를 보고는 냉랭한 얼굴로 물었다.

"말해보거라. 이 늦은 시간에, 여기는 왜 왔는지."

아란은 입술을 깨물었다. 뭐라고 답을 해야 의심을 사지 않으면서 적당히 넘어갈 수 있을까. 은빛 검날이 위협적이기는 했지만, 살기가 보이지는 않았다.

"시신을 매장해야 한다고 검안까지 접도록 만드시더니, 아무리 기다려도 선산에 시신을 묻었다는 소식이 들리지 않더군요. 아직 시신을 안치하지 않으셨던데, 왜 땅에 묻지 않고 별당에 두신 겁니까? 한성 땅에는 시신이 오래 머물면 안 된다는 걸 모르시는 겁니까?"

허욱규의 눈빛이 매서워졌다. 살이 에일 것 같은, 날 선 눈빛이었다.

"시신을 묻었다는 소식을 듣지 못해 여기까지 왔다고?"

아란은 대답 대신 다른 질문을 쏟아냈다.

"방안에 비단 금침과 함께 목우가 놓여있던데요. 그건 뭡니까?"

"자네 부친이 말한 대로군. 맹랑한 데다 겁이 없고, 집요하기까지 하지."

"별당에 신당은 왜 차리신 겁니까?"

허욱규는 눈썹을 씰룩였다. 아란은 그 반응에 오히려 안도할 수 있었다. 그는 아란이 왜 이곳을 찾았는지 진짜 이유를 모른다. 허청의 죄를 증명할 증좌를 찾으러 왔다는 것만 들키지 않는다면, 어쩌면 살아서 나갈 수도 있었다.

"자네 질문에 굳이 답을 해주자면, 내 자식의 혼백이 안식을 취할 수 없어서 말이야. 혼이 하늘로 올라가지 못하고, 백이 땅으로 내려가지 못하니 한을 풀 때까지 붙들고 있을 수밖에."

"그래서 명혼을 치르신 겁니까?"

허욱규의 눈이 가늘어졌다.

"명혼을 아나? 아, 열다섯이 될 때까지는 여염집에서 지냈다고 하였지."

"……."

허욱규는 고개를 돌려 지초롱을 든 노복에게 말했다.

"행랑 어멈에게 일러 깨끗이 씻긴 뒤 좀 멀쩡한 의복으로 갈아입히라고 하게. 급한 대로 상처를 치료해준 뒤 유란동으로 보내고."

허욱규는 은근하게 눈짓을 했다. 아란은 그 눈짓 속에 숨겨진 엄명을 빠르게 파악했다. 몸수색이었다. 천만다행이었다. 허청의 장부를 가지고 나왔다면 그대로 목숨을 잃었을 터. 공이는 이걸 예시하고 장부 챙기는 걸 막았던 걸까.

허욱규는 아란을 흘겨보고는 다시 말을 이었다.

"아, 그리고 판부사에게 여식 단도리 좀 잘하라고 해. 아무리 아비 말을 귓등으로도 안 듣는다고 해도, 개처럼 풀어놓고 키울 수는 없는 노릇이지."

허욱규는 콧방귀를 뀌고는 소매를 펄럭이며 가버렸다. 아란은 꼼짝도 하지 않은 채 그의 뒷모습을 노려보았다.

***

짝, 소리가 방에 울리자 헉, 숨을 삼키는 소리가 이어졌다.

병판댁에서 보낸 가마를 타고 온 아란이 제 방에 들어서자마자 정수헌이 따귀를 올려붙인 것이다.

아란을 부축하던 연희가 깜짝 놀라 아버지, 하고 외쳤다.

정수헌은 작정한 듯 유란택주 전소현에게 말했다.

"연희 데리고 나가세요."

방안에 남은 이는 아란과 정수헌 그리고 정준완이었다. 문이 닫히자마자 정수헌은 으르렁거리듯 외쳤다.

"그곳이 어디라고, 거기가 어디라고 가!"

따귀를 맞아 터진 입술에 피가 맺혔다. 아란은 손바닥으로 피를 닦아냈다.

그러고는 대꾸도 하지 않은 채 한쪽 발을 질질 끌며 걸어가 안쪽에 있는 보료에 털썩 주저앉았다. 아란은 벽에 등을 기댄 채 정수헌을 올려다보았다.

"제가 갈 거라는 걸 알고 계셨던 게 아닙니까? 그러니 병판에게 미리 언질을 주셨겠지요. 제가 이대로 검안을 포기하지는 않을 거라고요."

"너!"

정곡을 찌른 걸까. 정수헌은 노려보기만 하다가 소매를 떨치며 나갔다.

툇마루에 서서 노복들에게 명을 내리는 소리가 들렸다.

"별당 밖으로 한 걸음도 나갈 수 없도록 단단히 지켜라! 준완이 너는 내 방으로 따라오고."

정수헌을 배웅하던 정준완은 고개를 돌려 아란을 보았다. 그의 시선이 곱게 딴 머리카락과 어여쁘게 묶은 제비부리댕기 그리고 댕기 끝에 자리 잡은 옥 나비에 잠시 머물렀다.

홀로 방에 남은 아란은 그제야 미간을 찌푸리며 통증을 드러냈다. 생각도 어지러웠다.

간인과 물증을 모두 찾았으니 기회를 잡아야 했다. 모든 이들을 일망타진할 수 있는 기회를. 하지만 무슨 수로? 상대는 판한성부사와 병판이 아닌가. 나라 녹도 먹지 못하는 검험 산파가 대체 무슨 힘으로 고관대작들을 상대한단 말인가.

아란은 윤오를 떠올렸다. 문무백관의 비위를 규찰하는 감찰이라면, 상감을 뒷배로 둔 대군이라면, 맡은 일을 충실히 행하는 그라면…….

규방에 갇혀 옴짝달싹도 못 하는 신세인데, 어떻게 윤오와 연락할 수 있을까.

아란은 치마를 움켜쥐며 건너편을 응시했다. 대청마루를 지나면 연희의 방이었다.

지금으로서는 연희가 유일한 동아줄이었다. 동시에 아란이 매달리는 동아줄은 연희의 부친을 옭아매는 줄이었다. 솔직하게 말하면 그녀가 도와줄까? 그렇다고 거짓말로 속일 수는 없었다. 그건 더 못할 짓이었다. 아무것도 모르는 연희더러 제 부친의 목을 조르라고 할 수는 없었다.

그녀는 원수의 가족이면서 아란의 가족이었다. 자신을 가족처럼 보듬어주고 검험서에 적힌 글을 가르쳐주었던 언니. 아란이 사사로이 정수헌의 목숨을 앗아가지 못한 게 자기 때문이었다는 걸 알게 된다면, 연희는 어찌 생각할까.

아란은 다리에서 피어나는 고통에 신음을 흘렸다.

다리의 상처는 마음의 고통에 비하면 아무것도 아니었다. 그래도 오늘 밤에는 결정을 내려야 했다.

***

아란을 처음 보았을 때부터 정준완은 그녀가 특이하다고 생각했다. 대갓집이 아닌 여염집에서 자라난 아이라 그럴까.

부친의 무관심과 모친의 냉대에도 눈 하나 깜짝하지 않았고, 가족의 사랑이나 포용 따위는 바라지도 않는다는 듯이 굴었다.

이런 도도한 행동은 무심함을 가장한 치기 어린 반항이 아닐까. 열다섯 살이 될 때까지 버려졌던 아이니까. 갑자기 나타난 반쪽짜리 혈육에게 데면데면 구는 것은 그 나이대 아이가 생각해 낼 수 있는 최고의 복수였을 것이다.

허나 시간이 지나도 아란은 변하는 게 없었다. 집과 한성부 형방을 오가며 검험 일을 배우다가 그 기간이 두 해를 넘기자 아예 외박을 하기 시작했다. 그러면서도 집에 연통 한번 넣는 법이 없었다.

아무리 집 같지 않은 집이라도 반가의 여식이 외박이라니. 말이 안 되는 거였다. 하루, 이틀. 일순, 보름. 집에 돌아오지 않는 날이 길어지자 치밀어 오른 분노가 꺼지면서 애가 탔다. 대체 뭘 하고 다니는 거지? 겁도 없이, 세상 무서운 줄도 모르고?

정준완은 오랜만에 돌아온 아란을 붙잡고 물어보았다. 대체 뭘 하고 다니는 거냐고. 매일 야금을 어겨 경수소에 갇혀 있다가 곤장을 맞고 돌아오기라도 하는 거냐고.

아란은 귀찮다는 얼굴로 입을 꾹 다물었다. 메고 있는 보따리를 뺏어 풀어보자 안에서 법물이 나왔다. 피가 묻은 소복도.

사실대로 말하지 않으면 부친에게 고하겠다는 으름장에 아란은 마지 못해 입을 열었다. 무당골 '들'에 묻힌, 시친 없는 시신을 검험하고 왔다고.

이런 정신 나간 계집을 보았나. 정준완은 그 길로 부친에게 달려갔다. 그런데 더 어이가 없는 건 부친의 반응이었다. 핏대를 세우며 목소리를 높이던 그에게 정수헌은 경고했다. 괜히 긁어 부스럼 만들지 말고 그냥 두라고.

긁어 부스럼이라니? 이건 시신을 손으로 만지는 천한 일을 하는 것과는 차원이 다른 문제였다. 한밤중 인적 드문 곳에 아녀자 혼자 다니는 게 얼마나 위험한지는 판한성부사인 부친이 더 잘 알 게 아닌가. 그러다 무슨 일이라도 생기면 어찌하시려고.

정준완은 그때 깨달았다. 아란은 부친에게 딸이 아니었던 것이다.

부친에게 아란은 마지 못해 끼고 있는 짐이자 언제든 쳐낼 수 있는, 아니 누군가가 대신 쳐내 주기만을 기다리는 것처럼 일부러 방치하는 존재였다. 핏줄은 이었으나 마음으로 키운 적이 없으니까.

시간이 지나니 다른 의심도 들었다. 사실 피도 잇지 않은 건 아닐까.

애초에 부친이 첩을 얻었을 리가 만무했다. 혼인한 아낙과 간통으로 낳은 아이가 분명하다는 모친의 의심도 마찬가지였다. 부친은 자기 잘못으로 태어난 아이라 할지라도, 제 핏줄을 십몇 년이나 버려둘 사람이 아니었다. 아니, 그렇다고 믿고 싶었다.

의심은 날이 갈수록 커졌고, 자라나는 제 마음과 함께 뒤섞이며 끊어질 줄을 몰랐다. 그리고 오늘 정수헌은 정준완이 의심했던 바가 사실이라는 걸 확인해주었다.

"그게 무슨 말씀입니까. 아란이 제 동생이 아니라고요?"

정준완은 서안을 사이에 두고 부친에게 되물었다. 정수헌의 신경은 서안 위에 놓인 서신에 쏠려있었다. 고개를 든 정수헌이 눈을 치켜뜨며 아들을 보았다.

"너도 눈치채고 있던 게 아니냐."

정수헌은 서안에 놓인 서신을 정준완에게 던지며 말했다.

"한씨 가문에서 보낸 서신이다. 그 집 차남이 의혼(議婚)도 없이 바로 납채(納采, 매파를 통해 구두로 청혼을 한 뒤 신랑 집이 정식으로 예를 갖추어 신부 집에 혼담을 넣는 것)를 진행할 생각이라는구나. 그쪽에서도 두 손 두 발 다 들었는지 두 사람을 맺어주는 게 어떻겠냐고 묻는다."

정준완은 바닥에 떨어진 서신을 집어 그 내용을 훑어보았다.

"첩도 아니고, 정실부인으로요? 이게 가능한 일입니까?"

"그게 뭐가 대수라고. 법도와 권세 중 무엇이 더 강한지 아직도 모르느냐?"

정준완은 저도 모르게 손으로 서신을 구기며 물었다.

"어찌하실 겁니까?"

정수헌은 수염을 쓰다듬으며 말했다.

"맺어야지. 이 혼담은 반드시 받아들여야 한다."

"……."

"하지만 혼례를 치르지는 못할 게야."

"무슨 말씀입니까?"

정수헌은 아들의 어두워진 낯빛을 살폈다. 무슨 생각을 하고 있는지 그 속내를 훤히 알고 있다는 눈빛이었다.

"네가 갑자기 무슨 바람이 불어 이번 혼담을 받아들였는지, 내가 모를 것 같으냐."

"……."

"그렇게까지 그 아이의 혼약을 막고 싶더냐. 허나 그 아이는 너와 이루어질 수 없어. 죽었으면 죽었지 그 아이는 안 돼. 날 그리 볼 것도 없다. 내가 허락하더라도, 그 아이가 원치 않을 거야. 절대 너를 따르지 않을 거다. 명심하거라. 그 아이는, 혼약을 맺은 뒤 혼례를 치르기 전에, 시름시름 앓다가 죽을 것이다. 병판댁에서 화살을 맞아 생긴 상처가 결국 목숨을 앗아간 게지."

정준완의 두 눈이 삽시간에 경악으로 물들었다. 정수헌은 지금 아란을 죽이겠다고 말하고 있었다.

"그 아이를 다른 가문으로 보낼 수는 없어. 화근을 남길 수는 없단 말이다. 차라리 잘된 일이야. 화살을 맞고 돌아왔으니 적당한 핑계거리도 생겼지. 그 아이가 목숨을 잃으면 흉수가 된 병판도 내 눈치를 볼 수밖에 없으니까."

"화근…… 그 아이를 살리는 게 화근이 되는 겁니까?"

정수헌은 말도 필요 없다는 듯 고개만 까닥거렸다.

정준완은 이해할 수 없었다.

"그런데 왜 이제까지 그냥 두셨습니까? 왜 그 아이를 가족으로 삼아 이곳으로 데려오신 겁니까?"

정수헌은 정준완의 움켜쥔 주먹을 보며 말했다.

"소리를 낮추거라. 감히 누구 앞이라고! 내가 왜 이런 이야기를 해주는지 아직도 모르겠느냐. 대국을 살펴야지. 지척에 있는 것에 마음을 빼앗기면 화를 불러온다. 그때는 그 아이를 데려오는 게 화를 면할 수 있는 길이었다. 급한 불을 잡았으니 불길이 거세지기 전에 잔불을 꺼야지."

"……"

"그러니 네가 책임지고 그 아이를 감시하거라. 처리할 일이 많아 당분간 출타가 잦을 테니까. 적당한 때가 되면, 내가 직접 처리하마."

"정말로 목숨을 거두겠다고요……."

정준완은 믿을 수 없다는 듯 다시 물었다.

"그렇게 해서 얻으시는 게 무엇입니까? 고작 아란의 목숨을 거두려고 병판과 손을 잡으셨단 말입니까? 뭐 얼마나 대단한 화근이라고 그렇게까지 하시는 겁니까?"

정수헌은 속으로 코웃음을 쳤다. 고작 그 아이 때문에 그랬을 리가.

애초에 정수헌에게 아란은 아무런 의미가 없었다. 그에게 중요한 건 군자금이었다. 목멱산에 숨겨진 군자금. 아란이 확실한 단서를 쥐고 있는 건 맞는지, 맞다면 어찌해야 그 비밀을 알아낼 수 있을지, 궁금한 건 많았지만 풀 방도가 없었다. 벌써 육 년이 지났는데도 군자금의 행방은 안개처럼 모호하지 않은가.

다른 방도가 없다면 유일한 단서인 아란을 붙잡겠지만, 지금 그에게는 다른 패가 있었다. 병판. 병판은 병조를 움직일 수 있는 확실한 패였다.

정수헌은 훈련관 검안이 터졌을 때부터 숨겨진 내막이 있을 거라고 의심했다. 석빙고에서 허청의 시신이 발견된 게 과연 우연이었을까? 허청의 막역한 친우가 살해된 것은?

목멱산에 몰래 만들어진 석빙고는 또 어떻고.

한성 땅 한복판에서 쥐도 새도 모르게 석빙고를 지었다니. 이건 삿된 이가 홀로 벌일 수 있는 게 아니었다. 병조를 움직였을 것이다. 목멱산에는 병조가 관할하는 봉수대가 있으니 영 불가능한 일만은 아니었다.

한성부는 불가능해도, 병조라면 가능했을 터. 허청이 병조를 움직여 석빙고를 만든 건 아닐까? 왜 그곳에는 시신이 여섯 구나 있었을까? 그것도 사인이 모두 다른 시신으로?

정수헌의 의혹은 검안을 맡은 아란이 대신 풀어주었다. 유일한 연결고리였던 허청에서 시작해 제법 착실하게 여러 점을 이어주었으니까. 중인 감찰 놈이 훼방을 놓아 아란을 검안에서 빼내지 못한 게 오히려 전화위복이 된 셈이었다.

경수소에서 발견된 시신들과 행이에게 모든 죄를 뒤집어씌웠으니 이대로 검안을 깔끔하게 마무리 지을 수 있을 터. 그 대가로 병판은 병조를 움직여 군자금을 찾아줄 것이다. 목멱산을 샅샅이 훑어 그 흔적을 찾아내겠지. 다 차지하지는 못하겠지만, 반이라도 얻는 게 어디인가.

언제 터질지 모르는 폭죽 같은 아란까지 사라진다면, 더는 위협이 될 것도 없었다. 다만 걱정되는 게 있다면, 눈앞에 있는 아들 정준완이었다. 이놈이 아란 때문에 무슨 일을 벌일지 몰라 안심할 수가 없었다. 모자란 놈.

그래서 정수헌은 적당히 속사정을 드러내 진실과 거짓을 섞은 말로 아들을 조종할 요량이었다. 아무것도 모른다면 제멋대로 굴겠지만, 알려주면 알려준 범위 안에서 움직이는 법이었다.

"아란이 뭐라고 그렇게까지 걱정을 하십니까? 아무것도 아닌 아이입니다."

정수헌은 한참을 침묵하다 말했다.

"내가 그 아이의 부모를 죽였다. 보는 눈이 많아 의심을 피하기 위해 아란을 이곳으로 데려왔지. 내가 진짜 아비라고 하였지만, 그 아이가 내 말을 믿을 것 같으냐? 천만에. 그 아이는 내 말을 믿지 않

아. 그런데도 나를 따라왔지. 왜 따라왔을 것 같으냐.”

정수헌이 일부러 말끝을 흐리자 정준완은 떨리는 목소리로 말을 이었다.

“아란이도 그 사실을 알고 있다는 것입니까? 자기 부모를 죽였다는 것을요? 그래서 복수하기 위해 왔다고요?”

정수헌은 입이 썼다. 정준완의 안색은 어두웠고, 내뱉는 말은 간곡할 지경이었다.

이런 미련한 놈 같으니라고. 왜, 마음이 아프더냐?

“그래서 그 아이가 그리 애면글면 검험 일에 매달리는 것입니까? 부친을 벌할 증좌를 찾으려고요?”

부모가 죽임을 당했을 때, 아란의 나이는 고작 아홉 살이었다. 제 눈으로 보고 제 몸으로 경험한 것도 그게 무엇인지 잘 모르는 나이. 게다가 아란은 제 부모의 죽음을 직접 보지도, 듣지도 못했다. 조모와 함께 외출할 때만 해도 멀쩡하게 살아있던 부모가 몇 시진 만에 식어가는 시신이 되어 자신을 맞이했으니 그 변화를 받아들이기에도 버거웠을 것이다.

알더라도 뭘 어쩌겠는가.

이젠 간인도, 물증도, 시신도 없는데 어찌 죄를 증명할 수 있단 말인가.

처벌이 아닌 복수라면 몰라도.

“어찌 되었건 참으로 이악스러운 아이지.”

정준완은 말 못 하는 물고기마냥 입만 뻐끔거렸다. 정수헌은 그런 아들의 얼굴을 보며 생각했다.

자, 이제 선택을 해보거라. 네가 쥐고 있는 걸 지키기 위해 아란을 죽이겠느냐, 아니면 네가 쥐고 있는 모든 걸 망치면서 아란을 살리겠느냐.

정준완이 전자를 택하든 후자를 택하든, 아란은 반드시 죽어야 했다.

***

앞으로 무너지듯 나온 정준완은 문을 닫은 뒤에야 참았던 숨을 내뱉었다.

부친이 살인범이었다는 사실보다 그의 마음을 더 흔든 건 아란이 제 누이가 아니라는 것이었다. 이제 그 무엇도 그의 마음을 막을 수 없었다. 마음을 막고 있던 둑이 터지자 물이 거세게 쏟아졌다. 격랑이 되어 정준완의 머릿속을 뒤덮었다.

대청마루를 지나 툇마루에 선 그는 섬돌 위에 놓인 신을 신으며 허탈한 미소를 머금었다.

그래, 그 아이는 내 동생이 아니야.

그의 발걸음이 저절로 별당으로 향했다.

몇 걸음이나 걸었을까. 걸음을 멈추고 돌아보았다. 툇마루와 쪽마루 사이에 언뜻 사람 그림자가 보였다. 연희?

어둠에 잠겨 모호했던 얼굴이 시야에 드러났다. 하늘이 부서지고 땅이 솟아오른 듯한 표정까지. 연희의 두 눈에 그렁그렁 맺힌 눈물이 성긴 빗발처럼 후드득 떨어졌다.

부친과 나눈 대화를 들었구나! 정준완은 대번에 직감했다.

연희는 울음기를 삭이다 갈라진 목소리로 말했다.

"별당에 올 생각은 하지도 마. 절대 안 돼."

연희는 도망치듯 별당으로 달려갔다. 제가 향하는 곳이 가장 안전한 보금자리라도 되는 것처럼. 허나 그곳은 연희에게만 안전한 곳이었다. 아란에게 안전한 곳은 그 어디에도 없었다.

***

연희는 높게 쌓인 서책더미 사이에 주저앉았다.

금싸라기마냥 아끼던 서책들이 우르르 바닥으로 쏟아졌다.

한참이나 생각에 잠겨 있던 연희는 벌떡 일어나 밖으로 나섰다.

건넛방 문창지는 어두웠다. 아란도 꺼진 호롱불처럼 잠을 자고 있을까.

연희는 곧장 정준완에게 갔다. 툇마루 위로 노랗게 물든 창호지에 언뜻언뜻 검은 그림자가 비쳤다. 방안을 서성이는 그림자. 연희는 문밖에 서서 말했다.

"나야. 들어간다."

정준완은 안으로 들어선 연희에게 날이 선 목소리로 말했다.

"왜?"

"어떡할 거야."

"뭘?"

"아란이."

"너 아니어도 지금 머리가 터질 것 같으니까, 괜히 들쑤시지 말고 나가."

연희는 한심하다는 듯 노려보다 말했다.

"아란이 안 살릴 거야? 걔가 무슨 죄야."

"……."

그다음에 뱉은 말은 연희 자신에게만 들릴 정도로 더 낮고 조그마했다.

"죄는 아버지가…… 우리가 지었는데."

부친의 말은 틀렸다. 화는 아란이 아니라 부친이었다. 부모를 죽인 걸로도 모자라 이제는 아란까지 죽이려 하지 않는가.

원수의 자식인 자신은 그것도 모르고 아란이 자기 덕분에 마음 붙이며 산다고 생각했다. 정준완만 성가시면 아란도 살 만할 거라고, 자기가 지켜줄 수 있을 거라고.

함께 살자고 했던 말을, 아란은 어떤 마음으로 들었을까.

그게 무슨 마음이든, 지금 자신의 마음보다 더 고통스러웠을 것이다. 연희는 핑 도는 눈물을 삼키며 말했다.

"아까 다 들었어. 아란이 좋아한다며. 이대로 죽게 만들 거냐고!"

평소에는 정준완, 너라는 호칭에 길길이 뛰었지만, 오늘만큼은 그도 연희의 하대를 신경 쓰지 않았다. 연희는 갈등하는 오라비의 모습을 보고 한숨을 내쉬었다.

"정토사(淨土寺, 오늘날의 백련사)와 매바위 사이에 내 서고가 하나 있어. 외조모가 구해주신 거라 다른 사람들은 아무도 몰라. 서책 좀 가져다 달라고 아란에게 부탁한 적이 있으니까. 거기로 가자고 하면 아란이 안내할 거야."

"거길 무슨 수로? 별당 앞에 다들 지키고 서 있는 거 못 봤어?"

"할 수 있어. 별당 뒷담을 넘을 거야. 밖에서 기다리고 있다 아란이나 잘 받아줘."

"담을 넘겠다고? 뒷담이 얼마나 높은지 몰라?"

"그러니까 그 담으로 넘어야지. 다른 곳은 다 감시할 거 아니야."

"화살까지 맞은 아이를 무슨 수로……. 행랑채에 가서 제자(梯子, 사다리)라도 빌릴 작정이냐?"

"미쳤어? 그건 내가 알아서 할 테니까. 파루가 되자마자 바로 나가서 뒷담서 기다려. 알았어? 나는 여기에 남아 최대한 시간을 끌어볼게. 그래봤자 오래는 못 버틸 거야. 금방 알아채시겠지……."

정준완은 생각하는 눈빛을 하더니 곧 고개를 끄덕였다. 연희는 그 모습이 못 미더웠지만, 지금으로서는 다른 방법이 없었다.

"파루 종이 치자마자 바로야. 알았지? 자, 여기 서고 열쇠."

***

"아란아, 일어나 봐."

아란은 지척에서 들리는 목소리에 눈을 떴다. 여러 개로 어긋난 얼굴이 하나로 포개지며 서서히 선명해졌다.

"언니?"

"쉿! 일어나. 빨리 도망쳐야 해."

연희의 목소리가 고막에서 먹먹하게 퍼졌다. 물에 잠긴 채 수면 밖의 소리를 듣는 것처럼.

아란이 상반신을 일으키자 연희가 부축해주었다.

"걸을 수 있겠어?"

두 다리로 일어서자 통증이 찌르듯 밀려왔다. 그런데도 아란은 고개를 끄덕였다. 다리에 딱딱한 이물감이 느껴졌다. 부목인가?

"다리, 언니가 해준 거야?"

"어. 문으로는 못 나가. 이쪽으로 와."

창문을 열면 바로 쪽마루가 있었고 그 앞이 뒷담이었다. 연희는 조심스레 창문을 열고는 아란에게 손짓했다. 둘은 쪽마루로 나와 천천히 창문을 닫았다.

연희의 하얀 버선발이 곧이어 누눅한 지면에 닿았다. 난간에서 손을 뗀 연희는 양팔을 벌리며 속삭였다.

"내려와. 내가 잡아줄게."

아란은 여전히 꿈을 꾸는 것만 같았다. 걸음마를 하는 아기처럼 양손을 벌리며 연희의 품에 제 체중을 실었다. 마루에서 발을 떼는 순간, 몽롱한 정신에도 연희가 이제껏 써본 적 없는 근육을 남김없이 깨우면서 힘껏 자신을 붙드는 게 느껴졌다.

연희는 다시 그녀를 부축했고, 뒷담으로 데려갔다. 다행히 지키는 이는 없었다.

아란은 담 아래 계단처럼 쌓여 있는 걸 보았다. 서책이었다. 아란은 초점이 풀린 눈을 곱게 휘며 피식 웃었다.

연희의 방을 빼곡하게 채웠던 서책들을 모두 이곳에 옮겨놓은 것 같았다. 서책에게 제 방을 내어준 연희는 제 한 몸 누일 곳만 겨우 마련했고, 방 안 온도와 습도도 자기 몸이 아닌 서책에 맞춰 살았다. 그런 연희가 서책을 쌓아 계단을 만든 것이다.

"언니."

연희는 검지를 입술에 대며 눈으로 말했다. 소리 내면 안 된다고. 아란은 입을 다물었다.

연희는 옷섶 안에서 당혜 한 켤레를 꺼내 아란에게 신겨주었고,

그녀를 부축해 서책 더미를 오르게 했다.

아란은 힘겹게 무게 중심을 잡으면서 고개 숙여 아래를 보았다. 맨 위에 놓인 서책들의 겉표지가 보였다.

일 년 내내 책쾌를 닦달해 구했던 희귀본 경전부터 정수헌에게 사정사정해 명나라 사신단을 통해 구해온 남송시기 박물지까지. 연희가 제 목숨처럼 아끼던 서책들이었다.

밤이슬이 내려앉은 흙 위에 깔린 맨 아래 서책들도 마찬가지일 것이다.

연희의 손이 손가락을 스치며 떨어졌다. 팔 척 높이의 와편 담장도 어느새 아란의 허리춤까지 낮아졌다.

연희가 만감이 교차하는 눈빛으로 자신을 올려다보고 있었다. 아란이 입을 쫑긋하며 뭐라고 말을 하려 하자 연희는 고개를 저으며 만류했다. 어서 빨리 담을 넘으라고, 어서 가라고 손짓했다.

아란의 시선은 한참이나 연희의 얼굴에 머물렀다. 연희가 조바심에 발을 구르자 아란은 담장에 얹은 암키와를 짚으며 팔에 힘을 주었다. 무게 중심이 뒤바뀌면서 몸이 담을 넘자 천지가 빙그르르 도는 것 같았다.

어두운 하늘이 어두운 땅이 되고, 어두운 땅은 하얀 연희의 얼굴이 되었다. 하얀 얼굴이 거뭇하게 물들더니 새카매졌다.

아란은 정신을 잃는 와중에도 누군가 제 몸을 붙잡는 걸 느낄 수 있었다.

담을 넘지 못해 도로 담 안으로 떨어진 걸까. 연희가 날 잡아준 걸까.

의식은 다시 수면 아래로 침잠했고, 아란은 더는 아무 생각도 할 수 없었다.

***

아란은 창고 안에서 깨어났다. 눈에 익숙한 곳이었다.

'서고?'

연희의 서고였다. 연희는 외출을 싫어했다. 연희와 가까워진 뒤로 아란은 그녀 대신 서책을 살피러 이곳에 오곤 했다. 못 알아볼 리가 없었다.

아란은 몸을 일으켜 문으로 다가갔다. 조금 전까지만 해도 느끼지 못했던 고통이 다시 다리를 찌르며 되살아났다. 조심스레 문을 당겨보았다. 당겨지던 문이 덜컹 소리를 내며 멈췄다. 힘을 더 주어보았지만 열 수 없는 건 마찬가지였다.

열린 틈 사이로 두툼한 쇄금(鎖金, 자물쇠)이 보였다.

가두기 위해 잠근 건지, 지키기 위해 잠근 건지는 알 수 없지만 정수헌의 소행일 리 없었다.

아란은 누웠던 곳으로 돌아갔다. 바닥에 앉아 다홍빛 치마와 하얀 속치마를 들춰보자 속바지가 붉게 물든 게 보였다.

아란은 다리에 묶여 있는, 한때는 자기 방에 걸려 있던 횃대였으나 지금은 부목이 되어버린 수청목(水靑木, 물푸레나무)을 손으로 쓰다듬다 거칠게 잘린 단면을 보고 웃었다.

은장도로 잘라낸 걸까. 서안 앞에 앉아 엉덩이도 떼지 않고 서책만 읽던 이가 이리 힘을 썼으니 몸져눕지 않을까 걱정이었다.

아란은 자리에 누워 잠을 청했다. 일단은 기력을 회복해야 했다. 다시 잠이 몰려왔다.

그리고 한참 뒤, 쇄금을 부숴 문을 연 이는 아란도 예상하지 못했던 사람이었다.

***

서책을 밟고 담에 매달린 연희는 아란을 등에 업고 다급하게 달려가는 정준완을 보고서야 걱정을 내려놓을 수 있었다.

일단은 사람 목숨을 살리는 게 중요하니까.

정준완이 못 미덥기는 했지만, 그도 아란이 싫어서만 그런 건 아니었다. 좋아하는데 좋아하면 안 되니까. 그래서 괜히 들들 볶았겠지.

혈육 간의 정이 아닌 연모라. 도저히 이해할 수 없는 감정이었지만, 감정이라는 건 때론 당사자도 쉬이 알 수 없는 법이었다. 최소한 아란을 해치려는 적의는 없을 테니까. 그걸로 족하다고 생각했다.

그런데 돌아온 정준완이 늘어놓은 말에 연희는 기가 차서 말문이 다 막혔다.

당분간은 서고에 두겠지만, 소요가 가라앉으면 새로 집을 구해 첩으로 삼을 거라고.

이걸 지금 말이라고 하나! 믿고 맡긴 내가 미친년이지.

연희는 울화통이 치밀었지만, 그렇다고 면전에다 욕을 퍼부을 수는 없었다. 아란을 다른 곳으로 옮기려고 작정한다면 영영 찾을 수 없을 테니까.

당장은 아란을 어찌할 수 없을 것이다. 이제 곧 부친도 눈치챌 테니 정준완도 당분간은 부친의 시야에서 벗어날 수 없겠지.

그때까지 아란이 잘 버틸 수 있을까? 치료는? 끼니는? 하루가 될지 열흘이 될지 한 달이 될지도 모르는데, 마냥 기다리는 게 능사일까?

연희는 일단 사저를 나섰다. 아란을 위해 해줄 수 있는 마지막 행동이었다.

다른 사람. 아란이 믿을 수 있는 사람. 아란을 도와줄 수 있는 사람. 사헌부 감찰이 자연스럽게 떠올랐다. 한성부 형방에서 함께 검안을 맡았다고 했었던.

***

윤오는 지난번 명나라 사행을 다녀온 서장관(書狀官)의 기록 문서를 읽다가 눈살을 찌푸렸다. 이미 상감에게도 올린 문서가 아니던가.

이제 와 이걸 읽으라고 하는 이유가 무엇인지, 읽고 나서 어찌하라는 건지 오리무중이었다.

제좌(齊坐)할 때는 오만 걸 따지고 기준으로 삼으면서도 막상 업무할 때는 눈치껏 알아서 분위기를 훑으며 하라니. 비위를 규찰하는 곳이 이리 이상해도 되는 건가?

윤오가 속으로 볼멘소리를 내뱉고 있을 때 누가 불렀다.

"김 감찰, 누가 찾아왔네. 협문 밖으로 나가보게나."

혹시 아란이 온 걸까 싶어 윤오는 반색하며 자리에서 일어났다.

송경에게 부탁해 이미 오작 행이는 안전한 곳으로 옮겼다. 부상이 워낙 심해 걱정이 되기는 했지만, 생명에는 지장이 없는 것 같았다. 아란을 안심시켜줄 수 있어 마음이 가벼웠다.

협문 밖에는 아무도 없었다. 대신 윤오는 담장 끝 구석에서 서성이는 여인을 보았다. 고개를 숙인 채 몸을 잔뜩 웅크리고 있었다. 차려입은 녹의홍상을 보고 윤오는 고개를 갸웃거렸다.

"저를 찾으셨습니까?"

윤오가 다가서자 땅만 보던 여인이 고개를 들었다. 처음 보는 얼굴이었다. 여인은 조심스레 윤오의 얼굴을 살피다 이내 반가운 표정을 지었다. 좌우를 둘러보고 나서 여인은 나지막이 말했다.

"아란이 지금 위험합니다."

"무슨 말씀입니까?"

"그 아이가 위험해요. 도와줄 수 있는 사람이 감찰 나리뿐이라 찾아왔습니다."

"누구십니까?"

"언니요. 아란이 언니입니다."

아란 낭자에게 언니가 있었나? 눈앞에 선 이는 딱 봐도 반가의 여식이었다. 아란도 대갓집에 살고 있으니 이런 언니가 있다는 게 불가능한 일만은 아니었다.

양반인 언니에, 중인인 검험 산파 아란. 천인인 무녀 동생까지.

이 집안에는 대체 무슨 사정이 있는 거지?

윤오는 불쑥 떠오르는 의문을 흘어낸 뒤 곧장 물었다.

"낭자에게 무슨 일이 생긴 겁니까?"

귓가에 들리는 속삭임에 윤오의 눈이 점점 화등잔만 하게 커졌다.

***

쾅, 소리가 났다. 송경은 가지고 있던 검으로 나무 문에 걸린 쇄금을 마저 뜯어냈다.

그러곤 검날을 살피더니 믿을 수 없다는 눈으로 울상을 지었다.

"내 검! 날이 상했어."

"검집 채로 쇄금을 뜯으면 되는 것을, 검을 왜 꺼내 가지고. 빨리 비키거라."

"아…… 아니, 그걸 왜 이제야 말합니까?"

형도 말없이 내 서책을 찢었잖아?

윤오는 자신을 원망스레 쳐다보는 송경을 옆으로 밀어내며 문을 활짝 열었다.

사람 키를 훌쩍 웃도는 높은 서가가 진열을 이룬 듯 질서정연하게 놓여 있었고, 서가 위에는 서책이 빼곡하게 놓여있었다.

가운데 통로를 지나 서가 사이에 누워 있는 아란을 발견했다.

흘린 땀에 이마와 머리카락이 흠뻑 젖어 있었는데, 처음 '들'에서 마주쳤을 때와 같았다. 정신을 놓고 쓰러졌던, 추운 겨울밤과 같은 모습이었다.

윤오는 아란의 이마에 손을 대었다. 서늘했다. 좋지 않은 징조에 윤오는 심장이 내려앉았다.

아란을 등에 업고는 다급하게 서고에서 나왔다.

송경은 아란을 업고 나오는 윤오를 보고 어이가 없다는 듯 말했다.

"다짜고짜 찾아와서 따라오라고 하시더니, 그게 다 이 산파 때문이었습니까? 동문 너머에 사는 분이 어�쩐 일로 반대편으로 가시나 했네요. 근데 이 여인은 또 왜 이럽니까?"

"안에 갇혀 있었다. 안전한 곳으로 데려가 치료를 해줘야지."

"안전한 곳이요? 판부사 대감 서녀라면서요. 집으로 보내면 될 것을 왜요?"

그곳은 위험했다. 병판이 검안을 파헤치며 제 일을 방해하는 아란을 죽이려고 송곳니를 드러냈다지 않은가. 아란이 판부사 대감의 서녀라는 것도 놀라운데, 부친이라는 정수헌마저 가문의 안위를 위해 모른 체한다니 절대 그곳으로 데려갈 수는 없었다.

살리기 위해 내치는 것도 당사자에게는 크나큰 고통인데, 죽으라고 내치다니…….

아란이 사라지면 병판은 아란과 친분이 있는 이들의 사가를 뒤지며 코를 쿵쿵거릴 터. 자신이 사는 죽림도 마냥 안전한 곳은 아니었다. 그렇다고 송경의 사저로 데려갈 수도 없는 노릇이었다. 생각에 잠겼던 윤오는 눈빛을 밝히며 말했다.

"삼한국대부인저로 가자!"

"예? 거긴 왜요?"

송경은 아란을 업고 내달리는 윤오의 뒷모습을 입을 떡 벌리고 보다가 순간 무언가를 깨달은 듯 외쳤다.

"지금 정실이 사는 집에 다른 여인을 데려가겠다는 겁니까? 저 인간이 죽다 살아나더니 저승에 정신머리를 두고 왔나……. 어? 기다려요! 같이 가!"

송경의 외침에 나무 사이에 숨어 있던 산새들이 푸다닥 날아올랐다.

정토사가 위치한 고양현(高陽縣)은 숲이 울창하고 짐승이 많아 매사냥으로도 유명한 곳이었다. 두 사람은 푸르른 수림이 그려낸 녹음 아래서 맹수에게 쫓기는 노루처럼 정신없이 내달렸다.

이들의 발걸음이 어느새 삼한국대부인저에 닿았다. 정확히는 성녕대군의 사저였지만, 이종은 살아생전 궁위(宮闈)를 벗어난 적이 없었기에 이곳에 산 적이 없었다.

윤오는 들쳐업은 아란을 다시 고쳐업고는 대문을 두드렸다. 송경은 눈알을 굴리며 또 물었다. 벌써 수십 번은 물어보는 것 같았다.

"정말 들어가시려고요? 진짜? 진심이십니까?"

"……."

곧이어 문이 빼꼼 열리며 아낙 한 명이 고개를 내밀었다.

"누구세요?"

아낙은 윤오를 훑어보다 등에 업힌 아란을 보고 눈을 휘둥그레 떴다.

윤오는 가쁜 숨을 가라앉히며 또박또박 말했다.

"저는 사헌부 감찰 김윤오입니다. 국대부인께서 도움이 필요하면 언제든 찾아오라고 하셨습니다. 가서 제가 왔다고 전해주십시오."

"사헌부 감찰 김윤오요?"

아낙은 뒤에 있는 송경을 흘깃 보고는 문을 열었다.

"들어오세요. 근데 저 사람은 안 됩니다."

"아니, 왜 나는……."

"잠시 여기서 기다리거라."

송경은 너마저 왜 이러냐는 눈빛으로 쳐다보았지만, 윤오는 본체만체하며 부리나케 아낙의 뒤를 쫓았다.

아낙은 미리 받은 언질이라도 있는 건지 둘을 바로 본채 곁방으로 데려갔다.

"잠시 기다리십시오."

아낙이 나가자 윤오는 깔린 보료 위에 아란을 반듯이 눕혔다.

잠시 주저하다 치맛단을 들추고 다리를 확인했다. 잠시 허공에서 멈칫하던 두 손이 부목을 묶은 천을 풀었다. 부목 두 개를 떼어낸 뒤 검붉어진 바짓부리를 조심스레 올리자 날숨이 저도 모르게 한숨이 되어 나왔다. 의술에 까막눈인 자신이 보아도 심각한 상처였다. 제대로 된 치료가 시급해 보였다.

"상처가 심하군요. 제생원 의녀를 불러 치료해야겠습니다."

언제 들어온 건지 삼한국대부인 성의림이 눈썹을 찌푸린 채 윤오 뒤에 서 있었다.

"한성부 형방 산파가 어쩌다 이리 다친 겁니까? 저를 찾아와 도움을 청하실 정도면, 심각한 일인가 보네요."

"목숨이 달린 일입니다. 이분이 여기 있다는 건 아무도 몰라야 합니다."

"……누가 이리 만든 겁니까?"

윤오는 솔직하게 대답했다.

"병판입니다."

의림의 낯빛이 매서워졌다.

윤오의 표정에 초조한 기색이 비쳤다. 거절하면 어쩌나 걱정이 되었다.

의림은 이내 고개를 끄덕였다.

"이 아이에게 저도 빚을 진 적이 있습니다. 병판은 제게 진 빚이 있으니…… 다른 건 몰라도 이건 꼭 도와야지요."

***

아란이 삼한국대부인저에 숨어 지낸 지 어느새 두 달이 지났다.

상처도 다 나았고, 쇠약해진 체력도 회복되었다.

아란은 방안에서나마 틈틈이 연무를 했다. 검험을 못 하니 무예라도 익힐 수밖에.

한때는 횃대였고, 한때는 부목이었으며 지금은 목검이 된 수청목을 들고 검법을 연습하다 아란은 돌연 동작을 멈췄다.

"일어났는가."

의림이었다.

"네, 들어오세요."

아란은 이곳에 머무는 동안 의림과 퍽 가까워졌다.

의림은 묘하게 정수헌을 닮은 사람이었다. 철두철미함과 냉정함 그리고 깊숙하게 숨겨놓은 욕심까지. 그녀는 절대 쥐고 있는 것을 놓는 법이 없었으며 더 많은 권세를 얻기 위해 치밀하게 노력했다. 하지만 그녀는 가문보다 자기 자신에게 방점을 찍은 이였다. 창녕 성씨 가문의 권세를 위해 힘쓰다가도, 가문이 제 의지에 반하면 가차 없이 밟아버렸다.

그러면서도 의림은 도움이 필요한 사람에게 아낌없이 제가 쥔 것을 베풀어주었다. 정수헌과는 비슷하면서도 전혀 다른 셈이었다. 그 모습을 보고 처음에는 남을 돕기 위해 권세를 얻으려는 줄 알았는데, 가끔 보면 그냥 권세를 얻는 행위 자체를 좋아하는 것 같았다.

또한 의림은 은원이 분명한 이였다. 성예는 명혼을 치르고도 석 달이나 지나서야 독녀촌으로 돌아왔는데, 의림은 이를 두고 이를 갈며 분개했다. 허욱규가 허울뿐인 신부를 왜 그리 오래 붙잡아 둔 건지는 모르겠지만, 허청의 시신을 매장하지 못한 것 그리고 공이가 치성을 드리고 있는 것과 관련이 있겠다 싶었다.

때문에 척을 진 적도 없던 창녕 성씨 가문 사람들이 허구한 날 사사건건 병판의 발목을 붙잡고 늘어졌으니, 병판으로서는 이게 어찌 된 일인지 영문도 모를 터였다. 그 뒤에 의림이 있다는 것과 의림의 심중에 원한이 있다는 것을, 그는 알 길이 없을 것이다.

덕분에 병판도 함부로 나설 수가 없게 되었으니 아란으로서는 다행인 셈이었다.

의림은 문을 열고 방으로 들어왔다.

아란이 자리를 내어주려 하자 의림은 손을 내저었다.

"바로 독녀촌으로 가봐야 해서 오래 머물지는 않을 거네."

"늦게 오십니까?"

"아마도. 자네에게 전해줄 말이 있어 들렀네."

"……."

"금일 아침에 소식을 들었는데…… 자네에게 추포령이 내려졌다 네."

아란의 얼굴이 새파랗게 질렸다. 추포령이라니.

음지에서 뒤쫓는 것과 양지에서 뒤쫓는 것은 전혀 다른 문제였다. 고려 우왕의 손녀라는 신분이 폭로되기라도 한 건가? 정수헌이 그랬을 리는 없을 텐데.

대체 어디서 새어나간 거지? 정수헌까지 엮인 건 아니겠지. 그건 멸문을 당할지도 모르는 큰 죄인데. 그럼 연희 언니는?

아란은 떠듬떠듬 물었다.

"무, 무슨, 죄명으로요?"

"판부사를 속여 가짜 서녀가 된 죄. 서녀라는 신분을 이용해 한 성부 형방 검험 산파가 된 죄. 검안을 맡아 사사로이 흉험을 감추려

한 죄. 그리고 자네가 맡았던 검안들의 흉수가 사실은 자네였다는
죄?"

아란은 속으로 안도의 한숨을 내쉬었다. 다행히 최악의 상황은
아니었다.

아란은 감정을 가라앉히며 차분하게 물었다.

"허나 저는 그럴 동기가 없는 사람인데요? 간인도 없이 저를 흉
수로 몰 수는……."

"평소 검험 일을 열심히 했나 봐?"

"그렇긴 한데, 그게 왜……."

"검험 일을 너무 좋아해 사람을 죽이며 다녔다고 말을 맞춘 것 같
아. 시신이 있어야 검험도 있는 법이니까. 자네를 사람이 아니라 살
인마로 만들어놨더군. 시신만 나타나면 눈빛을 밝히는 데다 검험을
안 할 때는 시신 옆에서 잠을 잔다던데? 그런 허무맹랑한 말을 누가
믿는 건지."

"……."

영 틀린 말은 아닌데……. 저게 근거가 된다면 형방 사람 모두가
간인이 될 수 있었다.

아무래도 정수헌과 허욱규가 전략을 바꾼 것 같았다. 적확성을
중시하는 검시도 이현령비현령일 때가 많은데, 간인도 없는 의옥(疑
獄)은 더 쉽게 조작할 수 있을 터. 자신을 찾아낼 수 없으니 아예 나
타날 수 없도록 만들어버린 것이다.

흉수로 쫓겨 제 한 몸도 건사할 수 없는 이가 무슨 수로 정수헌과
허욱규의 죄를 규명하겠는가. 그렇다고 이대로 계속 숨어있을 수도
없는 노릇이었다.

아란은 머리가 다 지끈거렸다.

의림은 담담하게 말했다. 무심하게 들리지만 딴에는 유심한 말투였다.

"이리 버티고 있는다고 저절로 문제가 해결되는 건 아니네. 명일 해가 뜨자마자 자네를 가장 안전한 곳으로 데려갈 테니 그런 줄 알고 준비하고 있게."

***

내시 복장을 한 아란은 가마 뒤 구석에 웅크리고 누워 덜컹거리는 움직임에 제 몸을 맡겼다.

무지기치마와 대슘치마로 풍성하게 펼쳐낸 남색 화문단(花紋緞) 스란치마가 자신의 모습을 가려주었지만, 몸을 움찔할 때마다 금박을 입힌 스란이 바스락 소리를 내 누가 알아챌까 불안했다.

가장 안전한 곳으로 간다더니, 의림은 아란을 가장 위험한 곳으로 데려갔다.

궁이라니. 그것도 금상이 사는 궁에.

내시 복장으로 환복하라는 말을 듣고 설마설마하였는데, 설마가 사람을 잡게 생겼다.

아란은 가는 내내 마음을 졸였지만, 가마는 별 어려움 없이 궁 안에 들었다. 내사복시에 속한 덕응방(德應房)까지 흐르는 물처럼 거침없이 나아갔다. 이 모든 게 권세의 힘이었다.

어찌 국대부인이 궐내각사까지 납셨냐며 누군가 요란을 떨며 말했지만, 금일 가마를 이곳에 둘 터이니 관원과 덩꾼들은 잠시 물러

352

나라는 단호한 말에 후다닥 멀어지는 소리가 들렸다.

의림의 시비가 가마 문을 들추자 그제야 의림은 몸을 일으켜 가마 밖으로 나갔다.

따라 나가야 하나?

의림은 가마 구석에 웅크린 아란에게 낮은 목소리로 말했다.

"나오게."

아란은 가마 밖으로 나와 옆으로 기운 관모를 고쳐 썼다. 양쪽 날개를 뜯어낸 검은 매미의 몸통처럼 생긴 관모였다.

아란은 시비와 함께 의림의 뒤를 따랐다. 시비가 고개를 숙인 채 의림의 발만 보고 걷자 아란도 똑같은 모양새를 했다. 곁눈질로 보니 바닥에 시선을 고정한 채 걷는 이들이 자신과 시비만은 아니었다.

앞도 안 보고 어떻게 걸어다니는 거지?

일다경은 걸었을까. 목덜미가 다 당겼다. 아란은 의림이 신은 고운 운혜가 지면에 그림자를 남기는 것을 보았다. 끊어질 듯 이어지며 따라붙은 그림자는 소담하게 피어난 할미꽃을 닮아 있었는데, 금세 곧은 그림자 안으로 들어가며 모습을 감췄다. 전각 지붕의 그림자였다.

햇살을 막아낸 그림자만 봐도 전각이 얼마나 크고 웅장한지 알 수 있었다.

이곳에 사는 이도, 저 전각처럼 쉬이 크기를 가늠할 수 없는 힘을 가지고 있겠지.

"기다리거라."

아란과 함께 걷던 시비가 즉시 멈춰 섰다.

의림은 곧장 석계를 올랐고, 아란도 부지런히 그 뒤를 따랐다.

입전(入殿)하자마자 내관 한 명이 다가와 기다리고 있었다며 국대부인을 맞이했다. 몸놀림이 진중하면서도 발걸음은 가벼운 것이 몸에 신중과 경계가 밴 자였다.

아란은 숙인 고개를 더욱 푹 숙이며 둘을 따랐다.

한참을 걷자 내관이 목소리를 높이며 말했다.

"국대부인이옵니다."

"들라 하라."

말이 끝나기 무섭게 문이 드르륵 열렸다.

안에서 명령을 내린 자는 여자가 아니라 남자였다. 다른 곳도 아니고 궁에서 사람을 부리는 젊은 남자라니. 아란은 순간 멈칫했다.

아직 이립도 되지 않은 상감에게 장성한 아들이 있을 리 없으니 손님을 맞는 이는 당연히 당금의 왕일 것이다.

호랑이 사냥을 위해 용을 끌어들이겠다는 건가?

아란은 저도 모르게 눈을 치켜뜨며 의림의 뒷모습을 보았다.

의림은 일말의 망설임이나 두려움도 없이 안으로 들어섰다.

하긴 용이 아니고서야 누가 범사냥에 나서겠는가.

아란도 의림의 뒤를 따라 용의 아가리에 몸을 들이밀었다.

문지방을 넘자마자 문 옆에 꼼짝하지 않고 앉아 있던 궁인들이 드르륵 문을 닫았다.

발걸음 소리가 넓게 울리며 퍼졌다. 제법 넓은 실내였다.

느긋하지만 느리지 않은 의림의 발걸음이 돌연 멈춰서자 아란도 재빠르게 선걸음을 거두어들였다. 허리를 굽히며 인사하는지 의림에게서 다시 바스락 소리가 났다.

"이 아이입니다."

의림이 말하는 아이가 누구일지는 뻔했다. 아란은 목이 꺾일 정도로 숙인 고개를 더 숙여야 하는 건지, 아니면 국궁을 하며 엎드려야 하는 건지 알 수 없어 그냥 고개를 숙인 채로 잠자코 서 있었다. 다시 목소리가 들렸다.

"네게 추포령이 떨어진 것은 알고 있겠지. 관련 검안만 해도 목멱산 검안, 홍제원 검안, 경수소 검안으로 희생자는 총 열한 명이다."

"……."

"네가 왜 흉수가 아닌지 말해보거라. 관련 검안 문서는 다 읽었으니 같은 내용을 설명해줄 필요는 없다."

다짜고짜 왜 흉수가 아닌지를 증명하라니.

아란은 허욱규와 정수헌의 죄를 증명할 증좌는 있었지만, 자신이 죄가 없다는 걸 증명할 증거는 없었다. 아란은 달싹이던 입술을 지긋이 깨물었다가 말했다.

"체구장과 험장에 적힌 내용 외에 따로 할 말이 뭐가 있겠습니까? 다른 말은 제 일방적인 주장이지 증거가 없는걸요."

"그럼 내가 묻도록 하마. 마침 경수소 검안에 관해 묻고 싶은 게 있었다."

"……하문하시옵소서."

"한성부 형방에서 올린 험장에 의하면 죽은 이들이 모두 아주까리 씨앗에 중독되었다고 나오던데, 판관 한석이 올린 체구장에서는 그 씨앗을 가열해서 먹은 이는 그 독에 영향을 받지 않는다고 적혀 있었다."

"네, 맞습니다."

"하나 검험삼록 어디에도 그런 내용은 나와 있지 않던데?"

검험삼록을 읽었다고? 《세원집록》, 《평원록》, 《무원록》을 다? 아란은 저도 모르게 고개를 들었다가 황급히 다시 숙였다.

"검험삼록은 송나라와 원나라 때 편찬된 글들이지요. 어찌 그 내용 모두가 우리 실정과 맞을 수 있겠습니까?"

"정녕 그러한가?"

"세원집록 복독편을 보면 호만초(胡蔓草)라는 독에 관한 설명이 따로 있습니다. 단장초(斷腸草)라고도 불리는 것인데 생으로 먹든, 말린 걸 먹든, 오래된 것을 분말로 만들어 먹든, 바로 처치하지 않는다면 죽음에 이르는 독약입니다."

"그 부분은 나도 읽었다. 광남(廣南) 지역에서 쓰이는 독이라고 써 있지 않느냐."

"지역마다 환경이 다르니 쓰이는 독도 다르지요. 그러니 일반적으로 사용되는 독과 함께 적지 않고 굳이 따로 적어 설명을 해준 것입니다. 같은 나라 내에서도 그러한데, 다른 나라는 차이가 더 클 것이옵니다. 오늘날 조선에서 쓰이는 독을 송나라나 원나라 때 편찬된 검험서에서 찾을 수는 없지요."

왕은 잠시 생각에 잠겼다가 뒤늦게 다시 물었다.

"각주구검이라……. 그 말은 뒤집어서 말하면 검험삼록을 연구하더라도 꼭 도움이 되지는 않을 수도 있다는 거구나."

"그래도 안 하는 것보다는 나을 것입니다. 다만 그냥 보기만 하는 것은 의미가 없겠지요."

이건 한성부 장방에 있는 검험서를 빌려 읽으려는 검험관이 없는 것만 봐도 알 수 있었다. 읽어도 이해할 수가 없으니까. 그럼 그게 무슨 소용이 있겠는가.

"그럼 어찌해야 할 것 같으냐?"

지금 일개 산파에게 조언을 구하는 건가?

아란은 잠시 입을 다물었다가 솔직하게 고했다. 연희와 함께 검험서를 읽을 때 논한 적이 있던 문제라 입에서 술술 나왔다.

"이곳 실정에 맞는 책으로 바꿔서 읽어야 합니다. 검험을 경험한 적이 있는 사람이, 그것도 한 명이 아닌 여러 명이 조선 실정에 맞도록 내용을 가감하고, 주해를 달아야겠지요. 뜻을 쉬이 알 수 있도록 음훈을 표기하여도 좋고요. 검험관들 대다수가 시신을 접해본 적이 없기에 자세한 사례를 들어 설명해주지 않으면 별다른 도움이 되지 않을 겁니다. 애초에 검험서를 편찬한 이들도 검험관들의 경험을 모으고 모아 하나로 정리한 거니까요. 사례가 많을수록 좋습니다."

"……."

한참 동안 답이 없자 조금 전 헛기침을 했던 내관이 다시 흠흠, 하며 말을 올렸다.

"전하."

"듣자 하니 판한성부사의 서녀가 아니라지?"

잠시 생각에 잠긴 듯했던 왕이 별생각 없이 내뱉은 하문에 아란의 낯빛이 확 바뀌었다.

상대는 왕이었다. 관아에서 보낸 문첩이 위로 오르고 오르면 가장 마지막으로 확인하는 최종 결정권자. 어쩌면 증좌가 없어도 사람을 벌할 수 있는, 법도 위에 설 수 있는 사람.

오랫동안 가슴 한편에 묻어왔던 욕망이 잠에서 깨어난 듯 일어났다.

다시 오지 않을 기회야. 어쩌면 정수헌에게 죄를 물릴 수 있을지도 몰라.

아란은 떨리는 목소리를 애써 붙잡으며 고했다.

"제 부모님은 목멱산에서 살던 평범한 사람들이었습니다. 제가 아홉 살 때, 죽임을 당하셨지요."

한참 뒤 왕이 물었다.

"누구에게?"

판한성부사 정수헌에게.

하지만 증좌도 없이 이런 말을 바로 고할 수는 없었다. 아란은 제 부모를 죽인 정수헌의 유죄를 상감에게 확신시킬 수 없었다.

"흉수로 지목된 이는 제 부모와 함께 그 자리에서 목숨을 잃었습니다."

"그럼 검안은 바로 종결이 되었겠구나."

"네, 검험하러 왔던 한성부 사람들이 시신까지 다 태우고 갔습니다."

"매장하지 않고 시신을 태웠다고?"

확신시킬 수 없다면, 의심을 일으켜야 했다.

작은 의심의 씨앗은 그 무엇보다 빠르게 자라나는 법이니까. 역시나 상감의 목소리에 의아함이 묻어났다.

당연한 일이었다. 살해당한 시신은 언제든 다시 검험할 가능성이 있기에 화장을 하는 법이 없었다. 다 썩어 백골이 된 시신도 제 죽음에 관한 목소리는 낼 수 있으니까.

아란은 마른침을 삼키며 대답했다.

"네, 태웠습니다."

시신을 태우라는 검험관의 말에 조모와 아란은 시키는 대로 할 수밖에 없었다. 그래야 살아남은 이들의 목숨을 부지할 수 있으니까. 조모는 그 일 이후 정신이 나갔는데, 정말로 미친 건지 미친 척 했던 건지 알 수가 없었다.

"십 년 전이라면, 그때 판한성부사가……."

"정수헌입니다. 남아 있던 증거도 검험관이 모두 거두어갔습니다."

"증거이니 한성부로 가져가는 것이 당연한 일인데, 왜 자네 말투는 증거를 없앴다는 것처럼 들리지? 검험관이 일부러 검안을 덮었다고 생각하는가?"

"그건 모르겠지만, 의심스러운 점이 한두 개가 아니었습니다."

"의심스러운 점이라. 말해보거라. 무엇이 그리 의심스럽더냐?"

"검험관이 밝힌 부친의 실인은 타물(他物)로 인한 치사였고, 모친의 실인은 자액이었습니다. 허나 모친은 목이 졸려 죽기는 하였으나 스스로 목을 매지 않았습니다."

"근거는?"

아란은 낮게 숨을 내쉬며 단호한 목소리로 말했다.

"자액과 같은 액흔이었지만 주변에 올라설 수 있을 만한 게 없었습니다. 높이가 낮은 물건들만 있었지요. 대들보에 천을 걸어 홀로 목을 매었다면 발을 디딜 수 있는 무언가가 필요했을 겁니다."

"그런데 그곳에는 그런 게 없었다?"

"네, 그런데도 자액과 같은 액흔이 남았다는 건 다른 누군가가 제 어미의 목을 올가미로 묶어 매달았다는 겁니다."

"그때 아홉 살이었다고 하지 않았나? 그런 걸 무슨 수로 알았지?"

고개를 숙였기에 용안을 볼 수는 없었지만, 필경 의심의 눈빛을 하고 있을 것이다. 젖은 장작을 태울 때 피어오르는 검은 연기처럼 짙은 의혹이 임금의 목소리에 다분했다. 의심의 대상이 정수헌에서 자신에게로 옮겨가기라도 한 걸까.

아란은 불쑥 고개를 든 불안을 힘껏 누르면서 솔직하게 고했다.

"제가 안 게 아닙니다. 그때 검험에 동원되었던, 모친의 주검을 살폈던 산파가 조모에게 몰래 이야기하는 것을 들었습니다."

"그리 중요한 것을 산파는 왜 검험관에게 말하지 않았는가?"

아란은 속으로 쓴웃음을 지으며 대답했다.

"당시 산파는 모친의 산문을 확인하자마자 바로 시장(屍場)에서 쫓겨났습니다. 검험관에게 말하면, 나이 든 산파의 말을 그들이 믿어주기나 했겠습니까? 오히려 자기를 가르치려고 든다며 화를 냈을 것입니다."

아란의 반문이 건방지다고 느꼈는지 내관은 헛기침을 했다. 아란은 다시 말을 이었다.

"늑액사(勒縊死)일 경우 반드시 시장의 상태를 따져보고 밧줄과 발디딤의 길이를 측정해야 합니다. 검험서에도 나와 있는 내용이지요. 당시 검험관은 몰라서 안 한 걸 수도 있고, 아는 데도 귀찮거나 혹은 모종의 이유로 하지 않았을 가능성도 있습니다."

"모종의 이유……. 그리 의심을 하면서도, 자네는 어쩌다 그자의 서녀가 된 거지?"

"……직접 다가가지 않고서 어찌 의심을 풀 수 있단 말입니까."

"의문은 풀렸으나, 증거를 찾아내지는 못했다는 말처럼 들리는구나."

남아 있는 증거라는 게 없으니 찾을 수 없을 수밖에. 아란은 더는 답을 하지 않았다.

왕은 차분한 목소리로 화제를 바꿨다.

"관련 검안 문안은 과인도 읽어보았다. 자네가 그 많은 사람을 죽였을 거라고 생각하지는 않는다. 특히 목멱산 검안과 경수소 검안은 여인이 홀로 벌일 수 있는 일은 아니지. 허나 흉수가 특정되지 않았으니, 누구든 흉수일 가능성이 있다. 그건 너도 마찬가지고."

차분하다 못해 냉정한 목소리에 아란은 울부짖던 자신의 욕망이 물을 부은 모닥불처럼 매캐한 연기와 함께 삽시간에 꺼지는 것을 느꼈다.

검험을 이루는 것은 체구와 검시. 어찌 체구만으로 흉수를 잡을까. 검시 없는 체구는 언제든 악용될 수 있었다. 검험 산파로 수년간 일했던 아란이 여기에 있는 그 누구보다 더 잘 알고 있지 않던가.

실질적인 증거 하나 없이, 증인도 아닌 아란의 말만 믿고서 십 년 전 일을 단옥할 수는 없을 것이다. 아니, 그래서는 안 되는 거였다. 그건 아란이 이제껏 매달려왔던 검험의 가치를 부정하는 거였다.

"그럼 누가 흉수인지를 밝힐 수 있는, 확실한 증좌를 드리면 되는 겁니까?"

허청, 허욱규와 정수헌의 손이 되어 사람의 목숨을 앗아갔던 행이.

허청의 관 안에 숨겨놓은, 허청이 친우들과 저질렀던 죄상이 낱낱이 적혀 있는 장부.

간인과 물증이 모두 있으니 아란은 확실한 증좌를 댈 수 있었다.

가벼운 웃음을 닮은 콧소리가 들렸다.

"사헌부 감찰 김윤오에게 떠맡기고 간 자를 말하는 건가?"

아란의 얼굴이 새파랗게 굳었다. 상감이 무슨 수로 알았지?

의아함은 잠깐이었다. 아란은 윤오의 원래 신분을 떠올렸다. 상감은 윤오의 친형이 아니던가.

"그자는 간인입니다. 더하여 물증도 있습니다."

"물증?"

아란은 담담하게 있었던 일을 고했다. 병판저에 잠입해 허청의 방에서 장부를 찾아냈지만 들키지 않을 자신이 없어 허청의 관 안에 숨겼다는 것. 그리고 빠져나가다 화살을 맞아 잡혔다는 것.

아란의 말이 끝난 뒤 목소리는 믿을 수 없다는 듯 되물었다.

"그리 비밀스러운 장부를 한 번에 찾아냈다고? 그것도 허청의 방에 처음 간 네가?"

"……."

머릿속 핏기가 가시는 느낌이었다. 심장이 방망이질을 했다. 사실을 얘기하려면 공이가 나와야 한다. 공이는 흑무녀였다. 흑무는 사람을 죽이는 저주를 행하는 이. 공이 이야기를 꺼냈다가 공이에게 화가 닥칠지도 몰랐다.

아란은 침착하게 말을 뱉었다.

"허청의 방은 명혼 때문에 신방이 되어 있었습니다. 비단금침에 목우까지 놓은 걸 보아, 다른 이들이 함부로 드나들지는 못한 것 같았습니다. 왜 다른 이들이 그걸 찾지 못했는지는, 저도 그 이유를 모르지요. 어쨌든 저는 그곳에서 증거를 찾았고, 허청의 관에 숨겨두었습니다. 승여사와 병조 자료 그리고 한성부 형방 자료와 대조해 본다면, 그 죄상을 확실하게 규명할 수 있을 것입니다."

"고개를 들거라."

왕의 말에 아란은 고개를 들었지만, 시선은 여전히 아래로 향해 있었다.

자신의 표정을 살피려는 걸까. 하지만 먼저 입을 연 사람은 의림이었다.

"허청이 명혼을 치렀다는 건 사실입니다. 독녀촌 여인 중 한 명과 혼인을 치렀습니다."

상감은 묵묵부답이었다. 한참 뒤 마지막 말이 그의 입에서 나왔다.

"의금부에 엄히 조사하라 명할 테니 이만 물러가거라."

말이 떨어지기 무섭게 의림이 허리를 굽혀 예를 올리고는 뒷걸음질 치는 게 보였다. 아란도 똑같이 따라서 발꿈치를 앞세워 문지방을 넘었다.

문이 도로 닫히자 저도 모르게 손으로 가슴을 쓸어내렸다. 제멋대로 뛰던 심장은 길게 내쉰 숨에도 진정할 줄을 몰랐다.

왔던 길을 돌아나가며 아란은 나지막이 물었다.

"일이 잘 해결된 게 맞습니까?"

"들자마자 아주까리 씨앗을 물으시던 걸 보면 모르겠나. 의심보다 호기심을 먼저 드러내신 걸 보면 소문을 믿지는 않으시는 게지. 그분이, 사헌부 감찰이 데리고 있는 간인의 존재까지 아시는 걸 보니 이미 상황 파악을 끝냈을 걸세. 자네가 말한 물증만 찾는다면, 법대로 처벌을 하실 거야. 어쩌면 문무백관에게 본보기를 보이기 위해 더 엄히 처벌하실지도 모르지."

확신할 수 없었다. 아란은 상감이 끊임없이 자신을 의심하고 있었다는 생각을 떨쳐낼 수 없었다.

부디 용이 증좌를 움켜쥐며 범사냥에 나서기를 바랄 수밖에.

지금으로서는 아란이 할 수 있는 게 아무것도 없었다.

***

"네 생각은 어떠하냐?"

왕의 물음에 십장생도 병풍 뒤에서 송경이 슬며시 나왔다.

"제 생각이 뭐가 중요하겠습니까? 성심이 중요한 것을요."

금상은 이미 윤오가 보낸 투서와 관련 문서를 통해 사태를 파악하고 있었다. 아란이 의림의 처소에 있다는 것도.

그런데도 의림의 입궐을 허한 것이다. 아란에게 추포령이 떨어졌으니 그녀가 아란의 무죄를 호소하기 위해 궐로 데려올 거라는 걸 쉬이 예측할 수 있는 데도.

송경은 용안을 살피며 성심을 헤아려보다가 이내 포기하고 직접 물었다.

"그 아이에게 검험에 관한 질문은 왜 하신 겁니까. 집현전에 똘똘한 아이들만 모아놓지 않으셨습니까. 그들에게 물어보면 될 것을, 산파가 알면 뭘 얼마나 안다고."

"어허, 뒤에서 못 들었느냐. 검험관들 대다수가 시신을 접해본 적이 없다지 않느냐. 글로만 깨우칠 수 있는 이치가 아니다. 애초에 경험을 녹여내 정리한 글이니, 제대로 이해하고 싶으면 경험 많은 이의 이야기를 들어봐야지."

왕은 무언가를 생각해보다 눈빛을 밝히며 말했다.

"승문원 정자로 있는 이가 이름이 뭐였지? 그때 명나라에 갔다 온 자 말이다. 그자가 홍제원 검험 때도 참관하였다고 하였지?"

"최치운 말씀이십니까? 김감찰 말로는 그렇다고 하더군요."

"그자를 집현전 수찬(修撰)으로 삼아야겠구나. 자신과 무관한 일인데도 관심을 가진 걸 보면, 검험을 천시하지 않는 모양이야."

"정자를 수찬으로요? 수찬은 정육품 아닙니까? 그리 높은 관직을 주면서 대체 무슨 일을 시키시려고요? 일 좀 그만 시키세요. 전하께 뭐라고 못 하니까 다들 저를 볶는다고요. 그걸 또 굳이 에둘러서 말해가지고, 지금 저 말이 나한테 하는 말인가 전하에게 하는 말인가, 그런 걸 생각하면서, 구분하면서 들어야 한다니까요? 그게 얼마나 머리 아픈 일인데요."

"작일 세원집록을 읽으니 서문에 이리 적혀 있더구나. 옥사 중 대벽(大辟, 사형)이 가장 중하고, 대벽보다 더 중한 것이 초기 수사이며, 초기 수사보다 더 중한 것이 검험이라고 말이야. 사람이 죽으면 그 시신을 검험하라는 법률만 있고, 그 검험을 어찌하라는 법도가 아직 없지 않느냐. 그러니 검험관들이 작성한 험장이 죄다 그 모양이지. 방법을 강구해야겠어."

그 말을 듣는 송경의 표정이 가뭄더위에 바짝 마른 논바닥처럼 갈라졌다.

형제가 어쩜 이리 똑같은지. 다른 사람들이 하는 말은 싫은 소리 한 번 내지 않고 경청하더니, 자기 앞에만 서면 말을 들어주는 법이 없었다.

송경은 콧잔등을 찌푸리며 입 모양으로 궁시렁거렸다.

생각에 잠겨 송경을 병풍 취급하던 상감이 갑자기 주변 사람들을 모두 물렸다. 송경은 주변 기척을 살피며 엿듣는 이가 없다는 걸 확인한 뒤 낮은 목소리로 물었다.

"얼마나 은밀한 이야기를 하시려고 주위를 다 물리십니까?"

"아까 그 아이 말이다. 네가 생각해도 의심스럽지 않느냐?"

"의심스러운 건 차치하더라도, 심지가 보통 굳은 게 아닌 것 같던데요. 결국 제 부모를 죽였는지 확인하기 위해 판부사 집안으로 들어간 게 아닙니까."

"허나 판부사는 굳이 그 아이를 자기 집으로 데려올 필요가 없었지. 그런데도 그 아이를 받아들였다는 것은……."

송경은 알겠다는 듯 목소리를 높였다.

"그럼 그 소문이 진짜란 말이군요! 자기가 정씨 가문의 핏줄이라고 파렴치하게 속였다는 소문이요!"

왕이 한심하다는 얼굴로 쳐다보자 송경은 입을 꾹 다물었다.

"갑자기 누가 널 찾아와 자기가 네 아이라고 우긴다면, 너는 그 말을 믿을 수 있겠느냐? 평소 행실을 어찌하고 다녔기에 그런 말을 믿어? 아니다, 그게 이유가 아닐 거다. 분명 다른 이유가 있을 거야."

"다른 이유요?"

"틀림없이 다른 이유가 있을 거야. 빈틈없는 판부사가 그런 허무맹랑한 말에 그 아이를 서녀로 받아들였을 리는 없다. 무언가 더 숨겨져 있어. 병관은 몰라도, 판부사는 이런 지저분한 뒷처리에 나설 필요가 없었다."

송경이 이해하지 못했다는 듯 눈을 가늘게 뜨자 그는 자세히 설명을 늘어놓았다.

"허청은 온갖 죄를 저지른 것도 모자라 사사로이 병조까지 움직였으니 그 죄가 참으로 크다. 허청의 아비이자 병조를 총괄하는 병판이 그 자식의 죄를 덮으려고 하는 것은 당연한 일이지. 그래야 자식의 명예도 보전할 수 있고, 자기 자신의 자리도 지킬 수 있으니까. 경수소에 발견된 시신만 해도 그렇지 않느냐. 사실상 아들의 죄와 관련된 이들을 모두 죽여 간인을 남기지 않은 거야. 허나…… 판부사는 다르지. 그에게는 이런 일을 벌일 만한 동기가 없다."

"동기가 없다고요?"

"그래, 군이 위험을 껴안을 필요가 없는데도 그는 병판과 손을 잡았다. 아주 우연하게, 믿을 수 없이 공교롭게도 그 산파 아이가 이를 증명할 간인을 죽음에서 구해냈지. 그리고 이상한 게 하나 더 있다. 허청은 사실상 이 모든 일과 관련된 인물이야. 그런데 허청을 죽인 자는, 아직 밝혀지지 않았다."

"함께 죄를 저질렀던 친우 중 한 명이 그를 배신해 죽인 걸 수도 있지 않습니까. 특히 훈련관에서 시신으로 발견된 박춘혁이 흉수일 가능성이 크지요. 병판은 그자를 그냥 죽인 게 아니었습니다. 산 자의 입을 꿰맬 정도라면 엄청난 원한입니다."

"아니다. 그건 병판이 훈련관 검안의 흉수라는 증좌가 될 수는 있어도, 목멱산 검안의 흉수가 훈련관 검안의 희생자라는 증좌가 될 수는 없다. 목멱산에 난 불은 일부러 낸 불이야. 허청의 친우 중 한 명이 그를 죽였다면, 틀림없이 시신을 다른 곳에 감추려고 했을 게다. 태울 거면 나무가 아니라 시신을 태웠겠지. 금방 탄로가 날 텐데 석빙고 안에 시신을 둔 채 엄한 곳에 불을 질렀겠느냐. 불을 지른 자가 다른 이라면 몰라도."

"그렇게 말씀하시니 정말 의심스럽네요."

"우연이라기에는 지나치게 딱딱 들어맞아. 물증인 장부만 해도 그렇다. 그런 중한 장부를 아무 곳에 두었겠느냐? 쉬이 찾을 수 없는 곳에 두었을 터. 그런데도 그 아이는 장부를 찾아냈다. 영악하게 허청의 관 안에 숨기기까지 했지. 간인과 장부가 있으면, 특히 장부가 허청의 방에서 발견된다면, 병판과 판부사를 확실하게 벌할 수 있으니까. 둘을 벌하기 위해서 치밀하게 준비한 게다."

"그럼 장부도 거짓으로 만들어졌을 가능성이 있는 게 아닙니까?"

왕은 이내 고개를 저었다.

"남의 필체를 모방해 장부를 작성하는 것은 쉬운 일이 아니다. 그리고 장부에 적힌 내용이 병조 문서와 딱 맞아떨어져야만 물증으로서 효력을 가질 수 있지. 한성부 형방 문서라면 모를까, 그 아이가 병조 문서를 구할 수는 없어. 만들어낸 물증은 아닐 거다."

곰곰이 생각해보던 송경은 이제야 깨달았다는 표정으로 말했다.

"설마 자기 부모 죽인 것을 복수하기 위해…… 일부러 함정을 파 판부사를 옭아매고 있는 겁니까?"

"그럴지도 모르지. 이때다 싶어 판부사를 의심하도록 만드는 것 못 보았느냐. 심사가 능구렁이 같은 아이다. 분명 숨기는 게 있어. 네가 잘 지켜보거라. 종이…… 김감찰이 그 아이에게 퍽 마음을 쓰고 있으니까……. 조금이라도 해가 될 것 같으면 바로 쳐내야 한다."

사실상 왕명이었다. 송경은 고개를 끄덕였다. 상감은 곧 소리 내어 내관을 불렀다. 의금부에 왕명을 전하기 위해서였다.

발톱 다섯 개를 세운 용은 드디어 범사냥에 나섰고, 쫓긴 호랑이

368

두 마리가 날뛰는 소리에 도성 전체가 끓는 물처럼 부글거렸다.

기어다니는 길짐승은 위에서 굽어보는 날짐승을 이길 수 없었다.

호랑이 두 마리는 결국 꼬리를 붙잡혔고, 우리에 갇혔다.

나는 새도 떨어뜨린다는 권세를 지닌 이들도 간인과 물증을 지닌 금상을 이길 수는 없었다.

사냥을 끝낸 용은 궁 안에 똬리를 틀고 앉아 숨을 골랐다.

그의 시선은 궁 밖을 향해 있었다. 번뜩이는 눈빛. 다음 사냥감을 노리는 눈빛이었다.

그 시선 끝에 아란이 있었다.

다시 만월

아란은 의림에게 정수헌과 허욱규가 붙잡혔다는 말을 들었다.

"그래서 병판과 판부사는 지금 옥에 갇혀 있는 겁니까?"

의림은 고개를 끄덕였다. 왕명이 전해진 데다 물증과 증인이 모두 갖춰졌으니 당연한 일이었다.

그렇게 기다렸던 순간이건만, 아란은 심경이 복잡해졌다. 꿈에서도 이루지 못했던 일이, 수 년간 끝없이 바라왔던 일이 드디어 현실이 되었다. 하지만 정수헌은 십여 년 전에 저지른 살인 때문에 처벌을 받는 게 아니었다. 그때 저지른 죄는 증명할 수 없으니까.

그 사실을 잘 알았지만, 머리로 이해하는 것과 가슴이 받아들이는 건 달랐다. 여전히 지독하게 마음이 쓰라렸다.

한구석은 허탈하기도 했다. 전전긍긍하며 오래도록 매달렸던 일이 누군가에게는 이리 쉬운 일이었다는 걸 두 눈으로 확인한 셈이니까. 간인과 물증을 찾아 저들의 죄를 규명한 건 분명 자신인데, 저들을 붙잡은 사람은 상감이었다는 생각이 들었다.

생각에 잠긴 아란을 보더니 의림은 지나가는 말투로 입을 열었다.

"한씨 집안 말이야."

"예? 아, 네. 거기가 왜요?"

"판부사, 아니지, 정수헌 차남이랑 혼약을 맺었었다며?"

"네……. 혼약은 깨졌겠네요. 한씨 가문에서 기우는 가문과 혼약을 맺으려 하지는 않을 테니까요."

"그렇다고 하더라. 그것 때문만은 아닌 것 같지만."

"그럼요? 정씨 가문에 다른 안 좋은 일이라도 생긴 거예요?"

저절로 떠오른 연희 생각에 걱정이 묻어났다.

"아니, 명나라에 전쟁이 났대. 황제가 출정을 나갔다가 병을 얻었다는데?"

"……그게 무슨 상관인데요?"

"왜 상관이 없어. 황제는 나이가 제법 많잖아. 사막 한가운데서 병을 얻었다는데 병마를 이겨낼 수 있을까? 황제가 죽으면 한씨 가문도 끝이야."

한씨 가문이 이룬 부귀영화는 그 뿌리가 한려비였고, 명 후궁을 거머쥔 한려비의 권세는 그 토대가 황제의 총애였다. 황제가 사라지면, 한려비의 힘은 사상누각이 될 터. 한씨 가문도 끈 떨어진 뒤웅박 신세를 면할 수 없었다. 노쇠한 황제의 건강에 가문의 흥망성쇠가 달린 셈이었다.

흐르는 세월을 무슨 수로 막고, 사그라드는 수명을 어찌 되살릴까. 아란은 잠시 생각해보다 이해가 가지 않는다는 듯 물었다.

"그게 한씨 가문이 혼약을 깨뜨린 이유 중 하나라고요?"

의림은 정말 모르겠냐는 표정이었다.

"황제가 죽으면 비빈들도 순장이 돼. 원나라 때부터 이어진 악습이지. 한려비는 자식이 없는 데다 황제의 총애를 가장 많이 받고 있잖아. 목숨을 부지할 수 없을 거야."

"순장을?"

의림은 고개를 끄덕였다.

죽은 이는 산 자를 어쩌지 못한다.

아란은 의림이 해줬던 말을 떠올렸다. 죽은 이가 산 자의 목숨을 빼앗을 수는 없는 법인데. 황제는 죽어서도 황제라 산 자의 목숨을 앗아갈 수 있는 걸까.

아니지, 죽은 황제가 산 자의 목숨을 거두는 게 아니었다. 황제가 살아생전에 방치하였던 악습이 산 자의 목숨을 거두는 거였다.

왕조가 바뀌고 시대가 바뀌어도 법은 바뀌지 않는다고 하였거늘. 그만큼 중요한 것이 법이고 제도인 것을 왜 황제는 악습을 없애지 않았을까. 목숨을 빼앗긴 이의 억울함을 풀어줘야 하는 나라가 어찌하여 사람 목숨을 빼앗아 억울함을 만들고 있는 걸까.

아란의 얼굴에 다시 수심의 그림자가 드리웠다. 의림은 탄식하며 말했다.

"결국 비빈은 황제의 소유물이었던 거지······."

아란은 의림의 탄식에서 동병상련의 감정을 느낄 수 있었다.

죽은 대군은 의림을 어쩌지 못했다. 의림은 아직 살아있고, 앞으로도 살아있을 것이다. 그런데도 그녀는 한려비에게 동질감을 느끼고 있었다. 왜일까.

아란이 머릿속에 떠오른 의문을 이어가기도 전에 그녀는 다시 말을 뱉었다.

"그리 큰 부귀영화를 움켜쥐었는데, 그게 어떤 맛인지를 알았는데, 그걸 포기하고 싶겠어? 그래서 혼약을 깨는 거야. 하나가 죽으면 다른 하나라도 보내서 권력을 이어야지."

"다른 하나……?"

그게 무슨 말이지? 하나가 죽으면 다른 하나라도 보낸다고?

"혼인을 안 한 딸이 한 명 더 있잖아. 명에서 공녀를 요구하면, 그아이를 보낼 작정이겠지. 그때 가서 혼인한 딸로 보낼 수는 없잖아? 그러니 혼약을 깬 거야."

"……."

"사람들이 공녀가 떠나는 걸 보고 괜히 생송장(生送葬)이라고 하는 게 아니야. 산 채로 장사를 지내는 거지."

목숨을 팔아 얻는 부귀영화. 살아있으나 죽은 것과 진배없는 삶이었다.

아란이 이름도 알지 못하는 그 여인, 한석의 누이이자 정준완과 혼약을 맺었던 이라고 기억하고 있는 그 여인은 지금 어떤 심정일까. 아란의 눈빛이 서늘하게 가라앉았다.

시신을 검험하지 않고 내버려두는 것과 죽을 거라는 걸 뻔히 알면서도 죽음의 길로 밀어 넣는 것이 대체 뭐가 다른 건지 아란은 알수가 없었다.

***

끼이익, 대문을 열었다. 오늘은 목멱산으로 돌아가는 날이었다.

진짜 집으로 돌아가는 날. 대문을 닫고 나서려는데 익숙한 목소리가 들렸다.

"낭자."

윤오였다. 어쩐 일이지?

아란은 고개를 갸웃거리다 그의 옆에 선 자를 보고는 이맛살을 찌푸렸다. 저 사람이 여기 왜?

"……훈련원 도정 나리?"

윤오는 먼저 선수라도 치려는 것처럼 어색하게 웃으며 대답했다.

"알고 보니 제 먼 친척이더라고요. 너무 기막힌 인연이라, 굳이, 굳이 꼭, 같이 다니겠다고 해서요. 그냥 없는 사람이라고 편하게 생각하시면 됩니다. 안 그렇습니까, 형님?"

굳이라는 말을 굳이 강조해서 말하는 걸 보니 윤오는 훈련원 도정과 함께 있는 게 마음에 들지 않는 것 같았다.

먼 친척이라니. 김윤오는 애초에 존재하지 않는 이가 아니던가. 친척이 있을 리가 없는데…… 설마 왕친인가?

그런데 이자는 뭐가 그리 좋은지 싱글벙글 웃으며 연신 고개를 끄덕였다.

"그럼, 그렇고말고. 아우 말이 맞지. 아우 말이 맞아. 자네는 나를 그냥 없는 사람으로 치게나. 아, 내가 제대로 소개를 한 적이 있던가? 나는 송경일세. 성은 송이고 이름이 경이야. 삼공구경(三公九卿)할 때 경이라네. 이름부터 남달라 젊은 나이에 정삼품 도정이 되었……, 아야야. 발은 왜 밟아?"

"굳이, 굳이 또 그런 쓸데없는 말씀을 하셔야겠습니까?"

윤오가 눈을 부릅뜨자 송경은 가늘게 눈을 흘기더니 아란을 보고

과장되게 웃었다.

"아무튼 반갑네?"

"예……."

아란은 마지못해 대답하고는 윤오에게 물었다.

"그런데 여기는 어쩐 일이십니까?"

"금일 여길 떠나신다는 얘기를 국대부인에게 들었습니다. 달리 갈 곳이 있으십니까?"

유란동으로는 갈 수 없었다. 자신은 정수헌의 서녀가 아닌 데다 그를 붙잡는 데 결정적인 역할을 한 사람이니까. 이제 그들은 아란이 원수라고 생각할 것이다.

어쩌면 연희 언니마저도…….

"국대부인이 나리를 찾아가 그런 이야기를 했나요?"

"예, 작일 밤에……."

"뭐하러 나리에게 그런 말을……. 떠나야지요, 언제까지 이곳에서 객식구로 머물 수는 없는 게 아닙니까."

"그럼 어디로……?"

윤오가 뒷말을 뱉기도 전에 송경이 끼어들었다.

"정 갈 곳 없으면 내 집으로 가게나. 내 집은 단칸방인 누구 집과 다르게 방이 아주 많으니까. 사양할 것 없네."

윤오는 송경의 입에서 '내 집'이라는 단어가 나올 때부터 다시 그의 발을 지그시 밟았다. 그런데도 아무렇지 않은 척 통증을 참아내며 말을 끝까지 뱉어냈다.

이 인간이 요즘 대체 왜 이러지?

아침 댓바람부터 찾아와 오늘은 뭘 하느냐, 외출을 하는 거냐, 어디로 가냐, 설마 그 산파를 만나는 거냐면서 꼬치꼬치 물어보더니.
결국 끝까지 뒤를 따라왔다.

아란이 말했다.

"갈 곳 있는데요. 집으로 갈 겁니다."

"예?"

"원래 살던 집이요. 목멱산으로 갈 겁니다."

***

이번에는 윤오와 송경이 기어코 따라붙었다.

말로는 아란을 집까지 모셔다주겠다는데 누가 누구를 모시는 건
지 알 수 없었다. 쉬이 지치는 한 명은 걸핏하면 멈춰 서서 숨을 몰
아쉬었고, 맨 뒤에 따라오는 다른 한 명은 매서운 눈으로 수시로 아
란을 훑었다. 잔뜩 숨긴 기운이었지만 아란은 기민하게 알아챌 수
있었다.

대군과 왕친을 산에 오르게 하였다고 저러는 건가?

허나 본인도 아란을 집까지 데려다주는 게 좋겠다며 극구 우기지
않았던가.

아란은 산길을 오르다 다시 물었다.

"정녕 집까지 따라오실 작정이십니까?"

윤오는 이때다 싶어 잠시 멈추더니 헉헉거리면서 말했다.

"예, 그럼요. 산길은 위험하지 않습니까."

"제가 태어나고 자란 곳입니다."

"두 해 전에 토성을 석성으로 바꾸느라 대공사를 치른 걸 모르는

가? 옛날 모습이 아닐 걸세. 잔말 말고 앞장서게나."

대공사를 치러 모습이 바뀌었다 하더라도, 초행길인 저들보다는 이곳을 더 잘 알았다. 결국 자신이 길 안내를 하는 모양새가 아닌가. 아란은 한숨을 내쉬면서 고개를 내저었다.

아란이 다시 발걸음을 내딛자 가쁜 숨을 몰아쉬던 윤오가 분주히 발을 놀리며 물었다.

"헉헉, 근데 말입니다. 제가 한참을, 한참을 생각해보았는데요. 그때 괴뢰희를 상연한 사람은 누구였을까요? 허청을 죽인 이는 경수소에서 발견되었던, 그 명철방 한량이라 하더라도, 괴뢰희를 상연한 이는 그들 중 한 명이 아니겠습니까. 그런데 그때 저와 낭자가, 그들에게 쫓겼을 때 보니까, 딱히 자기 죄를, 반성할 만한 사람들처럼 보이지는 않던데요. 그것도, 자기 목숨까지 걸면서요. 진상을 밝힐 만한 사람들은 아니었죠. 훈련원 윤참군도 그렇고요."

더듬더듬 윤오가 내뱉는 말에 아란은 잠시 주춤했다.

"저는 허청을 죽인 이도 명철방 한량이 아닐 거라 생각합니다. 분명 다른 사람이 있을 겁니다."

"다른 사람이요?"

아란은 주변 산세를 훑어본 뒤 말했다.

"조금만 더 걸으면 오라버니 집에 도착할 것 같은데, 거기서 좀 쉴까요? 안 그래도 이번 일에 관해 상의하고 싶은 게 있습니다."

윤오의 얼굴에 화색이 돌았다.

뒤에 있던 송경이 어느새 다가와 벼린 듯한 눈빛으로 물었다.

"오라비가 또 있나?"

"제게 오라버니는 한 명뿐입니다."

"……."

숲을 헤치면서 자드락길을 걸은 셋은 금세 안율의 집에 당도했다.

안율이 자신의 아비와 함께 살았던 집이었다. 부친을 잃고 아란의 집으로 옮긴 뒤 이곳은 쭉 비어 있었는데, 안율이 근처에서 사냥을 하다가 지치면 잠시 와서 머무는 쉼터처럼 쓰였다.

셋은 나란히 툇마루에 걸터앉았다.

벌써 한여름이라 매미 소리가 요란했다. 나라님도 근심하던 작년과 달리 올해 여름은 가물지 않았다. 하지만 녹음에 한발(旱魃)이 깃든 것 같았다. 선선한 바람이 불어와 살갗에 닿는데도 땀이 비 오듯 쏟아졌다.

윤오는 가운데 앉아 숨을 몰아쉬었고 송경은 집을 이리저리 살폈다. 이마에 맺힌 땀을 소매로 닦아내며 아란은 말했다.

"아무리 생각해도 허청을 죽인 자는 그가 저지른 죄가 밝혀지기를 원했던 것 같습니다. 그렇지 않고서야 뭐하러 목멱산에 불을 내 이목을 끌겠습니까? 괴뢰희를 상연한 자도 마찬가지고요."

"허청을 죽인 이와 괴뢰희를 상연한 자가 같은 사람인 건 아닐까요? 그때 말씀하시지 않았습니까. 목우가 제 입으로 자신을 죽인 흉수가 이곳에 있다, 했다고요. 상연자는 목우의 입을 빌어 자신의 죄를 고백한 게 아니냐는 거지요."

그때 아란은 바로 무대 뒤를 살폈지만 아무도 없었다. 줄불이 타오르는 소리 때문에 급히 떠나는 기척을 듣지 못한 걸까? 아니야. 그러기에는 시간이 너무 짧았어. 원래부터 아무도 없었던 게 아니고서야. 그게 어찌 가능하단 말인가.

아란은 복잡해진 생각을 떨치려는 듯 고개를 저었다.

"저도 잘 모르겠습니다. 붙잡힌 사람들은 뭐라고 하던가요?"

"병판은 입을 굳게 닫고 있습니다. 판부사는……."

윤오는 말을 아끼며 곁눈질했다. 송경이 해준 말이 생각났다.

정수헌이 아란의 부모를 죽인 흉수라고. 아란이 그의 서녀가 된 건 다 그에게 복수하기 위해서였다고. 송경은 이를 두고 아란이 독하기 그지없는 사람이라고 했다.

아란은 정말로 원수를 갚기 위해 원수의 집에서 지냈던 걸까. 제 부모를 죽인 이와 함께 살아간다는 건 어떤 기분일까. 윤오는 알 수 없었다.

하지만 하루아침에 부모를 잃는다는 게 어떤 건지는 그도 잘 알고 있었다. 같지는 않겠지만, 아예 다르지도 않을 것이다.

온몸을 녹이는 무력감과 상실감에서 벗어나 일상을 이어가는 것이 얼마나 어려웠을지, 분노와 원망에 사로잡히지 않는 게 얼마나 힘들었을지…….

윤오도 한때는 자신을 내친 어미를 원망했다. 저를 죽인 이유가 자신을 살리기 위해서였는데도.

윤오가 말끝을 흐리자 아란이 대신 입을 열었다.

"자신이 병판과 교류한 건 허청의 명혼 때문이었다. 자기는 전혀 몰랐다. 이런 식으로 말하지는 않던가요? 아니면 이럴 수도 있겠네요. 홍제원 민가 검안 때문에 한성부 오작 중 한 명이 장기매매를 하고 있다는 걸 알았고, 그걸 조사하다 보니 오작 행이의 존재를 알았다. 행이 홀로 벌인 것 같지 않아 뒤를 쫓다가 병판과 엮인 것뿐이다. 자신이 병판과 손을 잡았다면, 행이가 흉수인 홍제원 민가 검안을 접지 않고 그냥 두었겠느냐."

"어찌 아셨습니까? 정말 그리 말했습니다. 어찌해야 괴뢰희 상연자를 찾을 수 있겠냐고 병판이 물어보기에 조언을 주긴 했지만, 따로 만난 적도 몇 번 없다며 딱 잡아뗐다고 하더군요."

아란은 쓴웃음을 지었다. 어쩐지 홍제원 민가 검안을 바로 접지 않고 그냥 두는 것이 이상하다 싶었다. 자신의 죄를 증명하는 직접적인 증거가 나오지 않는 이상 절대 아니라며 부인하겠지.

"그래서 어찌 되었습니까? 병판에 장좌랑, 행이까지 있으니 쉬이 빠져나올 수는 없을 텐데요."

"아직 결정된 게 없어 저도 잘은 모르겠습니다. 그래도 지은 죄가 있으니 분명 처벌을 받을 겁니다."

"죄를 지으면 벌을 받는다……. 정말 그리되면 좋겠네요."

아란은 어두운 낯빛을 감추지 않았다.

송경은 둘의 대화에 관심도 없고 곧 지루해졌는지 뒤에 있던 문을 조금 열어보았다.

고개를 밀어 넣어 방안을 들여다보더니 불쑥 물었다.

"자네 오라비는 뭘 하는 사람인가?"

"사냥꾼인데요."

"사냥꾼? 사냥꾼이 이런 걸 가지고 있나?"

송경은 문을 활짝 열었다.

아란이 고개 돌려 흘깃 보았다가 벌떡 일어났다.

저게 뭐지?

아란은 신도 벗지 않은 채 마루에 올라 방안에 들었다. 얼떨결에 일어난 윤오가 안쪽을 보더니 아란이 해준 말을 떠올리며 물었다.

"전에…… 동생분이 무녀라고 하지 않으셨습니까?"

그 말에 송경의 표정이 바뀌었다.

"무녀 동생도 있다고요? 그걸 왜 이제야 말씀을, 아니, 그걸 왜 이제야 말하나?"

윤오와 송경이 아옹다옹하는 소리도 아란에게는 전혀 들리지 않았다.

아란은 귀신에게 홀리기라도 한 듯 한 걸음씩 발을 내디뎠다.

제단 위에는 울긋불긋 종이로 탐스럽게 피워낸 지화(紙花)와 온갖 지물(紙物)들이 놓여 있었고, 바닥에는 서슬 퍼런 날붙이들이 널브러져 있었다. 날 끝이 모두 한곳을 향했다.

그 중심에 놓인, 두 살배기 아이만 한 크기의 물건을 집어 들었다. 사람 모양을 한 나무 조각, 목우였다. 손이 저절로 덜덜 떨렸다. 손가락 마디가 하얘졌다.

목우 등에는 문양이 새겨져 있었는데, 파인 자국 안으로 황금과 주사를 섞은 액이 발라져 있었다. 본 적이 있는 글자와 무늬였다.

혼령을 부른다는 초혼부.

아란은 목우를 뒤집어 앞면을 보았다. 나무로 만든 팔다리가 꺾이면서 춤을 추듯 흔들리다가 축 늘어졌다.

설마…… 아닐 거야. 목우 없는 무녀가 어디 있어? 꼭두 없는 상여 없듯, 목우 없는 무녀는 없잖아. 목우는 이승과 저승을 넘나드는 존재니까. 게다가 저주를 행하는 흑무에게 목우는 당연한 무구인 것을…… 검험할 때 법물을 쓰는 게 당연한 것처럼.

아란은 목우의 얼굴에 눌러붙은 검붉은 무언가를 검지로 긁어보았다. 피딱지가 조금씩 뜯어지면서 바닥으로 떨어졌다. 얼굴이 모습

384

을 드러냈다. 흰자 위에 그려진 검은 눈동자가, 아란의 눈을 똑바로 응시했다.

등줄기가 나무처럼 뻣뻣하게 굳었다. 괴뢰희에서 죽은 이들의 목소리를 내던 그 목우가 맞았다. 육괴뢰처럼 생생하던 목우.

아란은 한참 동안 목우에서 눈을 떼지 못했다.

"당신들 누구야. 여기는 왜 왔지?"

으르렁거리는 짐승처럼 잔뜩 경계하는 목소리.

셋은 동시에 고개를 돌렸다.

아란은 부리나케 달려 나갔다. 윤오와 송경을 보고 가늘어졌던 안율의 눈이 뛰쳐나온 아란을 보자 둥그렇게 커졌다.

"아예 돌아온 거야? 정수헌이 붙잡혔다는 이야기는 들었……."

아란은 목우를 안율의 눈앞에 들이밀었다.

"이거 뭐야. 이게 왜 여기 있어. 방은 또 왜 신당이 된 거고? 공이는! 공이는 어디 있어?"

안율은 당황한 표정으로 낯선 두 사람을 곁눈질하다가 나지막한 목소리로 답했다.

"공이가 집을 좀 쓰겠다고 해서 내줬는데……. 무슨 일이야?"

"공이 지금 어디 있어?"

"산 위 신당에……."

산 위에는 공이가 치우신을 모시는 신당이 있었다. 아란은 안율의 대답을 듣자마자 바로 산 위를 향해 달렸다. 윤오와 송경의 존재는 이미 머릿속에서 새하얗게 지워진 지 오래였다.

초혼부를 새긴 목우라니. 공이가 저걸 왜? 누가 의뢰를 한 걸까? 공이는 그자가 누구인지 알고 있는 거야?

의문은 끊임없이 떠오르고, 아란의 발도 바쁘게 달렸다.

매미가 자지러지게 울어대고, 어디선가 개가 짖었다.

신당이 가까워지자 개 짖는 소리도 지척에서 들렸다.

목멱산은 봉우리 선이 둥글고 나무가 울창하게 돋아난, 흙으로 올려진 산이었다. 깎아지른 듯한 바위 절벽은 없었지만, 가파른 곳은 제법 있었다. 그중에서도 숭례문 방향 산기슭과 이어진 산마루는 낭떠러지 같은 험준한 산세를 이루었는데, 꼿꼿하게 세운 목대처럼 가장 강파르게 솟은 봉우리 위에 공이의 신당이 있었다.

가풀막을 한참 달린 아란은 신당 바로 앞에서 검은 형체를 보았다.

자신을 보고 꼬리를 흔드는 검은 개. 진자가 데리고 있던 개였다.

머릿속에 지진이 일어난 것 같았다.

우웅, 하며 모든 게 무너지고 쏟아지더니 깨진 파편들이 이어지기 시작했다.

……그때 초혼부를 쓴다네. 목우에 죽은 이가 깃들게 하는 거야. 꽃잠이 끝나면, 이불을 걷어내 목우의 모습을 보는데 목우가 많이 움직였을수록, 그 자세가 흐트러졌을수록 좋은 게지. 근데 그게 웬만한 신력으로 되는 게 아니거든. 그래서 무녀들도 초혼용 부적은 잘 안 쓴다네…….

무당골에 있던 백발의 무녀가 해줬던 말이 머릿속에서 맴돌고, 소녀처럼 보이던 진자의 몸이 공이의 모습으로 포개졌다.

목우에 초혼부를 새기는 공이의 모습이, 괴뢰희를 상연하고 안개를 피워내는 모습이 이어지듯 움직였다.

공이가, 공이가 그때 그 진자라고? 괴뢰희를 상연한 게 공이라고?

공이는 치우의 권능을 부릴 수 있는 아이였고, 치우는 안개를 일으키며 비바람을 불러들이는 전쟁의 신이자 이매망량을 다스리는 자였다. 원래부터 무대 뒤에 아무도 없었던 거라면, 목우가 스스로 움직이며 소리를 낸 거라면, 그럼 말이 되었다.

말이 되지 않는데도, 말이 되었다. 강한 신력을 지닌 무녀가 목우에 영혼이 깃들게 했다면.

그 정도로 강한 무녀가 조선팔도에 흑무 공이를 제외하고 누가 있단 말인가!

검은 개가 다가와 쿵쿵거리더니 아란의 허리에 매달려 있던 향낭을 잽싸게 물어뜯었다. 공이가 주었던 향낭이었다.

아란은 멍해진 눈길로 검은 개를 보았다.

검은 개, 진자, 목우, 괴뢰희……

목우가 했던 말들이 메아리처럼 울려 퍼졌다.

누가 저를 죽였는지도 모르는 반푼이가!
누가 모른다는 거야!

바로 여기 있잖아.

아란은 무의식적으로 목우의 말을 부정했다.

그럴 리 없어. 있을 수 없는 일이야. 공이가 흉수일 리 없어. 그럴 이유가 없잖아. 공이가 왜!

향낭을 입에 문 검은 개가 신당 뒤쪽으로 달려갔다. 아란은 저도 모르게 그 뒤를 따랐다.

땅이 끊어진 듯 움푹 꺼진 낭떠러지 끝에 공이가 서 있었다.

창백한 얼굴에 파리한 입술. 못 본 사이 눈에 띄게 야윈 것 같았다.

공이는 개를 쓰다듬더니 물고 있는 향낭을 빼내며 낭떠러지 아래로 던졌다.

그녀는 다가오는 아란을 보고 얼굴에 웃음을 띠었다.

"왔어? 얘가 짖길래 언니가 오는 걸 알았지."

"……네가, 네가 허청을 죽였어?"

아란이 떨리는 목소리로 묻자 공이는 피식 웃었다.

"죽여야지. 그런 자는 죽어 마땅해."

아란의 얼굴에 핏기가 가셨다.

"대체…… 왜?"

공이의 시선이 옆으로 미끄러지듯 벗어나며 주변을 향했다. 마치 다른 이를 찾는 것 같았다.

"왜냐고? 그런 자를 죽이는 데 이유가 필요해? 언니도 알잖아. 그 놈이 어떤 놈인지."

아니야. 난 그래도 정수헌을 죽이지 않았어. 참고 또 참았어.

너도 알잖아. 내가 그러지 않기 위해 얼마나 노력했는지.

"그렇다고 사람을 죽일 수는 없어. 흑무가 될 때 나랑 약속했잖아. 절대 사람을 죽이는 데 네 신력을 쓰지 않겠다고."

"흑무가 되면…… 온갖 말을 들을 수 있어. 가족한테도 내뱉지 못하는 말을 처음 보는 흑무에게는 아무렇지도 않게 털어놓거든. 그 이들 눈에는 무녀가 사람으로 보이지 않으니까. 말이 퍼져나갈 걱정도 하지 않아. 문제가 되면 언제든 밟아버리면 되지. 천한 무녀 한 명 죽는다고 누가 신경이나 쓰겠어.”

“……지금 무슨 말을 하는 거야?”

“예전에…….”

공이의 시선이 저 아래로 향했다. 아란의 가슴이 철렁 내려앉았다.

가끔은 그런 게 있었다. 직접 보지 못해도, 자세히 듣지 못해도, 찰나의 순간에 아주 사소한 것 하나에서 알아챌 수 있는 것이. 폭력이 할퀴고 간 자리에 남은 상처는 시간이 지나도 피비린내를 풍기기 마련이니까.

공이의 고통과 분노가 성풍(腥風)이 되어 쏟아져나오고, 몸은 전율하듯 들썩였다. 두 눈이 광기로 물들었다.

“공아……?”

“그때 깨달았어. 대수대명이라는 게 이런 거구나. 지킨다는 건 결국 다른 이를 죽인다는 거야. 누군가를 살리려면 반드시 다른 이의 목숨으로 대가를 치러야 해.”

“다른 사람을 살리기 위해서 허청을 죽였다는 거야?”

공이는 시선을 내려뜨리며 탄식했다.

“근데 그게 참 쉽지가 않아. 지키지도 못하는 사람이 무슨 수로 남을 해하겠어. 그런데 방법이 아예 없는 게 아니더라고. 힘이 없어도 이길 수 있는 방법이 뭔지 알아? 직접 상대하지 않고, 저희들끼리 싸우게 만드는 거야.”

아란은 고개를 돌렸다. 안율과 윤오 그리고 송경이 다가와 있었다.

안율은 이상하다는 걸 눈치챘는지 '공아!' 하고 외쳐 불렀다.

공이는 대꾸도 하지 않고 윤오와 송경을 멀겋게 보더니 묘한 표정을 지었다.

"혼자 온 게 아니었네."

공이는 검은 개의 등을 쓰다듬으면서 말을 이었다.

"그날도 허청이 사람을 죽이려 하길래, 불이 났다고 소리를 질렀지. 살려달라고 소리 지르면 아무도 나오지 않지만, 불이 났다고 하면 다들 뛰쳐나오기 마련이잖아? 역시나 그렇더라고. 그놈은 바로 도망을 쳤어. 근데 말이야, 걔는 가다가 순라군을 마주쳐도 잡히는 법이 없어. 그때 깨달았지. 아, 이 사람은 잡혀도 소용이 없겠구나. 확실한 증좌를 얻지 못한다면 처벌을 받을 리가 없겠구나. 아니, 그런 게 있더라도 무죄로 석방될 수 있겠구나……."

"……."

"사람 장기를 고깃덩어리처럼 팔고, 장돌림처럼 지역을 오가며 사람을 사고팔고 있다는 건 사실 나도 알고 있었어. 저주술을 행해 주는 대신 비밀을 받거든. 하지만 석빙고에서 보았던 건 정말 의외였어. 사람을 죽여 통째로 얼리다니 말이야."

안율인지 윤오인지 송경인지, 흡, 하며 숨을 들이켜는 소리가 들렸다.

아란은 생각이 아득해졌다. 안 돼. 그러지 마. 그럼 죽을 거야.

윤오와 송경은 공이가 허청을 죽였다는 걸 몰랐다. 공이가 이대로 이야기를 이어간다면, 관원들 앞에서 자백하는 셈이었다.

고의로 사람을 죽인 자는 참형에 처하는 것이 법도. 그럼 공이는 목숨을 부지하지 못했다.

그걸 뻔히 알고 있으면서도, 공이는 입을 다물려 하지 않았다.

아란은 공이의 입을 틀어막으며 그만하라고 말하고 싶었다. 이게 무슨 짓이냐고, 죽고 싶은 거냐고 외치고 싶었다.

무엇보다 작은 어깨를 붙잡고 흔들면서 따져 묻고 싶었다.

왜 그랬냐고. 왜 사람을 죽인 흉수가 된 거냐고. 죽어 마땅한 사람이라 할지라도 사람을 죽이지는 말았어야지. 대체 왜!

너는 어쩌다가 살인자가 된 거야.

내가 복수에 눈이 멀어 유란동으로 가버려서? 가지 말라며 나를 붙잡고 울던 너를 팽개쳐서?

제 손으로 구해냈던 작은 목숨. 하나뿐인 동생이었다. 아직도 작은 아이처럼 보이는 공이는 전혀 다른 아이가 되어 있었다.

살인자가 되어 있었다.

아란의 두 눈에 뜨거운 눈물이 차올랐다. 숨소리가 울음소리처럼 변했다.

공이는 아란을 보며 씁쓸하게 웃었다.

"그래서 죽인 거야."

기어코 내뱉은 그 말 한마디에 아란의 가슴이 콱 막히고 양 귀에 이명이 울렸다.

"뒤통수를 때려 기절시킨 뒤 석빙고 바닥에 눕혔어. 그리고 그곳에 놓인 커다란 얼음으로 그 자의 사방을 막았지."

그만, 제발 그만해!

아란은 목우를 더 세게 움켜쥐었다. 목우가 달그락거리며 소리를 냈다.

윤오가 다가와 옆에 섰다. 말을 잇지 못하는 그녀 대신 윤오가 물었다.

"얼음을 녹여 허청을 익사시켰단 말입니까?"

허청의 시신에 남아 있던 명백한 익사의 흔적과 발버둥 치면서 남았을 손의 상처까지. 윤오도 복검 때 허청의 시신을 검험했기에 그 특징을 기억하고 있었다.

"그래, 얼음을 뒤덮고 있던 짚을 모아 빙고 안에 먼저 불을 붙였거든. 녹아내린 물이 그자의 옷을 적시고 살갗을 적시며 목을 졸랐어. 한 방울, 한 방울. 시신을 가둔 얼음에서 물이 눈물처럼 흘러내렸지."

날카롭게 갈라진 공이의 목소리가 쇳소리를 내며 흘러나왔다. 사람의 목소리인지 귀신의 목소리인지 분간할 수 없었다. 윤오는 흠칫 놀라면서도 물러서지 않았다.

"왜 그랬습니까?"

"지금 이유를 묻는 건가?"

공이는 고개를 갸우뚱거리며 도리어 물었다.

"자네는 왜 사헌부 감찰이 되었지?"

개를 쓰다듬던 손길을 거두며 몸을 일으킨 공이가 칼바람 같은 시선으로 윤오를 마주 보았다. 이제 겨우 열대여섯 정도로 보이는 앳된 얼굴. 그런데 눈빛이 천지 만물을 얼려버릴 것처럼 오싹했다.

"되면 안 된다고 생각했잖아. 어찌 지운 명운인데, 그게 도로 살아날까 두렵지 않던가? 허나 결국에는 받아들였지. 그 선택이 자네 목숨을 끊어버릴지도 모르는데 말이야. 왜? 무당골에서 죽은 사람처럼 살아보니 다시 사람처럼 살고 싶던가? 그래, 그랬겠지. 그건 나도 마찬가지야."

392

벼랑 끝에 선 공이가 먼 곳을 응시했다. 언저리를 밟으며 걸음을 옮기자 불어오는 습한 바람에 암록색 치맛자락이 널뛰듯 나풀거렸다. 위태롭게 내딛는 걸음이 칼날 위를 걷듯 아슬아슬했다.

"조선 땅에서 흑무로 살아간다는 건 남이 건네는 온갖 분노와 혐오를 대신 삼켜야 한다는 거야. 시간이 지나면 그 누구보다 강한 살의를 느끼게 되지. 사람을 불신하고, 세상을 증오하게 돼."

"고작 그런 이유 때문에 사람을 죽였단 말입니까?"

윤오가 소리 높여 되물었다. 그러자 공이가 낄낄거리며 웃었다. 붉은 입술이 호선을 그리며 위로 올라가자 하얀 잇새로 왈칵 핏물이 새어 나왔다.

놀란 아란이 저도 모르게 발을 내디뎠다.

공이 앞을 배회하던 검은 개는 으르렁거리며 날카로운 이빨을 드러냈다.

공이는 흘린 피를 소매로 닦아내며 말했다.

"허청 같은 이도 사람이라고 할 수 있나? 그리고 고작이라니. 자네가 무당골 죽림에서 살아도 독야청청 할 수 있었던 건, 굶어 죽을 일이 없었기 때문이야. 남에게 천시받을 일이 없으니까 천것 중 천것인 신비에게도 다정하게 굴 수 있던 게지. 그것도 마음의 여유가 있어야 가능한 일이거든. 살의를 느끼는 게 뭐가 어때서. 사람을 불신하고 세상을 증오하는 게 왜 나쁘지?"

"그걸 정말 몰라서 묻는 건가?"

잠자코 듣던 송경이 날카로운 목소리를 냈다.

흉흉한 분위기를 알아챈 검은 개가 큰 소리로 짖었다.

윤오는 침착한 목소리로 말했다.

"그렇다고 사람을 죽일 수는 없어요. 그건 살인입니다."

"아니, 이건 전쟁이야."

공이가 단호하게 말했다. 그녀 위로 짙은 먹구름이 바람과 함께 달려와 하늘을 뒤덮더니 해를 집어삼켰다. 우르릉 쾅.

번개가 소리와 자웅을 다투듯 순식간에 내리쳤다. 번개는 검은 천에 수놓인 흰 실처럼 거묵구름 아래 하얀 땀을 촘촘히 박으며 공기를 갈랐다.

비무리가 바람을 놓아주었는지 광풍이 불어오고 바람결에 날아온 잠비가 목먹산에 흩뿌려졌다. 툭툭.

물방울 떨어지는 소리가 지면을 가득 적시고, 입고 있던 옷도 짙게 물들었다. 뺨에 비꽃을 맞은 공이가 하늘빛을 살피며 뒷말을 이었다.

"사람을 불신해야 어떤 이를 믿어도 되는지 구분할 수 있게 되고, 세상을 불신해야 세상을 바꿀 생각을 하게 되지. 검험만 사람의 한을 풀어주는 건 아니야. 내가 했던 일도 마찬가지였어. 다만 그 방식이, 자네가 생각하는 법도와 다를 뿐."

"말도 안 되는 소리. 사람을 죽여놓고 어디서 궤변을 늘어놓는 게냐!"

송경이 낮은 목소리로 호통을 쳤다. 공이는 송경을 비웃었다.

"위에 앉아 굽어살피니 뭐든 쉽고 단순하게 보이겠지. 그러니 사람을 납치해 노비로 파는 허청이나 노비매매서를 입안하는 관원이나 다 똑같은 놈들이라는 걸 모르는 거야. 사람을 노비로 만들어 나라를 굴리는 게 창피하지도 않은가?"

"어디서 그런 불경한 말을!"

송경은 허리에 매달린 검집에서 검을 뽑았다.

그러자 옆에 있던 안율이 한 치의 망설임도 없이 화살을 활시위에 걸고 당겼다.

화살촉이 자신을 겨누자 송경은 어이가 없다는 듯 실소를 흘렸다.

"이것들 봐라. 죽을 자리인지도 모르고 엉덩이를 들이미는구나!"

아란의 머릿속은 절구에 넣고 빻은 쌀알처럼 엉망이 되어 있었다. 이들이 나누는 말이 절굿공이처럼 아란의 머리를 쿵쿵 찧어댔다. 허나 망연자실한 상태에서도 살기만큼은 분명히 느낄 수 있었다. 그건 본능의 영역이니까.

본능이 아란을 끄집어냈다. 지금은 이럴 때가 아니라며 아우성을 쳤다. 울음기를 거둔 목소리로 안율에게 말했다.

"거둬. 그런다고 공이를 살릴 수 있는 게 아니야."

안율이 계속 버티자 아란은 다시 소리쳤다.

"그만해!"

윤오도 송경을 말렸다.

"형님도요. 검을 거두세요."

송경은 마지못해 검을 거두었고 그러자 안율도 활시위를 제자리에 놓았다.

아란은 더 이상 망설이지 않고 공이에게 다가갔다. 검은 개가 으르렁거렸지만 달려들지는 않았다. 손에 쥔 목우가 사지를 흔들며 움직였다.

"왜 내게 말해주지 않았어. 나한테 말을 해줬더라면……."

부질없는 후회였다.

아란은 공이를 홀로 두었다. 처음에는 복수를 위해, 다음에는 검험에 매달리기 위해.

야밤에 소복을 입고 '들'을 파헤치며 시신을 검험하면서도 공이를 찾아갈 생각은 하지 않았다. 하나뿐인 동생이라고 생각하면서도 공이가 무슨 생각을 하는지, 무엇을 하며 시간을 보내는지, 고민이 있는 건 아닌지…… 자기 동생에게 마음을 쏟아붓지 않았다.

무너지듯 흔들리는 아란의 눈빛을 보며 공이가 엷은 미소를 얼굴에 띠웠다.

"그렇게 말할 줄 알았어. 근데 언니도 알잖아. 흑무의 말을 누가 믿어줄 것 같아? 언니에게 말해준다고 달라지는 게 있었을까?"

아란은 걸음을 멈췄다. 공이의 말이 맞았다. 흑무와 산파. 누가 이들의 말을 믿어주겠는가. 십여 년 전 산파가 검험관에게 아무 말도 고하지 않았던 것처럼, 지금도 딱히 달라진 건 없었다.

다른 방법이라는 게 있을 리가 없었다.

"그래도……."

윤오가 말을 흘리자 공이가 쏘아붙였다.

"내가 석빙고 밖에 불을 지르기 전까지 나라님도 한성 땅에서 무슨 일이 벌어지고 있는지 몰랐어. 괴뢰희를 상연해 단서까지 주었는데, 한성부 형방은 대체 무엇을 했지? 판한성부사라는 작자는 병판과 손잡고 관련된 사람들을 죽였어. 내가 명혼을 핑계로 병판 집에 머물지 않았더라면, 허청이 숨긴 장부를 구할 수나 있었을 것 같아? 법도대로 한다고? 법도대로 했으면 아무것도 바꾸지 못했을 거야."

맞는 말이었다. 아무도 대꾸를 못 했다.

허청을 죽여 목멱산에 불을 지르지 않았더라면, 괴뢰희가 단서를 주지 않았더라면, 허청의 장부라는 철산처럼 확실한 증좌가 없었더라면…….

허청은 여전히 살인을 저질렀을 터였고, 검안은 그대로 종결되었을 것이며, 병판과 판부사를 붙잡지도 못했을 것이다.

채찍비가 땅을 두드리며 소리를 냈다. 거센 빗줄기가 뺨을 때리고, 모인 빗물이 폭포처럼 흐르며 절벽 아래로 떨어졌다. 산 중턱에서부터 피어오른 허리안개가 공이의 발끝에서 넘실거렸다. 그 모습이 너무 아슬아슬했다. 흐르는 빗물에 휩쓸려 아래로 떨어질 것 같았다.

"공아, 일단 이쪽으로 와. 거긴 너무 위험해."

말이 끝나기가 무섭게 손에 쥔 목우가 달그락거리더니, 곧 아란의 오른손 합곡혈에 아릿한 통증이 일어났다. 아란은 소스라치게 놀라 쥐고 있던 목우를 떨어뜨렸다. 손을 보자 엄지와 검지 사이로 잇자국을 닮은 흔적이 남아 있었다.

목우가…… 손을 물었어?

목우가 땅에 떨어지자 검은 개가 달려와서는 냉큼 입으로 물고 공이에게 돌아갔다.

공이가 목우를 양손으로 움켜쥐자 목우는 사지가 꺾인 버들가지처럼 기괴하게 흔들렸다. 작고 파리한 손가락이 목우의 얼굴을 훑었다. 마치 살아있는 걸 만지는 듯한 손길이었다.

공이가 목우의 눈동자를 바라보다가 피를 뿜었다. 울컥 쏟아낸 피가 빗물과 함께 목우의 얼굴을 적셨다.

"공아!"

아란과 안율이 거의 동시에 외쳤다.

공이는 한쪽 손을 내젓더니 붉게 물든 이를 드러내며 말했다.

"신모님 말씀이 맞았어. 초혼부는 함부로 쓰면 안 되는 부적이야. 무녀의 신력을 갉아먹고 생기를 앗아가는 주술이지. 이 작은 목우에 혼을 깃들게 하는 것도 이리 힘든데, 죽은 시신에 혼을 불러오는 건 얼마나 힘들었을까."

그 말에 송경이 움찔했다.

공이는 한쪽 팔로 목우를 가슴에 품으면서 윤오를 보고 말했다.

"자네, 대수대명이라고 들어보았나? 누군가의 목숨과 명운을 다른 이의 것과 바꿔치기하는 게 대수대명이야. 보통은 닭이나 돼지, 소를 쓰지. 근데 자네처럼 다 죽어가던 이를 살리려면, 반드시 산 자를……."

송경은 다급하게 공이의 말을 끊으며 믿을 수 없다는 목소리로 물었다.

"너, 너 누구야? 보문과 무슨 사이야?"

공이는 의외라는 듯 고개를 기울이며 말했다.

"신모님 이름을 기억하는 건가. 이것 참 놀라운 일이네. 쓰고 버린 패도 기억해주다니."

송경의 얼굴이 삽시간에 어두워졌다.

아란의 눈에도 의문이 번져나갔다.

공이의 신모와 송경이 아는 사이인가?

송경은 눈을 질끈 감고 말했다.

"내가, 내가 전하께 아뢰겠네. 자네가 저지른 죄는…… 눈감아줄 것이다."

아란의 눈빛이 흔들렸다. 눈을 감아준다는 게 무슨 의미지?

다른 이도 아니고 왕친이 뱉은 말이었다. 젊은 나이에 정삼품 도정이 될 수 있을 정도로 왕의 총애를 받는 자. 말이 많기는 해도 식언을 할 사람처럼 보이지는 않았다.

무슨 사정이 있는 건지는 모르겠지만, 어쩌면 공이도 목숨을 부지할 수 있지 않을까?

사실 무고한 이를 죽인 것도 아니잖아…….

상감이 말감해줄지도 몰라.

정수헌의 목에 검을 꽂고 싶어 하던 감정과 비슷한 욕망이 아란의 마음에서 들끓었다. 법도를 지켜야 한다는 의지와 삿된 정리(情理) 사이에서 오가던, 하루에도 수십 번씩 아란의 마음을 들썩이게 만들었던 욕망이었다.

아란의 생각을 비웃기라도 하듯, 웃음소리가 퍼졌다.

공이는 몸을 들썩이며 웃었다.

핏기없는 얼굴을 적신 빗물이 눈물처럼 흘러내렸다.

"세상을 참 쉽게 살아. 저희들이 저지른 죄가 있으니, 이 정도 죄는 눈감아주겠다고? 어쩌지, 초혼부를 썼으니 내 목숨은 나라님도 살려낼 수 없어."

공이는 고개를 돌려 아란을 보았다. 눈빛에 안도감이 깔려 있었다. 커다란 돌 하나를 마음에서 내려놓은 듯한, 그런 홀가분한 표정이었다.

아란의 표정은 반대였다. 흘러내리는 빗물과 함께 조금씩 녹아내렸다. 눈길이 공이 품에 안긴 목우로 내려갔다.

나라님도 네 목숨을 살려낼 수 없다고? 초혼부를 쓴 목우 때문에?

신력을 갉아먹고 생기를 빼앗아간다는 게 정말인 거야? 괴뢰희가 끝난 지가 언제인데, 왜 목우를 없애지 않은 거야! 저게 남아봤자 네 목을 옭아맬 증거밖에 더 돼?

대체 왜. 왜 그걸 가지고 있던 거야.

불안감이 엄습했다. 조금 전 핏물을 토해내던 공이의 모습이 아란의 눈앞에 아른거렸다.

아란은 저도 모르게 발걸음을 몇 걸음 내디뎠다. 공이가 급박하게 외쳤다.

"오지 마. 와도 소용없어. 언니도 나를 살려내지는 못할 테니까."

"공아…… 그런 말 하지 마."

"초혼부는 일종의 계약서야. 무녀가 죽은 이의 한을 풀어줘야만, 귀신이 저세상으로 돌아가. 불러놓고서 한을 풀어주지 않으면 계속 목우에 깃들 수밖에 없지."

공이는 아란의 두 눈을 똑바로 마주 보며 말을 이었다.

"총 여섯 명이었어. 그중 다섯이 내게 같은 한을 말해주었지."

"한?"

"진상을 밝히고 흉수를 잡아달라고. 흉수를 죽여달라고."

"그럼 나머지 한 명은?"

아란이 떨리는 목소리로 묻자 공이가 웃으며 말했다.

"언니는 괴뢰희를 봤잖아. 그때 한 명은 자기가 뭘 원하는지, 제 한을 털어놓았어."

아란은 괴뢰희를 떠올려보았다. 목우가 무슨 목소리로 어떤 말을 했었는지를.

목소리들은 자신이 어쩌다가 죽었는지, 누가 자기를 죽였는지를

400

말했다.

불현듯 첫 번째 목소리가 뱉은 말이 뇌리에 떠올랐다.

여기 너무 덥다. 한여름에도 시원한 그 냉한 날씨가 그립다. 집에, 집에 가고 싶다. 인차 갈 수 있을까.

"집에, 집으로 보내달라고?"

공이는 기다 아니다 말없이 그저 웃기만 했다.

첫 번째 목소리를 제외한 다섯은 모두 같은 소원을 빌었다. 홍수를 죽여달라고.

그리고 여섯 번째 희생자 허청을 죽인 건 공이였다……. 아란의 마음이 다시 요동쳤다.

"네가 죽지 않으면 안 된다는 거야?"

"……."

"목우를, 목우를 없애면 되잖아!"

이번에는 목우가 웃었다. 사지를 비틀며 달그락거린 목우가 어림도 없다는 듯 웃었다. 날이 벗겨지려는지 비가 긋기 시작하고 새카만 매지구름 사이로 빛이 새어 나왔다.

하늘빛을 살핀 공이는 움직이는 목우를 품에 꼬옥 끌어안으며 더는 지체할 수 없다는 듯 말했다.

"언니, 잘 있어."

작별을 고하는 말. 아란은 목이 턱 막혔다. 공이 바로 뒤가 낭떠러지였다.

저곳으로 떨어진다면 목숨을 부지할 수 없다. 설마 아닐 거야, 하는 사이에 공이가 뒷걸음질을 쳤다.

아란과 안율의 외침이 터져 나왔다. 목우의 웃음소리가 호응하듯 메아리처럼 울렸다.

뒤로 거꾸러진 공이의 암록색 치마가 위로 향했다가 추락하고, 아란은 벼랑 끝으로 달려가 팔을 휘저었다.

흙탕물에 흠뻑 젖은 치맛단이 손에 닿을 듯 고섶에 있었다. 손가락 끝에 닿은 축축한 천 자락이 휙 꺼지면서 안개 속으로 자취를 감췄다.

아란의 세상이 흑백을 오가며 점멸했다. 앞은 깜깜해지고 머릿속은 새하얘져 아무 생각도 들지 않았다. 몸이 앞으로 기우뚱하며 얼굴이 안개에 파묻혔다. 누군가 아란의 허리를 붙잡으면서 위험하다고 소리를 질렀다.

날카로운 목소리에 고막이 웅웅 울렸다.

윤오의 목소리였다.

***

벌써 늦여름이었다.

아란은 툇마루에 앉아 멍한 눈을 들어 하늘을 보았다. 서쪽 하늘이 붉게 물들었다. 마당에 들어선 안율의 목소리가 들렸다.

"갔다 왔어."

"······."

"못 찾았어."

달포 넘게 반복된 대화였다.

안율은 공이가 절벽에서 뛰어내린 뒤로 매일 목멱산을 샅샅이 뒤졌다. 밤이고 낮이고, 시각을 가리지 않고 종일 시신을 찾아다녔다.

공이의 시신은 어디에도 없었다. 핏물마저 빗물에 씻겨 나간 건지 흔적도 보이지 않았다.

안율이 아란 옆에 앉았다. 그는 한참 동안 가슴을 들썩이며 울음을 삼켜냈다.

"차라리 잘된 거야. 이대로 영영 못 찾았으면 좋겠어."

"……."

"시신이 발견되지 않는다는 건 죽지 않았다는 거니까. 아직 살아 있을 수도 있다는 거잖아. 걔는 대수대명에 능하니까. 어쩌면 자기 목숨을 살리고, 다른 짐승의 목숨을 거둬간 걸지도 몰라. 그치, 아란아?"

제발 그렇다 대답해달라고. 그렇게 자신을 안심시켜달라고, 이대로 공이가 살아있다고 믿을 수 있게 해달라고, 간청하는 눈빛이었다.

그래, 나도 그랬으면 좋겠어. 그러나 아란은 속마음을 내뱉지 않았다. 대신 안율의 두 눈을 마주 보며 다른 말을 뱉었다.

"공이가 아무 이유도 없이 그랬을 리가 없어. 걔는 그럴 아이가 아니잖아?"

갑작스런 반문에 이번에는 안율이 입을 꾹 다물고 아란을 보았다.

아란은 아무리 생각해도 이해가 되지 않았다. 자신이 유란동에 가는 것을, 검험을 하는 것을 안율보다 싫어한 게 공이였다. 밤마다 '들'에 가서 시신을 검험하는 걸 알았을 때는 혀에 칼이라도 달린

것처럼 매몰차게 말하지 않았던가. 자기를 희생해 세상을 바꾸는
게 무슨 의미가 있냐고.

그랬던 공이가 허청을 죽였다고?

자기 목숨까지 걸어가며 괴뢰희를 상연하고, 이 모든 일을 꾸몄
다고?

아니야, 공이는 그런 아이가 아니었다.

공이는 어느 대갓집에서 조부모 영패를 모시기 위해서 무당골에
시주한 신비였다. 신비는 천인이 부리는 종. 그곳에서 어떤 대접을
받았는지 한 번도 이야기해준 적은 없지만, 행복했을 리가 없었다.

공이가 무당골을 떠나게 된 건 신병에 걸렸기 때문이었다. 공이는
일곱 살 때 신병에 걸렸고, 자신을 받들라고 요구하는 이가 치우신
이라는 걸 알게 되었다. 치우는 이매망량을 다스리는 전쟁의 신. 난
데없이 나타난 강력한 몸주에 무당골 무녀들은 아연실색했다.

여기까지는 공이에게 나쁠 게 없었다. 무녀의 부림을 당하던 신
비가 신비를 부릴 수 있는 무녀가 되는 셈이니까. 어찌 보면 신분이
상승한 셈이었다.

문제는 다른 무녀들이었다. 무당골 무녀들이 차츰 신력을 잃어갔
다. 모시는 몸주가 치우와의 전쟁에서 패해 이곳을 떠난다는 추측
이 이 입에서 저 입으로 전해졌다. 남쪽에서 올라온 당골들은 신력
이 아닌 치성으로 먹고사는 이들이었으니 이런 소문을 별로 신경
쓰지 않았지만, 신기에 기대 생계를 도모하는 만신들은 달랐다.

이들은 소문에 마음을 빼앗겼다. 공이를 싫어했고, 미워했으며 두
려워했다. 그래서 공이는 무녀들이 가장 두려워한다는 흑무 보문에
게 보내지면서 그녀의 하나뿐인 신딸이 되었다. 여기까지가 아란이

알고 있던 공이의 과거였다.

훗날 신모를 잃은 공이는 목멱산에서 아란을 만났다. 공이가 모든 것을 잃었을 때 아란과 안율은 공이의 가족이 되어주었고, 공이는 아란과 안율을 제가 가진 유일한 것이라 여겼다.

그런 공이가 우리를 팽개치고 그런 선택을 했다고?

천만에. 이 집에 살던 이 중 그런 선택을 할 사람이 있었다면, 그건 공이가 아니라 아란 자신일 것이다. 공이와 안율의 선택은 언제나 가족이었다.

자신도 모르는 사이에 공이가 변했던 걸까. 검험에 매달리느라 홀로 알아채지 못했던 걸까.

몰려오는 후회를 애써 누르며 아란은 다시 물었다.

"공이는 우리를 남겨둔 채 그런 일을 벌일 아이가 아니야. 목숨까지 버리면서 그럴 리가 없어. 말해봐. 나한테 말 안 해준 게 있지? 분명히 알고 있잖아."

안율은 시선을 회피했다. 아란은 그의 반응을 보고 정말 무언가가 있다는 걸 깨달았다.

안율은 다시 울음을 삼키다가 말했다.

"다 나 때문이야. 공이가 나 때문에 그런 거야."

"뭐?"

"소문 때문에. 그래서, 그래서 그런 거야."

"……그게 무슨 말이야?"

"목멱산에 군자금이 있다는 거, 살아남은 고려 왕손이 있다는 거, 그 소문. 그거 내가 퍼뜨린 거라고."

아란은 무슨 말인지 얼른 알아듣지 못했다. 곧이곧대로 이해하니 저절로 의문이 떠올랐다.

"왜? 그게 무슨 득이 된다고?"

그건 아란의 목을 조를 소문이었다. 소문을 들은 정수헌도 바로 아란을 검안에서 빼내려고 하지 않았던가.

"그래야 정수헌이 널 죽이지 못할 테니까. 남겨둘 가치가 없다고 생각하면, 그놈은 바로 널 죽였을 거야. 하지만 사람들이 네게 관심을 가진다면, 널 쉬이 죽이지는 못하겠지. 고려 충신들이 남아 있다는 거, 그거 정말이야. 그리고 나는…… 네가 그 소문을 들으면 그 집에서 나올 거라고 생각했어. 너무 위험하니까 검험을 포기할 줄 알았어."

그래서 그날 유란동까지 날 찾아왔던 거야? 그곳까지 찾아와 나오라고, 검험 일도 그만두라고 했던 거야?

아무도 모르는 곳으로 도망을 가자고 한 거야?

내가 그런 걸 무서워할 것 같아? 아직도 나를 그렇게 몰라?

아란은 따져 물으려다가 입을 다물고 탄식했다.

안율은 소매로 콧물을 훔치며 말을 이었다.

"근데 그 소문이…… 허청의 귀로 들어갔어."

허청! 아란은 낮아진 목소리로 물었다.

"둘 중 어떤 소문이. 둘 다?"

"군자금만……. 그러다가 네 존재를 알게 된 거지. 허청은 네가 군자금의 행방을 알고 있다고 생각한 것 같아."

"목멱산에서 태어나고 자라서? 그런 아이가 나 하나야?"

"판부사가 서녀로 거둬간 아이는 너 하나뿐이잖아. 그것도 나이 열다섯에. 애처가로 소문난 정수헌이 갑자기 장성한 아이를 서녀로 데려갔어. 뭔가 이상하다고 생각했을 거야. 다른 이유가 있을 거라고 생각했겠지. 숨겨진 군자금에 대해 알고 있는 아이라든지…….”

아란은 과부의 집에서 장좌랑을 처음 보았을 때 그가 동부 오작에게 뱉은 말을 기억해냈다.

수사파를 잡게 되면 바로 죽이지는 말라고. 그 아이에게 볼일이 있다고.

그때는 정신이 없어 미처 유의하지 못했는데…….

볼일이라는 게 이걸 말했던 건가? 목멱산에 숨겨졌다는 군자금의 행방을 묻는 것?

아니, 지금 이게 중요한 게 아니었다.

“공이는 그걸 어떻게 알게 된 거야?”

안율은 커다란 두 손에 얼굴을 파묻었다.

“석빙고에 얼려놓은 시신들. 허청이 자기가 부리던 사람들을 벌준 거야. 제 뜻에 안 맞으면 가차 없이 짓밟은 거지. 그게…… 자극이 되었나 봐. 몇 사람이 공이를 찾아와 저주를 해달라고 했대.”

“…….”

“하루는 공이가 날 찾아왔어. 나보고 소문을 냈냐고 따져 묻더라. 그래서 솔직하게 맞다고 하니까, 엄청 화를 냈어. 무슨 짓을 한 건지 알고 있냐면서. 언니를 아직도 모르냐고. 네가 검험을 포기하지 않을 거라고 했어. 결국 내가 퍼뜨린 소문이, 네 목숨을 앗아갈 거라고…….”

“그래서 공이가 허청을 죽였다는 거야? 나 때문에?”

“……허청만 죽인 게 아니야. 공이가 괴뢰희를 상연한 게 정말 단서를 주기 위해서 그런 것 같아?”

괴뢰희 상연에 가장 크게 반응한 사람이 누구였던가.

흥수를 폭로하겠다는 예고에 며칠 내내 목멱산을 지키게 하며 사람들의 입산을 막았던 이가 누구였는가. 소문이 새어나갈 것을 염려해 관련된 이들을 모조리 죽인 이가 누구였던가.

병판 허욱규였다.

"일부러 병판을 끌어들여 남은 이들을 죽이려고?"

되묻는 아란의 목소리가 갈라졌다. 안율은 마른세수를 했다. 커다란 손가락이 마음고생으로 퍼석해진 얼굴을 훑었다. 그는 침착한 목소리로 말했다.

"그래."

일망타진. 그물을 던져 모두를 잡은 이는 허욱규가 아니라 공이였다.

허욱규의 손을 빌려 모두를 죽인 것이다. 아란에 관한 소문을 알고 있을지도 모르는, 허청과 손을 잡은 다른 이들 모두를.

아란은 감정이 울컥했지만 차분한 목소리로 물었다.

"언제부터 알고 있었어?"

"……"

"초혼부를 쓴 공이가 죽게 된다는 것도 알았어?"

"……"

"표정 보니 그건 몰랐나 보네. 그럼 다른 건? 공이가 허청을 죽일 수는 있어도, 그 커다란 얼음을 공이 혼자서 옮겼을 리는 없어. 먹으려고 얼린 얼음이 아니잖아. 시신을 얼린 얼음이라면 크기가 상당했을 거야. 언제부터 알고 있었어? 속일 생각은 하지 마. 그러면 정말로, 참을 수 없을 것 같으니까."

"······처음부터."

모든 걸 알고 있던 이가 내뱉은 진짜 고백.

그 말이 아란이 마지막으로 붙잡고 있던 가느다란 줄을 끊어버렸다.

마지막으로 남아 있던 붉은 햇무리가 서쪽 지평선에서 모습을 감췄다. 사방이 어둠으로 뒤덮이고, 아란의 마음도 새카맣게 물들었다.

***

아란은 무덤 앞에 앉아 맨손으로 봉분을 두드렸다. 직접 만든 공이의 무덤이었다.

안에 시신은 없었다. 살아있을지도 모르는 아이의 무덤을 왜 만드냐며 안율은 펄쩍 뛰었지만, 그는 몰랐다. 이래야 공이가 살 수 있다는 것을.

혹시라도 공이가 정말로 살아있다면, 공이를 위해서라도 공이를 죽여야 했다. 그래야 다른 이가 되어 생을 이어갈 수 있었다.

공이는 사람을 죽였고, 살인을 꾀하였다. 저지른 죄가 한두 개가 아니었다. 공이의 신모가 왕가와 무슨 인연이 있었던 건지는 모르겠지만, 모든 죄를 용서받을 수는 없을 것이다.

아니, 용서받으면 안 되는 거였다.

그건 나라님도 용서할 권리가 없었다. 목숨을 잃은 이들과 가족을 잃은 시친들도 흉수를 용서하지 않았는데, 나라님이 무슨 자격으로 흉수의 죄를 대신 면해준단 말인가.

그렇지만 공이라서. 가족이라서. 아란은 차마 벌할 수 없었다.

모든 걸 알고 있으면서도 모른 체하고 있었던 안율도.

정수헌의 목숨을 앗아가는 대신 검험을 택했을 때부터 굳은 결심을 했다고 생각했는데. 사람 마음이라는 게 이리 간사한 것이었음을 아란은 이제야 깨달았다.

그래서 공이를 죽였다. 시신을 거둔 척 무덤을 세우며 죽은 이로 만들었다. 죽은 이의 죄를 벌할 수 있는 건 사람이 아니라 천지신명이니까.

죽음이 절대 면죄부가 될 수 없다는 걸 알면서도 아란은 공이의 죽음을 면죄부로 만들었다.

두드리는 손가락 사이로 마른 흙이 부서지며 쏟아졌다. 아란의 마음속에 굳건하게 자리 잡고 있던 무언가도 함께 무너졌다. 무너진 걸 다시 쌓으려는 듯 힘껏 손아귀에 힘을 주었지만, 도로 쌓이는 건 무덤뿐이었다. 무너진 마음과 부서진 신념을 그러모을 수는 없었다.

이제 검험도 포기해야겠지.

그럴 자격이 없어.

땀인지 눈물인지 알 수 없는 물방울이 뺨 위에 긴 줄기를 그리며 떨어졌다.

"아란아."

아란이 몸을 흠칫 움츠렸다가 눈을 번쩍 뜨곤 믿을 수 없다는 듯 말했다.

"언니?"

가벼운 기척이 아란을 향해 다가왔다. 연희였다.

작고 따스한 손이 성큼 어깨를 살짝 붙잡았다. 마지막으로 보았을 때처럼, 두 눈 가득 심려가 담겨 있었다.

"잘 지냈어?"

다정한 말투여서 눈물이 핑하고 돌았다. 아란은 떨리는 목소리로 '응', 하고 대답했다.

언니는? 언니도 잘 지냈어?

떠오른 뒷말이 꽉 다문 입안에서 메아리처럼 울리다가 소리 없이 꺼졌다.

아란은 고개를 숙이며 제 눈빛을 감췄다.

연희는 어깨에 얹었던 손을 거두고 옆으로 나란히 앉았다.

"동생 이야기는 들었어."

"……."

"괜찮아?"

괜찮지 않았다.

공이도, 아란도 그리고 연희도. 이 모든 게 다 자신 때문인 것 같았다.

연희는 다 안다는 듯 나지막한 목소리로 말을 이었다.

"그렇다고 매일 이렇게 살 수는 없잖아. 종일 집에 틀어박혀 있거나 홀로 무덤만 만들고 있다며. 너 형방으로 안 돌아갈 거야?"

"거길 어떻게 가."

그곳에서 일할 수 있었던 건 정수헌 덕분이었는데.

아란은 뱉을 수 없는 말을 속으로 꾹 삼켰다.

연희가 쏘아보고는 답답하다는 듯 목소리를 높였다.

"검험도 안 할 거야? 너 나한테 검험서 가르쳐달라고 할 때 뭐라

고 그랬어. 다른 산파들처럼, 나이 들어서 흰머리 될 때까지 검험 산
파 할 거라고 했잖아!"

"미안해, 언니."

"네가 나한테 왜? 네가 무슨 잘못을 했다고. 오히려 내가, 내
가……."

연희는 말을 흐리더니 눈시울을 붉혔다. 연희가 품에서 노오란
비단으로 싸인 보자기를 꺼냈다.

"이거 주려고 왔어."

떠넘기듯 건네주곤 연희는 흙투성이가 된 아란의 손가락을 움켜
쥐었다. 뺨에 흐르는 눈물을 닦으며 흥분한 목소리로 말했다.

"내가 너 이렇게 사는 꼴 보려고 꺼내준 줄 알아? 저 무덤에 너도
같이 묻을 셈이야? 죄 지은 사람도 떵떵거리면서 잘만 사는데, 네가
뭘 그리 잘못했다고 이러고 살아야 해?"

"……."

연희는 답답했는지 콧김을 내뿜더니 자리에서 벌떡 일어났다. 내
려다보는 시선이 아란의 머리 위에 꽂혔다.

"나 이제 너한테 안 미안해할 거야. 아버지가 지은 죄를 내가 대
신 갚을 수는 없는 거니까. 난 너한테 해줄 수 있는 거 다 해줬어. 그
냥 아버지를 미워해. 나 간다."

연희는 일부러 화가 난 척 쿵쿵 발걸음 소리를 내면서 멀어졌다.

아란은 넋을 놓은 듯 한참을 앉아 있다가 품에 놓인 비단 천을 끄
르며 안에 담긴 것을 보았다.

《무원록》이었다.

아란은 검험서를 부여잡고 조금씩 울음소리를 흘렸다.

아주 오랫동안. 해가 지고 달이 뜰 때까지.

달이 제 빛을 내며 천지를 비추자 아란은 자리에서 일어나 스르륵 걸음을 옮겼다. 민둥산을 닮은 흙무덤을 떠나 잡초가 무성하게 자라난 푸서리로 발걸음을 옮겼다.

창백한 달빛이 길라잡이라도 하듯 아란의 앞을 비추었다.

***

연희는 씩씩거리며 산길을 내려갔다. 서글프면서도 화가 났다. 무력감에 짜증이 솟아나고 죄책감에 숨이 턱턱 막혔다. 아란 때문인 건지, 자기 때문인 건지. 아니면 둘 다인지.

모친 말로는 처벌이 심하지는 않을 거라고 했다. 파면을 피하지는 못하겠지만, 큰일은 없을 거라고. 연희는 부친이 무사할 거라는 데 안도하면서도 죄책감을 피할 수 없었다.

부친이 무사할 수 있는 건 아란의 부모를 죽인 죄가 밝혀지지 않았기 때문이다. 반면 아란은 부모도 잃고 동생까지 잃은 채 산 송장이 되어 숨만 쉬고 있었다.

산파가 되는 게 뭐가 어떻냐고, 시신을 만지는 험험 일이 어떻다고, 당당하게 제 할 일을 하며 살아가던 아란이었다. 연희가 그리 부러워하고 동경했던 아란, 그런 아란이 추스를 수 없을 정도로 무너졌다. 연희는 그 모습을 직접 보자 억장이 무너지고 천불이 솟아올랐다.

그래도 그렇게 화를 내지는 말았어야 했는데. 나까지 그러지는 말았어야 했는데.

후회와 울음을 삼키며 발을 놀리던 연희가 활처럼 휜 등굽잇길에 들었을 때였다. 굽은 자리에서 누군가 획 몸을 드러냈다.

"이런 십!"

연희의 뱉다 만 욕설에 한석이 눈을 동그랗게 떴다.

한석인 걸 확인하고서야 연희는 놀란 가슴을 가라앉히고 말했다.

"왜 이런 데 숨어 계십니까? 호랑이인 줄 알고 깜짝 놀랐잖아요."

"……."

연희는 코를 쿵쿵거리다가 대놓고 이맛살을 찌푸리며 말했다.

"그사이 술까지 드셨습니까?"

"아란 낭자는…… 잘 지내고 있던가?"

"잘 지내기요. 보니까 울화통이 다 터지더이다. 술 남은 거 있으면 좀 내놔봐요."

한석은 쭈뼛거리다가 술병을 건네주었다. 술을 한 모금 들이킨 연희가 긴 한숨을 내뱉자 그도 탄식하며 말했다.

"그리 찾던 목멱산 검안 흉수가 자기 동생이라는 걸 알았으니, 그럴 만도 하지."

"동생을 묻으면서 자기도 같이 묻은 모양입니다. 제 무덤을 파고 드러누웠으니, 스스로 일어날 때까지 기다려야지요."

"저리 지낸 게 벌써 두 달은 되어가는 것 같은데. 자리를 털고 일어날 수 있을까?"

한석은 침울한 낯으로 고개를 들어서는 멀리 아란이 있는 방향을 바라보았다.

연희는 속으로 혀를 쯧쯧 찼다. 유란동까지 찾아와 아란의 소식을 전해준 이가 누구던가. 직접 찾아가 보자고 그리 간절하게 조르더니 막상 목멱산에 와서는 망부석마냥 땅에 박혀 걸음을 떼지 못했다.

"그리 걱정되면 같이 가시지 왜 여기 남아 청승을 떨고 계셨습니까?"

"낭자를 볼 면목이 없어서."

"추포령이 내려졌을 때 도와주지 못해서 그러십니까?"

"……."

"그때 한씨 집안은, 남을 도울 때가 아니지 않았습니까. 그쪽도 우리 집안만큼 난리가 났다고 들었는데요."

명 황제는 결국 전쟁터인 사막에서 숨을 거두었다. 아마 한석의 누이인 한려비도 순장을 당했을 것이다. 천 리 길, 만 리 길을 지나야 전해지는 소식이니 아직 이곳에 닿지 않은 거겠지.

한석의 눈빛이 아까보다 더 어두워졌다.

연희도 마음이 착잡해져 걱정스레 물었다.

"앞으로는 어찌하시려고요?"

"승문원으로 돌아가야지."

"승문원이요?"

"그곳으로 가야지. 부친과 형님이 란이를 명으로 보내실 작정이네."

"란이라면…… 정준완과 약혼한?"

한석은 고개를 끄덕였다.

연희는 경악하며 속으로 욕지거리를 뱉어냈다. 개똥은 거름 만드는 데라도 쓰이지. 개차반보다 못한 놈들이네.

누이 팔아 얻은 부귀영화가 얼마나 컸던가. 그런데도 만족을 못하고 하나 더 팔겠다고?

연희는 한씨 집안과 맺은 혼약이 깨져서 다행이라 생각했었다. 그 여인이 누구와 혼인을 하든 정준완과 하는 것보다는 나을 테니까. 허나 귀신 피하려다 호랑이를 만나게 된 것 아닌가?

연희는 심각해진 목소리로 말했다.

"막으셔야 하는 것 아닙니까?"

한석은 무력하게 고개를 툭 떨궜다.

"내가 힘이 없어 막지를 못하네."

"……."

"그래서 승문원으로 가려고. 란이가 몸져누웠으니 당분간은 명으로 가지 못할 걸세. 승문원에서 열심히 일해 더 높은 자리에 오르면, 훗날 누이가 명에 갔을 때 내 힘을 보탤 수 있겠지."

"그래요…… 개차반으로 사느니, 뭐라도 되어서 누이를 보필하는 게 낫겠지요."

"……그래, 그래야지."

연희는 들고 있는 술병을 다시 기울이며 술을 한 모금 더 마셨다.

"아무튼 감사합니다. 아란 소식도 전해주시고, 직접 찾아와주셔서 집에서도 나올 수 있었네요. 나리 아니었으면 모친이 못 나가게 했을 겁니다."

"돌아가면 무슨 이야기를 나눈 거냐고 물어보시지 않겠는가? 적당히 둘러댈 말이……."

"뭐, 술이나 한잔했다고 해야지요. 틀린 말도 아닌데요."

한석이 피식 웃었다. 연희는 무언가를 잠시 생각해보다 물었다.

"근데 왜 하필 절 찾아오셨습니까? 홀로 아란을 찾아갈 용기가 없어도 그렇지. 아란이 저희 집 서녀가 아니라는 건 소문으로 들어서 아실 텐데요."

"예전에 아란 낭자가 말해준 적이 있다네. 언니가 자신에게 글을 가르쳐주었다고. 혼인하지 않은 누이를 말하는 거냐는 말에 그런 말은 예방 판관에게 들었냐며 따져 묻더군. 그때 알았지. 낭자가 자기 언니를 퍽 아낀다는 걸. 혈연이어도 가족을 팔아치우는 가문이 있는데, 혈연이 아니라고 가족이 아니라는 법이 있던가. 그래서 자네를 찾아갔지."

연희는 그 말을 듣고 눈시울을 적시며 웃더니 다시 술을 한 모금 마셨다.

길게 숨을 내쉬고 나서 연희는 코끝을 문지르며 말했다.

"근데 승문원에 사람이 더 필요하지는 않습니까?"

"응?"

고개를 든 한석은 무슨 소리냐는 표정이었다.

"제가 글도 잘 읽고 아는 게 좀 많습니다. 한문(漢文)은 물론이고 진전(秦篆, 진나라 문자)도 읽을 수 있어요. 검험서가 얼마나 어려운 글인 줄 아십니까? 옥사(獄辭, 판결문)는 물론 박물지, 의서에도 통달해야 제대로 이해할 수 있지요. 그 어려운 걸 제가 아란에게 가르쳐주었다니까요?"

"근데 이를 어쩌지. 나는 집현전으로 가는 게 아니라서."

"뭐, 저도 그냥 해본 말입니다. 반가 여식이 어딜 가서 뭘 할 수 있겠습니까. 규방에 처박혀 서책이라도 읽는 게 최상이지요."

한석은 고개를 갸우뚱하다가 무언가를 떠올렸다.

"대신 자네가 도울 수 있는 사람이 한 명 있는데……."

"제가 도울 수 있는 사람이요?"

"내 지기가 상감의 명을 받아 집현전 수찬으로 갔는데 말이야. 마침 연구를 맡은 책이 검험서일세. 어때, 내가 이야기를 해둘 테니 가서 좀 도와주겠는가?"

연희는 멍한 얼굴로 그를 보다가 곧 눈을 반짝거렸다. 아란이 시신을 볼 때 보이던 눈빛과 퍽 닮아 있었다. 피 한 방울 섞이지 않았다더니, 이럴 때 보면 묘하게 닮은 것이 자매가 맞았다.

"정말입니까?"

연희가 되묻자 한석은 뭐가 대수겠냐는 듯 고개를 끄덕였다.

"내가 이야기를 해두겠네. 아마 그치는 듣자마자 자네에게 연통을 넣을 게야. 어쩌다 보니 떠맡게 된 일이라 제법 골치 아파하고 있거든."

"감사합니다."

"뭘 이 정도에."

"근데 제가 정말 물어보고 싶었던 게 하나 있는데요……."

"뭘 말인가?"

"대체 나이가 몇 살이길래 반말을……."

"금년 열 여덟인데만?"

연희의 얼굴이 순간 야차처럼 살벌해졌다. 현고에 있는 시신을 함부로 만졌을 때 아란이 짓던 표정과 똑같았다. 한석은 그 모습을 보고 자기도 모르게 마른침을 삼켰다.

"무슨, 무슨 문제라도 있는가?"

"앞으로 누님이라고 불러라. 내가 너보다 네 살이나 더 많으니까."

"……."

                    ***

상선과 지밀상궁까지 물린 자리였다.

왕은 손가락으로 지끈거리는 관자놀이를 누르며 물었다.

"그래서 그 무녀가 누구의 신딸이라고?"

"무녀 보문입니다."

조선 팔도에서 제일가던 흑무, 보문. 그녀는 의원의 의술로도, 판수의 점괘로도, 국무의 기원으로도 살려내지 못한 성녕대군을 되살려낸 자였다.

성녕의 건강을 두고 모두가 대흉을 낼 때 유일하게 다른 점괘를 냈던 자였기에 죽은 원경대왕후는 그녀를 지푸라기처럼 붙잡았다.

허나 살리는 방법이 문제였다. 보문은 성녕의 목숨을 끊어내 명운을 바꾸려 했다. 다른 이의 명운을 가지게 되었으니 원래 신분으로 살 수 없는 법. 그럼 지워진 명운이 되살아나 그를 찾아갈 터였다.

김윤오는 살 수 있어도, 성녕은 죽음을 피할 수 없었다. 그러니 성녕을 살리기 위해 궐 안에 든 보문도 파국을 맞을 수밖에.

무녀가 사술을 행하면 교형에 처하는 게 나라의 법도였다. 살려냈다면 별다른 문제가 없겠지만, 보문은 성녕을 죽이기 위해 궐에 든 자가 아닌가. 처벌을 피할 수 없었다.

당시 왕후였던 원경대왕후와 외척인 송한의 도움으로 겨우 교형을 면한 보문은 장을 맞고 관비가 되었고, 울산 땅으로 유배를 떠나던 날 성녕대군을 따르는 노복들에게 맞아 죽었다.

대수대명.

송경의 부친인 송한은 이를 두고 보문의 목숨으로 성녕의 목숨을 살린 거라고 말했다. 대수대명은 사람의 목숨을 살리는 주술이라 목숨과 명운이 뒤바뀌는 데 시간이 좀 걸린다고. 죽은 이가 살아나고 난 뒤에 산 자가 죽음의 대가를 치른다고 하였다. 그래서 죽림으로 옮겨진 윤오가, 이미 숨이 끊어진 윤오가 되살아나고 난 뒤에 보문이 목숨을 잃었던 거라고. 노복들에게 맞기는 하였으나 죽을 정도로 심하게 맞지는 않았다고 했다.

송경은 부친이 말했던 대수대명이라는 게 비유적인 표현이라고 여겼었다. 하나 이번 일을 겪고 보니 비유가 아닐 수도 있겠다는 생각이 들었다.

어찌 되었든 보문은 성녕 대신 윤오를 살렸다. 왕가의 은인인 셈이었다.

송경이 해준 이야기를 들은 왕은 오랫동안 침음하다 겨우 입을 열었다.

"그 아이에게는, 절대 알려주면 안 된다. 대쪽 같은 아이가 아니더냐. 누군가 자기를 살리려다 목숨을 잃었다는 걸 알게 되면, 견디지 못할 거야."

"예, 그리할 것입니다."

송경은 잠시 주저하다가 물었다.

"그런데 전하, 전하는 어찌 안 것입니까?"

"무엇을?"

"성녕대군이, 아니, 윤오가 살아있다는 것을 어찌 아신 겁니까?"

"……형님이 알려주셨다."

"형님? 양녕대군 말씀이십니까?"

"그래."

"양녕 형님은 어찌 알고⋯⋯."

"모후께서 돌아가시기 직전에 말씀해주신 모양이다."

송경은 눈을 감으며 미간을 찌푸렸다.

양녕이 세자 자리에서 쫓겨난 데는 여러 이유가 있었지만 그중 가장 큰 죄는 패씸죄였다. 아우인 성녕이 죽어가는데도 활쏘며 사냥을 하고 풍류를 즐겼는데 어찌 선왕의 진노를 피할 수 있었겠는가.

하나 양녕은 죽은 원경대왕후에게도 아픈 손가락이었다. 자식을 셋이나 연이어 잃은 뒤 어렵게 얻은 장자인데 어찌 마음이 쓰이지 않을까. 미안함을 이기지 못하고 기어코 속사정을 털어놓으셨구나.

송경은 상감이 자신을 불러 윤오에 대해 캐물었을 때가 언제쯤이었는지를 상기해보았다. 양녕대군이 또 사고를 쳐 이번만큼은 엄벌해야 한다는 상소가 빗발치듯 올라왔던 때인 것 같았다.

전하도 결국 죄를 묻지 않고 눈감아주었다고 들었는데, 그게 다 이것 때문이었겠군.

송경은 속으로 혀를 쯧쯧 찼다.

왕이 다시 하문했다.

"산파는? 잘 알아보았느냐?"

"네, 정수헌이 왜 그 아이를 서녀로 들였는지 알 것 같사옵니다. 그런데⋯⋯."

"그런데?"

"정수헌의 사가에서는 별다른 소득을 얻지 못했사온데, 놀랍게도 추국을 하다가 오작 행이에게서 단서를 얻었습니다."

"오작? 그자가 뭐라고 하였기에?"

"목멱산 군자금 이야기를 하였습니다."

왕의 눈빛이 매의 눈빛처럼 번뜩였다.

"그 소문이 다시 돌고 있더냐?"

조선이 생기기 전부터 돌던 소문. 고려 우왕이 자신의 비와 세자를 한양으로 보낼 때부터 돌았던 소문이었다.

"네, 그렇다고 합니다. 아란이라는 아이가 목멱산에서 태어나고 자란 데다 정수헌이 갑자기 서녀로 데려가니, 몰래 아란을 조사한 적이 있다고 합니다. 행이 말로는 자신도 장좌랑의 명을 받아 아란의 뒤를 쫓은 적이 있다고 했습니다."

"그 말인즉슨, 정수헌도 고려가 숨겼다는 군자금 때문에 그 아이를 서녀로 들인 것 같단 말이지?"

"그럴 가능성이 큽니다. 또한 정수헌이 허욱규에게 요구했던 청이 딱 하나 있사온데, 경봉수(京烽燧)를 지키는 군사들을 동원해 무엇을 좀 찾아달라고 했답니다. 행이도 그게 정확히 무엇인지는 모르고 있었습니다. 군자금을 찾으려던 게 아니었을까요?"

"허욱규와 정수헌은 뭐라고 하더냐?"

"전하께 먼저 여쭙는 것입니다. 아직 물어보지 않았거든요. 괜히 제가 먼저 물어보았다가 일을 망칠 수도 있지 않습니까. 이제 어찌 할까요?"

잠깐의 침묵이 깨지자 소리를 죽인 노성이 새어 나왔다.

"나라를 위해 힘쓰라고 자리를 주었더니, 그 자리에 앉아 사사로운 이익을 도모해?"

왕이 격노하며 말을 잇지 못하자 송경은 눈치를 보다 다시 말을 올렸다.

"그리고 전하, 제가 목멱산 군자금 소문을 물어보려고 장좌랑을 찾았사온데, 그자가 며칠 전에 목숨을 잃었다고 합니다."

"그걸 왜 이제야 말하느냐! 대체 추국을 어찌하였기에 사람이 죽어?"

송경은 억울하다는 표정을 짓다가 기어 들어가는 목소리로 말했다.

"아니, 그게 제 잘못입니까? 제가 의금부 관원도 아니고, 매일 그자를 지키고 있을 수는 없는 노릇 아닙니까. 의금부에서 추국을 하다가 사람이 죽어 나가는 게 하루 이틀 일입니까?"

송경은 속으로 전생에 무슨 죄를 지어 형제에게 쌍으로 이리 시달리는가, 한탄하다가 자신을 노려보는 임금의 눈길에 황급히 고개를 숙였다.

"의원에게는 보였느냐? 타살일 수도 있지 않느냐. 그래, 검험, 검험을 해보거라!"

"안 그래도 한성부 본청 검험관을 불러 살펴보라 하였습니다."

"판한성부사가 죽인 걸지도 모르는데 한성부 사람을 불렀다고?"

"그럼…… 형조에 요청을 할까요?"

왕은 무언가를 생각하다 엄한 목소리로 말했다.

"그 아이를 부르거라. 검험 산파. 그 아이에게 시신을 검험하라고 해."

"예? 그래도 그 아이는 좀……."

"정수헌이 그 아이의 부모를 죽인 것은 목멱산 군자금 때문일지도 모른다. 장좌랑의 죽음에 음모가 숨겨져 있다면, 기를 쓰고 밝힐 아이야. 그 아이에게 시신을 검험하게 한 뒤 궐로 데려오거라. 과인이 친히 물어볼 것이다."

지엄한 왕명에 송경은 그저 고개를 끄덕일 뿐이었다.

***

고드름처럼 차갑고 뾰족한 시선.

아란은 상감의 시선이 자신을 집요하게 훑는 것을 느꼈다.

"말해보거라. 실인이 무엇이냐!"

서슬을 돋우는 목소리가 주변 공기를 굳혀 사방을 두려움으로 물들였다. 상감의 외침에 내관과 궁녀들이 숨을 죽이며 고개를 숙였다.

목멱산으로 찾아온 송경이 검험을 하라는 왕명을 내던졌다. 다른 것도 아니고 왕명이 아닌가. 아란은 얼떨결에 따라나설 수밖에 없었다. 그런데 거적 위에 누워 있던 시신은 아란도 아는 이였다. 장좌랑. 이자가 갑자기 왜 죽었지?

그게 다가 아니었다. 그다음으로 아란을 놀라게 한 건 장좌랑의 사인이었다. 검험 생활 육 년 만에 이런 시신은 또 처음이라 아란은 당혹감을 감출 수 없었다. 게다가 시신 검험을 마치자마자 궁으로 붙들려오지 않았는가.

연이은 충격에 당황했지만, 조심스레 숨을 내뱉은 뒤 침착하게 말을 이었다.

"타물이나 수족으로 인한 상사(傷死) 같습니다. 양각대퇴(兩脚大

腿)와 양각경(兩脚脛), 협륵(脅肋, 갈비뼈), 배척(背脊, 등뼈) 등 여러 부위의 뼈가 부러졌고 흑자색과 자홍색 울혈, 크고 작은 찰과상이 남아 있으며 머리가 깨졌습니다."

"그러니까 누군가가 그를 때려죽였다는 것이냐? 그것도 옥사(獄舍) 안에서?"

임금의 호통에 주변에 있던 이들이 몸을 움찔 떨었다.

아란은 눈을 질끈 감고는 다시 말을 올렸다. 그래도 검험에 관해서는 절대 거짓을 고할 수 없으니까.

"이상한 점이 있사옵니다."

"말하라."

"상처가 지나치게 중합니다."

"그게 이상하다는 것이냐?"

"네, 옥사에서 발견된 시신이라고 보기에는 지나치게 중합니다. 이 정도 상처라면 시신이 발견된 장소가 무너진 가옥 아래이거나, 돌무더기 혹은 절벽 아래여야 합니다."

"인력으로 낼 만한 상처가 아니다? 그런 것이냐?"

아란은 솔직하게 고개를 끄덕였다. 임금은 잠시 말을 하지 않다가 콧방귀를 뀌었다.

"송 도정은 저 아이가 작성한 험장을 기반으로 탐문을 진행하거라. 옥졸들과 이야기를 나누면 뭐라도 나오겠지."

"네, 전하."

고드름 같은 시선이 다시 아란에게 꽂혔다.

"과인은 상벌이 분명한 사람이다. 여러 검안을 해결하고 관리의 부정을 밝히는 데 큰 공을 세웠으니, 네가 원하는 것을 말해보거라.

과인이 들어주마."

아란은 그 말에 흔들리는 눈빛으로 고개를 들었다. 왕은 자신을 보고 있었다.

원하는 걸 들어준다고?

그게 무엇이든 다 들어준다는 걸까?

뭐든지?

순간 아란의 마음속에 백팔 번뇌가 들어찼다. 눈앞에서 피안이 오가는 것 같았다.

그럼 정수헌도, 자신의 부모를 죽이고 안율의 부친을 죽인 죄를 물어 처벌할 수 있는 걸까?

그자가 살인죄를 저지른 흉수라는 것을, 숨겨진 진실을 밝힐 수 있는 걸까?

아란은 떨리는 목소리로 물었다.

"이번에 정수헌은 어찌 되는 겁니까?"

"정수헌? 허욱규는 증좌가 확실해 이번에 저지른 죄를 피할 수 없다. 하나 정수헌은 다르지. 이대로는 파면 후 서직(敍職)을 금하거나 유배 정도로 끝날 것이다. 어찌하겠느냐. 그것을 소원으로 내걸 것이냐? 정수헌을 처벌하는 것은 네가 원하던 것이었지. 네가 그것을 소원으로 내건다면, 과인이 정수헌을 모살죄로 처벌할 것이다."

모살죄. 직접 손을 쓰지는 않았으나 살인을 계획하고 지시하는 중죄이니 가진 권세로도 쉬이 처벌을 피해갈 수는 없을 터였다.

아란은 요동치는 눈빛과 목소리로 다시 물었다.

"십 년 전 검안은요? 그때 저지른 살인죄로는 처벌할 수 없는 것입니까?"

"……그때 일은 증거가 없으니 불가하다. 너도 검험 일을 오래 하였으니 알 것 아니냐. 모든 일은 법도를 따라야 한다. 이번 일을 일벌백계 삼겠다고 한다면, 모살죄로는 처벌할 수 있을 것이다. 허나 그 이상은 안 된다. 조선은 과인의 나라지만, 과인만의 나라는 아니다."

아란의 가슴이 다시 쿵, 하고 주저앉았다.

아란도 알고 있었다. 그때 일로는 절대 벌할 수 없다는 것을.

증거 없이 그때 일로 벌을 준다는 것 자체가 법도를 뒤흔드는 일이었다.

아란이 믿어왔던 검험의 가치를 부정하는 것.

반면 저자는, 법도를 만드는 이였다. 아란이 홀로 노력해도 결코 바꿀 수 없었던 법도를 만드는 이.

아란은 마음을 다잡은 듯 눈을 질끈 감더니 확고한 목소리로 대답했다.

"제 소원은……."

아란은 오랫동안 품어왔던 자신의 소원을 말했다.

검협산파 아란

十章

무당골 '들'.

　한성부 형방 사람들이 땅을 파며 시신을 꺼냈다. 살이 뼈에 들러붙은 시신부터 살이 모두 썩어 백골이 된 시신까지.

　아란은 현고 궤 안에 넣어두었던 험장을 꺼내와 검험했던 시신 옆에 내려놓았다. 시신을 다시 묻은 장소를 정확하게 기억해 그나마 다행이었다. 안 그랬다면 '들' 전체를 파헤쳐야 했을 것이다.

　"제가 작성한 험장이기는 하지만, 혼자 한 검험이라 완전하지 않을 수 있습니다. 혹시 모르니 시신에 남은 흔적과 대조해보십시오. 옥안(獄案, 옥사 관련 조서)으로 쓰이려면 한 치의 오차도 있어서는 안 됩니다."

　"걱정 말거라."

　신소윤이 고개를 끄덕이고는 옆에 있던 오작항인에게 이런저런 사항을 분부했다.

최참군은 벌써 시신 옆에 놓인 험장을 하나 집어 들어 꼼꼼하게 읽어보고 있었다.

무당골 '들'에 있는 시신을 다시 검험하는 것.

격목과 험장에 검험 일시와 장소, 증거물 목록 및 검험에 동행한 이들의 이름을 적어 검험관의 수결을 놓는 착압을 할 것.

그렇게 완전한 문서로 만들어 검안 수사와 단옥에 활용할 것.

시친이 없는 시신이라 하더라도 함부로 면검하지 아니 하고, 반드시 복검까지는 행할 것.

제대로 검험 받을 수 없었던 시신들을 다시 검험하고, 기존 제도를 개선하는 것.

이게 아란이 왕에게 고했던 자신의 소원이었다.

'들'을 걸으며 시신들을 하나씩 확인한 아란은 일 년 전쯤 자신이 검험했던 죽은 과부의 시신 앞에 섰다.

썩어 문드러진 시신은 벌써 뼈를 드러내고 있었다. 아란은 자리에 앉아 시신 발에 신겨진 짚신을 보았다. 아란이 신겨주었던 신이었다.

"그때 낭자가 신겨준 신이 아닙니까?"

오랜만에 듣는 목소리에 아란은 환하게 웃으며 반겼다.

"나리."

"잘 지내셨습니까?"

윤오는 아란 옆에 서서 시신을 보았다.

"이 시신은 흉수가 훈련원 검안의 희생자이지요?"

"맞습니다."

"흉수가 이미 죽었는데도 검험을 하시는 겁니까?"

"해야지요. 해야 합니다. 흉수가 죽어 처벌할 수 없더라도, 진상은 알려야지요. 아직 시신은 남아 있지 않습니까. 시신이 남아 있는 한, 끝까지 그 목소리를 들어야지요. 그게 살아남은 이들이 해야 할 일입니다."

아란은 다시 검험을 시작했다. 부패한 시신에 눌러붙은 옷을 벗기는 손길이 무명과 베를 갈라 저승으로 인도하는 무당의 몸짓처럼 처연하면서도 숭고했다.

윤오는 아란의 손을 넋을 놓고 보다가 뒤늦게 무언가를 떠올려 말했다.

"성상에게 검험서를 취재 율학(律學) 과목으로 삼고, 검험서에 주해를 달아 반포해야 한다고 하셨다지요?"

시신의 목을 살피던 아란이 손길을 멈추었다. 윤오는 다시 말을 이었다.

"금일 사헌부 사람들도 모두 그 이야기를 하더군요. 검험삼록 중 무원록이 율학 과목이 될 것 같습니다. 가장 후대에 편찬된 글이니까요."

아란은 슬쩍 고개를 끄덕인 뒤 다시 검험을 이어갔다.

임금은 소원을 밝히고 떠나는 아란에게 질문을 던졌다. 어찌해야 조선 땅에 검험이 자리 잡을 수 있겠냐고. 아란은 그 질문을 듣고 쓸쓸하게 웃었다.

검험은 이미 예전부터 이 땅에 자리 잡고 있었다.

고려에는 검험이 없었던가? 전에는 사람이 죽지 않았던가? 그때도 사람은 죽었고, 누군가는 시신을 검험하며 사인을 밝혔다. 다만 조선 땅에는 제대로 된 검험 법도가 없을 뿐이었다.

그래서 아란은 검험서를 율학 과목으로 삼고, 검험서를 반포해야 한다고 했다. 쉬이 이해할 수 있도록 주해를 달고, 조선의 실정에 맞게 내용을 보완해야 한다고. 그래야 검험관도 두려움 없이 검험을 공부하고, 사인을 조작해 진상을 가리는 사람이 없을 거라고.

또한 검험서에는 검험 법식과 절차가 상세하게 규정되어 있었다.

초검이 끝나면 복검을 하고, 그래도 사인이 의심스러우면 삼검, 사검을 하는 것. 초검관과 복검관은 절대 같은 이가 해서는 안 되며 서로 결탁해 검험 사인을 조작하지 않도록 같은 검안을 맡았을 때는 절대 만나지 않을 것.

이런 작은 원칙들이 모여 검험을 완전하게 만드는 법이었다.

마음 같아서는 전시(殿試)에도 검험을 넣고 싶었지만, 아직은 과욕인 듯 싶었다.

윤오가 다시 말을 이었다.

"본래 상감께서 집현전에 명해 무원록을 연구하라고 하셨는데, 낭자의 말을 들은 뒤로 생각을 바꾸신 것 같습니다. 연구만 하지 않고 전국에 무원록을 반포할 거라고요."

아란은 그 말을 듣고 옅은 웃음을 띠었다.

"그것 참 듣던 중 반가운 소리네요."

"제가 더 반가운 소식을 가지고 왔습니다."

더 반가운 소식?

윤오의 말에 아란은 고개를 들어 그를 마주 보았다.

"목멱산 검안의 첫 번째 희생자 말입니다. 집으로 돌아가고 싶다고 했던. 그 아이의 집을 찾았습니다. 함경도 땅이라 제법 멀기는 하지만, 그래도 겨울이 되기 전에 고향 땅에 도착할 겁니다."

"그 아이의 집을, 찾았다고요?"

윤오는 고개를 끄덕였다.

그 말에 아란은 조금 전보다 더 환히, 더 기쁘게 웃었다.

벌써 해가 졌다. 모든 검험을 마친 형방 사람들이 아란을 빙 둘러싸고 이야기를 나누었다.

형방 사람들은 대체 무슨 일이 있었던 건지 매우 궁금해하는 것 같았지만, 초성과 주월이 옆에 서서 노려보는 바람에 아란과 정수헌에 관해서는 입도 뻥긋하지 못했다.

"그럼 이제 형방 산파가 아니라고?"

"네, 원래 산파는 한성부 형방에 속한 이가 아니지 않습니까."

아란은 쓸쓸한 목소리로 말했다.

이는 왕명이었다. 왕은 관비가 아닌 아란이 한성부 형방에서 일하는 것을 허하지 않았다. 그러니 이번 검험이 사실상 아란에게 마지막 검험인 셈이었다.

"무슨 일이 있었던 건지는 모르겠지만, 그래도 이건 아니지."

"맞아, 그런 게 어딨어. 솔직히 네가 검험관들보다 검험을 더 잘하잖아."

"관비가 아니라고 일을 못 하게 막다니! 녹봉을 줘도 모자랄 판에, 녹봉도 안 주면서 뭘 그렇게 가려? 그럼 형방에 사람이라도 보내주든지. 진짜 대책이 없네. 소윤 나리, 그렇지 않아요?"

다모들이 침까지 튀기며 항의하자 신소윤은 땀인지 침인지 알 수 없는 액체가 묻은 이마를 소매로 닦으며 계면스레 웃었다.

"허나 왕명이 아니냐. 나라고 별수 있겠니."

다모들이 목소리를 높이며 항의했다.

"아니, 사람이 어쩜 이렇게 의리가 없어요? 아란이 우리랑 한솥밥 먹은 게 몇 년인데?"

"아란이 있을 때는 그렇게 끔찍하게 챙겨주더니, 아란이 쫓겨나니까 얼굴 싹 바꾸는 거예요?"

그러자 신소윤은 울상을 지으며 항변했다.

"그런 건 판부사 대감에게 말해야지. 일개 소윤인 나한테 말하면 무슨 소용이 있니? 난 전하 얼굴도 뵌 적이 없어. 용안도 몰라. 내가 왕명을 무슨 수로 어겨."

"새로 온 판부사 대감은 한성부에서 도망칠 생각만 하시는 것 같던데. 그 양반한테 무슨 말을 해요?"

"아무리 일이 많아도 그렇지, 몇 달도 못 버티고 도망을 치려고 하냐."

"그럼 아란이는 이제 어쩌지?"

다들 갑론을박하는 사이, 옆에서 오만상을 찌푸리고 있던 주월이 갑자기 손바닥을 마주쳤다. 사람들의 시선이 주월에게 쏠렸다. 무슨 좋은 생각이라도 있나 해서 기대하는 눈빛이었다.

주월은 아주 중요한 걸 깨달았다는 듯 한마디씩 강조하며 말했다.

"아란이는 산파잖아!"

다들 얘가 그럼 그렇지, 기대한 내가 잘못이다, 하는 표정이었다.

"그걸 누가 몰라?"

"쟤는 쓸데없는 말을 진지하게 하는 데 진짜 뭐가 있어. 저것도 능력이야.”

그러자 옆에 있던 초성이 주월의 등을 짝, 치며 말했다.

“주월아, 넌 정말 머리가 좋은 애야! 그러네, 아란이는 산파잖아!”

다모들이 할 말을 잃었다는 표정으로 보자 초성은 논리적으로 설명해주기 시작했다.

“봐 봐. 원래 검험에 참여하는 여인은 크게 셋이지. 하나는 의녀, 다른 하나는 다모 그리고 나머지 하나가 산파잖아.”

“그걸 누가 몰라?”

“아란이는 이제껏 본청 형방 소속 산파라서 복검을 하거나 오부에서 지원 요청을 했을 때 초검을 도왔잖아.”

“그래서?”

“아란이가 오기 전까지 우리가 원래 누구랑 일을 했지?”

“그거야 동네 산파를 불러……. 아, 그렇구나! 동네 산파를 불러 검험에 동원하니까, 산파를 부를 때 아란을 부르면 되는 거네?”

다모들은 주월이가 똑똑하다며 칭찬을 했고, 주월은 잠시 부끄러워하다가 으스대기 시작했다. 옆에 서서 오가는 대화를 듣던 아란은 어느새 홀린 듯 정신이 나가 있었다.

다시 검험을 할 수 있다고? 이대로 검험을 포기하지 않아도 된다고?

검험할 자격이 없다고 생각했으면서도 오늘 ‘들’에서 검험을 하니 또 욕심이 생겼다.

그래도 계속하고 싶다고, 이렇게 포기하고 싶지는 않다고 생각했다. 하지만 지엄한 왕명을 무슨 수로 거스를까.

그런데 항명을 하지 않아도 검험을 할 수 있다는 게 아닌가.

왕은 한성부 형방에서 일하는 것을 금했을 뿐, 검험 일 자체를 금하지는 않았다.

검험을 계속할 수 있다고 생각하자 마음이 구름 위를 걷는 것 같았다. 내딛어도 되는 걸음인지 확신할 수 없으면서도, 그 위에 설 수 있을 것만 같아 발을 내디디고 싶었다.

"아란아, 들었지? 앞으로 우리가 부를 때마다 와야 한다? 이거 소문 나면 오부에서도 허구한 날 너만 부를걸? 본청에 도와달라는 아쉬운 소리 안 해도 되는 거잖아."

"그럼 남부청에도 가는 거 아냐?"

"어, 그건 안 되는데."

아란이 매번 남부청으로 불려가면 자기들은 미중랑 얼굴을 어찌 보냐며 모두들 떠들어댔다.

아란은 어쩐지 지금의 상황이 믿기지 않아 말없이 우두커니 서 있었다.

그때 누군가 아란에게 다가와 말했다.

"검험 업무를 계속하실 수 있게 되었네요. 참으로 다행입니다."

윤오였다. 아란은 고개를 돌렸다가 윤오와 눈이 마주쳤다. 자신을 향한 그의 눈빛이 그건 구름이 아니라고, 흩어지지 않는 현실이니어서 발을 내디디라고 말하는 것 같았다.

아란은 고개를 끄덕였다.

"네, 그러네요."

그 말에 윤오가 웃었다.

윤오의 검은 눈동자에 아란의 얼굴이 수면에 비친 달빛처럼 고이는 게 보였다. 늘 그러했듯이 아란을 담고 있는 눈동자였다.

앞에 있는 이는 상감의 아우이자 왕친인 성녕대군이 아니라, 자신과 함께 검험했던 사헌부 판관 김윤오였다. 검험 산파인 아란에게 가르침을 청하는 것을 부끄러이 여기지 않고, 시신을 두 손으로 만지는 것에도 스스럼이 없던 자. 아란이 검안을 파헤치는 데 힘이 되어줬던 자.

항상 자신의 편이 되어주었던 사람.

아란의 마음에 있던, 경계에 서 있던 감정이 옆으로 기우뚱하며 자리를 잡았다.

윤오는 흠흠, 헛기침을 뱉은 뒤 입술을 달싹이다가 겨우 입을 열고 말했다.

"저기, 사실은, 전하께서 제게 명을 내리셨는데요. 다른 지역으로 가서 감찰 업무를 행하라고 하였습니다. 그런데 감찰 업무라는 것이 문무백관들의 비위를 규찰하는 게 아닙니까. 의심스러운 옥사인 의옥을 살피는 것도 감찰의 일이지요. 그래서 말인데…… 혹시 괜찮으시다면……."

아란은 피식 웃으며 윤오에게 반문했다.

"그럼 제게 뭘 주실 겁니까?"

윤오는 눈을 둥글게 뜨며 되물었다.

"예?"

"감찰 업무를 같이 가자는 것 아닙니까? 검험을 해야 할 수도 있으니까요. 한성부 형방에서는 그래도 밥이라도 주지 않습니까. 나리께서는 제게 뭘 주실 건데요? 제가 사비까지 털어 넣으며 검험을 했더니 더는 공짜로 일하고 싶지 않아서요."

윤오는 아란이 이런 말을 할 거라고는 생각지 못했던 듯 진지하게 고민을 하다가 조심스레 물어보았다.

"얼마를…… 드리면 될까요?"

아란은 윤오의 반응을 보더니 피식 웃으며 말했다.

"제가 예전에 지필묵을 얻어쓴 적이 있지 않습니까. 나중에 이 은혜를 꼭 갚겠다고 적었는데, 기억 안 나십니까? 그 보답이라고 생각하십시오."

윤오의 얼굴에 함박웃음이 떠올랐다.

"그럼 같이 가주시는 겁니까?"

아란은 더없이 환하게 웃으며 말했다.

"가야지요. 시신이 있는 곳이라면, 어디든지 갈 겁니다."

어디든 시신이 있는 곳이라면, 마지막 목소리를 내며 제 죽음을 알리는 시신이 있는 곳이라면, 아란은 기꺼이 그곳으로 갈 터였다.

달빛이 천지에 내려앉고, 동쪽에서는 싸늘한 강쇠바람이 불어왔다.

아란은 고개를 들어 하늘을 보았다.

오늘도 둥근 달이 떴다.

시리도록 창백해 보이지만, 어둠으로 뒤덮인 천지를 은은하게 밝혀주는, 아주 따스한 달이었다.

"시체를 검안하는 것은 사람의 죽고 사는 일이 달린 일이다. 중앙이나 지방의 관리 중에는 친히 검시(檢屍)하지 않고 다 아전에게 맡기는 경우도 있다 하니 이는 매우 온당하지 못하다. 중앙과 지방의 관리로 하여금 친히 자신이 검시하게 하라."

《조선왕조실록》 세종 14년 2월 16일

세종 20년(1438년) 11월, 세종은 최치운, 이세형, 변호문, 김황 등에게 《무원록》에 주해를 더하고 음훈을 붙여 《신주무원록》을 편찬하도록 명하였으며, 완성된 책을 세종 22년(1440년) 각도에 반포하였다.

검험 용어 해설

일러두기

본 글에서 사용된 검험 용어 중 일부는『무원록』에 기술된 어휘와 상이하거나 아예『무원록』에 언급된 적이 없다. 이 소설은『신주무원록』이 공식적으로 반포되기 전인 세종 5~6년을 배경으로 삼았기에 송나라 검험 용어를 중심으로 사용하였다. 검험 용어에 관한 아래 설명은『송대 사법 속의 검시 문화』(최해별, 2019)와『宋慈洗冤』(錢斌, 2015) 등을 요약 정리한 것이다. 유덕열, 김호, 고숙희, 정긍식 등의 학자들은『무원록』이 이미 고려 말에 전래되었다고 보고 있으며, 조선왕조실록에 나타나는 검험 관련 내용을 보았을 때 조선 초 검험관들은『신주무원록』이 반포되기 전에도 따로 참고하는 검험서가 있었던 것으로 보인다.

- **검시**(檢屍): 시신 검험을 의미한다.

- **검험**(檢驗): 문서, 사물, 인체 등을 검사해 증명한다는 뜻이다. 옥사를 해결하기 위해 사체를 검사해 사인을 밝히거나 상처의 손상 정도를 검증하는 것을 검험이라고 한다. 그중 시신 검험은 검시라고도 한다.

- **오작**(仵作): 검험관과 함께 시신을 검험하는 일을 맡았던 이들을 칭한다. 검험을 맡은 관리는 멀리 떨어져서 지시할 뿐 절대 시신을 직접 만지지 않았다. 오작은 관리 대신 직접 시신을 만졌으며 이들은 주로 사회 최하층에 속했다. 송나라 때 편찬된『절옥귀감(折獄龜鑑)』에 오대(五代) 시기 판례가 기술되어 있는데 여기서 오작이라는 단어가 나온다. 당시 오작은 시신을 씻기고 옷을 갈아입혀 장례를 진행하는 장례사를 의미했다. 세계 최초의 법의학서인『세원집록(洗冤集錄)』이 편찬된 송나라 때만 해도 오작의 본업은 장례사였다. 오작은 돈을 받고 검험 업무를 했지만, 겸업이었으며 시신 검험에 있어서는 비전문가였다. 오작은 원나라 때부터 검험 관련 전문성을 띠기 시작했으며, 명청 시기에 이르러 관청에 소속된 전문 직업인이 되었다.
그 전 시기에는 관아의 잡일을 도맡은 관노비[1]가 관리를 도와 검험을 진행했다. 서한 시기에 법률이 바뀌면서 범죄자를 일정 기간 관노비로 삼아 형벌로 노역을 부과하였는데, 그때 이들이 맡은 노역 중 하나가 시신 검험이었다. 동한 시기부터 이 제도가 점차 사라졌다고 한다.

1) 원문은 예신첩(隸臣妾)으로 관노는 뇌례신(牢隸臣), 관비는 뇌례첩(牢隸妾)이라고 불렸다.

- **험장** (驗帳): 검험 결과를 보고하는 보고서를 의미한다. 오대 후주(後周) 시기 사료부터 험장이라는 용어가 보이기 시작했다. 험장에는 시체가 놓인 장소 및 주변 사물 등 현장을 보고하는 내용과 시체 자체의 특징을 기술하는 내용이 포함된 것으로 추정하고 있다. 험장은 격목, 정배인형과 함께 원대 '검시법식(檢屍法式, 혹은 시장식屍帳式)'으로 발전되었으나 이때는 현장 보고에 관한 내용이 빠지게 된다.

- **건험** (乾驗): 법물을 사용하지 않고 먼저 시신을 살피는 것을 말한다. 건험을 먼저 한 뒤 세엄을 한다.

- **법물**(法物): 검험에 사용하는 사물을 의미한다.

- **세엄** (洗罨): 제대로 검험 할 수 있도록 사체를 적절히 처리하는 것을 의미한다. 세엄에 사용되는 법물은 조각(皂角), 술지게미, 식초, 종이 등이다. 『세원집록』 세엄편에 상세히 기술된 세엄 과정은 다음과 같다.
시신을 평평하면서도 밝은 지면에 눕힌 뒤 건험을 한다. 건험이 끝나면 조각으로 시신을 문질러 때를 없애고 물로 씻어낸다. 물로 씻어낼 때는 시신에 흙이나 먼지가 묻지 않도록 시신을 나무판이나 대자리 위에 두어야 한다. 시신을 다 씻어낸 뒤에는 술지게미와 식초를 시신의 머리에 가득 얹고, 죽은 이의 옷으로 시신을 감싼다. 따뜻하게 데운 식초를 전신에 뿌린 뒤 그 위에 거적을 덮어 한 시진 정도 둔다. 시신의 몸이 부드러워지면 시신을 덮고 있던 것들을 모두 치운 뒤 다시 물로 한 번 더 씻는다.

- **체구** (體究): 검험 전에 진행하는 현장 수사와 비슷하며 『세원집록』에 의하면 초검 혹은 복검관 중 한 명이 파견되어 체구를 진행한다. 인보(隣保, 이웃 혹은 가까운 이)를 불러 반복 심문을 하는데 진술이 하나로 통일이 되면 문서로 정리해 올린다. 만약 이들의 말이 서로 다르면 각각 진술하게 해 따로 작성한다.

- **정배인형** (正背人形): 험장에 첨부되던 문서로 인체 모형도에 검험 결과를 표기해 보고하는 양식을 말한다. 상처가 있는 부분에 횡사곡직(橫斜曲直)을 붉은색으로 표기하였으며 검험을 끝내면 검험에 참관한 이들에게 정배인형

도를 보여주며 시신의 상흔을 읊었다. 대조를 끝낸 후 이견이 없으면 착압(문서에 본인임을 확인하기 위해 일정한 자형으로 수결手決하는 것. 친필 서명과 비슷하다)을 했다. 이 방법을 사용하면 백성들도 쉬이 검험 결과를 알 수 있었으며 검험을 맡은 이들도 검험을 허투루 할 수 없었다.

검험 업무를 꺼리는 관원들이 검험을 제대로 시행하지 않자 송나라 제점형옥(提點刑獄) 서사도(徐似道)가 그 폐단을 막기 위해 가정(嘉正) 4년(1211년)에 전국 시행을 주장하였으며 원래는 일부 지역에서만 사용되었다. 송나라 때는 제점형옥사가 정배인형과 격목을 간행해 검험 관사에 배포했다. 『세원집록』의 검시편에 의하면 오작항인은 규정된 신체 부위를 앞, 뒤, 좌, 우의 순서로 읊었을 것으로 보이며 규정된 신체 부위는 오십여 개에 달한다. 이를 기준으로 송대 정배인형은 총 4면으로 이루어졌다고 추측된다. 반면 원대의 시장식(屍帳式)은 앙면(仰面)과 합면(合面), 즉 2면으로 이루어져 있다. 송대 정배인형은 그림 자료가 남아 있지 않지만, 『세원집록』을 수정 보충해 청대에 편찬한 『세원록상의(洗寃錄詳議)』에서 그 흔적을 찾아볼 수 있다. 『세원록상의』에 첨부된 검험정배인형도(檢驗正背人形圖)는 시도앙면(屍圖仰面)과 시도합면(屍圖合面)으로만 이루어져 있지만, 시도앙면에 좌, 우 측면이 명확히 표기되어 있다.

• **격목** (格目): 검험의 최종 보고서를 말한다. 격목은 특정 안건에 대한 검험이 시작될 때 발급되는데, 검험관은 검험에 관한 기본적인 정보를 격목에 기입해야 했다. 격목에는 검험 전체 과정이 기술되며, 검험이 끝나면 작성한 격목을 관련 기관에 제출해야 했다. 격목에 명시되어야 하는 정보로는 사건 접수 시간, 관원을 파견한 시간, 관원이 검험을 위해 출발한 시간, 관청에서 현장까지의 거리, 험장 보고 시간 등 시간에 관련된 내용과 문첩을 전한 인리의 이름, 파견된 장소, 파견된 관원의 이름, 동원된 오작과 인리의 이름, 해당 지역 관리와 시친의 이름 등이 있다.

송나라에서 제점형옥으로 있던 정흥예(鄭興裔)가 관원이 기간 안에 험장을 올리지 않는 문제를 해결하기 위해 격목을 제안하였다. 이에 격목은 순희(淳熙) 원년(1174년)에 법령으로 제정되었다. '격목조례(格目條例)'에 의하면 검험 시 특정 자호(字號)를 부여받은 격목을 총 세 부 발급하는데 한 부는 주현(州縣, 지방 고을) 기관, 다른 한 부는 시친(屍親, 유가족), 마지막 한 부는 최종 감수를 진행할 제점형옥사에게 보내야 했다.